KB019610

壬辰日記

난중일기

이순신 지음 | 김문정 옮김

더스토리

※ **일러두기**

1. 『난중일기』는 충무공 이순신이 임진년(1592)부터 시작된 7년의 전쟁을 기록한 『임진일기』, 『계사일기』, 『갑오일기』, 『을미일기』, 『병신일기』, 『정유일기』, 『속정유일기』, 『무술일기』의 8권을 후대에 『이충무공전서』로 편찬하며 붙인 이름이다.
2. 책의 각 장은 이순신이 쓴 친필 이미지를 사용했다.

충무공, 첫 무과시험에서 낙마하다 © 문화재청 현충사 관리소

충무공 이순신은 문무에 두루 통하였으나 무관으로 나라에 충성할 뜻을 세우고 28세가 되던 해(1572년) 무과시험에 응시하였으나 낙마하여 왼쪽다리가 골절되었는데 버드나무 가지를 꺾어 다리를 동여매고 일어났다.

충무공, 여진족을 무찌르다 © 문화재청 현충사 관리소

충무공 이순신은 43세 때 함경도 조산보 만호와 녹둔도 둔전관을 겸하고 있었다. 그때 쳐들어온 여진족을 토벌하며 많은 전과를 올렸다.

충무공, 거북선을 건조하다 © 문화재청 현충사 관리소

충무공 이순신은 임진왜란 발발 14개월 전인 1591년 2월 전라좌수사로 부임했다. 그 후, 왜적과의 전쟁을 예견하고 거북선을 완성했다.

충무공, 부산 해전에서 승리하다 © 문화재청 현충사 관리소

충무공 이순신은 1592년 9월 1일 부산 절영도 앞바다에서 왜적을 크게 물리쳤다. 그러나 이 해전에서 아끼던 부하 장수 정운을 잃고 말았다.

충무공, 3도 수군통제사가 되다 © 문화재청 현충사 관리소

충무공 이순신은 1593년 8월 3도 수군통제사가 되어 한산도에 진을 쳤다. 충무공은 조선 수군의 군사력을 증강하기 위해 끊임없이 고민했고 행동했다.

명량해전도

임진왜란 당시인 1597년 9월 16일에 전라남도 해남과 진도 사이의 울돌목, 즉 명량에서 일어났던 해전이다. 같은 해 7월에 원균이 거느린 조선 수군은 거제도의 칠천량 해전에서 일본 수군에게 대패한다. 충무공 이순신은 다시 3도 수군통제사가 되어 남은 배 12척으로 133척이나 되는 일본 수군을 맞아 명량에서 결전을 벌이고 적선 31척을 격파하는 대승을 거두었던 해전이다.

충무공, 명량대첩에서 대승하다 © 문화재청 현충사 관리소

충무공 이순신은 1597년 9월 16일 명량 해협에서 12척의 배와 120명의 군사로 왜선 133척을 상대로 조수를 이용하여 대파했다.

충무공, 어머니를 찾아뵙다 © 문화재청 현충사 관리소

충무공 이순신은 어머니에 대한 효심이 남달랐다. 전쟁 중에도 본영에서 가까운 곳에 어머니를 모셔 어머니의 평안함을 위해 애썼다.

충무공, 노량해전에서 전사하다 © 문화재청 현충사 관리소

충무공 이순신은 1598년 11월 18일 노량 해협에서 왜적과 치열한 전투 끝에 대승을 거두었다. 그러나 충무공은 적의 총탄에 맞아 전사했다.

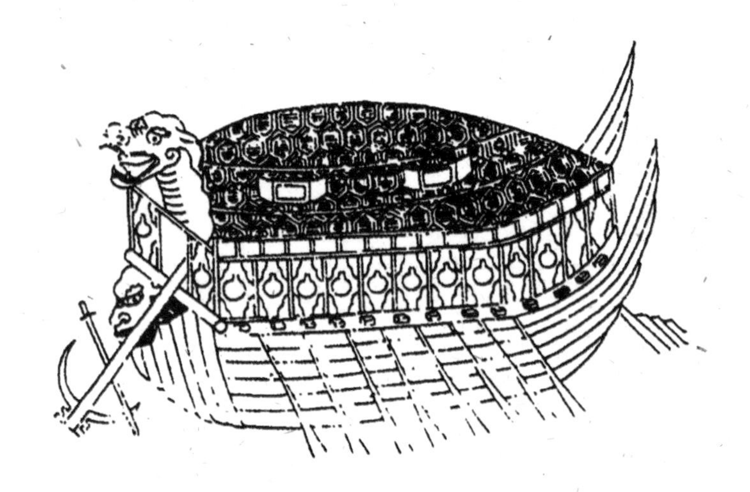

거북선

거북선은 임진왜란 당시 충무공 이순신에 의하여 실용화된 전투함이다. 충무공은 전쟁 준비를 강화하면서 특수 전투함인 거북선의 건조에 착수했다. 비전투원인 노를 젓는 군사뿐만 아니라 전투원까지 개판 아래에 보호한 장갑함이다.

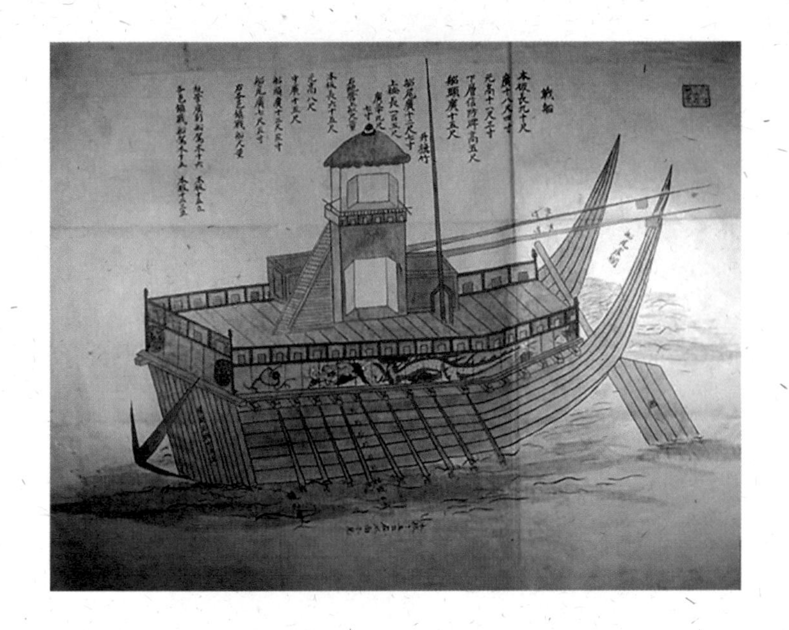

판옥선

임진왜란 당시 크게 활용된 전투선으로 명종 때 개발된 조선 시대의 대표적인 전투선이다. 판옥전선이라고도 불린다.

충무공 이순신 (1545~1598)

1592년에 임진왜란이 일어나자 옥포 해전을 시작으로 사천 해전, 당포 해전, 당항포 해전, 율포 해전, 안골포 해전, 부산포 해전 등 크고 작은 전투에서 모두 승리를 거두며 왜군을 물리치는 데 크나큰 공을 세웠다.

권율 (1537~1599)

임진왜란 7년간 수많은 전투를 치르며 조선을 지켜 낸 명장이다. 충무공 이순신과 함께 거대한 전란에서 혁혁한 무공을 세운 구국의 인물이다.

도요토미 히데요시 豊臣秀吉 (1536~1598)

일본의 무장이자 정치가로 1587년에 일본을 통일했다. 다이묘들의 무력을 해외로 분출하게 만들어 일본의 정치적 안정을 꾀했으며 1592년에 조선을 침략했다.

고니시 유키나가 小西行長 **(1558~1600)**

임진왜란 당시 군사를 이끌고 조선을 침략한 무장이다. 왜군의 선봉장이 되어 대동강까지 진격했고 결국 평양성을 함락하는 등 큰 전공을 세웠으며 가토 기요마사와 갈등을 빚기도 했다.

가토 기요마사 加藤淸正 (1562~1611)

임진왜란이 일어나자 군사를 이끌고 함경도로 출병한 왜군의 무장이다. 조선의 왕자 임해군과 순화군을 포로로 잡는 등 큰 활약을 펼쳤으며 고니시 유키나가와 갈등을 빚기도 했다.

차례

임진년 1592년

계사년 1593년

갑오년 1594년

을미년 1595년

병신년 1596년

정유년 1597년

무술년 1598년

壬辰日記

1592년 1월

전쟁의 기운을 느끼다

1월 1일임술 맑음. 새벽에 아우 여필汝弼, 조카 봉菶, 아들 회薈가 와서 함께 이야기를 나누었다. 어머니를 떠나 두 번이나 남쪽에서 설을 쇠니 간절한 그리움을 이길 수가 없다. 병마도절제사의 군관 이경신李敬信이 병마도절제사의 편지와 설 선물, 장전長箭[1], 편전片箭[2] 등 여러 가지 물건을 바쳤다.

1월 2일계해 맑음. 나라의 제삿날[3]이라 공무를 보지 않았다. 김인보金仁甫와 함께 이야기를 나누었다.

---

1) 싸움에 쓰는 긴 화살.
2) 짧고 작은 화살.
3) 명종(明宗) 인순왕후(仁順王后) 심씨(沈氏)의 제삿날

1월 3일갑자 맑음. 동헌[4]에 나가서 별방군[5]을 점검하고 각 고을과 포구에 공문을 보냈다.

1월 4일을축 맑음. 동헌에 나가서 공무를 보았다.

1월 5일병인 맑음. 후동헌에서 공무를 보았다.

1월 6일정묘 맑음. 동헌에 나가서 공무를 보았다.

1월 7일무진 아침에는 맑았으나 오후부터 비와 눈이 번갈아 내림. 조카 봉이 아산으로 갔다. 전문[6]을 받들고 갈 남원의 유생이 들어왔다.

1월 8일기사 맑음. 객사 동헌에서 공무를 보았다.

1월 9일경오 맑음. 아침 식사를 일찍 마친 뒤에 동헌에 나가서 전문을 봉해 올려 보냈다.

---

4) 지방 관아에서 고을 원(員), 감사(監司), 병사(兵使), 수사(水使)와 그 밖의 수령(守令)들이 공사(公事)를 처리하던 중심 건물.

5) 부대 편성의 한 부류.

6) 임금께 올리는 글.

1월 10일신미 종일 비가 내림. 방답[7]에 새 첨사 이순신李純信[8]이 부임해 들어왔다.

1월 11일임신 종일 가랑비가 내림. 늦게 동헌에 나가서 공무를 보았다. 이봉수가 선생원[9]의 채석장을 보고 와서 "이미 큰 돌 열일곱 덩어리에 구멍을 뚫었습니다."라고 보고했다. 서문 밖 해자[10]가 네 발쯤 무너졌다. 심사립과 함께 이야기를 나누었다.

1월 12일계유 궂은비가 개지 않음. 아침 식사를 마친 뒤에 객사 동헌에 나갔다. 본영과 각 포구의 진무[11]들 중에서 월등한 자들이 모여 활쏘기를 겨루었다.

1월 13일갑술 아침에 흐림. 동헌에 나가서 공무를 보았다.

1월 14일을해 맑음. 동헌에 나가서 공무를 보고 난 뒤에 활을 쏘았다.

---

7) 전남 여천군 돌산면.
8) 무의공(武毅公) 이순신. 동명이인.
9) 전남 여천군 율촌면 신풍리.
10) 성 주위에 둘러 판 못.
11) 무관(武官) 벼슬.

1월 15일병자 흐렸으나 비는 내리지 않음. 새벽에 망궐례[12]를 행했다.

1월 16일정축 맑음. 동헌에 나가서 공무를 보았다. 각 고을의 벼슬아치와 색리[13]등이 인사를 하러 왔다. 방답의 병선 군관들과 아전들이 병선을 수리하지 않아 곤장을 때렸다. 우후[14]와 가수[15]가 보살피고 점검하지 않아 이 지경에까지 이르게 된 것이니 몹시 해괴한 일이다. 제 몸을 살찌울 것만 생각해 이와 같이 돌보지 않으니 앞날의 일을 짐작할 수 있다. 성 밑에 사는 토병[16] 박몽세는 자칭 석공[17]인데, 선생원의 돌 뜨는 곳에 가서 해를 끼치고 이웃집 개에게까지 피해를 입혔으므로 곤장 80대를 때렸다.

1월 17일무인 맑았으나 한겨울처럼 추움. 아침에 순찰사와 남원 아전에게 편지를 보냈다. 저녁에 쇠사슬을 박는 데 필요한 구멍 뚫은 돌을 실어 오는 일 때문에 배 4척을 선생원으로 보냈다. 배는 김효성이 거느리고 갔다.

---

12) 음력 초하루와 보름에 각 지방의 관원이 궐패(闕牌)에 절하던 의식.
13) 감영이나 군아에서 곡물을 출납하고 간수하는 일을 맡아 보던 구실아치.
14) 병마도절제사를 보좌하는 일을 맡아 보던 무관.
15) 잠시 대리하는 태수.
16) 고을 토박이에서 뽑은 군사.
17) 돌을 다루어 물건을 만드는 사람.

1월 18일기묘 맑음. 동헌에 나가서 공무를 보았다. 여도[18]의 천자 배[19]가 돌아갔다. 우등계문[20]과 대가단자[21]를 순찰영으로 봉해 보냈다.

1월 19일경진 맑음. 동헌에서 공무를 본 뒤에 각 군대를 점검했다.

1월 20일신사 맑았으나 바람이 세게 붊. 동헌에 나가서 공무를 보았다.

1월 21일임오 맑음. 동헌에 나가서 공무를 보았다. 감목관[22]이 와서 묵었다.

1월 22일계미 맑음. 아침에 광양 현감 어영담이 와서 인사했다.

1월 23일갑신 맑음. 둘째 형 요신堯臣의 제삿날이라 공무를 보지 않았다. 사복시[23]에서 받아 기르던 말을 올려 보냈다.

---

18) 전남 고흥군 점암면 요호리.
19) 천자문의 글자 순서대로 된 배로서, 제1호에 해당하는 배를 말함.
20) 활 솜씨가 최고인 자들을 보고함.
21) 교대하는 자의 명단.
22) 목장의 감독관.

1월 24일을유 맑음. 만형 희신羲臣의 제삿날이라 공무를 보지 않았다. 순찰사의 답장을 보니, 고부[24] 군수 이숭고를 유임해 달라고 올린 장계[25] 때문에 비판을 받아 사직서를 냈다고 한다.

1월 25일병술 맑음. 동헌에 나가서 공무를 본 뒤에 활을 쏘았다.

1월 26일정해 맑음. 동헌에 나가서 공무를 보았다. 흥양 현감 배흥립과 순천 부사 권준이 와서 함께 이야기를 나누었다.

1월 27일무자 맑음. 오후에 광양 현감이 왔다.

1월 28일기축 맑음. 동헌에 나가서 공무를 보았다.

1월 29일경인 맑음. 동헌에 나가서 공무를 보았다.

1월 30일신묘 흐렸으나 비는 내리지 않음. 초여름처럼 따뜻했다. 동헌에 나가서 공무를 본 뒤에 활을 쏘았다.

---

23) 왕의 말을 관리하는 관청.

24) 전라북도.

25) 왕명을 받고 지방에 나가 있는 신하가 자기 관하(管下)의 중요한 일을 왕에게 보고하던 일. 또는 그런 문서.

1592년 2월

전투 준비를 하다

2월 1일임진 맑음. 새벽에 망궐례를 행했다. 안개가 끼고 가랑비가 잠시 내리다가 늦게 개었다. 선창[26]으로 나가서 쓸 만한 널빤지를 고르는데, 때마침 방천 속에 피라미 떼가 몰려들어 그물을 쳐서 2,000마리를 잡았다. 참으로 장한 일이다. 그대로 전선 위에 앉아서 우후 이몽구와 술을 마시며 봄의 경치를 구경했다.

2월 2일계사 맑음. 동헌에 나가서 공무를 보았다. 쇠사슬을 매는데 필요한 크고 작은 돌 80여 개를 실어 왔다. 활 10순[27]을 쏘았다.

---

26) 배를 대는 곳.
27) 순의 뜻은 화살 다섯 대를 쏘는 것을 말함.

2월 3일갑오 맑음. 새벽에 우후가 각 포구의 부정한 일을 조사하기 위해 배를 타고 나갔다. 공무를 마친 뒤에 활을 쏘았다. 탐라 사람이 여섯 식구를 데리고 도망쳐 나와서 금오도[28]에 배를 대었다가 방답 경비선에 붙잡혔다. 심문한 다음에 승평[29]으로 보내 가두어 두라고 공문을 써서 보냈다. 이날 저녁에 화대석 4개를 실어 올렸다.

2월 4일을미 맑음. 동헌에 나가서 공무를 본 뒤에 북쪽 봉우리의 연대(봉화대)를 쌓는 곳에 올라가 보니, 축대 자리가 매우 좋아서 무너질 것 같지 않았다. 이봉수가 부지런히 애를 썼음을 알 수 있었다. 종일 구경하다가 저녁때 내려와 해자 구덩이를 살펴보았다.

2월 5일병신 맑음. 동헌에 나가서 공무를 본 뒤에 활 18순을 쏘았다.

2월 6일정유 종일 바람이 세게 붊. 동헌에 나가서 공무를 보았다. 순찰사에게서 두 번이나 편지가 왔다.

---

28) 전남 여수시 여천군 남면.
29) 순천.

2월 7일무술 맑았으나 바람이 세게 붊. 동헌에 나가서 공무를 보았다. 발포 만호가 부임했다는 공문이 왔다.

2월 8일기해 맑았으나 바람이 세게 붊. 동헌에 나가서 공무를 보았다. 이날 거북선에 쓸 돛베 29필을 받았다. 정오에 활을 쏘았는데, 조이립과 변존서가 승부를 겨루다가 조이립이 이기지 못했다. 우후가 방답에서 돌아와 방답 첨사가 방비에 온 정성을 다한다고 매우 칭찬했다. 동헌 뜰에 돌기둥 화대를 세웠다.

2월 9일경자 맑음. 새벽에 쇠사슬을 꿸 긴 나무를 베는 일 때문에 이원룡에게 군사를 거느리게 해 두산도로 보냈다.

2월 10일신축 가랑비가 내리면서 맑다가 흐렸다가 함. 동헌에 나가서 공무를 보았다. 김인문이 순찰사의 영[30]에서 돌아왔다. 순찰사의 편지를 보니, 통역관들이 뇌물을 많이 받고 명나라에 거짓으로 고해서 군사를 청하는 일까지 했다고 한다. 또 명나라에서 우리나라와 왜국이 함께 무슨 딴 생각을 품은 것은 아닌지 의심하도록 만들었으니, 그 흉측함을 이루 말할 수가 없다. 통역관들이 이미 잡혔다고는 하지만 해괴함과 분통함을 견딜 수

---

30) 병영의 문.

가 없다.

2월 11일임인 맑음. 식사를 마친 뒤에 배 위로 올라가서 새로 뽑은 군사들을 점검했다.

2월 12일계묘 맑고 바람도 잠잠함. 아침 식사를 마친 뒤에 동헌에 나가서 공무를 보았다. 해운대[31]로 자리를 옮겨서 활을 쏘았다. 침렵치沈獵雉[32]를 구경했는데 너무 조용했다. 나중에 군관들도 모두 일어나서 춤을 추었으며 조이립은 절구[33]를 읊었다. 저녁이 되어서야 돌아왔다.

2월 13일갑진 맑음. 전라 우수사 이억기의 군관이 왔기에 화살대 큰 것과 중간 것 100개와 쇠 50근을 보냈다.

2월 14일을사 맑음. 아산에 계신 어머니께 문안차 나장[34] 2명을 보냈다.

2월 15일병오 바람이 몹시 불고 비가 많이 내림. 동헌에 나가서

31) 전남 여수시 동북쪽에 있는 작은 섬.
32) 무사 놀이의 일종.
33) 한시(漢詩)의 근체시(近體詩) 형식의 하나.
34) 군아(郡衙)에 속한 사령.

공무를 보았다. 석공들이 새로 쌓은 해자 구덩이가 많이 무너져서 이들을 매우 벌하고 다시 쌓게 했다.

2월 16일정미 맑음. 동헌에 나가서 공무를 본 뒤에 활 6순을 쏘았다. 새로 들어온 군사를 점검했다.

2월 17일무신 맑음. 나라의 제삿날[35]이라 공무를 보지 않았다.

2월 18일기유 흐림.

2월 19일경술 맑음. 순찰을 떠나 백야곶[36]의 감독관이 있는 곳에 이르니, 승평 부사 권준이 자신의 아우를 데리고 와서 기다리고 있었다. 기생 또한 와 있었다. 비가 온 뒤라 산에 꽃이 만발해 그 아름다움을 이루 다 형용할 수가 없었다. 날이 저물어서야 이목구미[37]에서 배를 탔다. 여도에 이르니 영주[38] 현감 배흥립과 여도 권관 황옥천이 마중을 나왔다. 방비 상태를 일일이 살피고 조사했는데 흥양 현감은 내일 제사가 있어서 먼저 갔다.

---

35) 세종의 제사.
36) 전남 여수시 여천군 화양면 백야도.
37) 전남 여수시 여천군 화양면 이목리.
38) 전남 고흥군.

2월 20일신해 맑음. 아침에 방비 상태와 전선을 점검해 보니 모두 새로 만든 것이었고, 무기도 어느 정도 완비되어 있었다. 늦게 떠나서 영주에 이르니 좌우의 산꽃과 들의 풀들이 한 폭의 그림과 같았다. 옛날에 영주瀛洲[39]가 있었다더니 이와 같은 경치였던가.

2월 21일임자 맑음. 공무를 마친 뒤에 주인[40]이 자리를 베풀고 활을 쏘았다. 조방장 정걸丁傑도 오고 능성 현감 황숙도도 와서 함께 술을 마셨다. 배수립도 와서 함께 술잔을 나누면서 즐기다가 밤이 깊어서야 헤어졌다. 신홍헌을 시켜서 전날에 심부름을 하던 삼반 하인들[41]에게 술을 주어 나누어 먹도록 했다.

2월 22일계축 아침에 공무를 본 뒤에 녹도[42]로 떠났다. 황숙도가 동행했다. 먼저 흥양 전선소에 이르러 배와 기구 등을 몸소 점검하고 그 길로 녹도로 가서 새로 쌓은 봉우리 위의 문루에 올라섰다. 경치의 아름다움이 고을 안에서는 제일이었다.

---

39) 삼신상의 하나로, 진시황과 한무제가 불사약을 구하러 사신을 보냈다는 가상적인 선경.
40) 감영과 고을의 연락을 취하는 영저리.
41) 군노, 사령, 급창 등.
42) 전남 고흥군 녹두.

만호[43]가 애쓴 흔적이 역력했다. 흥양 현감 황능성, 만호 등과 함께 취하도록 마시고 대포를 쏘는 것을 보았다. 촛불을 밝히고 한참 있다가 헤어졌다.

2월 23일갑인 흐림. 늦게 배가 출발해 발포에 이르자 바람이 세게 불어 배가 갈 수가 없었다. 간신히 성 머리에 배를 대고 내려서 말을 탔다. 비가 몹시 쏟아져 일행 모두가 꽃비에 흠뻑 젖은 채로 발포에 들어서니 해는 이미 저물었다.

2월 24일을묘 가랑비가 온 산에 내려 지척을 헤아리지 못했다. 비를 맞으며 길을 떠나 마북산[44] 아래의 사량에 이르렀다. 배를 타고 노질을 재촉해 사도[45]에 이르니 흥양 현감이 먼저 와 있었다. 전선을 점검하고 나자 날이 저물어서 그대로 거기에 머물렀다.

2월 25일병진 흐림. 여러 면에서 전쟁에 관한 방비가 부족했다. 이에 군관과 색리들에게 벌을 주고 첨사를 잡아들이고 교수[46]를 보냈다. 이곳의 방비가 다섯 포구 가운데에서 제일 잘못되었

---

43) 각 진에 있는 무관 벼슬.
44) 전남 고흥군 포두면 마복산.
45) 전남 고흥군 점암면 금사리.
46) 고을 수령 아래에 있는 벼슬아치.

는데도 순찰사가 포상하라고 장계를 올려 죄상을 조사하지 못했으니 참으로 우스운 일이다. 바람이 세게 불어 배를 출항할 수가 없었으므로 거기에 머물렀다.

2월 26일정사 아침 일찍 배를 출항해 개이도[47]에 이르니 여도와 방답의 배가 기다리고 있었다. 날이 저물어서야 방답에 이르렀다. 공사례를 마친 다음 무기를 점검했다. 장편전[48]은 하나도 쓸 만한 것이 없어 참으로 고민되지만 전선은 대부분 온전한 편이라 다행이다.

2월 27일무오 흐림. 아침에 점검을 끝낸 뒤에 북쪽 봉우리에 올라가서 땅의 형세를 살펴보았다. 외롭고 위태로운 외딴 섬이라 사방에서 왜적의 공격을 받을 수 있고, 성과 해자가 매우 엉성해 몹시 근심스럽다. 첨사가 애를 쓰기는 했지만 미처 시설을 갖추지 못했으니 어찌하겠는가. 새벽에 배를 타고 경도[49]에 이르니 아우 여필과 조이립 그리고 군관들과 우후들이 함께 술을 싣고 마중을 나왔다. 이들과 함께 마시고 즐기다가 해가 진 뒤에야 관청으로 돌아왔다.

---

47) 전남 여천군 화정면 개도.
48) 긴 화살.
49) 전남 여수시 화정면.

2월 28일기미 흐렸으나 비는 내리지 않음. 동헌에 나가서 공무를 마친 뒤에 활을 쏘았다.

2월 29일경신 맑았으나 바람이 세게 붊. 동헌에 나가서 공무를 보았다. 순찰사의 공문이 왔는데 중위장을 순천 부사로 임명하라는 것이었다. 참으로 한심한 일이다.

1592년 3월

거북선의 대포를 쏘다

3월 1일신유 망궐례를 행했다. 식사를 마친 뒤에 별방군과 정규군을 점검했고 하번군은 점검한 후에 보냈다. 공무를 마친 뒤에 활 10순을 쏘았다.

3월 2일임술 흐리고 바람이 붊. 나라의 제삿날[50]이라 공무를 보지 않았다. 승군 100명이 돌을 주웠다.

3월 3일계해 저녁 내내 비가 내림. 오늘은 명절(삼짇날)이지만 비가 이렇게 내리니 답청[51]도 할 수가 없다. 조이립과 우후들, 군관들과 함께 동헌에서 이야기를 나누면서 술을 마셨다.

---

50) 중종 장경왕후 윤씨의 제사.

51) 봄에 파랗게 난 풀을 밟으며 산책함. 또는 그런 산책.

3월 4일갑자 맑음. 아침에 조이립을 전송하고 객사 대청에 나가서 공무를 본 뒤에 서문 밖의 해자와 성을 더 올려 쌓는 곳을 살펴보았다. 승군들이 돌을 줍는 일을 성실하게 하지 않았으므로 책임자를 잡아다가 곤장을 때렸다. 아산에 문안을 갔던 나장이 돌아와서, "어머니께서는 편안하십니다."라고 했다. 다행이다.

3월 5일을축 맑음. 동헌에 나가서 공무를 보았다. 군관들은 활을 쏘았다. 저물녘에 한양에 갔던 진무가 돌아왔다. 좌의정 류성룡이 편지와 함께 『증손전수방략增損戰守方略』이라는 책을 보냈다. 책을 보니 해전과 육전, 화공전 등 다양한 싸움의 전술을 자세히 설명하고 있다. 오랜 세월 읽힐 가치가 있는 책이다.

3월 6일병인 맑음. 아침 식사를 마친 뒤에 군사와 무기를 점검했다. 파손된 활, 갑옷, 투구, 화살통, 환도環刀가 많아 색리, 궁장, 감고 등의 죄를 문책했다.

3월 7일정묘 맑음. 동헌에 나가서 공무를 마친 뒤에 활을 쏘았다.

3월 8일무진 종일 비가 내림.

3월 9일기사 종일 비가 내림. 동헌에 나가서 공무를 보았다.

3월 10일경오 맑았으나 바람이 붊. 동헌에 나가서 공무를 마친 뒤에 활을 쏘았다.

3월 11일신미 맑음.

3월 12일임신 맑음. 식사를 마친 뒤에 배가 있는 곳으로 가서 경강선(한강에 근거를 두고 각 지방을 왕래하는 배)을 점검했다. 배를 타고 소포[52)]로 가다가 때마침 동풍이 세게 불고 격군[53)]도 없어서 다시 돌아왔다. 곧바로 동헌에 나가서 공무를 마친 뒤에 활 10순을 쏘았다.

3월 13일계유 아침에는 흐림. 순찰사에게서 편지가 왔다.

3월 14일갑술 종일 많은 비가 내림. 이른 아침에 순찰사 이광을 만나기 위해 순천으로 가는데 비가 몹시 퍼부어 앞을 분별할 수가 없었다. 간신히 선생원에 이르러 말을 버리고 해농창평[54)]에 이르렀다. 길 위에 물이 괴어서 그 깊이가 석 자나 되었다. 험한 길을 걸어 겨우 순천부에 이르렀다. 저녁에 순찰사를 만나

52) 전남 여수시 종화동 종포.
53) 조선 시대에, 사공(沙工)의 일을 돕던 수부(水夫).
54) 전남 순천시 해룡면 해창리.

그동안 나누지 못했던 이야기를 나누었다.

3월 15일을해 흐린 채 가랑비가 내리다가 저녁에는 맑음. 수루에 앉아서 활을 쏘았다. 군관들은 편을 나누어 활을 쏘게 했다.

3월 16일병자 맑음. 순천 부사가 환선정喚仙亭에서 술자리를 베풀었다. 활도 함께 쏘았다.

3월 17일정축 맑음. 새벽에 순찰사에게 작별을 고하고 선생원에서 말에게 풀을 먹인 뒤에 본영으로 돌아왔다.

3월 18일무인 맑음. 동헌에 나가서 공무를 보았다.

3월 19일기묘 맑음. 동헌에 나가서 공무를 보았다.

3월 20일경진 몹시 비가 쏟아짐. 저녁에 동헌에 나가서 공무를 보고 각 향리의 재정 상태를 살펴보았다. 순천 관내를 수색하고 검토하는 일을 기한 내에 마치지 못했기 때문에 대장, 색리, 도훈도 등을 문책했다. 사도 첨사 김완에게도 만나자는 공문을 보냈는데 혼자서 수색을 모두 끝냈다고 했다. 또 반나절 동안에 내외 이로도[55], 대평도, 소평도를 모두 수색하고 그날 돌아갔다고 했는데 거짓된 말이다. 이 일을 바로잡기 위해서 흥양 현감과 사도 첨사에게 공문을 보냈다. 몸이 매우 불편해 일찍 들어왔다.

3월 21일신사 맑음. 몸이 불편해 아침 내내 누워 앓다가 저녁에 동헌에 나가서 공무를 보았다.

3월 22일임오 맑음. 성 북쪽 봉우리 아래에 도랑을 파는 일로 우후와 군관 10명을 나누어 보냈다. 식사를 마친 뒤에 동헌에 나가서 공무를 보았다.

3월 23일계미 아침에는 흐리다가 저녁에는 맑음. 아침 식사를 마친 뒤에 동헌에 나가서 공무를 보았다. 보성에서 널빤지가 아직도 들어오지 않았기 때문에 색리에게 다시 공문을 보내 독촉하게 했다. 순천에서 온 상사 소국진에게 곤장 80대를 때렸다. 순찰사가 편지로 "발포 권관은 군사를 거느릴 만한 인재가 아니니 갈아 치워야겠습니다."라고 했다. 이에 아직 내치지는 말고 그대로 그 직위에 머무르게 해 방비에 힘쓰도록 하라고 답장을 보냈다.

---

55) 전남 고흥군 봉래면.

3월 24일갑신 맑음. 나라의 제삿날[56]이라 공무를 보지 않았다. 우후가 수색을 하고 무사히 돌아왔다. 순찰사와 도사의 답장을 송희립이 가져왔다. 순찰사가 편지로, "영남 관찰사 김수의 편지에 따르면 대마도주가 공문을 보냈는데, '배 1척을 귀국에 보냈습니다. 만일 귀국에 도착하지 않았다면 필히 그것은 바람과 물결에 부서진 것입니다.'라는 내용이었다고 합니다. 그런데 그 말이 매우 음흉합니다. 동래에서 서로 바라보이는 바다라 절대로 그럴 리가 없는데, 말을 거짓으로 꾸며 내고 있으니 그 간사함을 헤아리기가 어렵습니다."라고 했다.

3월 25일을유 맑았으나 바람이 세게 붊. 동헌에 나가서 공무를 본 뒤에 활 10순을 쏘았다. 경상 병마도절제사가 평산포[57]에 도착하지 않고 바로 남해로 간다고 했다. 나는 그를 만나지 못한 것을 한스럽게 여긴다는 뜻으로 답장을 보냈다. 새로 쌓은 성을 돌아다니며 살펴보니 남쪽 끝이 아홉 발이나 무너져 있었다.

3월 26일병술 맑음. 우후와 송희립이 남해로 갔다. 저녁에야 출근해 동헌에 나가서 공무를 본 뒤에 활 15순을 쏘았다.

---

56) 세종 소헌왕후 심씨의 제삿날.
57) 경남 남해군 남면.

3월 27일정해 맑고 바람조차 없음. 일찍 아침 식사를 마친 뒤에 배를 타고 소포로 나가서 쇠사슬을 가로질러 매는 것을 감독하고 종일 기둥 나무를 세우는 것을 바라보았다. 또 거북선에서 대포를 쏘는 것을 시험했다.

3월 28일무자 맑음. 동헌에 나가서 공무를 보았다. 활 10순을 쏘았는데, 5순은 다 맞고, 2순은 네 번 맞고, 3순은 세 번 맞았다.

3월 29일기축 맑음. 나라의 제삿날[58]이라 공무를 보지 않았다. 아산으로 문안을 보냈던 나장이 돌아왔다. 어머니께서 편안하시다니 참으로 다행스러운 일이다.

---

58) 세조 정희왕후 윤씨의 제사.

1592년 4월

임진왜란이 일어나다

4월 1일경인 흐림. 새벽에 망궐례를 행했다. 공무를 본 뒤에 활 15순을 쏘았다. 별조방을 점검했다.

4월 2일신묘 맑음. 식사를 마치고 나니 몸이 몹시 불편했고 점점 더 아팠다. 밤새도록 신음했다.

4월 3일임진 맑음. 기운이 떨어지고 어지러워 밤새도록 고통스러웠다.

4월 4일계사 맑음. 아침에야 비로소 겨우 통증이 가라앉았다.

4월 5일갑오 맑다가 저녁에 비가 조금 내림. 동헌에 나가서 공무를 보았다.

4월 6일을미 맑음. 진해루에 나가서 공무를 본 뒤에 군관을 시켜 활을 쏘게 했다. 아우 여필을 배웅했다.

4월 7일병신 나라의 제삿날[59]이라 공무를 보지 않았다. 오전 10시경에 비변사에서 비밀 공문이 왔는데, 이것은 영남 관찰사와 우병마도절제사가 임금께 올린 장계에 관한 공문이었다.

4월 8일정유 흐렸으나 비는 내리지 않음. 아침에 어머니께 보낼 물건을 쌌다. 저녁에 여필이 떠나고 창가에 혼자 앉아 있으니 숱한 회포가 쏟아졌다.

4월 9일무술 아침에는 흐리다가 저녁에는 맑음. 동헌에 나가서 공무를 보았다. 방응원方應元이 도방에 들어갈 공문을 만들어 보냈다. 군관들이 활을 쏘았다. 광양 현감 어영담이 수색 검토에 관한 일로 배를 타고 왔다가 날이 저물어서야 돌아갔다.

4월 10일기해 맑음. 식사를 마친 뒤에 동헌에 나가서 공무를 보

---

59) 중종 문정왕후 윤씨의 제사.

았다. 활 10순을 쏘았다.

4월 11일경자 아침에는 흐리다가 저녁에는 맑음. 공무를 마친 뒤에 활을 쏘았다. 순찰사 이광의 편지와 별록을 순찰사의 군관 남한이 갖고 왔다. 처음으로 돛을 단 배를 만들었다.

4월 12일신축 맑음. 식사를 마친 뒤에 배를 타고 거북선의 지자, 현자 포를 쏘아 보았다. 순찰사의 군관 남한이 살펴보고 갔다. 정오에 동헌에 나가서 활 10순을 쏘았다. 관청으로 올라가면서 노대석을 살펴보았다.

4월 13일임인 맑음. 동헌에 나가서 공무를 본 뒤에 활 15순을 쏘았다.

4월 14일계묘 맑음. 동헌에 나가서 공무를 본 뒤에 활 10순을 쏘았다.

4월 15일갑진 맑음. 나라의 제삿날[60]이라 공무를 보지 않았다. 순찰사에게 보내는 답장과 별록을 써서 역졸을 시켜 보냈다. 해가

---

60) 성종 공혜왕후 한씨의 제사.

질 무렵 영남 우수사 원균에게서 공문이 왔는데, "왜선 90여 척이 부산 앞 절영도에 정박했습니다."라고 쓰여 있었다. 이와 동시에 경상좌수사 박홍에게서도 공문이 왔는데, "왜적 350여 척이 이미 부산포 건너편에 도착했습니다."라고 쓰여 있었다. 그래서 즉시 장계를 올리고 순찰사 이광, 병마도절제사 최원, 우수사 이억기에게도 공문을 보냈다. 영남 관찰사 김수에게서도 공문이 왔는데 역시 이와 같은 내용이었다.

4월 16일을사 밤 10시경에 영남 우수사 원균에게서 공문이 왔는데, "부산진이 이미 함락되었습니다."라고 쓰여 있었다. 분하고 원통함을 이길 수가 없다. 즉시 장계를 올리고 또 3도에 공문을 보냈다.

4월 17일병오 흐리고 비가 내리다가 저녁에는 맑음. 영남 우병사 김성일이 공문을 보냈는데, "왜적이 부산을 함락한 뒤에 그대로 계속 머물러 있고 물러가지 않습니다."라고 했다. 저녁에 활 5순을 쏘았다. 연장 근무를 하는 수군과 새로 근무하기 위해 달려온 수군이 잇달아서 방어 진지로 왔다.

4월 18일정미 아침에는 흐림. 이른 아침에 동헌에 나가서 공무를 보았다. 순찰사 이광의 공문이 왔는데, "발포 권관은 이미 파직되었으니 대리를 정해 보내십시오."라고 했다. 그래서 군관 나대용을 그날 바로 보냈다. 오후 2시경에 영남 우수사의 공문이 왔는데, "동래도 함락되었고 양산 조영규, 울산 이언함 두 군수도 역시 조방장으로서 성에 들어갔다가 모두 패했습니다."라고 쓰여 있었다. 정말로 분하고 원통해 말을 할 수가 없다. 또 "병마도절제사 이각, 수사 박홍이 군사를 이끌고 동래 뒤쪽에 이르렀다가 즉시 회군했습니다."라고도 쓰여 있으니 더욱 가슴 아픈 일이다. 저녁에 순천의 군사를 거느리고 온 병방이 석보창[61]에 머물러 있으면서도 군사들을 인솔하고 오지 않았으므로 잡아서 가두었다.

4월 19일무신 맑음. 아침에 품방에서 해자를 파는 일로 군관을 정해서 보냈다. 일찍 아침 식사를 마친 뒤에 동문 위로 나가서 품방 공사를 직접 감독했다. 오후에 상격대를 순찰했다. 이날 분부군[62] 700명이 역사에 동원되었다.

4월 20일기유 맑음. 동헌에 나가서 공무를 보았다. 영남 관찰사 김수의 공문이 왔는데, "많은 왜적들이 휘몰아 쳐들어오니 막아 낼 수가 없습니다. 승리의 기세를 타고 마치 아무것도 없는

61) 전남 여천군 쌍봉면 봉계리 석창.
62) 입대하러 온 군사.

곳에 들어오는 것과 같으니 전선을 정비해서 후원해 주십시오."
라고 쓰여 있었다.

4월 21일경술 맑음. 성 위에 군사를 줄지어 세우는 일을 활터에 앉아서 명령을 내렸다. 오후에 순천 부사 권준이 달려와서 약속을 듣고 갔다.

4월 22일신해 새벽에 정찰도 하고 잘못된 일을 적발하는 일로 군관을 보냈다. 배응록은 절갑도[63]로 가고 송일성은 금오도[64]로 갔다. 또 이경복, 송한련, 김인문 등으로 하여금 두산도의 적대목을 실어 내리는 일로 각각 군인 50명씩을 데리고 가게 하고, 나머지 군사들은 품방에서 일을 하게 했다.

4월 23일부터 30일까지의 일기는 기록에 없음.

63) 전남 고흥군 금산면 거금도.
64) 전남 여천군 남면 금오도.

1592년 5월

옥포에서 왜적과 대립하다

5월 1일경신 수군이 모두 앞바다에 모였다. 흐렸지만 비는 내리지 않았고 남풍만 세게 불었다. 진해루에 앉아서 방답 첨사(이순신), 흥양 현감(배흥립), 녹도 만호 정운鄭運 등을 불러들였다. 모두 분격해 제 한 몸을 잊는 모습이 실로 의사들이라 할 만하다.

5월 2일신유 맑음. 3도 순변사의 공문과 우수사의 공문이 도착했다. 송한련宋漢連이 남해에서 돌아와서, "남해 현령(기효근), 미조 항첨사(김승룡), 상주포 만호, 곡포 만호, 평산포 만호(김축) 등이 하나같이 왜적에 관한 소문을 듣고는 벌써 달아나 버렸고, 군기軍器도 많이 버려서 남은 것이 거의 없습니다."라고 했다. 참으로 놀랍고도 놀랄 일이다. 정오에 배를 타고 바다로 나가서 진을 치고 여러 장수들과 함께 왜적을 물리치자고 약속했는데,

모두 기꺼이 나가 싸울 뜻을 내비쳤다. 그런데 낙안 군수(신호)만은 피하려는 것 같아 한탄스럽다. 군법이 있는데 물러나 피하려 한들 그게 될 법한 일인가. 저녁에 방답의 첩입선 3척이 앞바다에 정박했다. 비변사에서 명령이 내려왔다. 창평 현령이 부임했다는 공문이 왔다. 이날 저녁에 비밀 구호는 용호龍虎라고 하고 대답할 말은 산수山水라고 했다.

5월 3일임술 가랑비가 오전 내내 내림. 경상 우수사의 회답 편지가 새벽에 왔다. 오후에 광양 군수와 흥양 현감을 불러 함께 이야기를 나누며 모두 분한 마음을 나타냈다. 전라 우수사 이억기가 수군을 이끌고 와서 함께 약속했다. 방답의 판옥선이 첩입군을 싣고 오는 것을 보고 우수사가 오는 것이라고 여기며 기뻐했다. 그러나 군관을 보내 알아보니 그것은 방답의 배였다. 실망을 금치 못했다. 조금 뒤에 녹도 만호가 만나자고 하기에 불러들였다. "우수사는 오지 않고 왜적은 점점 한양 가까이 다가오니 통분한 마음을 이길 길이 없거니와 만약에 기회를 늦추다가는 후회를 해도 소용이 없습니다."라고 했다. 이 때문에 곧 중위장 이순신(무의공)을 불러 내일 새벽에 떠날 것을 약속하고 곧 장계를 썼다. 이날 여도 수군 황옥천黃玉千이 왜적의 소식을 듣고 자신의 집으로 도망한 것을 잡아다가 목을 베어 진중 앞에 높이 매달아 놓았다.

5월 4일계해 맑음. 어두운 새벽에 출항해 곧바로 미조항[65] 앞바다에 이르러 다시 약속했다. 우척후 김인영, 우부장 김득광, 중부장 어영담, 후부장 정운 등은 오른편에서 개이도로 들어가서 왜적을 찾아 치기로 하고 그 나머지 대장선들은 모두 평산포, 곡포, 상주포, 미조항을 지나기로 했다.

5월 5일부터 28일까지의 일기는 기록에 없음.

5월 29일무자 우수사 이억기가 오지 않았으므로 혼자 여러 장수들을 거느리고 새벽에 출항해 바로 노량에 이르렀다. 경상 우수사 원균은 미리 약속한 곳에 와 있었다. 그와 함께 의논하다가 왜적이 머물러 있는 곳을 묻자, 왜적들은 지금 사천 선창[66]에 있다고 했다. 바로 그곳으로 갔더니 왜적들은 벌써 뭍으로 상륙해 봉우리 위에 진을 치고 배는 그 산 아래에 줄지어 매어 놓아 항전하는 태세가 매우 견고했다. 나는 여러 장수들을 독려하고 명령을 내려 일시에 달려들어 화살을 비 오듯이 쏘고, 여러 가지 총을 우레와 함께 쏘게 했다. 왜적들은 물러가고 화살에 맞은 자는 그 수를 헤아릴 수 없었으며, 왜적의 머리를 벤 것 또한 셀 수 없었다. 이 싸움에서 군관 나대용이 왜적의 탄환에 맞았

---

65) 경남 남해군 미조면 미조리.
66) 경남 사천시 사천만 일대.

고, 나도 왼쪽 어깨 위에 탄환을 맞았으나 중상은 아니었다. 역시 활을 쏘는 군사들과 노를 젓는 군사들 중에 탄환을 맞은 자가 많았다. 적선 13척을 태워 버린 뒤에 머물렀다.

1592년 6월

당항포의 왜적을 물리치다

6월 1일기축 맑음. 사량도[67]의 뒤에서 진을 치고 밤을 새웠다.

6월 2일경인 맑음. 아침에 떠나 바로 당포 앞 선창에 이르니 적선 20여 척이 줄지어 정박해 있었다. 이를 둘러싸고 싸우는데 적선 중에 큰 배 1척은 그 크기가 우리나라 판옥선만 했다. 배 위에 누각이 있는데, 높이가 두 길은 되겠고 그 누각 위에는 왜장이 버티고 앉아서 움직이지 않았다. 이에 편전과 대소 승자총을 비 오듯이 마구 쏘아대니 적장이 화살을 맞고 쓰러졌다. 그러자 모든 왜적들은 일시에 놀라 흩어졌다. 우리 여러 장졸이 일제히 모여들어 활을 쏘아 대니, 화살에 맞아 쓰러지는 자가

---

67) 경남 충무와 남해 사이의 사량도.

얼마인지 그 수를 헤아릴 수가 없었다. 이 싸움에서 모조리 섬멸하고 한 놈도 남겨두지 않았다. 이윽고 얼마 뒤에 왜적의 큰 배 20여 척이 부산에서 바다를 덮을 듯 들어오다가 우리 군사들을 보고서는 개도[68]로 도망쳐 버렸다.

6월 3일신묘 맑음. 아침에 다시 여러 장수들을 격려해 개도를 협공했으나 왜적은 이미 달아나고 남아 있지 않았다. 고성 등지로 가고자 했으나, 아군의 형세가 외롭고 약하기 때문에 울분을 참은 채 그대로 머물러 잠을 잤다.

6월 4일임진 맑음. 우수사 이억기가 오기를 고대하면서 이리저리 머뭇거리며 형세를 바라보며 대책을 결정하지 못하고 있는데, 정오쯤 되자 우수사가 여러 장수들을 거느리고 돛을 올리고서 왔다. 온 진중의 장병들이 모두 기뻐서 날뛰지 않는 이가 없었다. 군사를 합치고 약속을 거듭한 뒤에 착량포[69]에서 밤을 지냈다.

6월 5일계사 아침에 출항해 당항포[70]에 이르렀다. 왜인의 배

68) 전남 여수시 화정면 개도리.
69) 경남 통영시 산양면 추도.
70) 경남 고성군 당항리.

1척의 크기가 판옥선과 같은데, 배 위에 있는 누각이 높고 그 위에 소위 장수라는 자가 앉아 있다. 그 밖에 중선이 12척이요, 소선이 20척이나 되었다. 한꺼번에 쳐서 깨뜨리니 화살이 비 오듯 하는데, 화살에 맞아 죽은 자는 그 수를 헤아릴 수가 없었고 왜장의 목도 일곱이나 베었다. 나머지 왜적들은 육지로 올라가 바로 달아났지만 그 수는 얼마 되지 않았다. 이때부터 우리의 기세가 크게 올랐다.

6월 6일갑오 맑음. 적선의 움직임을 살피며 거기서 그대로 잤다.

6월 7일을미 맑음. 아침에 출항해 영등 앞바다에 이르니 적선이 율포에 있다고 한다. 복병선을 보내 탐색하게 하니 적선 5척이 먼저 우리 군사가 온다는 것을 알고 남쪽 넓은 바다로 달아났다고 한다. 우리나라의 여러 배가 일제히 쫓아가서 사도 첨사 김완이 1척을 온전히 사로잡았고, 우후도 1척을 온전히 사로잡았고, 녹도 만호 정운도 1척을 온전히 사로잡았으니 왜적의 머리는 모두 36개였다.

6월 8일병신 맑음. 우수사 이억기와 함께 의논하며 바다 가운데에서 머물러 지냈다.

6월 9일정유 맑음. 바로 천성, 가덕에 이르렀는데 왜적의 배가 한 척도 없었다. 두세 번 수색하고 나서 군사를 돌려 당포로 돌아와 밤을 보냈다. 새벽이 되기 전에 배를 출항해 미조항 앞바다에 이르러 우수사 이억기와 이야기를 나누었다.

6월 10일무술 맑음.

6월 11일부터의 일기는 기록에 없음.

7월의 일기는 기록에 없음.

1592년 8월

부산 앞바다에 이르다

8월 23일까지의 일기는 기록에 없음.

8월 24일신해 맑음. 객사 동헌에서 충청 수사 정걸과 아침을 함께 먹고, 바로 침벽정으로 옮겼다. 우수사 이억기와 점심을 함께 먹는데, 정 조방장도 역시 자리를 함께 했다. 오후 4시쯤에 배를 출항해 노질을 재촉해 노량 뒷 바다에 이르러 배를 정박했다. 자정에 다시 달빛을 타고 배를 띄워 사천 땅 모사랑포[71]에 이르자, 날은 벌써 밝았지만 새벽 안개가 사방에 자욱해서 지척을 분간하기 어려웠다.

---

71) 경남 사천시 사천만 일대

8월 25일임자 맑음. 아침 8시쯤에 안개가 걷혔다. 삼천포 앞바다에 이르니 평산포 만호가 공장[72]을 바쳤다. 거의 당포 가까이에 이르러서 경상 우수사 원균과 만나 함께 배를 매 놓고 이야기를 나누었다. 오후 4시쯤에 당포에 이르러 그곳에서 잠을 잤다. 자정쯤에 잠시 비가 내렸다.

8월 26일계축 맑음. 견내량에 이르러 배를 멈추고서 우수사와 함께 이야기를 나누었다. 순천 부사 권준도 왔다. 저녁에 배를 옮겨 각호사[73] 앞바다에 이르러 잤다.

8월 27일갑인 맑음. 영남 수사 원균과 함께 의논하고 배를 옮겨 거제 칠내도(칠전도)에 이르렀다. 웅천 현감 이종인이 와서 "왜적의 머리를 35개나 베었습니다."라고 했다. 저물녘에 제포(진해 앞바다), 서원포(진해 앞바다)를 건너니 밤이 벌써 10시쯤이 되었다. 잠을 자려는데 서풍이 차게 불었다. 나그네의 마음은 편안하지가 않고 꿈자리도 몹시 어지러웠다.

8월 28일을묘 맑음. 새벽에 앉아 꿈을 생각해 보니 처음에는 나

---

72) 수령이나 찰방이 감사, 병마도절제사, 수사 등을 공식적으로 만날 때 내는 관직명을 적은 편지.

73) 경남 거제시 사등면.

쁜 것 같았으나 도리어 좋은 것이었다. 가덕에 이르렀다.

9월의 일기는 기록에 없음.

10월의 일기는 기록에 없음.

11월의 일기는 기록에 없음.

12월의 일기는 기록에 없음.

癸巳

1593년 2월

왜적 소탕을 위해 웅천으로 가다

1월의 일기는 기록에 없음.

2월 1일병술 종일 비가 내림. 발포 만호(황정록), 여도권관(김인영), 순천 부사(권준)이 와서 모였다. 발포진무 최이崔已가 두 번이나 군법을 어겼으므로 군율로 처벌했다.

2월 2일정해 오후 늦게 날이 갬. 녹도가장, 사도 첨사(김완), 흥양 현감(배흥립) 등의 배가 왔다. 낙안 군수(신호)도 왔다.

2월 3일무자 맑음. 여러 장수들이 거의 다 모였는데 보성 군수(김득광)만이 미처 오지 못했다. 동쪽 상방으로 나가 앉아서 순천 부사, 낙안 군수, 광양 현감과 함께 한참 동안 의논했다. 이날 경상도에서 온 귀화인 김호걸과 나장 김수남 등이 군적 장부에 올린 수군 80여 명이 도망가 버렸다고 보고했다. 그러나 뇌물을 많이 받고 잡아 오지 않았다. 이에 군관 이봉수와 정사립 등을 몰래 파견해 70여 명을 찾아서 잡아다가 각 배에 나누어 태웠다. 김호걸과 김수남 등을 그날 바로 처형했다. 오후 8시쯤부터 비바람이 세게 불어서 각 배들을 간신히 지켜 냈다.

2월 4일기축 오후 늦게 갬. 성의 동쪽 가장자리가 아홉 발쯤이나 무너졌다. 객사 동헌에 나가서 공무를 보았다. 오후 6시쯤부터 비가 많이 쏟아지더니 밤새도록 그치지 않았고 바람까지 몹시 사납게 불어 각 배들을 간신히 지켜 냈다.

2월 5일경인 비가 퍼붓듯이 내리다가 밤늦게 갬. 경칩날이라 둑제[1]를 지냈다. 아침을 먹은 뒤에 동헌에 나가서 공무를 보았다. 보성 군수는 이슥한 밤에 육지를 거쳐 왔다. 뜰아래 붙잡아 놓고 늦게 온 죄를 심문하다가 그 대신 대장代將에게 따졌다. 그랬더니 순찰사 등이 명나라 군사에게 음식을 대접하는 사무를 맡아 강진과 해남 등지의 관청으로 갔기 때문이라고 진술했다. 그러나 그것 또한 공무이므로 그 대신 대장, 도훈도, 담당 아전들

---

1) 대장기에 관한 제사.

을 처벌했다. 저녁에 한양에서 온 친구 이언형을 송별하는 술자리를 베풀었다.

2월 6일신묘 아침에는 흐리다가 저녁에는 갬. 새벽 2시경에 첫 나팔을 불고 날이 밝을 무렵에 두 번째 나팔과 세 번째 나팔을 불었다. 배를 타고 돛을 올렸으나 정오 때 잠시 맞바람이 불어 해가 저물어서야 사량진에 이르러 하룻밤을 머물렀다.

2월 7일임진 맑음. 새벽에 떠나 곧장 견내량에 이르렀는데 경상 우수사 원균이 이미 나와 있었다. 그와 함께 이야기를 나누었다. 기숙흠이 와서 만나고 이영남과 이여념도 왔다.

2월 8일계사 맑음. 아침에 경상 우수사(원균)가 내 배에 와서, 전라 우수사(이억기)가 늦게 온다고 몹시 탓하고는 먼저 떠나겠다고 했다. 나는 애써 말리며, "좀 더 기다려 봅시다. 오늘 해가 지기 전에 도착할 겁니다."라고 말했다. 과연 정오쯤에 돛을 나부끼며 들어왔다. 이를 바라보는 사람마다 기뻐 날뛰지 않는 이가 없었다. 그러나 그가 거느리고 온 배는 40척이 채 되지 않았다. 바로 그날 오후 4시쯤에 출항해 초저녁에 온천도(칠천도)에 이르렀다. 본영에 편지를 보냈다.

2월 9일갑오 첫 나팔을 불고 둘째 나팔을 불고 나서 다시 날씨를 보니 비가 많이 내릴 것 같았다. 그래서 출항하지 않았다. 종일 많은 비가 내려서 그대로 머물러 출항하지 않았다.

2월 10일을미 아침에는 흐리다가 저녁에는 맑음. 오전 6시에 출항해 곧장 웅천 웅포[2)]에 이르니 여전히 왜적의 배가 줄지어 정박해 있었다. 두 번이나 유인했으나 진작부터 우리 수군을 겁내 나올 듯하다가도 돌아가 버리므로 끝내 잡아 없애지 못했다. 참으로 분하다. 밤 10시 경에 도로 영등포 뒤의 소진포[3)]에 이르러 배를 대고 밤을 지냈다. 이튿날인 11일 아침에 순천 탐색선이 돌아갈 예정이라 본영에 보낼 편지를 썼다.

2월 11일병신 흐림. 군사들을 쉬게 하고 그대로 머물렀다.

2월 12일정유 아침에는 흐리다가 저녁에는 맑음. 3도의 군사가 일제히 새벽에 출항해 웅천현 웅포에 이르니 왜적들은 어제와 같다. 배로 나아갔다 물러갔다 하며 유인했지만 왜적은 끝내 바다로 나오지 않았다. 두 번이나 웅포까지 뒤쫓았으나 그래도 잡아서 무찌르지 못했으니 어찌한단 말인가. 너무나 분하고 분

---

2) 경남 창원군 웅천면 남문리.
3) 경남 거제군 장목면 송진포리.

하다. 이날 저녁에 도사가 우후에게 공문을 보냈다. 그것은 명나라 장수가 준 군용 물품을 배정한 것이라고 했다. 초저녁에 칠천도에 이르자 비가 많이 쏟아졌는데 밤새도록 그치지 않았다.

2월 13일무술 비가 장대같이 내림. 오후 8시쯤에야 비가 그쳤다. 왜적 토벌에 대해 의논하기 위해 순천 부사(권준), 광양 현감(어영담), 방답 첨사를 불러 이야기를 나누었다. 정담수鄭聃壽가 와서 만났다. 활을 만드는 기술자 대방大邦과 옥지玉只 등이 돌아갔다.

2월 14일기해 맑음. 증조부의 제삿날이다. 이른 아침에 본영의 탐색선이 왔다. 아침을 먹은 뒤에 3도의 군사들을 모아 작전을 세우려고 할 때 경상 우수사는 병 때문에 오지 않았고, 전라좌우도의 여러 장수들만이 모여서 작전을 세웠다. 그런데 전라 우수영의 우후가 술에 취해 마구 지껄이며 떠드니 그 기막힌 꼴을 어찌 다 말하랴. 어란포 만호 정담수와 남도포[4] 만호 강응표姜應彪도 역시 마찬가지였다. 이렇게 큰 적을 맞아 무찌르는 일로 모인 자리에서 술에 만취해 이 지경에까지 이르다니 그 됨됨이를 말로 다 표현할 수가 없다. 분통함을 이길 길이 없다.

4) 전라도 진도.

저녁 때 회의를 끝내고 진을 친 곳으로 왔다. 가덕 첨사 전응린이 와서 만났다.

2월 15일경자 아침에 맑더니 저녁에 비가 내림. 날씨는 따뜻하고 바람도 잔잔했다. 과녁을 걸고 활을 쏘다. 순천 부사, 광양 현감이 왔다. 사량 만호 이여념, 소비포 권관 이영남, 영등포 만호 우치적도 함께 왔다. 이날 순찰사(이광)에게서 공문이 왔는데 명나라에서 또 수군을 보내니 미리 알아서 처리하라는 것이었다. 또 순찰사 진영에 있는 아전이 보낸 고목[5]에는 명나라 군대가 2월 1일에 한양에 들어가 왜적들을 모두 섬멸했다고 했다. 해질 무렵에 원균이 와서 만났다.

2월 16일신축 맑음. 늦은 아침에 바람이 세게 불었다. 소문에 영의정 정철이 사은사[6]가 되어 북경에 간다고 했다. 그래서 노비 단자[7]를 정원명에게 보내면서 그것을 가져다가 행차하는 일행에게 전하라고 했다. 오후에 우수사가 와서 함께 식사했다. 순천 부사와 방답 첨사도 와서 만났다. 밤 10시쯤에 신환과 김대

---

5) 관청의 하급 서리가 상관에게 공적인 일을 알리거나 문안할 때 올리는 간단한 문서.

6) 명나라가 조선에 은혜를 베풀었을 때 이에 보답하기 위해 수시로 보냈던 사절.

7) 여행에 필요한 물품과 비용을 기록해 보낸 문서.

복이 왕의 교서[8] 2장과 전서, 부찰사[9]의 공문을 갖고 왔다. 공문을 통해 명나라 군사들이 바로 송도를 치고 이달 초 6일에는 한양에 있는 왜적을 함몰했다는 사실을 알게 되었다.

2월 17일임인 흐렸으나 비는 내리지 않음. 종일 동풍이 불었다. 새벽에 이영남, 허정은, 정담수, 강응표 등이 와서 만났다. 오후에는 우수사를 만나러 갔다. 새로 온 진도 군수 성언길도 만났다. 우수사와 함께 경상 우수사의 배에 갔다. 들으니 선전관[10]이 임금의 분부[11]를 갖고 온다고 한다. 저물어 돌아오는 길에서 선전관이 왔다는 말을 들었다. 노를 바삐 저어 진으로 돌아왔을 때 선전관의 깃발을 보고는 바로 배 위로 맞아들였다. 임금의 분부를 받들어 보니, 급히 적의 퇴로를 끊고 도망치는 적을 무찌르라는 것이었다. 즉시 분부를 받았다는 답서를 써서 부치고 나니 벌써 새벽 2시가 넘었다.

2월 18일계묘 맑음. 이른 아침에 행군해 웅천에 이르렀는데 왜적의 형세는 여전하다. 사도 첨사(김완)를 복병장으로 임명하고 여도 만호, 녹도 가장, 좌우별도장, 좌우돌격장, 광양 이선, 흥양

8) 왕이 신하, 백성, 관청 등에 내리던 문서.
9) 중앙에서 파견한 임시 고관으로 도체찰사 다음 가는 벼슬.
10) 국왕을 가까이 모시는 무반.
11) 승정원의 담당 승지를 통해 전달되는 왕명서(王命書).

대장, 방답 이선 등을 거느리고 송도[12]에 숨어 있게 했으며 모든 배들로 하여금 유인하게 했다. 그러자 적선 10여 척이 뒤따라 나왔다. 경상도 복병선 5척이 재빨리 나가 쫓을 때 나머지 복병선들이 일제히 적선들을 에워싸고 여러 무기들을 쏘아 대자, 왜적들은 헤아릴 수 없이 많이 죽었다. 한 놈의 머리를 베었더니 적의 기세가 크게 꺾여 뒤따라 나와 항거하지 못했다. 날이 저물어서 사화랑[13]에 진을 치고 밤을 지냈다.

2월 19일갑진 맑음. 서풍이 세게 불어 배를 띄울 수가 없어서 그대로 머무르고 출항하지 않았다. 남해 현감에게 붓과 먹을 보냈다. 그러자 저녁에 남해 현령이 고맙다고 인사를 하러 와서 만났다. 고여우와 이효가도 와서 만났다. 그대로 사화랑에 머물렀다.

2월 20일을사 맑음. 새벽에 배를 출항했는데 동풍이 약간 불었다. 왜적과 마주쳤을 때는 갑자기 바람이 세게 불어 배들끼리 서로 부딪쳐 깨질 지경이었다. 배를 제대로 통제할 수조차 없었다. 즉시 호각을 불고 초요기(지휘기)를 올려 싸움을 중지시키니, 우리 수군들이 다행히도 크게 다치지는 않았다. 그러나 흥양 1척, 방답 1척, 순천 1척, 본영 1척이 서로 부딪쳐 크게 깨졌다. 날이

12) 경남 창원시 웅천2동.
13) 경남 창원시 남양동.

저물기 전에 소진포로 돌아와서 물을 긷고 밤을 지냈다. 이날 사슴 떼가 동서로 달아났는데 순천 부사가 노루 1마리를 잡아 보냈다.

2월 21일병오 흐리고 바람이 세게 붊. 이영남과 이여념이 와서 만났다. 경상 우수사 원균, 순천 부사, 광양 현감도 와서 만났다. 저녁에 비가 내리더니 자정이 되어서야 그쳤다.

2월 22일정미 새벽부터 구름이 검더니 동풍이 세게 붊. 적을 무찌르는 일이 급하므로 출항해 사화랑에 이르러 바람이 잠잠해지기를 기다렸다. 이윽고 바람이 멎는 듯했으므로 재촉해 웅천에 이르렀고 삼혜, 의능 두 승장, 의병 성응지를 제포[14]로 보내 곧 상륙을 하는 척하게 했다. 또 우도에 있는 여러 장수들의 배들 중에서 튼튼하지 않은 배들을 골라 동쪽으로 보냈다. 그들 또한 상륙하는 척하게 했더니 왜적들이 당황해 갈팡질팡했다. 이 틈을 타서 모든 배를 몰아 일시에 뚫고 들어가자 적들의 세력은 뿔뿔이 흩어져 약해졌고 거의 섬멸했다. 그러나 발포 2척과 가리포 2척이 명령을 내리지 않았는데도 적에게 뛰어들었다가 그만 얕은 곳에서 좌초에 걸려 적에게 습격을 받았다. 참

14) 경남 진해시 웅천2동.

으로 분하고 분해 가슴이 찢어질 것만 같다. 얼마 후 진도의 지휘선 1척도 적에게 포위되어 거의 구하게 되지 못하게 될 지경에 이르렀으나 우후가 곧장 달려가서 구해 냈다. 경상 좌위장과 우부장은 보고도 못 본 체하고 끝내 구하지 않았으니 그 괘씸함을 이루 표현할 길이 없다. 참으로 분하도다. 오늘의 분함을 어찌 다 말하랴. 이는 모두 경상 우수사의 탓이다. 돛을 달고 소진포로 돌아와서 잤다. 아산에서 뇌와 분[15]의 편지가 웅천 진중에 왔고 어머니의 편지도 왔다.

2월 23일무신 흐렸으나 비는 내리지 않음. 아침에 우수사가 와서 만났다. 식사를 마친 뒤에 원균 수사가 오고 순천 부사, 광양 현감, 가덕 첨사, 방답 첨사도 왔다. 이른 아침에는 소비포 만호, 영등포 만호, 와량 만호 등이 와서 만났다. 경상 우수사 원균은 너무 음흉해 말로는 무어라 이를 길이 없다. 최천보[16]가 양화진[17]에서 와서 명나라 군사들의 소식을 자세히 전하고 또 조도어사[18]의 편지와 공문을 전했다. 그리고 그날 밤에 돌아갔다.

2월 24일기유 맑음. 새벽에 아산과 온양에 보낼 편지와 집안에

15) 이순신의 맏형 이희신의 셋째 아들.
16) 임진왜란 때 홍양 현감으로서 참전해 승리함.
17) 전남 고흥군 영남면 양화리.
18) 중앙에서 파견되어 온 관리.

보낼 편지를 아울러 써서 보냈다. 아침에 출항해 영등포 앞바다에 이르니 비가 몹시 퍼부어서 도저히 다다를 수가 없었다. 배를 돌려 칠천량으로 돌아왔다. 비가 그치자 우수사 이억기, 순천 부사, 가리포 첨사, 진도 군수 성언길과 함께 배를 띄우고 조용히 이야기를 나누었다. 초저녁에 배를 만드는 기구를 들이는 일로 패자[19]와 흥양에 갈 공문을 써서 보냈다. 군량으로 쓸 쌀 90되를 소금과 바꾸어 보냈다.

2월 25일경술 맑음. 바람의 흐름이 순조롭지 못하므로 그대로 칠천량에 머물렀다.

2월 26일신해 바람이 세게 붊. 종일 머물렀다.

2월 27일임자 맑았으나 바람이 세게 붊. 우수사 이억기와 함께 이야기를 나누었다.

2월 28일계축 맑고 바람조차 없음. 새벽에 출항해 가덕에 이르니, 웅천의 적들은 기가 죽어 대항할 생각조차 못하고 있었다. 우리 배가 바로 김해강 아래쪽 독사이항[20]으로 향했는데, 우부

19) 계급이 높은 사람이 낮은 사람에게 보내는 글.
20) 부산시 강서구 명지동.

장이 적이 있다고 알려왔으므로, 곧 여러 배들이 돛을 달고 급히 달려가 작은 섬을 에워싸고 보았다. 그런데 경상 우수사 원균의 군관과 가덕 첨사의 탐색선 등 두 척이 섬 사이에서 들락날락 하는데 그 하는 짓거리가 황당했다. 배 2척을 잡아 경상 우수사 원균에게 보냈더니 그가 크게 성을 냈다고 한다. 알고 보니 그 본래의 의도는 군관을 보내 고기잡이를 하는 자들의 목을 베어 오는 데 있었던 것이다. 초저녁에 아들 염이 왔다. 사화랑에서 잠을 잤다.

2월 29일갑인 흐림. 바람이 몹시 불까 염려되어 배를 칠천량으로 옮겼다. 우수사 이억기가 와서 만났다. 순천 부사와 광양 현감도 왔다. 경상 우수사가 와서 만났다.

2월 30일을묘 종일 비가 내림. 배를 덮는 누추한 거적 아래에 웅크리고 앉아 있었다.

1593년 3월

왜적과의 대립이 이어지다

3월 1일병진 잠시 맑다가 저녁에 비가 내림. 방답 첨사(이순신)가 왔다. 순천 부사(권준)는 병으로 오지 못했다.

3월 2일정사 종일 비가 내림. 배를 덮는 누추한 거적 아래에 웅크리고 앉아 있으니, 온갖 회포가 가슴에 치밀어 올라 마음이 어지러웠다. 이응화를 불러다가 한참 동안 이야기를 하다가 그대로 순천 부사가 탄 배에 보내 병세를 살펴보게 했다. 이영남, 이여념이 와서 원균 영감의 비리를 전했다. 더욱더 한탄스러울 따름이다. 이영남이 왜인의 작은 칼을 두고 갔다. 이영남에게 들은 바에 따르면 강진의 두 사람이 살아서 돌아왔는데, 고성으로 붙들려가서 심문을 받고 왔다고 했다.

3월 3일무오 아침에 비가 내림. 오늘은 답청절[21]이건만 흉악한 적들이 물러가지 않아서 군사를 거느리고 바다에 떠 있으며, 또 명나라 군사들이 한양에 들어왔는지 아닌지 그 소식조차 듣지 못하니 말할 수 없이 걱정스럽다. 종일 비가 내렸다.

3월 4일기미 맑아짐. 우수사 이억기가 와서 종일 이야기를 나누었다. 원균도 왔다. 순천 부사 권준이 병이 몹시 아프다고 한다. 소문을 들으니, 명나라 장수 이여송이 함경도 쪽으로 간 왜적들이 설한령[22]을 넘었다는 말을 듣고는 개성까지 왔다가 평안도로 다시 돌아갔다고 한다. 걱정스러워서 견딜 수가 없다.

3월 5일경신 맑음. 바람기가 매우 사납다. 순천 부사가 몸이 아파서 도로 돌아간다기에 아침에 몸소 배웅해 보냈다. 탐색선이 왔다. 내일 적을 치자고 약속했다.

3월 6일신유 맑음. 새벽에 출항해 웅천에 이르니 적들은 바쁘게 뭍으로 도망쳐 산의 요충지에 진을 쳤다. 관군들이 탄환과 화살을 비 오듯이 마구 쏘아 대니 맞아서 죽는 자가 매우 많았다. 포로로 잡혀갔던 사천에 사는 여인 1명을 도로 빼앗아 왔다. 칠천

---

21) 삼짇날 돋아나는 싹을 밟는 날.
22) 함남 양거수리에서 평북 강계에 이르는 도 경계선.

량에서 잤다.

3월 7일임술 맑음. 우수사와 이야기를 나누었다. 초저녁에 출항해 걸망포[23]에 이르니 날은 이미 새었다.

3월 8일계해 맑음. 한산도로 돌아와 아침을 먹고 나니 광양 현감, 낙안 군수, 방답 첨사가 왔다. 방답 첨사와 광양 현감은 술과 안주를 많이 준비해 왔다. 우수사도 오고 어란포 만호(정담수)도 소고기로 만든 음식 몇 가지를 보내왔다. 저녁에 계속 비가 왔다.

3월 9일갑자 궂은비가 종일 내림. 원식이 와서 만났다.

3월 10일을축 맑음. 아침을 먹은 뒤에 사량으로 향했다. 낙안 사람이 행재소[24]에서 와서, "명나라 군사들은 진작 개성까지 왔지만 연일 비가 내려 길이 질었습니다. 그 때문에 행군하기가 어려워서 날이 개기를 기다렸다가 한양로 들어가기로 약속했습니다."라고 했다. 이 말을 듣고는 그 기쁨을 이길 길이 없었다. 첨사 이홍명이 와서 만났다.

---

23) 경남 통영시 산양면 신전리 신전포.
24) 임금께서 피란 가 계신 곳.

3월 11일병인 맑음. 아침을 먹은 뒤에 원균 수사와 이억기 수사가 함께 와서 만났다. 이야기를 하고 술도 마셨다. 원균 수사는 몹시 취해 동헌으로 돌아갔다. 본영의 탐색선이 왔다. 돼지 3마리를 잡아 왔다.

3월 12일정묘 맑음. 아침에 각 고을에 공문을 써 보냈다. 본영의 병방 이응춘이 공문을 마감하고 갔다. 아들 염과 나대용, 덕민, 김인문 등이 본영으로 돌아갔다. 식사를 마친 뒤에 우수사가 거처하는 방에서 바둑을 두었다. 광양 현감이 술을 갖고 왔다. 한밤에 비가 내렸다.

3월 13일무진 비가 많이 오다가 늦은 아침에야 날이 갬. 우수사 이억기, 첨사 이홍명과 함께 바둑을 두었다.

3월 14일기사 맑음. 각 배를 출항시켜 배를 만들 나무를 실어 왔다.

3월 15일경오 맑음. 우수사가 이곳에 왔다. 여러 장수들이 관덕정에서 활을 쏘는데, 우리 편의 장수들이 이긴 것이 66푼이었다. 그래서 우수사가 떡과 술을 장만해 왔다. 저물녘부터 비가 많이 쏟아지더니 밤새도록 퍼부었다.

3월 16일신미 저녁에야 맑음. 여러 장수들이 또 활을 쏘았다. 우리 편 여러 장수들이 30푼 남짓이 이겼다. 원균도 왔다. 많이 취해서 돌아갔다. 낙안 군수는 아침에 왔기에 고부로 가는 편지를 주어 보냈다.

3월 17일임신 맑고 종일 센 바람이 붊. 우수사와 함께 활을 쏘았다. 그가 활을 쏘는 모양이 형편없으니 우습다. 신경황이 와서 전하기를 임금의 밀지[25]를 전하는 선전관(채진, 안세걸)이 본영에 왔다고 했다. 곧 도로 돌려보냈다.

3월 18일계유 맑음. 바람이 세게 불어 사람이 출입조차 하지 못했다. 소비포 권관과 함께 아침을 먹었다. 우수사와 장기를 두었는데 이겼다. 남해 현감 기효근도 왔다. 저녁에 돼지 1마리를 잡아 왔다. 밤 10시에 비가 왔다.

3월 19일갑술 종일 비가 내림. 우수사와 함께 이야기를 나누었다.

3월 20일을해 맑음. 우수사와 함께 이야기를 나누었다. 소문을 들으니 오후에 선전관이 임금의 분부를 갖고 온다고 한다.

---

25) 임금이 몰래 내리는 명령.

3월 21일병자 맑음.

3월 22일정축 맑음.

3월 23일 부터의 일기는 기록에 없음.

4월의 일기는 기록에 없음.

1593년 5월

명나라 관리를 맞이하다

5월 1일갑인 맑음. 새벽에 망궐례를 행했다.

5월 2일을묘 맑음. 선전관 이춘영이 임금의 분부를 갖고 왔다. "적의 퇴로를 차단하고 적을 섬멸하라."라는 것이었다. 이날 보성 군수(김득광)와 발포 만호(황정록), 두 장수가 와서 모이고 다른 여러 장수들은 약속을 정하는 것을 미루었으므로 모이지 못했다.

5월 3일병진 맑음. 우수사(이억기)가 수군을 거느리고 왔는데 수군들이 많이 뒤떨어져 한탄스럽다. 선전관 이춘영이 돌아가고 이순일이 왔다.

5월 4일정사 맑음. 오늘이 어머니의 생신날이건만 적을 토벌하는 일 때문에, 가서 오래 사시기를 기원하는 축수의 잔도 올리지 못하니 평생의 한이 되겠다. 우수사, 군관들과 함께 진해루에서 활을 쏘았다. 순천 부사도 와서 군사에 관한 일을 약속했다.

5월 5일무오 맑음. 선전관 이순일이 경상도에서 돌아와 아침 식사를 대접했다. 명나라에서 나에게 명나라의 직품인 '은청금자광록대부銀清金資光祿大夫'를 내렸다고 한다. 아마 잘못 들은 것이리라. 저녁에 우수사, 순천 부사, 광양 현감, 낙안 군수 등과 함께 앉아 술을 마시며 이야기를 나누었다. 또 군관들에게 편을 갈라 활을 쏘게 했다.

5월 6일기미 흐린 뒤에 비가 내림. 아침에 친척 신정과 조카 봉이 아산 해암에서 왔다. 저녁에 퍼붓듯이 내리는 비가 종일 그치지 않았다. 천거[26]에 개울물이 넘쳐흘러 농민들에게 희망을 주니 참으로 다행이다. 저녁 내내 친척 신씨와 함께 이야기를 나누었다.

5월 7일경신 흐렸으나 비는 내리지 않음. 우수사(이억기)와 함께

---

26) 논에 물을 대기 위해 만든 내.

아침을 먹고 진해루로 옮겨 앉아 관청 일을 했다. 배를 타고 떠날 즈음에 발포에서 도망갔던 수군을 처형했다. 병역에 관한 일을 제대로 처리하지 않았으므로 순천 이방에게도 군법을 시행하려고 하다가 그만두었다. 미조항에 이르자 동풍이 세게 불었다. 파도가 산과 같아 간신히 도착해 하룻밤을 묵었다.

5월 8일신유 흐렸으나 비는 내리지 않음. 새벽에 출항해 사량 바다 가운데에 이르니 만호(이여념)가 나왔다. 우수사가 있는 곳을 물었더니, 지금 창신도[27]에 있는데 군사들이 모이지 않아 미처 배를 타지 못했다고 했다. 곧바로 당포에 이르렀는데 마침 이영남이 와서 만났다. 수사(원균)가 망령을 부리는 일이 많다는 것을 자세히 말했다. 이곳에서 묵었다.

5월 9일임술 흐림. 아침에 출항해 걸망포에 이르니 바람이 순조롭지 못했다. 수사(이억기), 가리포 첨사(구사직)와 한 자리에 앉아서 의논했다. 저녁에 수사 원균이 배 2척을 거느리고 왔다.

5월 10일계해 흐렸으나 비는 내리지 않음. 아침에 출항해 견내량에 이르러 저녁에 작은 마루 위로 올라가 앉았다. 흉양의 군사

27) 경남 남해군 창선도.

를 점검했는데 기약한 날짜를 어긴 여러 장수들의 죄를 처벌했다. 우수사와 가리포 첨사도 모여 함께 이야기를 나누었다. 조금 뒤에 선전관 고세충이 임금의 분부를 받들고 와서 읽어 보니, 부산으로 후퇴해서 돌아가는 왜적을 무찌르라는 것이었다. 부체찰사의 군관 민종의가 공문을 갖고 왔다. 저녁에 경상 우후 이의득과 이영남이 와서 만났다. 앉아서 이야기를 나누다가 밤이 깊어진 뒤에야 헤어졌다. 봉사 윤제현이 본영에 이르렀다는 편지가 왔다. 곧 답장을 보내 본영에서 잠시 기다리라고 했다.

5월 11일갑자 맑음. 선전관이 돌아갔다. 저녁에 우수사의 진중으로 갔더니 이홍명과 가리포 첨사가 와 있어서 바둑을 두었다. 순천 부사가 오고 광양 현감이 이어서 왔다. 가리포 첨사가 술과 고기를 냈다. 얼마 후에 영등포[28]로 적을 탐색하러 갔던 군사가 돌아와서 보고하기를, "가덕도 앞바다에 적선이 무려 200여 척이나 머물러 있고 웅천은 전일과 마찬가지입니다."라고 했다. 선전관이 돌아갈 때 서장을 보냈다. 도원수와 체찰사[29] 등에게 보내는 3가지 공문을 썼고 그것을 가져갈 사람도 보냈다. 이날 남해 현감도 와서 만났다.

---

28) 경남 거제시 장목면 구영리.
29) 조선 시대에, 지방에 군란(軍亂)이 있을 때 임금을 대신해 가서 일반 군무를 맡아보던 임시 벼슬. 보통 재상이 겸임했음.

5월 12일을축 맑음. 본영의 탐색선이 들어왔다. 그 편에 순찰사의 공문과 명나라 시랑 송응창이 패문을 갖고 왔다. 사복시의 말 5필을 중국에 올려 보내라는 공문도 왔다. 그래서 병방 진무를 띄워 보냈다. 저녁에 경상 우수사가 오고 선전관 성문개도 와서 만났다. 피란 중에 계신 임금의 사정을 자세히 전했다. 통곡하고 통곡할 일이로다. 새로 만든 정철총통[30]을 비변사로 보내면서 흑각궁[31], 과녁, 화살을 넉넉하게 보냈다. 선전관 성문개가 순변사 이일의 사위라고 했기 때문이다. 저녁에 이영남과 윤동구가 와서 만났다. 고성 현령 조응도도 와서 만났다. 이날 새벽에 좌, 우도의 탐색군을 정해 영등포 등지로 보냈다.

5월 13일병인 맑음. 식사를 마친 뒤에 작은 산봉우리에 과녁을 매달아 놓고 순천 부사, 광양 현감, 방답 첨사, 사도 첨사, 우후, 발포 만호가 편을 나누어 활을 쏘며 겨루다가 날이 저물어 배로 내려왔다. 밤에 들으니 영남 우수사에게 선전관 도언량이 와 있다고 한다. 이날 저녁 달빛은 배에 가득 차 있었고 혼자 앉아서 이리 뒤척이고 저리 뒤척이니 온갖 근심이 가슴에 치민다. 잠을 이루지 못하다가 닭이 울 때쯤에야 풋잠이 들었다.

---

30) 이순신이 조총을 본떠서 만든 소형 화기.
31) 소나 양의 뿔로 만든 활.

5월 14일정묘 맑음. 선전관 박진종이 왔다. 같은 시각에 선전관 영산령 예윤이 또 임금의 분부를 받들고 왔다. 그들에게서 명나라 군사들의 하는 짓을 들으니, 참으로 애통하고 애통하다. 나는 우수사(이억기)의 배에 옮겨 타고 선전관과 이야기하며 술잔이 여러 번 돌자, 경상 우수사 원균이 나타나서 술을 함부로 마시고 못할 말이 없으니, 배안의 모든 장병들이 분개하지 않는 이가 없었다. 그 망령된 짓을 차마 말할 수 없다. 영산 영감이 취해 엎어져 인사불성이 되었으니 우습다. 이날 저녁에 두 선전관이 돌아갔다.

5월 15일무진 맑음. 아침에 낙안 군수(신호)가 와서 만났다. 조금 뒤에 윤동구가 그의 대장(원균)이 올린 장계의 초본을 갖고 와서 보이는데, 그럴 듯이 속임수를 쓰는 모양을 이루 다 말할 수가 없다. 순천 부사, 광양 현감이 와서 만났다. 늦은 아침에 조카 해와 아들 울이 봉사 윤제현과 함께 왔다. 마침 정오에 활을 쏘는 곳에 이르러 순천 부사, 광양 현감, 사도 첨사, 방답 첨사 등과 승부를 겨루었는데, 나도 쏘았다. 저녁에 배로 돌아와서 봉사 윤제현과 자세히 이야기를 나누었다.

5월 16일기사 맑음. 아침에 적량 만호 고여우, 감목관 이효가, 이응화, 강응표 등이 와서 만났다. 각 고을에 보낼 공문과 소장을 처리했다. 조카 해와 아들 회가 돌아갔다. 마음이 몹시 불편해 베개를 베고 신음했다. 명나라 장수가 중간에서 늦추며, 머무르는 것은 무슨 교묘한 술책이 있을 것이라는 말을 들었기 때문이었다. 나라를 위해 걱정이 많은 중에 일마다 이러하니, 더욱더 한심스러워서 눈물이 쏟아졌다. 점심을 먹을 때 윤동구에게서 한양 관동[32]의 숙모가 양주의 천천[33]으로 피란을 갔다가 거기에서 작고하셨다는 말을 듣고는 통곡을 참지 못했다. 언제부터 세상사가 이토록 가혹한가. 장사 지내는 일은 누가 맡아서 지내는가. 대진이 먼저 세상을 떠났다는 말을 들으니 더욱 애통하다.

5월 17일경오 맑음. 새벽에 바람이 세게 불었다. 아침에 순천 부사, 광양 현감, 보성 군수, 발포 만호, 이응화가 와서 만났다. 변존서가 병이 나서 돌아갔다. 영남 수사가 군관을 보내 진주에서 온 급한 보고서를 갖고 왔다. 제독 이여송은 지금 충주에 있다 하고, 적의 무리들은 사방으로 흩어져서 불을 지르며 약탈을 일삼고 있다고 한다. 매우 한탄스럽고 분하다. 종일 바람이 세게 불어 마음이 어지럽다. 고성 현령이 군관을 보내 문안하고 또

32) 서울시 종로구 연건동.
33) 경기도 양주시 회천읍 회천동.

추로수[34]와 소고기를 요리한 꼬치와 꿀통을 보냈다. 상중이라 받자니 미안하고 그렇다고 해서 정으로 보낸 것을 의리상 돌려보낼 수도 없었으므로 군관들에게 주었다. 몸이 몹시 불편해 일찍 선실에 들어왔다.

5월 18일신미 맑음. 이른 아침에 몸이 무척 불편해 위장약인 온백원 네 알을 먹었다. 아침을 먹은 뒤에 우수사와 가리포 첨사가 와서 만났다. 얼마 후에 시원하게 설사가 나오니 좀 편안해진다. 종 목년이 게바우개[35]에서 왔는데 어머니께서 평안하시다고 한다. 곧 답장을 써서 미역 다섯 다발과 함께 보냈다. 이날 접반사[36]에게 적의 형세에 관한 3도의 공사를 한 서류로 만들어 보냈다. 전주 부윤(권율)이 공문을 보냈는데, 지금 병마절제사까지 겸해 맡게 되었다고 하면서 도장은 찍지 않았다. 그 까닭을 모르겠다. 방답 첨사가 와서 만났다. 대금산[37]과 영등포 등지의 척후병[38]이 돌아와 보고하기를, "왜적들이 나타나기는 하지만 음흉한 계책은 없어 보입니다."라고 했다. 새로 협선 2척을 만드는데 못이 없다고 한다.

---

34) 약술의 이름.
35) 충남 아산시 염치읍 해암리 해포.
36) 명나라 장군을 대접하는 관원.
37) 경남 거제군에 있는 산.
38) 적의 형편이나 지형 따위를 정찰하고 탐색하는 임무를 맡은 병사.

5월 19일임신 맑음. 아침을 봉사 윤제현과 함께 먹는데 여러 장수들이 몹시 권하고, 몸이 불편한데 억지로 입맛을 내게 하니 더욱더 슬프고 마음이 아팠다. 순찰사의 공문에는 "명나라 장수 유원외가 보낸 공문에 의하면 부산 바다 어귀는 벌써 끊어 막았습니다."라고 쓰여 있었다. 곧 공문을 받았다는 확인서를 써서 보내고 또 공무에 관한 보고를 써서 보성 사람에게 전달 임무를 주었다. 순천 부사가 소고기 등 7가지를 보내왔다. 방답 첨사와 이홍명이 와서 만났다. 기숙흠도 와서 만났다. 영등포 척후병이 와서 다른 움직임은 없다고 했다.

5월 20일계유 맑음. 새벽에 대금산 척후병이 와서 보고했는데 영등포 척후병의 보고와 같았다. 저녁에 순천 부사가 오고 소비포 권관도 왔다. 오후에 척후병이 와서 보고하기를, "왜선은 보이지 않습니다."라고 했다. 그래서 본영 군관에게 왜인의 물건을 실어 오는 일에 관한 편지를 썼다. 흥양 사람이 지니고 가게 했다.

5월 21일갑술 새벽에 출항해 거제 유자도[39] 가운데 앞바다에 이르니, 대금산 척후병이 와서 왜적의 출몰이 전과 같다고 보고했다. 우수사와 저녁 내내 이야기를 나누었다. 이홍명도 왔다.

---

39) 경남 통영시 한산면 유자도. 한산도와 서좌도 사이.

오후 2시쯤에 비가 왔다. 농사에 관한 희망이 살아났다. 이영남이 와서 만났다. 수사 원균이 거짓된 내용으로 공문을 보내 대군을 혼란스럽게 만들었다. 군중에서조차 속임수를 쓰니 그 흉측함을 이루 다 말할 수가 없다. 밤에 미친 듯이 비바람이 일었다. 먼동이 틀 무렵에 거제도 선창에 배를 대었다. 곧 날이 밝았다.

5월 22일을해 비가 내림. 비가 계속 내려서 사람들의 바람을 매우 흡족하게 채웠다. 늦은 아침에 나대용이 본영에서 명나라 시랑(송응창)의 공문을 갖고 왔는데 파견원, 본도 도사, 행상호군[40], 선전관 한 사람과 함께 온다는 소식을 갖고 왔다. 송시랑이 파견한 사람은 우리 배를 시찰하러 온다고 했다. 곧 우후로 하여금 영접하도록 보내고 오후에 칠천량으로 옮겨 대었다. 대접 절차를 물어보는 일로 나대용을 보냈다. 저녁에 방답 첨사가 와서 명나라 사람을 대접하는 일에 대해 말했다. 경상 우수사의 군관 김준계가 와서 장수의 뜻을 전했다. 비가 종일 그치지 않았다. 흥양 군관 이호가 세상을 떠났다는 소식을 들었다.

5월 23일병자 새벽에 흐렸으나 비는 내리지 않음. 저녁에 비가 오락가락함. 우수사가 오고 이홍명도 왔다. 영남 우병사의 군

---

40) 낮은 직책으로 높은 품계를 맡은 것.

관이 와서 적의 소식을 전했다. 전라도 병마도절제사(선거이)의 편지와 공문이 왔는데, "창원에 있는 적을 치고 싶으나 적의 기세가 거세기 때문에 경솔히 나아갈 수 없습니다."라고 했다. 저녁에 아들 회가 와서, "명나라 관원이 본영에서 배를 타고 옵니다."라고 했다. 저물녘에 경남 수사(원균)가 와서 명나라 관리들을 대접하는 일에 대해 의논했다.

5월 24일정축 비가 오락가락함. 아침에 거제 앞 칠천량 바다 어귀로 진을 옮겼다. 나대용이 명나라 관리들을 사량 뒷바다에서 발견하고 먼저 와서 , "명나라 관리들, 통역관 표헌, 선전관 목광흠이 함께 옵니다."라고 했다. 오후 2시쯤에 명나라 관리 양보가 진 앞에 이르렀다. 우별도장 이설에게 마중하게 해 배로 안내하자 매우 기뻐하는 기색이었다. 우리 배에 오르게 하고 황제의 은혜를 두세 차례 사례하며 마주 앉기를 청했으나 굳이 사양했다. 그는 선 채로 1시간이 지나도록 이야기하며 우리의 전함이 위대하다고 매우 칭찬했다. 예물 명단을 올렸다. 처음에는 사양하는 듯했으나 결국 매우 기뻐하며 받았고 두세 번 감사하다고 했다. 선전관이 표신을 보이고 의자에 앉아 조용히 이야기를 나누었다. 아들 회가 밤에 본영으로 돌아갔다.

5월 25일무인 맑음. 명나라 관리들과 선전관은 깊이 취해 술이 깨지 않았다. 아침에 통역관 표헌을 다시 불러들여 명나라 장수가 하는 일을 물었더니, 명나라 장수의 뜻이 무엇인지 알 수가 없었다. "왜적을 쫓아내려고만 할 따름입니다."라고만 했다. 보고에 따르면, 송 시랑이 우리 수군의 허실을 알고자 자신이 데리고 온 부하 가운데 정탐의 일을 맡고 있는 양보를 보낸 것인데, 수군의 위세가 이렇게도 장하니 기쁘기 한이 없다고 했다. 늦게야 명나라 관리들이 본영으로 돌아갔다. 늦게 본영으로 돌아갔으므로 증명서를 발급했다. 한낮에 거제현 유자도 앞바다 가운데로 진을 옮기고 우수사(이억기)와 작전을 토의했다. 광양 현감, 최천보, 이홍명이 와서 바둑을 두고 헤어졌다. 저녁에 조붕이 와서 이야기를 나누고 보냈다. 초저녁이 지나서 경상도에서 오는 명나라 사람 2명, 우도 관찰사의 서리[41] 1명, 접반사 군관 1명이 진영 문에 이르렀으나 밤이 깊어 들이지 않았다.

5월 26일기묘 비가 내림. 아침에 명나라 사람을 만나 보니 절강성의 포수 왕경득이라고 했다. 문자를 조금 아는 것 같아 한참 동안이나 이야기했지만 알아들을 수가 없었다. 매우 답답하다. 순천 부사가 집에서 노루 고기를 차려 내놓았다. 광양 현감과

41) 중앙 관아에 속해 문서의 기록과 관리를 맡아보던 하급의 구실아치.

우수사가 와서 함께 이야기를 나누었다. 가리포 첨사는 불렀으나 오지 않았다. 비가 저녁 내내 그치지 않고 밤새도록 내렸다. 밤 10시쯤부터 바람이 세게 불어 배들이 가만히 있지 못했다. 처음에 우수사의 배와 맞부딪치는 것을 가까스로 구해 놓았더니, 다시 발포 만호(황정록)가 탄 배와 맞부딪쳐 거의 부서질 뻔했다. 겨우 구해 냈다. 내 군관 송한련이 탄 협선은 발포의 배에 부딪쳐서 많이 상했다고 한다. 늦은 아침에 경상 우수사(원균)가 와서 만났다. 순변사 이빈이 공문을 보냈는데 지나친 말이 많았다. 참으로 가소롭다.

5월 27일경진 비바람 때문에 배들이 부딪치는 까닭에 진을 유자도로 옮겼다. 협선 3척이 간 곳이 없더니 저녁나절이 되자 돌아왔다. 순천 부사와 광양 현감이 와서 노루 고기를 차려 놓았다. 경상 병마도절제사(최경회)의 답장이 왔는데 수사 원균은 경략 송응창이 보낸 불화살을 혼자서 쓴다고 한다. 우습고도 우습다. 전라 병마도절제사(선거이)의 편지도 왔는데, "창원의 적들은 오늘 토벌하려 했다가 비가 개지 않아서 아직 나가 치지 못했습니다."라고 쓰여 있었다.

5월 28일신사 종일 비가 내림. 순천 부사와 이홍명이 와서 이야기를 나누었다. 광양 사람이 장계를 갖고 왔다. 상부에서도 독운 어사 임발영을 몹시 좋지 않게 여기고 있으므로, 조사해 처벌하라는 명령을 내렸고 수군으로 한 가족을 징발하는 일에 대해서도 전에 내린 명령대로 하라고 했다. 비변사에서 공문이 왔다. 광양 현감은 그대로 유임시킨다는 것이었다. 승정원의 관보를 가져왔기에 이를 대강 보았는데 저절로 분통이 터져 나왔다. 의병 용호장 성응지가 배를 바꿔 탈 수 있도록 명령서를 써서 본영으로 보냈다.

5월 29일임오 비가 내림. 방답 첨사와 영등포 만호 우치적이 와서 만났다. 공문을 만들어 접반사(김수), 도원수(김명원), 순변사(이빈), 순찰사(권율), 병마도절제사(선거이), 방어사(이복남) 등에게 보냈다. 밤 11시에 변유헌과 이수 등이 왔다.

5월 30일계미 비가 내림. 오후 4시쯤에 잠시 개었다가 다시 비가 내림. 아침에 봉사 윤제현과 변유헌에게 왜적에 관한 일을 물었다. 이홍명이 와서 만났다. 수사 원균은 경략 송응창이 보낸 불화살을 혼자만 쓰려고 꾀했는데, 병사 편에 공문을 보내 나누어 사용하라고 했다. 그러자 그는 공문의 내용을 매우 못마땅하게 여기며 이치에 맞지도 않는 말만 자꾸 지껄였다고 한다. 우습다. 명나라의 고관이 보낸 화공 무기인 불화살 1,530개를 나누어 보내지 않고 독차지해 쓰려고 한다니 그 꾀부리는 꼴은 매우 심해 말로 다 할 수 없는 일이다. 저녁에 조붕이 와서 함께 이야기를 나누었다. 남해 현령 기효근은 배를 우리 배 근처에 대었는데, 그 배 안에 어린 계집을 태우고는 들킬까봐 두려워했다. 가소롭다. 이 나라가 위급한 때를 맞았는데도 미인을 태우고 놀아나니 무엇이라고 말로 표현할 수가 없다. 그러나 그의 대장인 원균 수사부터가 그러하니 어찌하랴. 봉사 윤제현은 일이 있어 본영으로 돌아갔다가 군량 14섬을 실어 왔다.

1593년 6월

진을 한산도로 옮기다

6월 1일갑신 아침에 탐색선이 들어왔다. 어머니에게서 편지가 왔는데 평안하시다고 한다. 다행이다. 아들의 편지와 조카 봉의 편지가 한꺼번에 왔다. 명나라 관리 양보가 왜인의 물건을 보고 기뻐 날뛰었다고 한다. 왜인의 말안장 하나를 갖고 갔다고 한다. 순천 부사, 광양 현감이 와서 만났다. 탐색선이 왜인의 물건을 가져 왔다. 충청 수사 정걸이 왔다. 나대용, 김인문, 방응원과 조카 봉도 왔다. 그 편에 어머니가 평안하심을 알았다. 참으로 다행이다. 충청 수사 정걸과 함께 조용히 이야기를 나누었다. 저녁 식사를 대접했는데 그 편에 들으니 황정욱과 이영이 강가로 나가 둘이 이야기했다고 하니 참으로 한심스러울 따름이다. 오늘은 맑았다.

6월 2일을유 맑음. 아침에 본영의 공문을 적어 보냈다. 온양의 강용수가 진영에 와서 명함을 들여보내고는 먼저 경상도 본영으로 갔다. 판옥선과 군관 송두남, 이경조, 정사립 등이 본영으로 돌아갔다. 아침을 먹고 나서 순찰사 군관이 공문을 갖고 왔다. 적의 정세를 알아보라고 해 우수사와 상의한 뒤에 답을 보냈다. 강용수도 왔기에 식량 5말을 주어 보냈다. 원훈이 함께 왔다고 한다. 정걸도 우리 배에 와서 함께 이야기를 나누었다. 가리포 첨사 우경(구사직)과 함께 1시간이나 이야기를 나누었다. 저녁에 송아지를 잡아 나누어 먹었다.

6월 3일병술 새벽에는 맑았으나 저녁에는 비가 많이 내림. 지휘선에 연기를 그을리려고 좌별선으로 옮겨 탔다. 막 활쏘기를 시작하려는데 비가 많이 내렸다. 모든 배에 비가 새지 않는 곳이 없어서 앉을 만한 곳이 없었다. 한심스럽다. 평산포 만호, 소비포 권관, 방답 첨사가 함께 와서 만났다. 저물녘에 순찰사(권율), 순변사(이빈), 병사(선거이), 방어사(이복남) 등의 답장이 왔는데 딱한 사정이 많았다. 각도의 군마가 많아야 5,000마리를 넘지 못한다고 하고 식량도 거의 다 떨어졌다고 했다. 왜적들의 발악이 날로 더해 가는 이때 사정이 이와 같으니 어찌하랴. 어찌하랴. 초저녁에 지휘선으로 돌아와서 잠자리에 들었다. 비가 밤새도록 내렸다.

6월 4일정해 종일 비가 내림. 아침을 먹기 전에 순천 부사(권준)가 왔다. 식사를 마친 뒤에는 충청 수사 정걸, 이홍명, 광양 현감(어영담)이 와서 종일 군사에 관한 이야기를 나누었다.

6월 5일무자 종일 비가 내림. 비가 퍼붓듯이 쏟아져서 사람들이 감히 배 밖으로 머리를 내밀기가 어려웠다. 오후에 우수사가 왔다가 날이 저물어서야 돌아갔다. 저물녘에 바람이 몹시 세차게 불어서 각 배들을 간신히 지켜 냈다. 이홍명이 와서 저녁을 먹은 뒤에 돌아갔다. 경상 우수사가 웅천에 있는 적의 무리들이 혹감동포[42]로 들어올 수도 있으니 들어가 치자고 공문을 보냈다. 그 흉악한 계책이 우습기 짝이 없다.

6월 6일기축 비가 오락가락함. 순천 부사가 와서 만났다. 보성 군수(김득광)가 교체되었는데, 김의검이 그 자리에 임명되었다고 한다. 충청 수사가 배에 와서 이야기를 나누었다. 이홍명이 오고 방답 첨사도 왔다가 곧 돌아갔다. 저녁에 본영의 탐색인이 와서 어머니께서 편안하시다고 했다. 또 그는 흥양에서 온 말이 낙안에 도착하더니 쓰러져 죽었다고 한다. 몹시 놀랐을 따름이다.

---

42) 부산시 북구 구포동.

6월 7일경인 흐렸으나 비는 내리지 않음. 순천 부사, 광양 현감이 왔다. 우수사와 충청 수사도 왔다. 이승명도 와서 종일 서로 이야기를 나누었다. 저녁에 전라도 우수사의 우후(이정충)가 와서 만났다. 한양 안의 소식을 낱낱이 전했다. 몹시 괘씸하고 한탄스러움이 그지없다.

6월 8일신묘 잠시 맑다가 바람이 불고 온화하지 않음. 아침에 경상 우수사의 우후가 군관을 보내 살아 있는 전복을 선사했다. 그래서 구슬 30개를 대신 보냈다. 군관 나대용이 병으로 본영에 돌아갔다. 병선 진무 유충서도 병으로 사임하고 육지로 갔다. 광양 현감이 오고 소비포 권관도 왔다. 광양 현감은 소고기를 내어 함께 먹었다. 탐색선이 들어왔다. 각 고을의 서리 11명을 처벌했다. 옥과현의 유향소는 전년부터 군사를 다스리는 일에 부지런하지 못해 결원이 거의 수백 명에 이르렀는데도 매번 속여 허위 보고를 했다. 그래서 오늘은 사형에 처해 목을 높이 매달았다. 모진 바람이 그치지 않는다. 마음이 괴롭고 어지러웠다.

6월 9일임진 맑음. 수십 일이나 괴롭히던 비가 비로소 개이니, 진영의 모든 장병들은 기뻐하지 않는 이가 없었다. 순천 부사, 광양 현감이 와서 노루 고기를 바쳤다. 몸이 몹시 불편해 종일 배에 누웠었다. 접반관의 공문이 왔는데, 제독 이여송이 충주에 이르렀다고 한다. 이 지방의 의병인 성응지가 돌아올 때 본영의 군량 50섬을 실어 왔다.

6월 10일계사 맑음. 우수사(이억기)와 가리포 첨사가 이곳에 와서 작전 계획을 세부적으로 의논했다. 순천 부사도 왔다. 삿자리 20장을 짰다. 저녁에 영등포 척후병이 와서, "웅천의 적선 4척이 본토로 돌아갔고 또 김해 어귀에 적선 150여 척이 나타났는데, 19척은 본토로 돌아가고 그 나머지는 부산으로 갔습니다."라고 보고했다. 새벽 2시쯤에 온 수사 원균의 편지에, "내일 새벽에 나가서 싸웁시다."라고 쓰여 있었다. 그의 음흉한 꾀와 시기하는 꼴을 말로는 다 못하겠다. 그래서 밤이 되어도 답장을 보내지 않았다. 네 고을에 군량에 관한 공문을 만들어서 보냈다.

6월 11일갑오 잠시 비가 내리다가 갬. 아침에 왜적을 쳐부술 공문을 작성해 영남 우수사 원균에게 보냈더니, 술에 취해 정신이 없더라고 한다. 이를 핑계 삼아 대답이 없었다. 한낮에 충청 수사의 배에 갔더니, 충청 수사는 내 배에 와서 앉아 있었다. 잠시 이야기하다가 헤어졌다. 그 길로 우수사의 배에 갔는데 가리포 첨사, 진도 군수, 해남 현감 등이 우수사와 함께 술을 마시고 있었다. 나도 몇 잔 마시고 돌아왔다. 적을 탐색하는 군사가 보고서를 바치고 갔다.

6월 12일을미 잠시 비가 내리다가 갬. 아침에 흰 머리카락을 뽑았다. 흰 머리카락이 있는 것이 문제가 될 것은 없다. 하지만 늙으신 어머니께서 내 흰 머리카락을 보시고 마음이 상하실까봐 뽑을 따름이다. 종일 혼자 앉아 있는데 사량 만호가 와서 만났다. 밤 10시쯤에 변존서와 김양간이 들어왔다. 행궁[43]의 소식을 들었는데 동궁께서 평안하지 않다고 해서 그지없이 걱정이 된다. 정승 류성룡의 편지와 지사 윤우신의 편지도 왔다. 소문에 종 갓동, 종 철매 등이 병으로 죽었다 하니 불쌍하다. 중 해당도 왔다. 밤에 명나라 군인 5명이 들어왔다고 수사 원균의 군관이 와서 전하고 갔다.

6월 13일병신 맑음. 저녁에 잠시 비가 내리다가 갬. 명나라 사람 왕경과 이요가 와서 우리 수군의 상황을 살폈다. 소문에는 제독 이여송이 나아가 치지 않아서 명나라 조정에서 문책을 했다고 한다. 그들과 조용히 이야기를 듣고 있자니 한탄스러운 것이 많았다. 저녁에 진을 거제도 세포[44]로 옮겨 머물렀다.

6월 14일정유 잠시 비가 내리다가 갬. 아침을 먹는데 낙안 군수가 보러 왔기에 가리포 첨사를 불러 함께 아침을 먹었다. 순천

---

43) 전주의 광해군 숙소.
44) 경남 거제시 사등면 성포리.

부사와 광양 현감이 왔다. 광양 현감은 노루 고기를 내놓았다. 전운사[45] 박충간의 공문과 편지가 왔다. 경상 좌수사의 공문과 경상 우수사의 공문이 왔다. 저물녘에 비바람이 세게 치더니 곧 그쳤다.

6월 15일무술 잠시 비가 내리다가 갬. 우수사(이억기), 충청 수사(정걸), 순천 부사(권준), 낙안 군수(신호), 방답 첨사(이순신)가 불러 와서 제철을 맞이한 햇과일을 먹으며 놀다가 저물어서야 헤어졌다.

6월 16일기해 잠시 비가 내림. 저녁에 낙안 군수를 통해 진해의 보고서를 보았다. 함안에 있는 각 도의 대장들은 왜인들이 황산동으로 나가 진을 쳤다는 소문을 듣고 모두 물러나서 진주와 의령을 지키고 있다고 하니 참으로 놀라운 일이다. 순천 부사와 광양 현감이 왔다. 초저녁쯤에 영등포의 척후병이 와서, "김해, 부산에 있던 적선 500여 척이 안골포, 제포 등지로 들어왔습니다."라고 보고했다. 다 믿을 수는 없었지만 적의 무리들이 세력을 모아 옮겨 다니며 침범할 수도 있을 것이다. 그래서 우수사(이억기)와 충청 수사 정걸에게 공문을 보냈다. 밤 10시쯤에

---

45) 세곡의 운반을 주관한 전운서의 관원.

대금산 척후병이 와서 보고하는 내용 또한 마찬가지였다. 송희립을 경상 우수사(원균)에게 보내 의논하게 했는데 다음 날 새벽에 군사를 거느리고 올 것이라고 했다. 적의 꾀를 헤아리기가 무척 어렵다.

6월 17일경자 비가 내리다가 개다가 함. 이른 아침에 경상 우수사 원균, 전라 우수사 이억기, 충청 수사 정걸 등이 와서 의논했는데, 함안에 있던 여러 장수들이 진주로 물러가 지킨다는 말은 과연 사실이었다. 식사를 마친 뒤에 우수사 이억기의 배로 가서 자리를 고쳐 앉고 우수사의 배에서 종일 이야기를 나누었다. 창원에서 조붕이 와서, "적의 세력이 매우 대단합니다."라고 했다.

6월 18일신축 비가 내리다가 개다가 함. 아침에 탐색선이 들어왔다. 5일 만에야 이곳에 이르렀다. 매우 잘못된 일이었기에 곤장을 쳐서 보냈다. 오후에 경상 우수사(원균)의 배로 가서 함께 앉아 군사에 관한 일을 의논하고 왔다. 연거푸 한 잔, 한 잔 마시다 보니 몹시 취해서 돌아왔다. 부안과 용인이 와서 그의 어머니가 갇혔다가 도로 풀려났다고 전했다.

6월 19일임인 비가 내리다가 개다가 함. 바람이 세차게 불며 그치지를 않는다. 진을 오양역[46] 앞으로 옮겼으나, 바람에 배를 고정시킬 수가 없으므로 다시 고성 역포[47]로 옮겼다. 봉과 변유헌 두 조카들을 본영으로 보내 어머니의 안부를 알아 오게 했다. 왜인의 물건, 명나라 장수의 선물, 기름 등을 아울러 본영으로 보내고 각 도에 공문을 보냈다.

6월 20일계묘 흐리고 바람이 세게 붊. 제삿날이라 종일 혼자 앉아 있었다. 저녁에 방답 만호, 순천 부사, 광양 현감이 와서 만났다. 조봉과 그의 조카 조응도도 함께 와서 만났다. 이날은 배를 만들 재목을 운반해 오는 일로 그대로 역포에서 잤다. 밤이 되니 바람이 잠잠해졌다.

6월 21일갑진 맑음. 새벽에 진영을 한산도 망항포로 옮겼다. 점심을 먹을 때 원연이 왔기에, 우수사도 청해서 함께 앉아 술을 몇 잔 마시고 헤어졌다. 아침에 아들 회가 들어왔다. 그 편에 어머니께서 편안하시다는 소식을 들었다. 다행이다.

6월 22일을사 맑음. 배를 만들기 위해 자귀로 나무를 깍기 시작했는데 목수 214명이 일을 했다. 물건을 나르는 사람은 본영에서 72명, 방답에서 35명, 사도에서 25명, 녹도에서 15명, 발포

46) 경남 거제시 사등면 오량리.
47) 경남 통영시 용남면.

에서 12명, 여도에서 15명, 순천에서 10명, 낙안에서 5명, 흥양과 보성에서 각 10명이었다. 방답에서는 처음에 15명을 보냈기에 군관과 담당 서리를 처벌했는데 하는 짓이 몹시 간교했다. 제2호 지휘선의 급수군[48] 손걸을 본영으로 보냈더니 못된 짓을 많이 하고 돌아다니다가 갇혔다기에 붙잡아 오라고 했다. 그런데 그가 들어와서 인사를 했다. 제 맘대로 드나든 죄를 다스리고 아울러 우후의 군관 유경남도 처벌했다. 오후에 가리포 첨사가 왔다. 적량 만호 고여우와 이효가도 왔다. 저녁에 소비포 권관 이영남이 와서 만났다. 초저녁에 영등포 척후병이 와서 보고하기를, "별다른 소식은 없지만 적선 2척이 온천(칠천량)으로 들어가는 것을 보고 왔습니다."라고 했다.

6월 23일병오 맑음. 이른 아침에 목수 등을 점검했는데 1명도 결근이 없었다고 했다. 새 배에 쓸 밑판을 만드는 것을 마쳤다.

6월 24일정미 아침을 먹은 뒤에 비가 많이 오고 바람이 세게 불더니 저녁까지 그치지 않았다. 저녁에 영등포 척후병이 와서 보고했다. "적선 500여 척이 23일 밤중에 소진포[49]로 들어갔는데 그 선봉대는 칠천량에 이르렀습니다."라고 했다. 초저녁에 또

---

48) 물을 나르는 병졸.
49) 경남 거제시 장목면 송진포.

대금산 정찰군과 영등포 정찰군이 와서 보고했는데 그 내용도 마찬가지였다.

6월 25일무신 종일 비가 많이 내림. 우수사(이억기)와 함께 앉아서 왜적을 칠 일을 의논하는데 가리포 첨사가 왔다. 경상 우수사(원균)도 와서 함께 상의했다. "소문에 진주에서는 성이 포위되었는데도 감히 아무도 나가 싸우지 못한다고 합니다."라고 했다. 연일 비가 내려서 적의 무리들이 물에 막혀 날뛰지 못하는 것을 보면 하늘이 호남 지방을 잘 돕고 있는 것이다. 다행이다. 낙안에 군량 130석 9말을 나누어 주고 또 순천 부사(권준)가 군량 200섬을 갖고 와서 그것은 찧는다고 했다.

6월 26일기유 비가 많이 내림. 남풍이 세게 붊. 매복[50]해 있던 배가 와서 상황을 보고하기를, "왜적의 중간 배와 작은 배 각 1척이 오양역 앞까지 이르렀습니다."라고 했다. 호각을 불어 닻을 올리고 모두 화도로 가서 진을 쳤다. 순천 군량 150섬 9말을 받아들여 의병승의 배에 실었다. 저녁에 김붕만이 진주에서 적의 형세를 살피고 와서 보고하기를, "적의 무리들이 동문 밖에서 무수하게 많은 진을 합쳤는데, 연일 비가 많이 내려 물에 막

---

50) 상대편의 동태를 살피거나 불시에 공격하려고 일정한 곳에 몰래 숨어 있음.

혀 있어 독을 품고 싸우고 있습니다. 그러나 큰물이 적의 진영을 휩쓸려고 해 군량과 구원병이 들어갈 길이 없습니다. 그러므로 우리 대군이 쳐들어가기만 한다면 적을 한꺼번에 섬멸할 수 있습니다."라고 했다. 그런데 이미 식량이 끊어졌고 우리 군사는 편히 앉아서 고달픈 적을 맞이하는 것이니, 그 형세는 백 번 싸워도 마땅히 모두 승리할 수 있는 것이다. 하늘이 도와주고 있으니 뱃길로 몰려드는 적선의 수가 500~600척이 된다고 해도 우리 군사를 당해 낼 수는 없을 것이다.

6월 27일경술 잠시 비가 내리다가 갬. 한낮에 적선 2척이 견내량에 나타났다고 했다. 그래서 온 진이 출항해 나가 보니 이미 달아나고 없었다. 그래서 불을도[51] 바깥 바다에 진을 쳤다. 아침에 순천 부사와 광양 현감을 불러서 군사 문제를 의논했다. 충청 수사가 군관을 시켜 홍양 군량이 떨어졌으니 3섬을 꾸어 달라고 해서 꾸어 주었다. 강진의 배가 적과 싸우고 있다는 소식을 들었다.

6월 28일신해 잠시 비가 내리다가 갬. 어제 저녁에 강진의 척후선이 왜적과 싸운다는 소식을 들었다. 그래서 온 수군이 출항해

---

51) 경남 통영시 적도, 화도.

견내량에 이르니, 왜적들은 우리 군사들을 바라보고 놀라 황급히 달아났다. 역풍과 역조류를 받아 들어올 수가 없어서 그대로 머물러 밤을 지내고 새벽 2시쯤에 불을도에 도착했다. 이날이 명종의 제삿날이기 때문이다. 종 봉손과 애수 등이 들어와 분산[52]의 소식을 자세히 듣게 되니 참으로 다행이다. 원 수사와 우수사가 함께 와서 군사 문제를 의논했다.

6월 29일임자 맑음. 서풍이 잠시 불더니 청명하게 개었다. 순천부사와 광양 현감이 와서 만났다. 어란 만호(정담수), 소비포 권관(이영남)등도 와서 만났다. 종 봉손등이 아산으로 가는데 홍, 이 두 선비와 윤선각 명문에게 편지를 써서 보냈다. 진주가 함락되었다. 황명보, 최경회, 서례원, 김천일, 이종인, 김준민이 전사했다고 한다.

---

52) 무덤이 있는 선산.

1593년 7월

진주성이 함락되다

7월 1일계축 맑음. 인종仁宗의 제삿날이다. 밤기운이 몹시 서늘해 잠을 이루지 못했다. 나라를 생각하는 마음이 조금도 놓이지 않아 혼자 봉창 아래에 앉아 있으니 온갖 생각이 다 일어난다. 선전관이 내려왔다고 들었는데 초저녁에 임금의 분부를 전하러 왔다.

7월 2일갑인 맑음. 시간이 늦어서야 우수사(이억기)가 와서 배를 타고 선전관(유형)을 함께 대접했다. 점심을 먹은 뒤에 돌아갔다. 해질 무렵에 김득룡이 와서 진주가 불리하다고 전했다. 놀람과 염려를 이길 길이 없다. 그러나 절대로 그럴 리가 없다. 이건 반드시 어떤 미친 사람이 잘못 전한 말일 것이다. 초저녁에 원연과 원식이 와서 군사에 관한 극단적인 말을 했는데 참으로 우습다.

7월 3일을묘 맑음. 적선 몇 척이 견내량을 넘어오고 한편으로는 육지로도 올라오고 있으니 분통이 터진다. 우리 배들이 바다로 나가 왜적들을 쫓자 모두 도망쳐 버렸다.

7월 4일병진 맑음. 수만 명의 흉악한 적들이 죽 늘어서서 기세를 올리니 참으로 분통이 터진다. 저녁에 걸망포로 물러나서 진을 치고 밤을 지냈다.

7월 5일정사 맑음. 새벽에 척후병이 와서, "적선 10여 척이 견내량을 넘어옵니다."라고 했다. 그래서 여러 배들이 한꺼번에 출항해 견내량에 이르자 적선은 허겁지겁 달아났다. 거제 땅 적도에는 말만 있고 사람은 없었으므로 싣고 왔다. 저녁에 변존서가 본영으로 갔다. 또 진주가 함락되었다는 보고가 광양에서 왔다. 두치에서 매복하고 있는 성응지와 이승서가 보낸 것이다. 저녁에 도로 걸망포에 이르러 진을 치고 밤을 지냈다.

7월 6일무오 맑음. 아침에 방답 첨사(이순신)가 와서 만나고 소비포 권관(이영남)도 와서 만났다. 한산도에서 배를 끌고 오는 일로 중위장이 여러 장수들을 데리고 나갔다. 공방 곽언수가 행재소에서 들어왔다. 도승지 심희수, 지사 윤자신, 좌의정 윤두수의 답장도 왔고 윤기헌도 안부를 보내왔으며 승정원 소식도 아울러 왔다. 그것들을 보니 탄식할 일이 많다. 흥양 현감이 군량을 싣고 왔다.

7월 7일기미 맑음. 순천 부사, 가리포 첨사, 광양 현감이 와서 만나고 군사 문제를 의논했다. 각각 가볍고 날랜 배 15척을 뽑아 견내량 등지로 가서 탐색하러 위장이 거느리고 나갔는데 왜적의 모습이 보이지 않는다고 했다. 거제에서 사로잡혔던 한 사람을 데리고 와서 왜적의 소행을 꼼꼼히 물으니, "흉적들이 우리 수군의 위세를 보고 달아나려고 했습니다."라고 했다. 또 "진주가 함락되었으니 전라도까지 넘어갈 것입니다."라고 했다. 이 말은 거짓말이다. 우수사(이억기)가 내 배로 왔기에 함께 이야기를 나누었다.

7월 8일경신 맑음. 남해로 왕래하는 조붕에게서 듣건대, "적이 광양을 칩니다."라고 했다. 또 "광양 사람들이 벌써 고을 관청과 창고에 불을 질렀습니다."라고 했다. 해괴함을 이길 길이 없다. 순천 부사(권준)와 광양 현감(어영담)을 곧 보내려고 했으나 길을 가다가 들은 소문을 믿을 수 없었으므로 이들을 머무르게 하고 사도 군관 김붕만을 보내 알아보도록 했다.

7월 9일신유 맑음. 남해 현령이 또 와서 전하기를, "광양과 순천이 이미 모두 타 버렸습니다."라고 했다. 그래서 광양 현감(어영담), 순천 부사(권준), 송희립, 김득룡, 정사립 등을 보냈다. 이설은 어제 먼저 보냈다. 그 이야기를 들으니 뼛속까지 아파 도저히 말을 할 수가 없다. 우수사(이억기), 경상 우수사(원균)와 함께 일을 의논했다. 이날 밤바다의 달은 밝고 잔물결조차 일지 않았다. 물과 하늘이 한 빛인데 서늘한 바람만 얼핏 불어 왔다. 혼자 뱃전에 앉아 있으니 온갖 근심이 가슴에 치밀었다. 자정에 본영의 탐색선이 들어와서 적의 소식을 알렸는데, "사실은 왜적들이 아니고, 영남 피란민들이 왜적으로 가장해 광양으로 들어가서 여러 민가에 마구 불을 질렀습니다."라고 했다. 이건 기쁘고 다행스러운 일이 아닐 수 없다. 진주성이 함락되었다는 것도 거짓이라고 했다. 진주성이 절대로 무너질 리가 없다. 닭이 벌써 울었다.

7월 10일임술 맑음. 김붕만이 두치에서 와서, "광양의 왜적들에 관한 것은 사실입니다."라고 했다. 다만 왜적 100여 명이 도탄에서 건너와 이미 광양을 침범했다고 한다. 놈들이 하는 짓을 보면 총통을 1발도 쏜 일이 없다고 했다. 왜인이 포를 1발도 쏘지 않을 리가 없다. 경상 우수사와 전라도 우수사가 왔다. 원연도 왔다. 저녁에 오수가 거제의 가삼도(가조도)에서 와서, "적의 배가 보이지 않습니다."라고 했다. 또 보고하기를, "사로잡혔다가 도망쳐 나온 사람이 말하기를 적의 무리들이 창원 등지로 갔다고 합니다."라고 했다. 그러나 남들이 하는 말이라 믿을 것이 못 된다. 초저녁에 한산도 끝에 있는 세포로 진을 옮겼다.

7월 11일계해 맑음. 아침에 이상록은 명령을 어기고 먼저 떠난 여러 장수들에게 명령을 전하기 위해 나갔다가 다시 돌아와서, "적의 배 10여 척이 견내량에서 내려옵니다."라고 했다. 닻을 올려 바다로 나갔는데 벌써 적선 5~6척이 진영 앞에 이르렀고 그대로 추격하자 재빨리 달아나 버렸다. 오후 4시쯤에 걸망포로 돌아와서 물을 길었다. 사도 첨사(김완)가 되돌아와서, "두치 나루에서 있었다는 일은 헛소문입니다. 광양 사람들이 왜인의 옷으로 갈아입고 저희들끼리 서로 장난을 한 것입니다."라고 했다. 순천과 낙안은 벌써 결판이 다 났다고 했다. 분함을 이길 길이 없다. 저물녘에 오수성이 광양에서 와서, "광양의 적에 관한 일은 모두 진주와 그 고을 사람들이 흉계를 짜낸 것이었습니다. 고을의 곳간은 쓸쓸하고 마을도 텅 비어 있어서 종일 돌아다녀도 한 사람도 만나지 못한다고 합니다. 순천이 가장 심하고 그 다음이 낙안입니다."라고 했다. 새벽에 우수사의 배로 갔더니 수사 원균과 직장 원연 등이 먼저 와 있었다. 군사 문제를 의논하다가 헤어졌다.

7월 12일갑자 맑음. 식사를 하기도 전에 울, 송두남, 오수성이 돌아갔다. 저녁에 가리포 첨사와 낙안 군수를 불러서 일을 의논하고 함께 저녁을 먹은 뒤에 보냈다. 가리포의 군량 진무가 와서, "사량 앞바다에서는 왜적들이 우리나라 사람의 옷을 입고 우리나라의 작은 배를 타고 마구 들어와 포를 쏘며 약탈해 가려고 합니다."라고 했다. 그래서 곧장 진마다 각각 가볍고 날랜 배 3척씩을 합했다. 즉, 9척을 보내 왜적을 잡도록 단단히 명령해 보냈다. 또 진마다 각각 배 3척씩을 정해 착량으로 보내 요새를 방어한 뒤에 오라고 했다. 보고서가 왔는데 역시나 광양에서 일어난 일은 헛소문이라고 했다.

7월 13일을축 맑음. 저녁에 본영의 탐색선이 들어와서, "광양과 두치 등에는 왜적들이 없습니다."라고 했다. 흥양 현감이 들어오고 우수사 영감도 들어왔다. 순천의 거북선 격군을 맡은 경상도 사람 종 태수가 달아나다가 잡혔고 사형에 처했다. 저녁에 가리포 첨사가 왔고 또 흥양 현감(배흥립)이 와서 두치의 일이 헛소문이라는 것과 장흥 부사 유희선이 겁을 냈던 일을 전했다. 또 말하기를 그 고을[53] 창고의 곡식을 남김없이 나누어 주고, 해포에 흰콩과 중간 콩을 아울러 40되를 보냈다고 했다. 또 행

53) 전남 고흥군 남양면 .

주대첩에 관한 소식을 전했다. 초저녁에 우수사가 초청했기에 그의 배로 갔는데 가리포 첨사가 몇 가지 먹음직한 음식을 차려 놓았다. 새벽 2시가 되어서야 헤어졌다.

7월 14일병인 맑더니 저녁에 비가 조금 내림. 진을 한산도 둘포[54]로 옮겼다. 비는 땅의 먼지를 적실 정도로만 내렸다. 몸이 몹시 불편해 종일 신음했다. 순천 부사(권준)가 들어와서 순천부의 일에 대해 거짓으로 전달한 것은 차마 말로 전할 수 없을 정도라고 했다. 함께 점심을 먹고 그대로 머물렀다.

7월 15일정묘 맑게 갬. 저녁에 사량의 수색선, 여도 만호 김인영, 순천의 김대복이 들어왔다. 가을 기운이 바다로 들어오니 나그네의 회포가 어지럽다. 혼자 봉창 아래에 앉아 있으니 마음이 몹시도 번거롭다. 달이 뱃전을 비치니 정신이 맑아져서 잠을 이루지 못하는데, 어느덧 닭이 울었다.

7월 16일무진 아침에 맑다가 저녁에 구름이 낌. 저녁에 소나기가 와서 농사에 관한 바람에 기쁨을 더했다. 몸이 몹시 불편하다.

---

54) 경남 통영시 한산면 두억리 개미목.

7월 17일기사 비가 내림. 몸이 대단히 불편하다. 광양 현감(어영담)이 왔다.

7월 18일경오 맑음. 몸이 불편해 앉았다 누웠다 했다. 정사립이 돌아왔다. 우수사(이억기)가 와서 만났다. 신경황이 두치에서 와서 적의 소식이 거짓이라고 전했다.

7월 19일신미 맑음. 이경복이 병마도절제사에게 전할 편지를 갖고 나갔다. 순천 부사와 이영남이 와서, "진주, 하동, 사천, 고성 등지의 적들이 이미 도망가 버리고 없습니다."라고 했다. 저녁에 진주에서 피살된 장병들의 명부를 광양 현감이 보내왔다. 이를 보니 비참함과 분함을 이길 길이 없다.

7월 20일임신 맑음. 탐색선이 본영에서 들어왔는데 병마도절제사의 편지와 공문, 명나라 장수의 보고서가 왔다. 그 보고서의 내용을 보았는데 참으로 괴상하다. 두치의 적이 명나라 군사에게 패배해 달아났다고 하니 터무니없는 거짓말이다. 명나라 사람들이 이와 같으니 다른 사람들이야 말한들 무엇하랴. 한탄스러운 일이다. 충청 수사(정걸), 순천 부사(권준), 방답 첨사(이순신), 광양 현감(어영담), 발포 만호(황정록), 남해 현령(기효근) 등이 와서 만났다. 조카 이해와 윤소인이 본영으로 돌아갔다.

7월 21일계유 맑음. 경상 우수사(원균)와 충청 수사 정걸이 함께 와서 적을 토벌하는 일에 대해 의논하는데, 원 수사가 하는 말은 극히 흉측하고 또 몹쓸 흉계다. 이러한데도 함께하고 있다니 뒷날에 후환이 있지 않을까. 그의 아우 원연도 뒤따라와서 군량을 얻어 갔다. 저녁에 흥양 현감도 왔다. 초저녁에 오수 등이 거제에서 망을 보고 와서 보고하기를, "영등포의 적선이 아직도 머물면서 제 맘대로 횡포를 부립니다."라고 했다.

7월 22일갑술 맑음. 오수가 사로잡혔다가 도망쳐 온 사람을 싣고 올 일로 나갔다. 아들 울이 들어와서 어머니께서 평안하시다고 자세히 말했다. 또한 아들 염의 병이 차도가 있다고 자세하게 말했다.

7월 23일을해 맑음. 울이 돌아갔다. 충청 수사 정걸을 불러서 점심을 함께 먹었다.

7월 24일병자 맑음. 순천 부사, 광양 현감, 흥양 현감이 왔다. 저녁에 방답 첨사와 이응화가 와서 만났다. 초저녁에 오수가 되돌아와서 적이 물러갔다고 했는데 장문포의 적들은 여전하다고 한다. 아들 울이 본영에 들어갔다고 했다.

7월 25일정축 맑음. 우수사(이억기)가 와서 이야기를 나누었다. 조붕도 와서 체찰사의 공문이 영남 수사(원균)에게 왔는데 문책하는 내용이 많이 있다고 했다.

7월 26일무인 맑음. 순천 부사, 광양 현감, 방답 첨사가 왔다. 우수사도 함께 이야기했다. 가리포 첨사도 왔다.

7월 27일기묘 맑음. 우수사의 우후(이정충)가 본영에서 와서 우도의 사정을 전하는데, 놀랄 만한 일들이 매우 많았다. 체찰사에게 갈 편지와 공문을 썼다. 경상 우수사의 서리가 체찰사에게 보낼 서류 초안을 갖고 와서 보고했다.

7월 28일경진 맑음. 아침에 체찰사에게 가는 편지를 고쳐 썼다. 경상 우수사(원균), 충청 수사(정걸)와 전라도 우수사(이억기)가 함께 와서 약속했다. 수사 원균의 흉악한 마음과 간악한 속임수는 아주 형편이 없다. 정여흥이 공문과 편지를 갖고 체찰사 앞으로 갔다. 순천 부사와 광양 현감이 와서 만났다. 사도 첨사(김완)가 매복해 있을 때 잡은 포작[55] 10명이 왜인의 옷으로 변장을 하고 하는 짓거리가 뭔가 이유가 있을 것 같아서 잡아다

55) 바닷속에 들어가서 조개, 미역 따위의 해산물을 따는 일을 하는 사람.

가 추궁을 했다. "경상 우수사(원균)가 시킨 일입니다."라고 했다. 발바닥을 10여 대씩 때린 후에 놓아주었다.

7월 29일신사 맑음. 새벽에 꿈을 꾸었는데 사내아이를 얻는 꿈이었다. 사로잡혔던 사내아이를 얻을 꿈이다. 순천 부사, 광양 현감, 사도 첨사, 흥양 현감, 방답 첨사를 불러 와서 이야기를 나누었다. 흥양 현감은 학질(말라리아)[56]을 앓고 있어서 곧 돌아갔고 남은 사람들은 조용히 앉아 있었다. 방답 첨사는 복병할 일 때문에 돌아갔다. 본영의 탐색인이 와서 아들 염의 병에 차도가 없다고 하니 몹시 걱정이다. 저녁에 보성 군수(김득광), 소비포 권관(이영남), 낙안 군수(신호)가 들어왔다고 했다.

---

56) 말라리아 병원충을 가진 학질모기에게 물려서 감염되는 법적 전염병. 갑자기 고열이 나며 설사와 구토, 발작을 일으키고 비장이 부으면서 빈혈 증상을 보임.

1593년 8월

꿈속에서 류성룡과 만나다

8월 1일임오 맑음. 새벽에 꿈을 꾸었는데, 큰 대궐에 이르는 꿈이었는데, 그 모양이 마치 한양과 같았다. 꿈속에서 기이한 일이 많았다. 영의정이 와서 나에게 인사를 했다. 나도 영의정에게 답례를 했다. 임금이 피란을 가신 일을 이야기하면서 눈물을 흘리며 탄식했다. 적의 형세는 이미 사그라졌다고 하면서 서로 의논할 때, 좌우에서 많은 사람들이 구름같이 모여 들면서 꿈에서 깨어났다. 아침에 우후(이몽구)가 와서 만났다.

8월 2일계미 맑음. 아침을 먹은 뒤에 마음이 답답해 닻을 올려 포구로 나갔다. 충청 수사 정걸이 따라서 나오고, 순천 부사, 광양 현감이 와서 만났다. 소비포 권관(이영남)도 왔다. 저녁에 진을 쳤던 곳에 되돌아왔다. 이홍명이 와서 함께 저녁을 먹었다. 저물녘에 우수사(이억기)가 배에 와서 하는 말이, 방답 첨사(이순신)가 부모를 뵈러 가겠다고 간절히 청했으나 장수들은 아직 보낼 수 없다고 답했다. 또 우수사 원균이 망령된 말을 하며 나에 대해서도 좋지 못한 말을 많이 했다고 한다. 모두가 망령된 짓이니, 어찌 상관을 하겠는가. 아침부터 아들 염의 병도 어떠한지 모르겠고, 또 적을 소탕하는 일이 남아 있어서 마음이 무거우니 몸도 괴로웠다. 밖으로 나가서 바람을 쐬었다. 탐색선이 들어와서 아들 염의 아픈 데가 곪아서 종기가 되었는데, 침으로 쨌더니 고름이 흘러 나왔다고 한다. 며칠만 늦었더라면 고치기가 어려웠을 것이라고 한다. 정말 큰일이 날 뻔했다. 지금은 조금 생기가 생겼다고 하니 다행이다. 의사 정종의 은혜가 매우 크다.

8월 3일갑신 맑음. 이경복, 양응원과 영리 강기경 등이 들어왔다. 염의 종기를 침으로 쨌던 일을 전하는데, 무척 놀랐다. 며칠만 더 늦었더라면 구할 수 없었다고 했다.

8월 4일을유 맑음. 순천 부사와 광양 현감이 와서 만났다. 저녁에 도원수의 군관 이완이 3도에 퍼져 있는 적의 형세를 보고하지 않은 군관과 색리를 잡아다가 심문하려고 진영에 왔다고 한다. 쓴웃음이 나왔다.

8월 5일병술 맑음. 조붕, 이홍명, 우수사(이억기)와 우후가 와서 밤이 깊어서야 돌아갔다. 소비포 권관(이영남)도 밤에 돌아갔다. 이완이 술에 취해 내 배에서 머물렀다. 소고기를 얻어다가 각 배에 나누어 보냈다. 아산에서 이례가 밤에 왔다.

8월 6일정해 맑음. 아침에 이완은 같은 때 송한련, 여여충과 함께 도원수에게 갔다. 식사를 마친 뒤에 순천 부사, 광양 현감, 보성 군수, 발포 만호, 이응화 등이 와서 만났다. 저녁에 경상 우수사 원균이 오고 우수사 이억기와 충청 수사 정걸도 왔다. 일을 의논하는 가운데 우수사 원균이 하는 말을 들었는데 모순된 이야기다. 우습고도 우습다. 저녁에 비가 잠시 내리더니 그쳤다.

8월 7일무자 아침에는 맑았으나 해질녘에 비가 내림. 농사에 매우 흡족할 만큼 비가 내렸다. 가리포 첨사가 왔다. 소비포 권관과 이효가도 와서 만났다. 당포 만호(하종해)가 작은 배를 찾아가기 위해 왔으므로 주어서 보내라고 사량 만호(이여념)에게 일러 주었다. 가리포 첨사는 함께 점심을 먹고 돌아갔다. 저녁에 경상 우수사의 군관 박치공이 와서 적선들이 물러갔다고 했다. 그러나 원균 수사와 그의 군관은 항상 헛소문 내는 것을 좋아하니 믿을 수가 없다.

8월 8일기축 맑음. 식사를 마친 뒤에 순천 부사, 광양 현감, 방답 첨, 흥양 현감 등을 불러 매복 등에 관한 일을 함께 의논했다. 충청 수사의 전선 2척이 들어왔는데 1척은 쓸 수 없다고 했다. 김덕인이 충청도의 군관으로 왔다. 전라도 순찰사의 군사 2명이 공문을 갖고 왔다. 적의 형세를 알려고 우수사가 으슥한 포구로 가서 수사 원균을 만났다고 하니 우습다.

8월 9일경인 맑음. 아침에 아들 회가 들어와서 어머니께서는 편안하시고 염의 병은 조금나아졌다고 하니 다행이다. 점심을 먹고 나서 우수사(이억기)의 배에 이르니, 충청 수사(정걸)도 왔다. 영남 수사(원균)는 복병군을 함께 보내기로 약속을 해 놓고는 먼저 보냈다고 한다. 해괴한 일이다.

8월 10일신묘 맑음. 아침에 방답의 탐색선이 들어와서 임금의 분부와 비변사의 공문, 감사의 편지를 갖고 왔다. 해남 현감(위대기), 방답 첨사 이순신이 함께 왔다. 순천 부사, 광양 현감도 왔다. 우수사가 청했으므로 그의 배로 갔더니 해남 현감이 술자리를 베풀었다. 그러나 몸이 불편해 간신히 앉아서 이야기 하다가 돌아왔다.

8월 11일임진 늦게 소나기가 쏟아지고 바람이 몹시 불어옴. 오후에 비는 그쳤으나 바람이 그치지 않음. 몸이 몹시 불편해 종일 앉았다 누웠다 했다. 여도 만호에게 격군을 잡아 오는 일로 사흘의 시간을 주고 다녀오라고 보냈다.

8월 12일계사 몸이 몹시 불편해 종일 누워서 신음했다. 원기가 허약해 땀이 덧없이 흘러 옷을 적시는데도 억지로 일어나서 앉았다. 저녁에 비가 내리다가 그치기도 했다. 순천 부사가 와서 만났고 또 우수사도 만났다. 방답 첨사 이순신도 왔다. 종일 장기를 두었다. 몸이 불편했다. 가리포 첨사가 왔다. 본영의 탐색선이 들어와서 어머니께서는 평안하시다고 했다.

8월 13일갑오 본영에서 온 공문을 보냈다. 몸이 몹시 불편해 혼자 봉창 아래에 앉아 있는데 온갖 회포가 다 일어난다. 이경복에게 장계를 갖고 가도록 했다. 경의 어미에게 노자를 문서에 넣어 보냈다. 송두남이 군량 300섬과 콩 300섬을 실어 왔다.

8월 14일을미 맑음. 방답 첨사가 제사 음식을 갖추어 왔다. 우수사, 충청 수사, 순천 부사(권준)도 함께 왔다.

8월 15일병신 맑음. 오늘은 한가위다. 우수사, 충청 수사, 순천 부사(권준), 광양 현감(어영담), 낙안 군수(신호), 방답 첨사, 사도 첨사(김완), 흥양 현감(배흥립), 녹도 만호(송여종), 이응화, 이홍명, 좌우도의 장수들이 모두 모여 이야기를 나누었다. 저녁에 아들 회가 본영으로 갔다.

8월 16일정유 맑음. 광양 현감이 제사 음식을 갖추어 왔다. 우수사, 충청 수사, 순천 부사, 방답 첨사도 왔다. 가리포 첨사(구사직)와 이응화가 함께 왔다. 아침에 들으니 제만춘[57]이 어제 왜국에서 도망쳐 나왔다고 했다.

8월 17일무술 맑음. 지휘선을 연기로 그을리고 좌별도선에 옮겨 탔다. 저녁에 우수사의 배로 가니 충청 수사도 있었다. 제만춘을 불러서 심문하니 분하고 분한 사연들이 많았다. 종일 의논하고 나서 헤어졌다. 초저녁이 되기 전에 돌아와서 지휘선에 탔다. 이날 밤의 달빛은 대낮과 같고 물결은 비단결과 같다. 회포를 견디기가 어려웠다. 새로 만든 배로 내려왔다.

8월 18일기해 맑음. 우수사 이억기, 충청 수사 정걸과 함께 이야기를 나누었다. 순천 부사와 광양 현감도 와서 만났다. 조붕이 와서, "경상 우수사의 군관 박치공이 장계를 갖고 조정으로 갔

---

57) 원균의 군관으로 있다가 임진왜란 때 왜국에 끌려갔다가 살아 돌아옴.

습니다."라고 보고했다.

8월 19일경자 맑음. 아침 식사를 마친 뒤에 원균 수사가 있는 곳으로 가서 내 배로 옮겨 타라고 청했다. 우수사와 충청 수사도 왔다. 원연도 함께 이야기를 나누었다. 그 가운데 수사 원균의 행실은 음흉하고 도리에 어긋난 일이 많으며 그럴 듯한 속임수가 많음을 이루다 말할 수가 없다. 원균 수사의 형제가 옮겨 간 뒤에 천천히 노를 저어 진영으로 돌아왔다. 우수사와 정 수사와 함께 앉아서 자세히 이야기를 나누었다.

8월 20일신축 아침 식사를 마친 뒤에 순천 부사, 광양 현감, 흥양 현감이 왔다. 이응화도 왔다. 송희립을 순찰사에게 문안하게 했다. 또한 제만춘을 심문한 공문을 갖고 가게 했다. 방답 첨사와 사도 첨사로 하여금, 돌산도 근처로 이사해 사는 자들로서 작당해 남의 재물을 약탈한 자들을 좌, 우 두 패로 나누어 잡아오도록 했다. 저녁에 적량 만호 고여우가 왔다. 밤이 깊어서야 갔다.

8월 21일임인 맑음.

8월 22일계묘 맑음.

8월 23일갑진 맑음. 윤간 조카 뇌, 해가 와서 어머니께서는 평안하시다고 전했다. 울이 학질(말라리아)을 앓는다는 소식도 들었다.

8월 24일을사 맑음. 조카 해가 돌아갔다.

8월 25일병오 맑음. 꿈에 왜적이 나타났다. 그래서 새벽에 각 도의 대장들에게 알려서 바깥 바다로 나가서 진을 치도록 했다. 해질 무렵에 한산도 안쪽 바다로 돌아왔다.

8월 26일정미 맑다가 비가 내리다가 함. 경상 우수사 원균이 왔다. 얼마 후에 우수사와 충청 수사도 함께 모였다. 순천 부사, 광양 현감, 가리포 첨사는 곧 돌아갔다. 흥양 현감도 왔다. 제사 음식을 대접했다. 경상 우수사 원균이 술을 먹겠다고 하기에 조금 주었더니, 잔뜩 취해 망령된 행동을 하며 음흉하고 도리에 어긋난 말을 하는 것이 해괴했다. 낙안 군수(신호)가 도요토미 히데요시가 명나라 황제에게 올린 글의 초본과 명나라 사람이 군에 와서 적은 것들을 보내서 살펴보았다. 분한 마음을 이길 길이 없다.

8월 27일무신 맑음.

8월 28일기유 맑음. 경상 우수사 원균이 왔다. 음흉하고 간사한 말을 많이 내뱉으니 몹시도 놀라운 일이다.

8월 29일경술 맑음. 아우 여필과 아들 울, 변존서가 한꺼번에 왔다.

8월 30일신해 맑음. 경상 우수사 원균이 와서 영등포로 가자고 독촉했다. 참으로 음흉스럽다고 할만하다. 그가 거느린 25척의 배는 모두 내어 보내고, 다만 7~8척만을 갖고 이런 말을 하다니, 그가 마음을 쓰고 행동하는 것은 모두 그 모양이다.

1593년 9월

조총을 만들다

9월 1일임자 맑음. 공문을 만들어서 도원수와 순변사에게 보냈다. 여필, 변존서, 조카 이뇌 등이 돌아갔다. 우수사(이억기), 충청 수사 정걸과 함께 이야기를 나누었다.

9월 2일계축 맑음. 장계의 초안을 잡아 써서 내려 주었다. 경상 우후 이의득, 이여념 등이 와서 만났다. 어두울 녘에 이영남이 와서 만났다. 병마도절제사 선거이는 곤양에서 공로를 세웠으며, 남해 현령(기효근)은 체찰사에게 꾸중을 들었는데 공손치 못하다는 이유로 불려갔다고 전했다. 우습다. 기효근의 형편없는 짓은 이미 다 알고 있다.

9월 3일갑인 맑음. 아침에 조카 봉이 와서 어머니께서 평안하다고 전했다. 또 본영의 소식도 들었다. 장계를 올리려고 초안을 만들어서 보냈다. 순찰사(이정암)의 편지에, "군사들의 일가족은 일절 징발하지 마십시오."라고 쓰여 있었다. 이는 새로 부임해 사정을 잘못 알고 있는 것이다.

9월 4일을묘 맑음. 폐단을 보고하는 장계, 총통을 올려 보내는 문서, 제만춘을 불러서 심문한 사연, 이렇게 3통의 장계를 봉해서 이경복이 지니고 갔다. 정승 류성룡, 참판 윤자신, 지사 윤우신, 도승지 심희수, 지사 이일, 안습지, 윤기헌에게는 편지와 전복을 보내 마음을 표현했다. 조카 봉과 윤간이 함께 돌아갔다.

9월 5일병진 맑음. 식사를 마친 뒤에 충청 수사 정걸의 배 근처에 배를 대어 놓고서 종일 이야기를 나누었다. 광양 현감, 흥양 현감, 우후(이몽구)가 와서 만났다.

9월 6일정사 맑음. 새벽에 배를 만들 나무를 운반하는 일로 여러 배들을 내어 보냈다. 식사를 마친 뒤에 우수사(이억기)의 배로 가서 종일 이야기했는데, 그곳에서 원균의 흉칙스러운 일을 들었다. 또 정담수가 밑도 끝도 없이 말을 만들어낸다는 말을 들으니, 우습기만 하다. 바둑을 두고 나서 물러갔다. 배 여러 척이, 파손된 배에 쓸 나무를 끌어 왔다.

9월 7일무오 맑음. 아침에 나무를 받아 들였다. 아침에 방답 첨사가 와서 만났다. 순찰사(이정암)에게 폐단을 진술하는 공문과 군대를 개편하는 일에 관한 공문을 만들어 보냈다. 종일 혼자 앉아 있으니 마음이 편하지가 않다. 저녁때가 되어 탐색선이 오기를 몹시 기다려지는데도 오지 않았다. 해가 저무니 기분이 언짢고 가슴이 답답해 창문을 활짝 열고 잤다. 바람을 많이 쐬어 머리가 무겁고 아프니 걱정스럽다.

9월 8일기미 맑음. 바람이 어지러이 붊. 새벽에 송희립 등을 당포 근처의 산으로 내 보내 사슴을 잡아 오게 했다. 우수사(이억기)와 충청 수사(정걸)가 함께 왔다.

9월 9일경신 맑음. 식사를 마친 뒤에 모여서 산마루에 올라가 활 3순을 쏘았다. 우수사, 충청 수사와 여러 장수들이 모였는데 광양 현감은 아프다고 참가하지 않았다. 저녁때 비가 내렸다.

9월 10일신유 맑음. 공문을 적어 탐색선에 보냈다. 저녁에 우수사의 배에 이르러 방답 첨사와 함께 술을 마시고 헤어졌다. 체찰사의 비밀 편지가 왔다. 보성 군수(김득광)도 왔다가 갔다.

9월 11일임술 맑음. 충청 수사 정걸이 술을 갖고 왔다. 우수사

(이억기)도 오고 낙안 군수와 방답 첨사도 와서 만났다. 흥양 현감이 휴가를 받아 갔다. 서몽남에게도 휴가를 주니 함께 나갔다.

9월 12일계해 맑음. 식사를 마친 뒤에 소비포 권관(이영남), 류충신, 여도 만호 김인영 등을 불러 술을 마셨다. 발포 만호(황정록)가 돌아왔다.

9월 13일갑자 맑음. 종 한경, 돌쇠, 해돌이, 자모 등이 돌아왔다. 저녁에 종 금이, 해돌이 등이 돌아갔다. 양정언도 함께 돌아갔다. 저녁에 비바람이 세게 일더니 밤새도록 그치지 않았다. 무사히 도착했는지 모르겠다.

9월 14일을축 종일 비가 내리고 또 바람도 세게 붊. 혼자 봉창 아래 앉아 있으니 가슴속에 온갖 생각이 다 일어난다. 순천 부사가 돌아왔다.

9월 15일병인 맑음.

9월 16일부터의 일기는 기록에 없음.

10월의 일기는 기록에 없음.

11월의 일기는 기록에 없음.

12월의 일기는 기록에 없음.

日記

甲午年

1594년 1월

잠시 어머니를 뵙다

1월 1일경진 비가 퍼붓듯이 내림. 어머니를 모시고 함께 한 살을 더하게 되니 난리 중에서도 다행한 일이다. 저녁에 군사 훈련과 전쟁을 준비하는 일로 본영으로 돌아오는데 비가 그치지 않았다. 사과[1] 신씨에게 문안했다.

1월 2일신사 비는 그쳤으나 흐림. 나라의 제삿날[2]이라 공무를 보지 않았다. 신 사과를 초청해 함께 이야기를 나누었다. 첨지 배경남도 왔다.

---

1) 조선 시대에, 오위(伍衛)에 둔 정6품의 군직(軍職). 현직에 종사하고 있지 않은 문관, 무관, 음관(蔭官)이 맡았음.
2) 명종 인순왕후 심씨의 제사.

1월 3일임오 맑음. 동헌에 나가서 공무를 보았다. 해질 무렵에 관사로 돌아와서 조카들과 이야기를 나누었다.

1월 4일계미 맑음. 동헌에 나가서 공무를 보고 공문을 써서 보냈다. 저녁에 신 사과, 배 첨지와 함께 이야기를 나누었다. 남홍점이 본영에 이르렀기에 그 가족이 달아나서 숨어 있는지를 물었다.

1월 5일갑신 비가 내림. 신 사과가 와서 이야기를 나누었다.

1월 6일을유 비가 내림. 동헌에 나가서 남평의 도병방을 처형했다. 저녁 내내 공무를 보며 공문을 써서 보냈다.

1월 7일병술 비가 내림. 동헌에 나가서 공무를 보고 공문을 보냈다. 저녁에 남의길이 들어와서 마주 앉아 이야기를 나누었다. 밤이 깊어서야 헤어졌다.

1월 8일정해 맑음. 동헌에 앉아서 배 첨지, 남의길과 종일 이야기했다. 저녁에 공무를 보고 남원의 도병방을 처형했다.

1월 9일무자 맑음. 아침에 남의길과 이야기를 나누었다.

1월 10일기축 맑음. 아침에 남의길을 맞이해 이야기를 나누다가 피란하던 때의 일과 그때 고생을 한 상황을 모두 들었는데 한탄스러움을 이기지 못하겠다.

1월 11일경인 흐렸으나 비는 내리지 않음. 아침에 어머니를 만나 뵈려고 배를 타고 바람을 따라서 바로 고음천[3]에 대었다. 남의길, 윤사행, 조카 분이 함께 가서 어머니를 뵈러 들어갔더니 어머니는 아직 주무시고 계셨다. 큰 소리로 부르니 놀라서 깨어 일어나셨다. 기력은 약하고 숨은 금방이라도 끊어질 듯 말 듯 하는 소리를 내시니, 죽을 때가 가까워진 것 같았다. 눈물을 감추고자 했으나 저절로 흘러 내렸다. 그러나 말씀하시는 것은 조금도 어긋남이 없으셨다. 왜적을 토벌하는 일이 급해서 오래 머물 수가 없었다. 이날 저녁에 손수약의 아내가 죽었다는 부음을 들었다.

1월 12일신묘 맑음. 아침 식사를 마친 뒤에 어머니께 하직을 고하니, "잘 가거라. 부디 나라의 치욕을 크게 씻어야 한다."라고 두 번, 세 번 말씀하셨다. 헤어지는 데 대해서는 조금도 슬퍼하는 뜻을 비치시지 않으셨다. 선창으로 돌아왔는데 몸이 좀 불편한 것 같아 바로 뒷방으로 들어갔다.

---

3) 전남 여수시 웅천동.

1월 13일임진 맑았으나 바람이 세게 붊. 몸이 너무 불편해 자리에 누워서 땀을 흘렸다. 종 팽수와 평세 등이 와서 만났다.

1월 14일계사 흐리며 바람이 세게 붊. 아침에 조카 뇌의 편지를 보니, 아산의 산소에서 설날에 제사를 지낼 때 모여든 무리가 무려 200여 명이었는데, 산을 에워싸고 음식을 얻기 위해 오르내렸다고 하니 놀랍고도 놀랍다. 저녁에 동헌에 나가서 장계를 작성하고 또 승장 의능에게 천민의 신분을 면해 준다는 공문을 봉해 올렸다.

1월 15일갑오 맑음. 이른 아침에 남의길과 조카들과 함께 있다가 동헌으로 나갔다. 남의길은 영광으로 되돌아가고자 했다. 종 진을 찾아내는 공문을 만들었다. 동궁(광해군)의 명령이 내려왔는데 군사를 거느리고 가서 적을 토벌하라는 것이었다.

1월 16일을미 맑음. 아침에 남의길을 불러 와서 이별의 잔치를 하고 작별했다. 나도 몹시 취했다. 저녁에 동헌에 나갔다. 황득중이 들어와서 소문을 전했는데, 문학 유몽인이 암행어사로 흥양현에 들어왔다고 했으며 이에 여러 가지 문서들을 압수해 갔다고 했다. 저물녘에 방답과 배 첨지가 와서 이야기를 나누었다.

1월 17일병신 새벽에 눈이 오고 저녁에 비가 내림. 이른 아침에 배에 올라서 아우 여필, 여러 조카들, 아들 등을 배웅했다. 조카 분과 아들 울만을 데리고 배를 탔다. 오늘 장계를 띄워 보냈다. 오후 4시쯤에 와두[4]에 이르렀는데, 역풍이 불고 썰물 때라 배를 운행할 수가 없었다. 닻을 내리고 잠시 쉬었다가 오후 6시쯤에 다시 닻을 올려 노량에 이르렀다. 여도 만호(김인영), 순천 부사(권준), 이함, 우후(이몽구)도 도착해 하룻밤을 머물렀다.

1월 18일정유 맑음. 새벽에 출발할 때는 역풍이 세게 일었다. 창신도에 이르니 바람이 순하게 불어 왔다. 돛을 올리고 사량에 도착했는데 다시 역풍이 세게 불고 비가 쏟아졌다. 사량 만호 이여념과 수사(원균)의 군관 전윤이 와서 만났다. 전윤이, "수군을 거창에서 붙잡아 왔는데 원수(권율)가 중간에서 방해하려고 합니다."라고 했다. 우습다. 예로부터 남의 공을 시기함이 이러하니 무엇을 한탄하겠는가. 이곳에서 하룻밤을 묵었다.

1월 19일무술 흐리다가 저녁에는 맑음. 바람이 세게 불더니 해가 질 무렵에는 더 거세졌다. 아침에 출항해 당포 앞바다에 도착했다. 이곳에서 바람을 타고 돛을 반쯤 올렸더니 순식간에 한산도

---

4) 경남 남해군 고현면, 또는 관음포.

에 도착했다. 활터 정자에 앉아 여러 장수들과 함께 이야기를 나누었다. 저녁에 경상 우수사 원균이 왔다. 소비포 권관 이영남을 통해 경상도에 있는 여러 배들의 사부들과 격군들이 거의 다 굶어 죽을 것 같다는 말을 들었는데 참혹해 차마 다 들을 수가 없었다. 수사 원균, 공연수, 이극성이 곁눈질해 두었던 여자들과 은밀하게 관계했다고 한다.

1월 20일기해 맑았으나 바람이 세게 붊. 추위가 살을 도려내는 듯했다. 배에서 옷이 없는 사람들은 거북이처럼 웅크리고 추위에 떨며 신음 소리를 내니 차마 듣지를 못하겠다. 군량조차 오지 않으니 더욱 민망스럽다. 낙안 군수와 우수사 우후가 와서 만났다. 저녁에 소비포 권관, 웅천 현감, 진해 현감도 왔다. 진해 현감은 명령을 거부하며 머뭇거렸으므로 문책할 작정이었다. 그래서 만나지 않았다. 바람기가 조금 약해지는 듯했으나 순천 부사가 들어올 일이 염려되었다. 병들어 죽은 자들을 거두어 장사 지내는 일을 맡길 사람으로 녹도 만호를 보냈다.

1월 21일경자 맑음. 아침에 본영의 격군 742명에게 술을 먹였다. 광양 현감(어영담)이 들어왔다. 저녁에 녹도 만호(송여종)가 와서 보고하는데, "병들어 죽은 시체 214구를 거두어서 묻었습니다."라고 한다. 왜적에게 사로잡혔다가 도망쳐 나온 2명이 경상 우수사 원균의 진영에서 와서는 여러 가지 적의 정세를 상세히 말하기는 했으나 믿을 수가 없다.

1월 22일신축 맑음. 날씨가 따뜻하고 바람도 없다. 활터 정자에 올라앉아서 진해 현감으로 하여금 교서에 절을 하는 예를 행하고 활을 종일 쏘았다. 녹도 만호가 병들어 죽은 시체 217구를 거두어 묻었다고 했다.

1월 23일임인 맑음. 낙안 군수가 돌아가겠다고 보고를 하고 나갔다. 흥양현의 전선 2척이 들어왔다. 최천보, 유황, 류충신, 정량 등이 들어왔다. 저녁에 순천 부사가 들어왔다.

1월 24일계묘 맑고 따뜻함. 아침에 산에서 일을 하려고 목수 41명을 송덕일이 거느리고 갔다. 경상 우수사 원균이 군관을 보내 보고하기를, "경상좌도에 있는 왜적 300여 명의 목을 베어 죽였습니다."라고 했다. 정말 기쁜 일이다. 소 요시토시宗義智[5]가 지금 웅천에 있다고 하는데 확실하지는 않았다. 유황을 불러 암행어사가 붙잡아 간 사람들에 대해 물었더니 문서가 멋대로 꾸며졌다고 했다. 놀랍다. 또 격군의 일을 들었는데 흥양현 아전들의 간악

---

5) 대마도주.

한 짓은 이루 다 말할 수가 없었다. 모집한 의병 144명을 붙잡아 오도록 하고 또 현감에게 독촉해 명령을 내리도록 했다.

1월 25일갑진 흐리다가 저녁에는 맑음. 송두남, 이상록 등이 새로 만든 배를 돌아오게 하려고 사부와 격군 132명을 거느리고 갔다. 아침에 우수사 우후(이정충)가 와서 이곳에서 함께 아침을 먹고 저녁나절까지 활을 쏘았다. 우수사 우후가 여도 만호(김인영)와 활쏘기 시합을 했는데 여도 만호가 7푼을 이겼다. 나는 활을 10순을 쏘고 다른 사람들은 모두 20순을 쏘았다. 저녁에 종 허산이 술병을 훔치다가 붙잡혔기에 곤장을 쳤다.

1월 26일을사 맑음. 아침에 활터 정자로 올라가서 활 10순을 쏘았다. 순천 부사(권준)가 약속한 날짜를 어겼기에 벌을 주고 공무를 보았다. 오후에 왜적에게 사로잡혔다가 도망쳐 나온 진주 여자 1명, 고성 여자 1명, 한양 사람 2명을 데리고 왔다. 한양 사람은 정창연과 김명원의 종이라고 했다. 또 왜적 1명이 스스로 와서 항복했다는 보고가 들어왔다.

1월 27일병오 맑음. 새벽에 배를 만들 목재를 가져올 일로 우후(이몽구)가 나갔다. 새벽에 변유헌과 이경복이 들어왔다는 보고가 있었다. 아침에 충청 수사의 답장이 왔다. 어머니의 편지와 아우 여필의 편지가 왔는데, 어머니께서는 평안하시다고 한다. 다행이다. 동문 밖 해운대[6] 옆에 횃불을 든 강도들이 나타났고 미평에도 횃불을 든 강도들이 나타났다고 한다. 놀랍고 놀랄 일이다. 저녁에 미조항 첨사와 순천 부사가 함께 왔다. 소지[7]와 그 밖의 공문을 써서 보냈다. 스스로 항복한 왜적을 잡아 왔기에 심문했다. 수사 원균의 군관 양밀이 탐라 판관의 편지, 말의 안장, 해산물, 귤, 유자를 갖고 와서 즉시 어머니께 보냈다. 저녁에 녹도 수군이 복병한 곳에 왜적 5명이 함부로 다니면서 총을 쏘아 대므로, 한 놈을 쏘아 목을 베고 나머지 놈들은 화살을 맞고 도망가 버렸다. 저물녘에 소비포 만호가 왔다. 우후가 배를 만들 목재를 싣고 왔다.

1월 28일정미 맑음. 아침에 우후가 와서 만났다. 종사관에게 낱낱이 공문을 조회해 강진의 병영 서리에게 주어 보냈다. 저녁에 원식이 한양으로 올라간다고 왔기에 술을 먹여서 보냈다. 아침에 경상 우후(이의득)가 보고하기를, "명나라 제독 유정이 군사를 돌려 이달 25일이나 26일쯤에 올라갑니다."라고 했다. 또 "위무사[8]로 파견된 홍문관 교리 권협이 도내를 돌아다니며

---

6) 전남 여수시 동북쪽.
7) 청원이 있을 때 관아에 내던 서면.
8) 장병을 위로하기 위해 파견된 관리.

살펴본 뒤에 수군 진영으로 옵니다."라고 했다. 또 "화적 이산겸 등을 잡아 가두고, 아산과 온양 등지에서 함부로 다니는 도적떼 90여 명을 잡아서 목을 베었습니다."라고 했다. 또 "호익장(김덕령)이 가까운 시일 내에 들어올 것입니다."라고도 했다. 저물녘에 비가 오더니 밤새도록 부슬부슬 내려 쓸쓸했다. 전선을 만들기 시작했다.

1월 29일무신 비가 종일 오고 밤새도록 내림. 새벽에 각 배들은 아무 탈이 없었다고 한다. 몸이 불편해 저녁에 누워서 신음했다. 바람이 세게 불고 파도가 거세어서 배를 안정되게 매어 둘 수가 없으니, 마음이 몹시도 괴롭다. 미조항 첨사(김승룡)가 배를 꾸미는 일 때문에 간다고 보고하고 돌아갔다.

1월 30일기유 흐리고 바람이 세게 붊. 저녁에는 날이 개이고 바람도 조금 잠잠했다. 순천 부사, 우수사 우후, 강진 현감(유해)이 왔다. 미조항 첨사가 와서 간다는 보고를 하고 돌아갔다. 그래서 평산포의 도망친 군사 3명을 잡아 와서 그 편에 딸려 보냈다. 나는 몸이 몹시 불편해 종일 땀을 흘렸다. 군관과 여러 장수들은 활을 쏘았다.

1594년 2월

호남의 왜적을 물리치다

2월 1일경술 맑음. 느지막이 활터 정자로 올라가서 공무를 보고 공문을 보냈다. 청주의 겸사복 이상李祥이 임금의 분부를 갖고 왔다. "경상 감사 한효순의 장계에는, 좌도의 적들이 모여 거제로 들어가서 장차 전라도를 침범할 것이라는 내용이 있으니 그대는 3도의 수군을 합해 적을 섬멸하라."라는 것이었다. 오후에 우수사 우후(이정충)를 불러 활을 쏘았다. 초저녁에 사도 첨사(김완)가 전선 3척을 거느리고 진영에 이르렀다. 이경복, 노윤발, 윤백년 등이 도망가는 군사를 싣고 육지로 빠져나가는 배 8척을 붙잡아 왔다. 저녁에 가랑비가 내리더니 얼마 안 가서 그쳤다.

2월 2일신해 맑음. 아침에 도망가는 군사를 실어 나르던 사람들의 죄를 처벌했다. 사도 첨사가 와서 전하기를 낙안 군수 신호가 파면되었다고 한다. 느지막이 활터 정자로 올라갔다. 동궁에게 올린 달본[9]의 회답이 내려왔다. 각 고을과 진포에 공문을 써서 보냈다. 활 10순을 쏘았다. 바람이 잔잔하지 못했다. 사도 첨사가 약속한 날짜에 오지 못했으므로 그 잘못을 따졌다.

2월 3일임자 맑음. 새벽꿈에 애꾸눈이 된 말을 보았다. 무슨 조짐인지 모르겠다. 식사를 마친 뒤에 활터 정자에 올라가서 활을 쏘았다. 세찬 바람이 크게 일었다. 우조방장(어영담)이 왔는데, 역적들의 소식을 들으니 걱정과 분함을 이길 길이 없었다. 우우후가 여러 가지 물건들을 여러 장수에게 보냈다. 원식과 원전이 와서 한양으로 올라간다고 보고했다. 원식이 남해 현령에게 쇠붙이를 바치고, 천인의 신분을 면하게 해 주는 공문 1장을 받아 갔다. 날이 저물어 막사로 내려왔다.

2월 4일계축 맑았으나 바람이 세게 붊. 아침을 먹은 뒤에 순천 부사와 우조방장을 불러 이야기를 나누었다. 저녁에 본영의 전선과 거북선이 들어왔다. 조카 봉, 이설, 이언량, 이상록 등이 강돌천을 데리고 왔다. 동궁의 명령을 받았고 우찬성 정탁의 편지

9) 동궁에게 올린 문서.

도 가져왔다. 각 고을과 진포에 공문을 써서 보냈다. 순천이 와서 보고하기를, "무군사의 공문에 의거한 순찰사의 공문에는 '진중에서 시험을 보게 해야 한다는 장달[10]을 올린 것은 몹시 잘못된 것이니, 그 허물을 캐물어야 한다.'라는 내용이 있습니다."라고 했다. 참으로 우습다. 조카 봉이 오는 편에, "어머니께서는 평안하십니다."라고 소식을 전하니 기쁘고도 다행이다.

2월 5일갑인 맑음. 꿈에 좋은 말을 타고 바위가 첩첩인 산마루로 올라가니 아름다운 산봉우리가 동서로 뻗쳐 있고, 산마루 위에는 평평한 곳이 있기로 거기에 자리를 잡으려는데 그만 잠에서 깨었다. 무슨 징조인지 모르겠다. 또 어떤 미인이 혼자 앉아 손짓을 하는데, 나는 소매를 뿌리치고 응하지 않았으니 우스웠다. 아침에 군기시[11]에서 받아온 흑각 100장의 수를 낱낱이 헤아려 서명하고 화피[12] 89장도 낱낱이 헤아려 서명했다. 발포 만호(황정록)와 우수사의 우후가 와서 만났고 함께 식사했다. 저녁에 활터 정자로 올라가서 순창과 광주의 담당 서리를 처벌했다. 우조방장, 우우후, 여도 만호 등은 활을 쏘았다. 원수(권율)의 회답 공문이 왔는데 유격 심유경이 벌써 화친을 결정했다고

10) 지방 감사나 임금의 명을 받고 지방에 파견된 관원이 섭정하는 왕세자에게 서면으로 보고하던 일. 또는 그런 보고.
11) 고려·조선 시대에, 병기·기치·융장·집물 따위의 제조를 맡아보던 관아.
12) 활을 만드는 데 쓰는 벚나무 껍질.

한다. 왜적의 간사한 꾀와 교묘한 계책을 헤아릴 수가 없다. 전에도 놈들의 꾀에 빠졌었는데 또 이처럼 빠져들다니 한탄스럽다. 저녁에는 날씨가 찌는 것이 마치 초여름 같다. 밤 9시에 비가 내렸다.

2월 6일을묘 비가 내리다가 오후에는 갬. 순천 부사, 조방장, 웅천 현감, 사도 첨사가 와서 만났다. 저물녘에 흥양 현감 김방제金邦濟가 왔다. 노랗고 향기로운 유자를 30개 가져왔는데 새로 캔 것 같았다.

2월 7일병진 맑았으나 서풍이 세게 붊. 아침에 우조방장이 와서 만났는데 부지휘선에 타고 싶다고 했다. 어머니, 홍군우洪君遇, 이숙도李叔道, 강인중姜仁仲 등에게 문안 편지를 써서 조카 분이 가는 편에 부쳤다. 조카 봉은 분과 함께 떠나는데 봉은 나주로 가고 분은 온양으로 갔다. 마음이 섭섭하다. 각 배에 소지 200여 장을 나누어 주었다. 고성 현령(조응도)이 보고하기를, "적선 50여 척이 춘원포[13]에 이르렀습니다."라고 했다. 삼천포 권관과 가배량 권관 제만춘이 와서 한양 소식을 알려 주었다. 격군을 붙잡아 올 일로 이경복을 보냈다. 오늘 군대를 다시 편성하고 격

13) 경남 고성군 광도면 예승리.

군을 각 배에 옮겨 태웠다. 방답 첨사에게 죄인을 잡아오라고 명령했다. 낙안 군수의 편지가 왔는데, 새 군수 김준계가 내려왔다고 하므로 그에게도 죄인을 붙잡아 오라고 명령했다. 보성 소속의 전선 2척이 들어왔다. 소비포 권관(이영남)이 와서 만났다.

2월 8일정사 맑음. 동풍이 세게 불고 날씨는 몹시 추워 걱정이 많다. 봉과 분 등이 배를 타고 떠났으니 밤새도록 잠이 오지 않았다. 아침에 순천 부사가 와서, "고성 땅 소소포[14)]에 적선 50여 척이 들어왔습니다."라고 했다. 그래서 곧 제만춘을 불러서 지형이 어떠한지를 물었다. 저녁에 활터 정자로 올라가 공무를 보고 공문을 보냈다. 경상 우병사의 군관이 편지를 갖고 와서, 병사의 방에서 일을 하고 있는 심부름꾼을 천민 신분에서 면하게 해 달라고 말했다. 진주에 피란해 있는 전 좌랑 이유함이 와서 이야기를 하고 저녁에 돌아갔다. 바다 위에 뜬 달이 밝아 잠이 오지 않는다. 순천 부사와 우조방장이 와서 이야기하다가 밤 10시쯤에 헤어졌다. 변존서가 당포에 가서 꿩 7마리를 사냥해 왔다.

2월 9일무오 맑음. 새벽에 우후가 배 2~3척을 거느리고 소비포 뒤쪽으로 가서 띠풀을 베었다. 아침에 고성 현령이 왔다. 돼지

---

14) 경남 고성군 마암면 두호리.

머리도 갖고 왔다. 그에게 당항포의 배가 드나들었는지를 물었다. 또 백성들이 굶어서 서로 잡아먹는다고 하니 어찌하면 좋을 것인지도 물었다. 저녁에 활터 정자로 올라가 활 10순을 쏘았다. 이유함이 왔다가 돌아가겠다고 하므로 그의 자字를 물으니, '여실'이라고 했다. 순천 부사, 우조방장, 우후, 사도 첨사, 여도 만호, 녹도 만호, 강진 현감, 사천 현감, 하동 현감, 소비포 권관도 왔다. 저물녘에 보성 군수가 들어왔다. 무군사의 편지를 가져왔는데 시위[15]를 맡을 군사들이 사용할 긴 창 수십 자루를 만들어 보내라는 것이었다. 이날 동궁의 심문에 관한 답장을 써서 보냈다.

2월 10일기미 가랑비와 센 바람이 종일 그치지 않음. 오후에 조방장과 순천 부사가 와서 저녁때까지 이야기하며 적을 토벌할 일을 의논했다.

2월 11일경신 맑음. 아침에 미조항 첨사(김승룡)가 왔다. 술 3잔을 권하고 보냈다. 종사관의 공문 3통을 보냈다. 식사를 마친 뒤에 활터 정자로 올라갔는데 경상 우수사(원균)가 와서 만났다. 술 10잔을 마시고 취해 망령된 말을 많이 했다. 우습다. 우조방장

15) 임금이나 어떤 모임의 우두머리를 모셔 호위함.

도 왔다. 함께 취했다. 날이 저물고 활 3순을 쏘았다.

2월 12일신유 맑음. 이른 아침에 본영의 탐색선이 들어왔는데 조카 분의 편지에 선전관 송경령이 수군을 살펴볼 일로 들어온다는 것이었다. 오전 10시쯤에 적도로 진영을 옮겼다. 오후 2시쯤에 선전관(송경령)이 진영에 도착했다. 임금의 유지[16] 2통과 비밀문서 1통, 모두 3통을 갖고 왔다. 1통에는 "명나라 군사 10만 명과 은 300냥이 온다."라고 쓰여 있었고, 1통에는 "흉악한 왜적들의 뜻이 호남 지방에 있으니 온 힘을 다해 막고 형세를 보아 무찌르라."라고 쓰여 있었으며, 비밀문서에는 "1년이 넘도록 해상에서 수고하는 것을 내가 알고 있으니, 공로를 세운 장병들 중에서 아직도 상을 받지 못한 자가 있다면 적어서 올리라."라고 쓰여 있었다. 또 선전관에게서 한양의 여러 가지 소식과 역적들의 일을 들었다. 영의정(류성룡)의 편지도 왔다. 임금께서 밤낮으로 근심하며 애쓰신다니 감개무량하다.

2월 13일임술 맑고 따뜻함. 아침에 영의정에게 회답 편지를 썼다. 식사를 마친 뒤에 선전관(송경령)을 불러 다시 이야기를 나누었다. 저녁에 작별을 하고는 종일 배에 머물렀다. 오후 4시쯤

---

16) 승정원의 담당 승지를 통해 전달되는 왕명서(王命書).

에 소비포 만호(이영남), 사량 만호(이여념), 영등포 만호(우치적)가 왔다. 오후 6시쯤에 첫 나발을 불고 출항해 다시 한산도로 돌아왔다. 경상 우수사의 군관 제홍록이 삼봉[17]에서 와서, "적선 8척이 들어와 춘원포에 정박했으므로 들이칠 만합니다."라고 했다. 그래서 곧 나대용을 경상 우수사 원균에게 보내 전하게 한 말은, "작은 이익을 보고 들이치다가 큰 이익을 거두지 못할 우려가 있으니, 지금은 가만히 두었다가 적선이 많이 나오면 기회를 엿보아서 무찔러야 합니다."라는 것이었다. 미조항 첨사, 순천 부사, 조방장이 왔다가 밤이 깊어서야 돌아갔다. 박영남과 송덕일이 되돌아갔다.

2월 14일계해 맑고 따뜻하며 바람도 잔잔함. 경상도의 남해, 하동·사천·고성 등지에는 송희립, 변존서, 유황, 노윤발 등을 우도에는 변유헌, 나대용 등을 보내 부대를 점검하도록 했다. 저물녘에 방답 첨사와 배 첨지가 군영에 도착했는데 군량 20섬을 실어 왔다. 정종과 배춘복도 왔다. 장언춘을 천민의 신분에서 면하게 하는 공문을 만들어 주었다. 흥양 현감이 들어왔다.

2월 15일갑자 맑음. 새벽에 거북선 2척과 보성의 배 1척을 멍에

---

17) 경남 고성군 삼산면 삼봉리.

나무 치는 곳으로 가서 초저녁에 실어 오게 했다. 아침을 먹은 뒤에 활터 정자로 올라가서 좌조방장이 늦게 온 죄를 심문했다. 흥양의 배를 조사해 보니 허술한 점이 많았다. 순천 부사, 우 조방장, 우수사의 우후, 발포 만호, 여도 만호, 강진 현감 등이 함께 와서 활을 쏘았다. 날이 저물 때 순찰사(이정암)의 공문이 도착했다. 조도 어사 박홍로의 장계 중에 순천, 광양, 두치 등지에 복병을 두고 보초를 서게 해 달라는 청을 한 것이 있다. 수군과 수령을 함께 이동시키는 일은 합당하지 않다는 대답이 내려왔다는 내용이었다.

2월 16일을축 맑음. 아침에 흥양 현감, 순천 부사가 왔다. 흥양 현감이 암행어사의 비밀 장계초안을 가져 왔는데 임실 현감 이몽상, 무장 현감 이충길, 영암 군수 김성헌, 낙안 군수 신호를 파면하고, 순천 부사는 탐관오리의 우두머리를 거론하고, 나머지 담양 부사(이경노), 진원 현감(조공근), 나주 목사(이용순), 장성 부사(이귀), 창평 현령 백유항 등 수령의 악행은 덮어 주고 상을 준다는 내용이었다. 임금을 속이는 것이 여기까지 이르니, 나랏일이 이러고서야 모든 일이 잘 될 수가 없다. 하늘을 바라보고 탄식만 할 뿐이다. 또 그 가운데에는 수군 가족에 관한 징발과 장정 4명 가운데에서 2명이 전쟁에 나가야 한다는 일을 심히 비난하고 있으니, 암행어사 류몽인은 나라의 위급함은 생각하지도 않고, 쓸데 없이 눈앞의 임시방편만을 힘쓰고 있다. 남쪽 지방의 헛된 소리만 듣고 있는 것이다. 나라를 그르치는 교활하고 간사한 말이 무목[18]을 향한 진회[19]의 짓거리와 다를 바가 없다. 나라를 위해 심히 탄식할 만한 일이다. 저녁에 활터 정자로 올라가 순천 부사, 흥양 현감, 우조방장, 우수사 우후, 사도 첨사, 발포 만호, 여도 만호, 녹도 만호, 강진 현감, 광양 현감 등과 활 12순을 쏘았다. 순천 감목관이 진영에 왔다가 돌아갔다. 우수사가 당포에 이르렀다고 했다.

2월 17일병인 맑음. 따뜻하기가 마치 초여름 날씨 같다. 아침에 지휘선에 연기를 그을리는 일 때문에 일찍 활터 정자로 올라가서 각 처에 공문을 보냈다. 오전 10시쯤에 우수사가 들어왔다. 우두머리 군관 정홍수와 도훈도를 군령으로 곤장 90대를 쳤다. 이홍명과 임희진의 손자도 왔다. 대나무로 총통을 만들어 왔기에 시험 삼아 쏘아 보니 소리는 비슷한데 별로 소용이 없다. 우습다. 우수사가 거느린 전선이 고작 20척이라 한심스러웠다. 순천 부사와 우조방장이 와서 활 5순을 쏘았다.

---

18) 남송의 장군. 금이 침략했을 때 항복을 거부하다가 간신 진회에게 죽임을 당함.
19) 중국의 대표적인 간신으로 꼽히는 인물.

2월 18일정묘 맑음. 아침에 배 첨지가 왔다. 가리포 첨사 이응표가 왔다. 식사를 마친 뒤에 활터 정자로 올라가 해남 현감 위대기에게 명령을 거역한 죄로 벌을 주었다. 전라 우도의 여러 장수들이 와서 인사를 받고 난 뒤에 활을 몇 순 쏘았다. 오후에 우수사가 왔다. 때마침 수사 원균이 와서 심하게 취했기 때문에 이야기를 많이 나누지 못했다. 초저녁에 가랑비가 내리더니 밤새도록 내렸다.

2월 19일무진 가랑비가 종일 내림. 날씨가 찌는 듯함. 활터 정자에 올라가 혼자 앉아 있는데 우조방장과 순천 부사가 오고 이홍명도 왔다. 얼마 후에 손충갑이 왔다고 보고하기에 불러들여서 왜적을 토벌하던 일을 물었는데 비분강개를 이길 길이 없다. 종일 이야기를 나누었다. 저물어서 숙소로 내려왔다. 변존서가 본영으로 갔다.

2월 20일기사 안개 같은 이슬비가 걷히지 않음. 몸이 불편해 종일 나가지 않았다. 우조방장과 배 첨지가 와서 이야기를 나누었다. 울이 우수사 영감의 배에 갔다가 몹시 취해서 돌아왔다.

2월 21일경오 맑고 따뜻함. 몸이 몹시 불편해 종일 신음했다. 순천 부사와 우조방장 어영담이 와서 견내량에 가서 복병한 곳을 살펴보았다고 보고했다. 청주 의병장 이봉이 순변사에게 와서 육지의 사정을 자세히 일러 주었다. 우수사는 청주 목사의 인척이다. 해질녘에 돌아갔다. 오후 6시쯤에 벽방의 척후장 제한국이 와서 구화역[20] 앞바다에 왜선 8척이 정박했다고 알렸다. 그래서 배를 풀어 3도에 진격을 명령하고 원균의 군관 제홍록의 보고가 오기를 기다렸다.

2월 22일신미 날이 거의 샐 무렵에 제홍록이 와서, "왜선 10척은 구화역에 이르렀고 6척은 춘원포에 이르렀습니다."라고 했다. 또 날이 이미 밝아서 미처 따라잡지 못했다고 하므로 다시 정찰하라는 명령을 내려 돌려보냈다.

2월 23일부터 27일까지의 일기는 기록에 없음.

2월 28일정축 맑음. 아침에 활터 정자로 올라가 종사관(정경달)과 종일 이야기를 나누었다. 장흥 부사(황세득)가 들어왔다. 우수사를 처벌했다.

2월 29일무인 맑음. 아침에 종사관과 함께 식사를 하고 또 이별

---

20) 경남 통영시 광도면 노산리.

의 술을 마시며 종일 이야기를 나누었다. 장흥 부사도 함께했다. 벽방의 척후장 제한국이 긴급히 보고하기를, "적선 16척이 소소포로 들어왔습니다."라고 하므로 각 도의 수군 진영에 알리도록 했다.

1594년 3월

아픈 몸으로 수군을 지휘하다

3월 1일기묘 맑음. 망궐례를 행했다. 활터 정자로 곧바로 올라가 검모포 만호를 심문한 뒤에 곤장을 치고 도훈도를 처형했다. 종사관(정경달)이 돌아왔다. 어두워져서 막 출항하려고 했다. 그때 벽방 척후장 제한국이 와서 보고하기를, "왜선이 이미 도망가 버렸습니다."라고 했다. 그래서 그만두었다. 초저녁에 장흥의 2호선에 불이 나서 모두 타 버렸다.

3월 2일경진 맑음. 아침에 방답 첨사, 순천 부사, 우조방장이 왔다. 저녁에 활터 정자로 올라가 좌조방장, 우조방장, 순천 부사, 방답 첨사와 활을 쏘았다. 이날 저녁에 장흥 부사가 와서 이야기를 나누었다. 초저녁에 강진에서 장작을 쌓아 둔 곳에 불이 나서 모두 타 버렸다.

3월 3일신사 맑음. 아침에 전문[21]에 절을 한 뒤에 곧 활터 정자에 앉았다. 경상 우후 이의득이 와서, "수군을 많이 잡아 오지 못했다고 수사(원균)에게 매를 맞고, 또 발바닥까지 맞을 뻔했습니다."라고 했다. 참으로 놀라운 일이다. 저녁에 순천 부사, 좌조방장, 우조방장, 방답 첨사, 가리포 첨사, 좌수사 우후, 우수사 우후 등과 함께 활을 쏘았다. 오후 6시쯤에 벽방 척후장(제한국)이 보고하기를, "왜선 6척이 오리량[22], 당항포 등지에 정박했습니다."라고 했다. 그래서 곧 배들을 모으라고 명령을 내렸다. 대군은 흉도 앞바다에 진을 치고 정예선 30척을 우조방장(어영담)이 거느리고 적을 무찌르도록 했다. 초저녁에 배를 움직여 지도[23]에 이르렀다가 새벽 2시쯤에 출항했다.

3월 4일임오 맑음. 새벽 2시쯤에 출항했다. 진해 앞바다에 이르러 왜선 6척을 뒤쫓아 불태워 버렸고, 저도[24]에서 2척을 불태워 버렸다. 또 소소강에 14척이 들어왔다고 했으므로 조방장과 경상 우수사 원균에게 나가서 토벌하도록 명령을 내렸다. 고성 땅 아자음포[25]에서 진을 치고 밤을 지냈다.

---

21) 명절 하례로 임금께 올리는 글월.
22) 경남 마산시 합포구 구산면 고리량.
23) 경남 통영시 용담면.
24) 경남 창원시 구산동.
25) 경남 고성군 동해면 당거리.

3월 5일계미 맑음. 새벽에 겸사복(윤붕)을 당항포로 보내 적선을 쳐부수고 불태웠는지를 탐문했다. 우조방장 어영담이 긴급하게 보고하기를, "왜적들이 우리 군사들의 위엄을 겁내 밤을 틈타서 도망쳤으므로 빈 배 71척을 모조리 불태워 버렸습니다."라고 했다. 경상 우수사(원균)의 보고도 같은 내용이었다. 우수사(이억기)가 왔을 때 비가 많이 퍼붓고 바람도 몹시 불어 바로 자신의 배로 돌아갔다. 이날 아침 순변사에게서도 토벌을 독려하는 공문이 왔다. 우조방장, 순천 부사, 방답 첨사, 배 첨사도 와서 이야기하는 동안에 경상 우수사 원균이 배에 이르자 여러 장수들은 각각 돌아갔다. 저녁에 광양의 새 배가 들어왔다.

3월 6일갑신 맑음. 새벽에 척후병이 보니 적선 40척 남짓이 청슬[26]로 향했다고 했다. 당항포 적선 21척은 모조리 불태워 버렸다고 긴급 보고를 했다. 저녁에 거제로 향하는데 역풍이 불어 간신히 흉도에 도착하니 남해 현감이 보고하기를, "명나라 군사 2명과 왜인 8명이 패문을 갖고 왔기에, 명나라 군사 2명과 패문을 보냅니다."라고 했다. 그 패문을 보니, 명나라 도사부 담종인이 왜적을 치지 말라고 했다. 나는 몸이 몹시 괴로웠다. 앉거나 누워 있는 것조차 불편했다. 저녁에 우수사(이억기)와 함께 명

---

26) 경남 거제시 사등면 지석리.

나라 군사를 만나 본 다음 보냈다.

3월 7일을유 맑음. 몸이 극도로 불편해 꼼짝하기조차 어렵다. 그래서 아랫사람으로 하여금 패문을 만들도록 했더니 지어 놓은 글이 말이 아니다. 또 경상 우수사 원균이 손의갑으로 하여금 작성하도록 했는데도 그것마저 못마땅했다. 나는 병을 무릅쓰고 억지로 일어나 앉아 글을 짓고, 정사립에게 이를 쓰게 해 보냈다. 오후 2시쯤 출항해 밤 11시쯤에 한산도 진중에 이르렀다.

3월 8일병술 맑음. 병세는 별로 차도가 없다. 기운은 더욱 축이 나서 종일 아팠다.

3월 9일정해 맑음. 기운이 좀 나은 듯 하므로 따뜻한 방으로 옮겨 가서 누웠다. 아프긴 해도 별다른 증세는 없다.

3월 10일무자 맑음. 병세는 차츰 나아지는 것 같은데 열기가 치올라서 그저 찬 것만 마시고 싶은 생각뿐이다. 저녁에 비가 내리더니 밤새도록 그치지 않았다.

3월 11일기축 종일 큰비가 내림. 저물녘에는 큰비가 개었다. 병세가 아주 많이 나아졌고 열도 내리니 참으로 다행이다.

3월 12일경인 맑았으나 바람이 세게 붊. 몸이 매우 불편하다. 영의정에게 편지를 썼다. 장계도 깨끗이 써서 마쳤다.

3월 13일신묘 맑음. 아침에 장계를 봉해서 올렸다. 몸은 차츰 나아지는 것 같았으나 기력이 몹시 약해지고 말았다. 그대로 회와 송두남을 보냈다. 오후에 원균 수사가 왔다. 그가 자신의 잘못된 일들을 털어놓았다. 그래서 장계를 도로 갖고 오게 해서 원 사진과 이응원 등이 거짓으로 왜인 노릇한 놈들의 목을 잘라서 바친 일을 고쳐서 보냈다.

3월 14일임진 비가 내림. 몸은 나은 듯하지만 머리가 무겁고 기분이 좋지 않다. 저녁에 광양 현감(송전), 강진 현감(유해), 첨지 배경남이 함께 갔다. 소문에 "충청 수사(구사직)가 이미 신장에 왔다."라고 한다. 종일 몸이 불편했다.

3월 15일계사 비는 그쳤으나 바람이 세게 붊. 미조항 첨사가 돌아갔다. 종일 신음했다.

3월 16일갑오 맑음. 몸이 매우 불편하다. 우수사가 와서 만났다. 충청 수사가 전선 9척을 거느리고 진영에 이르렀다.

3월 17일을미 맑음. 몸이 회복되지 않는다. 변유헌은 본영으로 돌아가고 순천 부사도 돌아갔다. 해남 현감(위대기)는 새 현감과 교대하는 일로 나가고, 황득중 등은 복병에 관한 일로 거제도로 갔다. 탐색선이 들어왔다.

3월 18일병신 맑음. 몸이 몹시 불편하다. 남해 현감 기효근, 보성 군수(김득광), 소비포 권관 이영남, 적량 첨사 고여우가 와서 만났다. 기효근은 볍씨를 파종하는 일 때문에 돌아갔다. 보성 군수는 무슨 말을 하려고 했다가 사정을 말하지 않고 돌아갔다. 낙안 유위장과 향소[27] 등을 잡아 가두었다.

3월 19일정유 맑음. 몸이 불편해 종일 신음했다.

3월 20일무술 맑음. 몸이 불편하다.

3월 21일기해 맑음. 몸이 불편하다. 명단을 작성하는 관리로 여도 만호(김인영), 남도포 만호(강응표), 소비포 권관 이영남을 뽑아서 그 일을 담당하게 했다.

---

27) 향청의 소임을 맡은 사람.

3월 22일경자 맑음. 몸이 약간 나아진 것 같다. 원수의 공문이 왔는데, "명나라 지휘 담종인의 자문[28]과 왜장의 서계[29]를 조파총이 갖고 갔습니다."라고 쓰여 있었다.

3월 23일신축 맑음. 몸의 기운이 여전히 불편하다. 방답 첨사(이순신), 흥양 현감(배흥립), 조방장(어영담)이 와서 만났다. 견내량이 미역 쉰셋 다발을 캐어 왔다. 발포 만호(황정록)도 와서 만났다.

3월 24일임인 맑음. 몸이 조금 나아진 것 같다. 미역 예순 다발을 캐어 왔다. 정사립이 왜적의 머리를 베어 갖고 왔다.

3월 25일계묘 맑음. 흥양 현감과 보성 군수가 나갔다. 사로잡혀 갔다가 왜의 진중에서 명나라 장수(담종인)의 패문을 갖고 온 자를 흥양 현감에게 보냈다. 저녁에 활터 정자로 올라갔는데 몸이 몹시 불편해 일찍 숙소로 내려왔다. 저녁에 아우 여필, 아들 회, 변존서, 신경황이 와서 어머니의 안부를 자세히 들었다. 선산이 모두 산불에 탔는데 아무도 끄지 못했다고 한다. 몹시 가슴이 아프다.

---

28) 중국과 왕래하던 문서.
29) 일본과 왕래하던 문서.

3월 26일갑진 맑음. 따뜻하기가 마치 여름 날씨 같다. 조방장과 방답 첨사가 왔다. 발포 만호가 휴가를 받아 돌아갔다. 저녁에 마량 첨사, 사량 만호, 사도 첨사, 소비포 만호가 함께 와서 만났다. 경상 우후(이의득), 영등포 만호(우치적)도 왔다가 창신도로 돌아간다고 보고했다.

3월 27일을사 흐렸으나 비는 내리지 않음. 우수사가 와서 만났다. 몸이 좀 나은 것 같다. 초저녁에 비가 왔다. 봉이 저녁에 몸이 몹시 불편하다고 했다.

3월 28일병오 종일 비가 내림. 조카 봉의 병세가 더 악화되었다. 몹시 걱정된다.

3월 29일정미 맑음. 탐색선이 들어와서 어머니께서 편안하시다고 했다. 웅천 현감, 하동 현감, 소비포 권관 등이 와서 만났다. 장흥 부사와 방답 첨사도 와서 만났다. 저녁에 여필과 봉이 함께 돌아갔다. 봉은 병이 깊어져서 돌아갔으므로 밤새도록 걱정했다. 저물녘에 방충서와 조서방의 사위 김함이 왔다.

3월 30일무신 맑음. 식사를 마친 뒤에 활터 정자로 올라가 충청 군관과 도훈도를 처벌하고 낙안 유위장과 도병방 등을 처벌했다. 저녁에 삼가 현감 고상안이 와서 만났다. 저녁에야 숙소로 내려왔다.

1594년 4월

왜선 100여 척이 절영도로 가다

4월 1일기유 맑음. 식사를 하지 않았다. 장흥 부사(황세득), 진도 군수(김만수), 녹도 만호(송여종)이 여제[30]를 지내러 간다는 보고를 하고 돌아갔다. 충청 수사가 와서 만났다.

4월 2일경술 맑음. 아침을 먹은 뒤에 활터 정자로 올라갔다. 삼가 현감, 충청 수사와 함께 종일 이야기를 나누었다. 조카 해가 들어왔다.

4월 3일신해 맑음. 오늘 여제를 지냈다. 3도의 군사들에게 술 1,080동이를 먹였다. 우수사와 충청 수사도 함께 앉아 군사들

---

30) 악질병에 걸려 죽은 귀신에게 지내는 제사.

에게 먹였다. 날이 저물어서야 숙소로 내려왔다.

4월 4일임자 흐리다가 저물녘에는 비가 내림. 아침에 원수의 군관 송홍득과 변홍달이 홍패[31]를 갖고 왔다. 경상 우병사의 군관인 박창령의 아들 박의영이 와서 대장의 안부를 전했다. 식사를 마친 뒤에 삼가 현감이 왔다. 저녁에 활터 정자로 올라가니 장흥 부사가 술과 음식을 갖고 와서 종일 오손도손 이야기를 나누었다.

4월 5일계축 흐림. 새벽에 최천보가 세상을 떠나고 말았다.

4월 6일갑인 맑음. 별시[32]를 보는 장소를 마련했다. 시관[33]인 나와 우수사(이억기), 충청 수사(구사직)와 참시관[34]인 장흥 부사(황세득), 고성 현감(조응도), 삼가 현감(고상안), 웅천 현감(이운룡)이 시험을 감독했다.

4월 7일을묘 맑음. 일찍 모여 시험을 보았다.

---

31) 과거에 급제한 자에게 발급한 증명서.
32) 나라에 경사가 있을 때나 병년(丙年)마다 보던 문무 과거 시험.
33) 각종 과거에서 책임을 맡았던 직원.
34) 시관을 보좌하는 역할을 맡음.

4월 8일병진 맑음. 몸이 불편한 상태로 시험장으로 올라갔다.

4월 9일정사 맑음. 시험을 마치고 결과를 알리는 방을 붙였다. 큰비가 왔다. 조방장 어영담이 세상을 떠났다. 그 슬픔을 어찌 말할 수 있으랴.

4월 10일무오 흐림. 순무어사[35] 서성이 진영에 온다는 소식이 왔다.

4월 11일기미 맑음. 순무어사가 들어온다고 한다. 그래서 문안하는 배를 보냈다.

4월 12일경신 맑음. 순무어사 서성이 내 배에 와서 이야기를 나누었다. 우수사(이억기), 경상 우수사(원균), 충청 수사(구사직)가 함께 왔다. 술이 세 차례 돌자 경상 우수사 원균은 크게 취해 미친 듯이 날뛰며 이치에 맞지 않는 말을 마구 했다. 순무어사도 무척 괴이하게 여겼다. 삼가 현감이 돌아갔다.

4월 13일신유 맑음. 순무어사가 전투를 연습하는 것을 보고 싶어

---

35) 각지의 군대와 백성을 순찰하려고 파견되는 중앙 관리.

했다. 그래서 죽도[36] 바다 가운데로 나가서 연습했다. 선전관 원사표와 금오랑 김제남이 충청 수사(구사직)를 붙잡아 가기 위해 이곳에 왔다.

4월 14일임술 맑음. 김제남과 함께 자세한 이야기를 나누었다. 저녁에 순무어사의 배로 가서 군사 기밀을 자세하게 의논했다. 잠시 후에 우수사가 오고 순천 부사, 방답 첨사, 사도 만호도 아울러 왔다. 나는 하직하고 배로 돌아왔다. 저녁에 충청 수사의 배에 가서 이별주를 나누었다.

4월 15일계해 맑음. 충청 수사(구사직), 선전관(원사표), 금오랑(김제남), 우수사(이억기)와 함께 왔다. 충청 수사 구사직과 작별했다. 저녁에 이경사가 자신의 형인 헌의 편지를 갖고 왔다.

4월 16일갑자 맑음. 아침을 먹은 뒤에 활터 정자로 올라갔다. 밀린 공문을 보냈다. 경상 우수사(원균)의 군관 고경운과 도훈도, 사변에 대비하는 책임을 진 색리와 서리를 잡아 왔다. 지휘에 응하지 않고 적의 변란도 긴급하게 보고하지 않은 죄로 곤장을 쳤다. 저녁에 송두남이 한양에서 내려왔다. 장계에 따라서 일일

---

36) 경남 통영시 한산면.

이 명령을 받은 대로 시행했다.

4월 17일을축 맑음. 저녁에 활터 정자로 올라가서 공문을 보냈다. 우수사가 와서 만났다. 거제 현령이 급히 와서 보고하기를, "왜선 100여 척이 본토에서 처음 나와서 절영도를 향해 나아가고 있습니다."라고 했다. 저물녘에 거제에 살다가 왜인에게 사로잡혀 갔던 남녀 16명이 도망쳐서 돌아왔다.

4월 18일병인 맑음. 새벽에 도망쳐 온 사람이 있는 곳에 가서 적의 정세를 자세히 물었다. 소 요시토시는 웅천 땅 입암[37]에 있고, 고니시 유키나가小西行長는 웅포에 있다고 했다. 충청도의 신임 수사(이순신), 순천 부사, 우수사 우후(이정충)가 왔다. 저녁에 거제 현령(안위)도 왔다. 저녁에 비가 내리더니 밤새도록 세차게 왔다.

4월 19일정묘 비가 내림. 첨지 김경로가 원수부에서 와서 적을 토벌할 대책을 의논하고 그대로 한 배에서 잤다.

4월 20일무진 종일 가랑비가 걷히지 않음. 우수사, 충청 수사, 장

---

37) 경남 진해시 웅천동 제덕리.

흥 부사, 마량 첨사(강응표)가 와서 바둑을 두고 군사에 관한 일도 의논했다.

4월 21일기사 비가 오락가락함. 혼자 봉창 아래 앉아 있었는데 저녁 내내 아무도 오지 않았다. 방답 첨사가 충청 수사로 되어 있어서 중기[38]를 수정하는 일 때문에 보고하고 돌아갔다. 저녁에 김성숙과 곤양의 이광악이 와서 만났다. 저물녘에 흥양 현감이 들어왔다. 본영의 탐색선도 왔는데 어머니께서 평안하시다고 했다. 참으로 다행이다.

4월 22일경오 맑음. 바람이 시원하니 마치 가을 날씨 같다. 첨지 김경로가 다시 돌아왔다. 장계를 봉하고, 또 조총과 동궁에게 줄 긴 창을 더불어 봉해 올렸다. 장흥 부사가 왔다. 저녁에 흥양 현감도 왔다.

4월 23일신미 맑음. 아침에 순천 부사(권준)와 흥양 현감(배흥립)이 왔다. 저녁에 곤양 군수 이광악이 술을 갖고 왔다. 장흥 부사도 왔다. 임치 첨사(홍견)도 함께 왔다. 곤양 군수가 몹시 취해서 이치에 맞지도 않는 말을 마구 하니 우습다. 나도 잠시 취했다.

---

38) 관청의 재정 관계를 정리한 문서.

4월 24일임신 맑음. 아침에 한양으로 보낼 편지를 썼다. 저녁에 영암 군수(박홍장)와 마량 첨사(강응표)가 와서 만났다. 순천 부사가 가겠다고 아뢰고 돌아갔다. 각 항목의 장계를 봉해 보냈다. 경상 우수사가 있는 곳에 순찰사 종사관이 들어온다고 한다.

4월 25일계유 맑음. 꼭두새벽부터 몸이 불편해 종일 괴로웠다. 아침에 보성 군수가 와서 만났다. 밤새도록 앉아서 앓았다.

4월 26일갑술 맑음. 통증이 매우 심해 거의 인사불성이 되었다. 곤양 군수가 아뢰고 돌아갔다.

4월 27일을해 맑음. 통증이 조금 덜하다. 숙소로 내려갔다.

4월 28일병자 맑음. 몸의 기력 조금 회복되고 아픈 증상이 많이 좋아졌다. 경상 우수사(원균)와 좌랑 이유함이 와서 만났다. 울이 들어왔다.

4월 29일정축 맑음. 기운이 상쾌해진 것 같다. 아들 면이 들어왔다. 고을의 종 4명과 관의 종이 들어왔다. 오늘 우도에서 3도의 군사들에게 술을 먹였다.

1594년 5월

왜적을 생포하다

5월 1일무인 맑음. 아침을 먹은 뒤에 활터 정자로 올라갔다. 날씨가 무척 맑고 시원했다. 종일 땀이 비 오듯이 흘렀는데 몸이 좀 나아진 것 같다. 아침에 아들 면, 집안의 계집종 4명, 관의 계집종 4명이 병을 간호하러 들어왔다. 덕이만 남겨 두고 나머지는 내일 보내라고 일렀다.

5월 2일기묘 맑음. 새벽에 회는 계집종 등과 더불어 어머니의 생신상을 차려 드릴 일로 돌아갔다. 우수사(이억기), 흥양 현감(배흥립), 사도 첨사(김완), 소근 첨사(박윤)가 와서 만났다. 몸이 차츰 나아져 갔다.

5월 3일경진 맑음. 흥양 현감이 휴가를 얻어 돌아갔다. 저녁에 장흥 부사와 발포 만호가 와서 만났다. 군량 명세서와 공명고신[39] 300여 장과 임금의 분부 2통이 내려왔다.

5월 4일신사 거센 바람이 세게 불고 비가 많이 내리는데 종일 그치지 않음. 밤새도록 더 심하게 내림. 경상 우수사의 군관이 와서, "왜적 3명이 중간 크기의 배를 타고 추도[40]에 온 것을 잡아 왔습니다."라고 했다. 이들을 심문한 뒤에 압송해 오라고 일러 보냈다. 저녁에 공태원에게 물으니 왜적들이 바람을 따라 배를 몰고 본토로 향했는데, 바다 한가운데에서 회오리바람을 만나 떠다니다가 이 섬에 닿은 것이라고 한다. 그러나 간사한 왜인의 말이니 믿을 수가 없다. 이설과 이상록이 돌아갔다. 본영의 탐색선이 들어왔다.

5월 5일임오 비바람이 세게 붊. 지붕이 3겹이나 말려서 조각조각 부서져 높이 날려가고 빗발은 삼대같이 내려서 몸을 가눌 수가 없었다. 우습다. 사도 첨사가 와서 문안 인사를 하고 돌아갔다. 큰 비바람이 오후 2시쯤에야 조금 멈추었다. 발포 만호(황정록)가 떡을 만들어 보내왔다. 탐색선이 들어왔다. 어머니께서는 평안하시다고 했다. 참으로 다행이다.

---

39) 이름이 적히지 않은 사령장.
40) 경남 통영시 산양면.

5월 6일계미 흐리다가 저녁에는 맑음. 사도 만호, 보성 군수, 낙안 군수, 여도 만호, 소근 첨사 등이 와서 만났다. 오후에 경상 우수사 원균이 왜인 3명을 잡아 왔기에 심문을 하니, 말을 이리저리 바꾸면서 만 번이나 속이므로 수사 원균으로 하여금 목을 베고 보고하게 했다. 우수사도 왔다. 술을 세 차례 돌린 뒤에 상을 물리고 돌아갔다.

5월 7일갑신 맑음. 몸의 기운이 좀 나아진 듯하다. 침을 열여섯 군데 맞았다.

5월 8일을유 맑음. 원수의 군관 변응각이 원수의 공문, 장계 초본, 임금의 분부를 갖고 왔다. 임금이 내린 분부는 수군을 거제로 진격시켜서 왜적이 겁을 먹고 도망가도록 만들라는 것이었다. 경상 우수사, 전라 우수사와 함께 의논했다. 충청 수사가 들어왔다. 밤에 큰비가 내렸다.

5월 9일병술 종일 비가 내림. 혼자 텅 빈 정자에 앉아 있으니 온갖 생각이 가슴에 치밀어 마음이 매우 어지러웠다. 어찌 다 말로 할 수 있겠는가. 정신이 아득해 술에 취한 듯했고 꿈속인 듯했다. 멍한 것 같기도 하고 정신이 나간 것 같기도 했다.

5월 10일정해 비가 내림. 새벽에 일어나 창문을 열고 멀리 바라보니 우리의 많은 배들이 바다에 가득 차 있다. 왜적이 쳐들어온다고 해도 섬멸할 만하다. 저녁에 우우후(이정충)와 충청 수사(이순신)가 와서 두 사람이 장기를 두었다. 원수의 군관 변응각도 함께 점심을 먹었다. 보성 군수(김득광)가 저물녘에 왔다. 비가 종일 걷히지 않았다. 아들 회가 바다로 나간 것이 걱정된다. 소비포 권관이 약품을 보내왔다.

5월 11일무자 비가 저녁때까지 내림. 3월부터 밀려 쌓인 공문을 모두 처리했다. 저녁에 낙안 군수(김준계)가 와서 이야기를 나누었다. 큰비가 퍼붓듯이 내려 밤낮으로 그치지 않았다.

5월 12일기축 큰비가 종일 내리다가 저녁이 되어서야 조금 그쳤다. 우수사(이억기)가 와서 만났다.

5월 13일경인 맑음. 이날 검모포 만호가 보고하기를, "경상 우수사 소속의 포작들이 격군을 싣고 도망가다가 현장에서 붙들렸는데, 많은 포작들이 원 수사가 있는 곳에 숨어 있었습니다."라고 했다. 그래서 사복[41]들을 보내 잡아 오게 했더니 원균 수

41) 사복시에 속한 사령 또는 군사.

사가 도리어 사복들을 묶어서 가두었다고 한다. 그래서 군관 노윤발을 보내 이들을 풀어 주게 했다. 밤 10시쯤에 비가 왔다.

5월 14일신묘 종일 비가 내림. 충청 수사(이순신), 낙안 군수(김준계), 임치 현감(홍견), 목포 만호(전희광) 등이 와서 만났다. 본영의 서리에게 시켜서 승경도[42]를 그리게 했다.

5월 15일임진 종일 비가 내림. 본영의 서리에게 시켜서 승경도를 그리게 함.

5월 16일계사 흐리고 가랑비가 내림. 저녁에는 큰비가 밤새도록 내려서 지붕에 물이 새니, 마른 데가 없다. 각 배에 있는 사람들의 거처가 매우 괴로울 것이므로 참으로 염려된다. 곤양 군수(이광악)가 편지를 보내고 아울러 사명당 유정이 적진의 안을 왕래하면서 문답한 초기[43]를 보내왔기에 살펴보니, 분함을 이길 길이 없다.

---

42) 벼슬 이름을 품계와 종별을 따라 그려 놓고 윷놀이 하듯이 말을 쓰는 놀이. 넓은 종이에 옛 벼슬의 이름을 품계와 종별에 따라 써 놓고 알을 굴려서 나온 끗수에 따라 벼슬이 오르고 림을 겨루는 놀이. 또는 그 놀이 기구를 말함.

43) 각 관청에서 업무상 그리 대수롭지 않은 일을 사실만 간단히 적어 올리던 글.

5월 17일갑오 비가 퍼붓듯이 내림. 바다에 안개가 자욱하게 끼었다. 게다가 어둡기까지 하니, 앞을 제대로 분간할 수가 없었다. 저녁 내내 비는 그치지 않았다.

5월 18일을미 종일 비가 내림. 미조항 첨사(김승룡)가 와서 만났다. 저녁에 상주포 권관이 와서 만났다. 저녁에 보성 현감이 돌아갔다.

5월 19일병신 맑음. 장마 비가 잠시 걷힘. 마음이 몹시 상쾌했다. 아들 회와 면과 계집종 등이 돌아갔다. 그때, 바람이 순탄하지 않았다. 이날 송희립과 회가 함께 착량에 가서 노루를 잡을 적에 비바람이 몹시 일고 구름과 안개가 사방에 자욱했다. 초저녁에 돌아왔는데도 활짝 걷히지 않았다.

5월 20일정유 비가 오고 또 거센 바람이 조금 그침. 웅천 현감(이운룡)과 소비포 권관(이영남)이 와서 만났다. 종일 혼자 앉아 있으니 온갖 생각이 가슴을 치민다. 전라도의 관찰사들이 일부러 나라를 저버리는 것 같아서 매우 유감스럽다.

5월 21일무술 비가 내림. 웅천 현감과 소비포 권관이 와서 승경도 놀이를 했다. 거제 장문포에서 적에게 사로잡혔던 변사안이 빠져나와서, "적의 형세는 그리 대단하지 않습니다."라고 했다. 센 바람이 밤낮으로 불었다.

5월 22일기해 비가 내리고 바람이 세게 붊. 오는 29일은 장모님의 제삿날이다. 아들 회와 면을 보냈다. 계집종들도 보냈다. 순찰사에게 편지를 써서 보냈다. 또 순변사에게도 편지를 써서 보냈다. 황득중, 박주하, 오수 등은 격군을 잡아 올 일로 보냈다.

5월 23일경자 비가 내림. 웅천 현감, 소비포 권관이 왔다. 저녁에 해남 현감(위대기)이 와서 술과 안주를 바치므로, 충청 수사(이순신)를 초청했다. 밤 10시쯤에 헤어졌다.

5월 24일신축 잠시 맑다가 저녁에 비가 내림. 웅천 현감과 소비포 권관이 와서 승경도 놀이를 했다. 해남 현감도 왔다. 오후에 우수사와 충청 수사가 와서 종일 이야기를 나누었다. 구사직에 관한 장계를 가져갔던 진무가 들어왔다. 조카 해가 들어왔다.

5월 25일임인 비가 내림. 충청 수사가 와서 이야기를 하고 돌아갔다. 소비포 권관도 왔다가 밤이 깊어서야 돌아갔다. 비가 조금도 그치지 않으니 전쟁을 하는 군사들의 마음이 오죽이나 답답하겠는가. 조카 해가 돌아갔다.

5월 26일계묘 비가 그쳤다가 다시 내림. 살고 있는 청사의 서쪽 벽이 갈라져서 작은 창으로 바람이 들어오게 했다. 맑은 바람이 불어오니 참 좋았다. 과녁판을 정자 앞으로 옮겨 놓았다. 오늘 이인원과 토병 23명을 본영으로 보내 보리를 거두어들이라고 일러 보냈다.

5월 27일갑진 맑다가 비가 내리기도 함. 사도 첨사가 충청 수사, 발포 만호, 여도 만호, 녹도 만호와 함께 활을 쏘았다. 이날 소비포 권관은 몸이 아파 누워서 앓았다고 했다.

5월 28일을사 잠시 갬. 사도 첨사와 여도 만호가 와서 활을 쏘겠다고 했다. 우수사와 충청 수사를 불러 함께 활을 쏜 뒤에 술에 취해 종일 이야기하다가 헤어졌다. 광양 4호선의 부정을 조사했다.

5월 29일병오 아침에는 비가 내리다가 저녁에는 맑음. 장모님의 제삿날이라 공무를 보지 않았다. 저녁에 진도 군수(김만수)가 간다는 보고를 하고 돌아갔다. 웅천 현감(이운룡), 거제 현령(안위), 적량 첨사(고여우)가 와서 만났다. 저물녘에 정사립이 보고하기를, "남해 사람이 배를 갖고 와서 순천 격군을 싣고 갑니다."라고 했다. 그래서 그를 잡아서 가두었다.

5월 30일정미 흐렸으나 비는 내리지 않음. 아침에 왜인들과 도망치자고 꾄 광양 1호선의 군사와 경상도 포작 3명을 처벌했다. 경상 우후가 와서 만났다. 충청 수사도 왔다.

1594년 6월

믿었던 사람을 잃다

6월 1일무신 맑음. 아침에 배 첨사(배경남)와 함께 식사했다. 충청 수사가 와서 이야기를 나누었다. 저녁에 활을 쏘았다.

6월 2일기유 맑음. 아침에 배 첨사(배경남)와 함께 식사했다. 충청 수사도 왔다. 저녁에 우수사(이억기)의 진영으로 갔더니 강진 현감(유해)이 술을 바쳤다. 활 두어 순을 쏘았다. 경상 우수사 원균도 왔다. 나는 곧 몸이 불편해 돌아왔다. 자리에 누워 충청 수사와 첨사 배경남이 내기 장기를 두는 것을 구경했다.

6월 3일경술 초복. 아침에는 맑았으나 오후에는 소나기가 퍼부어 밤까지 그치지 않음. 바닷물의 빛조차 흐리니 근래에는 드문

일이다. 충청 수사와 첨사 배경남이 와서 바둑을 두었다.

6월 4일신해 맑음. 충청 수사, 미조항 첨사, 웅천 현감이 와서 승경도 놀이를 하게 했다. 저녁에 겸사복이 임금의 분부를 전했다. "수군의 여러 장수들과 경주의 여러 장수들이 서로 협력하지 않으니 다음부터는 예전의 나쁜 버릇을 버려라."라고 쓰여 있었다. 통탄스럽기 짝이 없었다. 이는 원균이 술에 취해 그릇된 말과 행동을 했기 때문이다.

6월 5일임자 맑음. 충청 수사가 와서 이야기를 나누었다. 사도 첨사, 여도 만호, 녹도 만호가 함께 와서 활을 쏘았다. 밤 10시쯤에 급창[44] 김산과 그 처자 등 3명이 유행병으로 죽었다. 3년이나 눈앞에 두고 믿고 부리던 사람이었는데, 이렇게 세상을 떠나다니 참으로 슬프다. 무 밭을 갈았다. 송희립, 낙안 군수, 흥양 현감, 보성 군수가 군량을 독촉할 일로 나갔다.

6월 6일계축 맑음. 충청 수사, 여도 만호와 함께 활 15순을 쏘았다. 경상 우후가 와서 만났다. 소나기가 내렸다.

---

44) 관청의 심부름하는 종.

6월 7일갑인 맑음. 충청 수사, 첨사 배경남이 와서 이야기를 나누었다. 남해 군관과 아전 등의 죄를 처벌했다. 송덕일이 돌아와서, "임금의 분부가 들어옵니다."라고 했다. 오늘 무씨 두 되 다섯 홉을 심었다.

6월 8일을묘 맑음. 몹시 더움. 우우후가 왔다. 충청 수사와 다 함께 활 20순을 쏘았다. 저녁에 종 한경이 들어왔다. 어머니께서 평안하심을 알았다. 참으로 기쁘고도 다행이다. 미조항 첨사가 간다고 보고하고 돌아갔다. 회령포 만호(민정붕)가 진영에 왔다. 군에 공로가 있는 자에게 벼슬을 내리는 교지가 왔다.

6월 9일병진 맑음. 충청 수사, 우우후가 와서 활을 쏘았다. 우수사가 와서 함께 이야기를 나누었다. 밤이 깊어 바다가 부는 피리 소리와 영수가 타는 거문고 소리를 들으면서 조용히 이야기를 나누다가 헤어졌다.

6월 10일정사 맑음. 몹시 더움. 활 5순을 쏘았다.

6월 11일무오 맑음. 몹시 더움. 쇠라도 녹일 것 같음. 아침에 아들 울이 본영으로 갔다. 이별하는 마음이 참으로 씁쓸하다. 혼자 빈집에 앉아 있으니 마음을 걷잡을 수가 없다. 저녁에 바람이 몹시 사나와지자 걱정이 더욱 커졌다. 충청 수사가 와서 활을 쏘고 함께 저녁을 먹었다. 달빛 아래에서 함께 이야기를 나눌 때 옥피리 소리가 매우 처량했다. 앉아서 오래도록 있다가 헤어졌다.

6월 12일기미 바람이 세게 불었으나 비는 내리지 않음. 가뭄이 너무 심하다. 농사가 염려된다. 이날 저물녘에 본영의 배에서 일하는 격군[45] 7놈이 도망갔다.

6월 13일경신 바람이 몹시 불고, 더위는 찌는 듯함.

6월 14일신유 더위와 가뭄이 매우 심함. 바다의 섬도 찌는 듯하다. 농사일이 아주 걱정된다. 충청 수사, 사도 첨사, 여도 만호, 녹도 만호와 함께 활 20순을 쏘았다. 충청 수사가 가장 잘 맞혔다. 이날 경상 우수사는 활을 잘 쏘는 군관들을 거느리고 우수사가 있는 곳으로 갔다가 크게 지고 돌아갔다고 했다.

6월 15일임술 맑더니 오후에 비가 내림. 신경황이 영의정(류성룡)의 편지를 갖고 들어왔다. 나라를 근심함이 이보다 더한 이는

---

45) 사공의 일을 돕던 수부.

없을 것이다. 지사 윤우신이 죽었다니 애석할 따름이다. 순천 부사와 보성 군수가 달려와 보고하기를, "명나라의 총병관 장홍유가 호선을 타고 100여 명을 거느리고 바닷길을 거쳐서 벌써 진도 벽파진[46]에 이르렀습니다."라고 했다. 날짜로 짚어 보면 오늘이나 내일에 이를 것이지만, 바람이 순조롭지 못해 마음대로 배를 부리지 못한 것이 닷새째다. 이날 밤 소나기가 흡족하게 내렸다. 이는 하늘이 백성을 가엾게 여긴 것이 아니겠는가. 아들의 편지가 왔는데 잘 돌아갔다고 했다. 또 아내의 편지에는 면이 더위를 먹어 심하게 앓았다고 했다. 괴롭고 답답하다.

6월 16일계해 아침에는 비가 내리다가 저녁에 갬. 충청 수사와 함께 활을 쏘았다.

6월 17일갑자 맑음. 저녁에 우수사, 충청 수사가 와서 조용히 이야기를 나누었다. 탐색선이 들어왔다. 어머니께서는 평안하시다고 했으나 면은 많이 아프다고 했다. 몹시 걱정된다.

6월 18일을축 맑음. 아침에 원수의 군관 조추년이 명령을 전하러 왔다. "원수께서 두치[47]에 이르러 광양 현감(송전)이 수군 중에

---

46) 전남 진도군 고군면 벽파리.
47) 경남 하동군 하동읍 두곡리.

서 복병[48]을 뽑을 때 사사로운 정에 휘둘렸다는 말을 들었습니다. 그래서 군관을 보내 그 까닭을 물으려 합니다."라는 것이었다. 놀라운 일이다. 원수가 서출 처남인 조대항의 말만 믿고 이렇게 사사로이 일을 처리하니 매우 가슴이 아프다. 이날 경상 우수사가 초청했는데 가지 않았다.

6월 19일병인 맑음. 원수의 군관과 배응록이 원수가 있는 곳으로 돌아갔다. 변존서, 윤사공, 하천수 등이 들어왔다. 충청 수사가 왔다가 어머니의 병환 때문에 곧 자신의 사처[49]로 돌아갔다.

6월 20일정묘 맑음. 충청 수사가 와서 만났고 활을 쏘았다. 박치공이 와서 한양으로 올라간다고 했다. 마량 첨사도 왔다. 저녁에 영등포 만호는 자기의 진포인 영등포에서 물러나 있었기 때문에 이 죄를 다스렸다. 탐색선에 탔던 이인원이 들어왔다.

6월 21일무진 맑음. 충청 수사가 와서 활을 쏘았다. 마량 첨사가 와서 만났다. 명나라 장수(장홍유)가 바닷길로 벌써 벽파진에 이르렀다고 한 것은 잘못 전해진 것이라고 한다.

---

48) 적을 기습하기 위해 적이 지날 만한 길목에 군사를 숨김. 또는 그 군사.
49) 개인이 사사로이 거처하는 곳.

6월 22일기사 맑음. 할머니의 제삿날이라 동헌에 나가지 않았다. 오늘은 불꽃과 같은 삼복더위가 전보다 더해서 큰 섬이 찌는 듯했다. 사람이 견디기가 매우 어렵다. 몸이 몹시 불편해 식사를 두 번이나 걸렀다. 초저녁에 소나기가 내렸다.

6월 23일경오 맑더니 저녁에 소나기가 내림. 순천 부사, 충청 수사, 우우후, 가리포 첨사가 함께 와서 만났다. 우후(이몽구)가 군량을 독촉하는 일로 나갔다가 견내량에서 왜인을 사로잡았다. 왜적의 움직임을 캐묻고, 또 무엇을 잘하는지 물었더니, 화약을 굽는 일과 총을 쏘는 일을 다 잘한다고 했다.

6월 24일신미 맑음. 순천 부사, 충청 수사가 와서 활 20순을 쏘았다.

6월 25일임신 맑음. 충청 수사와 함께 활 10순을 쏘았다. 이여념도 와서 활을 쏘았다. 종사관(정경달)을 모시는 서리[50]가 편지를 갖고 들어왔는데, 이를 보니 조도 어사의 말이 몹시 놀라울 따름이다. 부채를 봉해 진상[51]했다.

---

50) 중앙 관아에 속해 문서의 기록과 관리를 맡아보던 하급의 구실아치.
51) 진귀한 물품이나 지방의 토산물 따위를 임금이나 고관 따위에게 바침.

6월 26일계유 맑음. 충청 수사, 순천 부사, 사도 첨사, 여도 만호, 고성 현령 등이 활을 쏘았다. 일찍 김양간에게 단오 날의 진상물을 봉해 올리도록 했다. 마량 만호, 영등포 만호가 여기까지 왔다가 곧 돌아갔다.

6월 27일갑술 맑음. 활 15순을 쏘았다.

6월 28일을해 맑음. 더위가 찌는 듯함. 나라의 제삿날[52]이라 종일 혼자 앉아 있었다. 진무성이 벽방[53]의 망보는 곳을 조사하고 와서는 적의 배는 없다고 보고했다.

6월 29일병자 맑음. 순천 부사가 술과 음식을 갖고 왔다. 우수사, 충청 수사가 함께 와서 활을 쏘았다. 윤동구의 아버지가 와서 만났다. 울이 들어와서는 어머니께서 평안하시다고 전했다.

---

52) 명종(明宗)의 제삿날.
53) 경남 통영시 광도면 벽방산.

1594년 7월

명나라 장수와 만나다

7월 1일정축 맑음. 배응록이 원수가 있는 처소에서 왔다. 원수가 자신이 한 말을 뉘우치면서 보냈다는 것이다. 우습다. 이날은 나라의 제삿날이라 공무를 보지 않고 종일 혼자 앉아 있었다. 저녁에 충청 수사가 와서 함께 이야기를 나누었다.

7월 2일무인 맑음. 늦더위가 찌는 듯하다. 이날 순천 도청[54], 색리, 광양 색리 등의 죄를 다스렸다. 전라 좌도 사수들의 활쏘기를 시험하고 왜적에게 빼앗은 물건들을 나누어 주었다. 저녁에 순천 부사, 충청 수사와 함께 활을 쏘았다. 배 첨지가 휴가를 받아 갔다. 노윤발에게 흥양 군관 이심, 병선 색리, 괄군 색리 등

54) 수령을 도와 고을의 사무를 총괄하는 서리.

을 붙잡아 오라고 명령을 내렸다.

7월 3일기묘 맑음. 충청 수사, 순천 부사가 활을 쏘았다. 웅천 현감 이운룡이 휴가를 받아 미조항으로 돌아갔다. 음란한 계집을 처벌했다. 각 배에서 여러 차례 식량을 훔친 사람들을 처형했다. 저녁에 새로 지은 수각[55]에 나가 보았다.

7월 4일경진 맑음. 충청 수사가 와서 함께 아침을 먹었다. 마량 첨사, 소비포 권관도 와서 함께 점심을 먹었다. 왜적 5명과 도망병 1명을 아울러 처형했다. 충청 수사와 함께 활 10순을 쏘았다. 옥과[56]의 계원 유사[57] 조응복에게 참봉 임명장을 보냈다.

7월 5일신사 맑음. 새벽에 탐색선이 들어와서 어머니께서 평안하심을 알았다. 참으로 다행이다. 심약[58]이 내려왔는데 변변치 못하니, 한심스럽다. 우수사와 충청 수사가 함께 왔다. 여도 만호가 술을 가져와서 함께 마셨다. 활 16순을 쏘았다. 너무 취해서 수루에 올라갔다가 밤이 깊어져서야 헤어졌다.

---

55) 물가에 세운 누각.
56) 전남 곡성군 옥과면 옥과리.
57) 군량 등의 지원을 담당하는 일을 맡은 사람.
58) 궁중에 바치는 약재를 감시하기 위해 각 도에 파견하는 종9품의 벼슬인데, 전의감 혜민서의 의원중에서 뽑음.

7월 6일임오 종일 궂은비가 내림. 몸이 불편해 공무를 보지 않았다. 큰 도둑 세 놈을 최귀석이 잡아 왔다. 또 박춘양 등을 보내 그 괴수[59]를 잡아서 왼쪽 귀를 잘라 왔다. 아침에 격군을 잘 정비하지 않은 일로 정원명 등을 잡아 가두었다. 저녁에 보성 군수가 들어왔는데, 그를 통해 어머니께서 평안하시다는 소식을 들었다. 밤 11시쯤에 소나기가 퍼부었다. 빗발이 삼대 같아서 빗물이 새지 않는 곳이 없었다. 촛불을 밝히고 혼자 앉아 있으니 온갖 근심이 치밀었다. 이영남이 와서 만났다.

7월 7일계미 저녁에 비가 내림. 충청 수사는 그 어머니의 병환이 심하다고 아뢰고 모이지 못했다. 우수사가 순천 부사, 사도 첨사, 가리포 첨사, 발포 만호, 녹도 만호와 함께 활을 쏘았다. 이영남은 배를 거느리고 오는 일로 곤양으로 간다고 아뢰고 돌아갔다. 왜적에게 사로잡혔다가 돌아온 고성 보인[60]을 심문했다. 보성 군수가 왔다.

7월 8일갑신 흐렸으나 비는 내리지 않음. 종일 바람이 세게 불었다. 몸이 피곤해 장수들을 만나지 않았다. 각 고을에 공문을 보

59) 못된 짓을 하는 무리의 우두머리.

60) 조선 시대에, 군(軍)에 직접 복무하지 아니하던 병역 의무자. 정군(正軍) 한 명당 두 명에서네 명씩 배당해, 실제로 복무하는 대신에 베나 무명 따위를 나라에 바침.

냈다. 오후에 충청 수사에게 갔다. 저녁에 고성 사람으로 적에게 사로잡혔다가 도망쳐 나온 사람을 직접 심문했다. 광양의 송전이 그의 대장인 병사의 편지를 이곳에 갖고 왔다. 낙안 군수와 충청 우후가 온다고 했다.

7월 9일을유 바람이 세게 붊. 아침에 충청 우후가 왕의 교서[61]를 받들어 절했다. 저녁에 순천, 낙안, 보성의 군관과 색리들이 격군에 관한 관리를 소홀히 하고 또 늦게 온 죄를 처벌했다. 가리포 만호, 임치 첨사, 소근포 만호, 마량 첨사, 고성 현령이 함께 왔다. 낙안에서 군량 벼 200섬을 받아서 나누었다.

7월 10일병술 아침에 맑다가 저녁에 비가 조금 내림. 아침에 낙안에서 온 벼를 찧고, 광양의 벼 100섬을 되질[62]했다. 신홍헌이 들어왔다. 저녁에 송전과 군관이 활 15순을 쏘았다. 아침에 아들 면이 병으로 중태에 빠졌다는 말을 들었다. 피를 토하는 증세까지 있다고 하므로 울, 심약 신경황, 정사립, 배응록을 함께 보냈다.

7월 11일정해 궂은비가 내림. 바람이 세게 불고 종일 그치지 않

61) 왕이 신하, 백성, 관청 등에 내리던 문서.
62) 곡식이나 가루 따위를 되로 헤아리다.

았다. 울이 가는 길이 고되고 힘들 것 같아 많이 염려되었고, 또 면의 병세가 어떠한지 매우 궁금하다. 장계의 초안을 직접 고쳐 주었다. 경상 순무(서성)의 공문이 왔는데 수사 원균이 불평을 많이 했다는 내용이었다. 오후에 군관들에게 활을 쏘게 했다. 봉학도 함께 활을 쏘았다. 윤언침이 점호를 받으러 왔기에 점심을 먹여 도로 보냈다. 저물녘에 비바람이 몹시 치더니 내내 계속되었다. 충청 수사가 와서 만났다.

7월 12일무자 맑음. 아침에 소근 첨사가 와서 만났고 화살 54개를 만들어 바쳤다. 공문을 나누어 주었다. 충청 수사는 순천 부사, 사도 만호, 발포 만호, 충청 우후와 함께 와서 활을 쏘았다. 저녁에 탐색선이 들어왔기에 이를 통해 어머니가 평안하시다는 것을 알았다. 하지만 면의 병세는 깊어져 몹시도 애가 탔다. 그러나 어찌하겠는가. 영의정 류성룡이 죽었다는 부고가 순변사가 있는 곳에 왔다고 한다. 이는 유 정승을 미워하는 자들이 말을 만들어서 그를 헐뜯고 있는 것임이 틀림없다. 분함을 이길 수가 없다. 이날 저녁 무렵에 마음이 몹시도 어지러웠다. 혼자 빈집에 앉아 있으니 마음을 제대로 건잡을 수가 없다. 걱정스러운 마음은 답답하기만 하고 밤이 깊어 가도 잠들지 못했다. 유 정승이 만약에 잘못되었다면 나랏일을 어찌하랴. 어찌하랴.

7월 13일기축 비가 내림. 혼자 앉아 아들 면의 병세가 어떨까 하고 글자를 짚어서 점을 쳐 보았다. 임금을 만나 보는 것과 같다는 점괘가 나왔다. 아주 좋았다. 다시 짚으니 밤에 등불을 얻은 것과 같다는 점괘가 나왔다. 두 점괘가 다 좋았다. 마음이 좀 놓인다. 또 유 정승의 점을 치니 바다에서 배를 얻은 것과 같다는 점괘가 나왔다. 다시 점을 치니 의심을 하다가 기쁨을 얻은 것과 같다는 점괘가 나왔다. 무척 좋았다. 저녁 내내 비가 내리는데 혼자 앉아 있는 마음을 가눌 길이 없다. 저녁에 송전이 돌아갈 때 소금 1휘[63]를 주어 보냈다. 오후에 마량 첨사와 순천 부사가 와서 만났는데 어두워진 뒤에야 돌아갔다. 비가 올 것인지 그칠 것인가를 점쳤더니 뱀이 독을 내뿜는 것과 같다는 점괘가 나왔다. 앞으로 비가 많이 내릴 것 같아 농사일이 염려된다. 밤에도 비가 퍼붓듯이 내렸다. 초저녁에 발포 탐색선을 통해 편지를 보냈다.

7월 14일경인 비가 내림. 어제 저녁부터는 빗발이 삼대 같았다. 지붕이 새어 마른 곳이 없었다. 겨우 밤을 보냈다. 점괘를 얻은 그대로이니 참으로 묘하다. 충청 수사와 순천 부사를 불러 장기를 두게 하고 구경하며 시간을 보냈다. 그러나 근심이 마음속에

63) 곡식의 분량을 헤아리는 데 쓰는 그릇의 하나. 스무 말들이와 열다섯 말들이가 있음.

있으니 어찌 조금이라도 편안하겠는가. 함께 점심을 먹고 저녁에는 수루에 올라가 몇 바퀴나 거닐다가 돌아왔다. 탐색선이 오지 않는데 그 까닭을 모르겠다. 한밤중에 또 비가 내렸다.

7월 15일신묘 비가 내림. 저녁에 갬. 조카 해와 종 경에게 아들 면의 병이 차도가 있다는 소식을 자세히 들으니 무척이나 기뻤다. 조카 분의 편지에, "아산 고향의 선산과 가묘[64]는 아무 탈이 없고 어머니께서는 편안하십니다."라고 쓰여 있으니 참으로 다행이다. 이홍종이 환자[65]하는 일로 매를 맞다가 숨졌다고 했다. 놀랍다. 그의 삼촌[66]이 처음 이를 듣고서 매우 슬퍼했다. 그 어머니도 듣고는 병세가 더욱 위중해졌다고 한다. 활 16순을 쏜 뒤에 수루에 올라가서 이리저리 거닐 적에 박주사리가 급히 왔다. 그가 보고하기를, "명나라 장수의 배가 이미 본영에 이르러 이리로 오고 있습니다."라고 했다. 그래서 곧 3도에 명령을 내려서 진영을 죽도[67]로 옮겼다. 그곳에서 밤을 지냈다.

7월 16일임진 흐리고 바람이 차가움. 늦은 아침부터 큰비가 내리

64) 한 집안의 사당(祠堂).
65) 각 고을에서 백성에게 꾸어 주었던 곡식을 가을에 이자를 붙여서 거두어들이는 것.
66) 충청 수사 이순신.
67) 경남 통영시 한산면.

더니 종일 퍼붓듯이 왔다. 경상 우수사 원균, 충청 수사, 우수사가 모두 와서 만났다. 소비포 만호가 소의 다리 등을 보내왔다. 명나라 장수가 삼천진[68]에 이르러 그곳에서 머무르며 묵는다고 했다. 여도 만호가 이보다 먼저 왔다. 저녁에 본진으로 돌아왔다.

7월 17일계사 맑음. 새벽에 포구로 나가 진을 쳤다. 오전 10시쯤에 명나라 장수 파총 장홍유가 병호선 5척을 거느리고 돛을 달고 들어와 곧장 영문[69]에 이르러서는 육지에 내려서 함께 이야기를 하자고 청했다. 그래서 나는 여러 수사들과 함께 활터 정자에 올라가서 올라오기를 청했더니, 곧 파총이 배에서 내려 올라왔다. 나는 먼저 바닷길 1만 리 먼 길을 어렵다 하시지 않고 오신 것에 감사함을 비할 길이 없다고 했다. 파총이, "작년 7월 절강에서 배를 타고 요동에 이르니 요동 사람들이, '바닷길에는 돌섬과 암초가 많고 또 앞으로 강화가 이루어질 것이니 갈 필요가 없습니다.'라고 하며 강하게 말렸는데도 그대로 요동에 머물렀습니다. 시랑 손광과 총병 양문 등에게 급히 보고하고 올 3월 초순에 배를 출항해 들어왔으니 무슨 수고스러움이 있겠습니까."라고 했다. 나는 차를 마시라고 청하고 또 술잔을

---

68) 경남 통영시 한산면.
69) 병영의 문.

권했다. 감개무량했다. 또 적의 형세에 대해 밤이 깊은 줄도 모르고 이야기를 나누었다. 조용히 이야기를 나누다가 헤어졌다.

7월 18일갑오 맑음. 수루에 올라가자고 청해 점심을 먹은 뒤에 나가 앉아서 술을 서너 차례 권했다. 그는 내년 봄에 배를 거느리고 곧장 탐라로 간다고 하면서 우리 수군과 합세해 추악한 적들을 무찌르자고 했다. 초저녁에 헤어졌다.

7월 19일을미 맑음. 아침에 명나라 장수에게 예의를 표시하는 선물 단자를 올렸더니, 뭐라고 감사를 드려야 할지 모르겠다고 하면서 선물이 매우 풍성하다고 했다. 충청 수사도 선물을 올렸다. 저녁에 우수사도 선물을 올렸는데 내가 준 것과 거의 같았다. 점심을 먹은 뒤에 원 수사가 혼자서 술을 대접하는데, 상은 매우 요란스러웠지만 먹을 만한 것이 없어서 우습고 우스웠다. 또 자(字)와 호(號)를 묻자 써서 주었는데, 자는 중문이요, 호는 수천이라고 했다. 촛불을 밝히고 다시 이야기를 나누다가 헤어졌다. 비가 많이 내릴 듯해 배로 내려가서 잤다.

7월 20일병신 맑음. 아침에 통역관이 와서 전하기를, "명나라 장수(장홍유)가 총병 유정이 있는 곳에는 가지 않고 돌아가고 싶어합니다."라고 했다. 나는 명나라 장수에게 간절히 말하기를,

"파총(장홍유)이 남원으로 간다는 소식이 이미 총병관 유정에게 전해졌는데, 만약에 가지 않는다면 사람들의 말이 많을 것이니 가서 만나고 돌아가는 것이 좋겠다."라고 했다. 그러자 파총이 나의 말을 전해 듣고 과연 옳다고 하며, "내가 말을 타고 가서 혼자 만나 본 뒤에 군산으로 가서 배를 타겠다."라고 했다는 것이다. 아침 식사를 마친 뒤에 파총이 내 배로 내려와서 조용히 이야기를 하고 이별의 잔을 권했다. 파총이 7잔을 마신 뒤에 뱃줄을 풀고 함께 포구 밖으로 나가서 두세 번 아쉬운 뜻을 보이면서 송별했다. 그리고 경수(이억기), 충청 수사, 순천 부사, 발포 만호, 사도 첨사와 함께 사인암[70]으로 올라가서 종일 술을 마시며 이야기를 나누고 돌아왔다.

7월 21일정유 맑음. 아침에 원수에게 명나라 장수와의 문답 내용을 공문으로 만들어서 원수에게 보냈다. 저녁에 마량 첨사, 소비포 첨사가 와서 만났다. 발포 만호가 복병을 보내는 일로 와서 아뢰고 갔다. 저녁에 수루에 올라가 있는데, 순천 부사가 와서 이야기를 나누었다. 오후에 흥양의 군량선이 들어왔다. 그래서 일을 맡은 서리와 배 주인의 발바닥을 호되게 때렸다. 저녁에 소비포 첨사가 와서 만났는데 그는 정해진 날짜 안에 도

---

70) 전남 장흥과 강진의 접경지대에 있음.

착하지 못해서 수사 원균에게 곤장 30대를 맞았다고 했다. 몹시 해괴한 일이다. 저녁에 우수사가 군량 20섬을 꾸어 갔다.

7월 22일무술 맑음. 아침에 장계의 초고를 수정했다. 임치 첨사와 목포 만호가 와서 만났다. 저녁에 사량 만호와 영등포 만호가 와서 만났다. 오후에 충청 수사, 순천 부사, 충청 우후, 이영남이 함께 활을 쏘았다. 저물녘에 수루에 올라가 앉아 있다가 밤이 되어서야 돌아왔다.

7월 23일기해 맑음. 충청 수사가 우수사, 가리포 첨사와 함께 와서 만났다. 활을 쏘았다. 조카 해가 돌아갔다. 종 목년이 들어왔다.

7월 24일경자 맑음. 여러 가지 장계를 직접 봉했다. 영의정(류성룡)과 심병판(심충겸), 윤판서(윤근수) 앞으로 보냈다. 저녁에 활 7순을 쏘았다.

7월 25일신축 맑음. 아침에 하천수에게 장계를 들려 보냈다. 아침 식사를 마친 뒤에 충청 수사, 순천 부사 등과 함께 우수사에게 가서 활 10순을 쏘았다. 몹시 취해서 돌아왔는데 밤새도록 토했다.

7월 26일임인 맑음. 각 고을에 공문을 보냈다. 식사를 마친 뒤에 수루로 옮겨 앉았다. 순천 부사와 충청 수사가 와서 만났다. 저녁에 녹도 만호가 도망을 친 군사 8명을 잡아 왔다. 그래서 그중 주모자 3명을 처형 하고 그 나머지는 곤장을 쳤다. 저녁에 탐색선이 들어왔다. 아들들의 편지를 보니, 어머니께서 편안하시고 면의 병도 나아진다고 한다. 허씨 댁의 병이 점점 더해졌다고 하니, 걱정이다. 유홍과 윤근수가 세상을 떠나고 윤돈이 종사관으로 내려온다고 한다. 신천기도 들어왔다. 저물녘에 신제운이 와서 만났다. 노윤발이 흥양의 색리와 감관[71]을 붙잡아서 데리고 들어왔다.

7월 27일계묘 흐리고 바람이 붊. 꿈에 머리를 풀고 곡을 했다. 이 조짐은 매우 좋은 것이라고 한다. 이날 충청 수사, 순천 부사와 함께 수루에서 활을 쏘았다. 충청 수사가 과하주[72]를 갖고 왔다. 나는 몸이 불편해 조금만 마셨다. 몸의 상태가 좋아지지 않았다.

7월 28일갑진 맑음. 흥양 색리들의 죄를 다스렸다. 신제운이 주

71) 조선 시대에, 각 관아나 궁방(宮房)에서 금전、곡식의 출납을 맡아보거나 중앙 정부를 대신해 특정 업무의 진행을 감독하고 관리하던 벼슬아치.
72) 여름을 지내도 맛이 변하지 않는 약주.

부[73]의 벼슬을 받아서 아침에 인사를 하고 갔다. 저녁에 수루에 올라가서 벽 바르는 일을 감독했다. 의병승 의능이 와서 그 일을 맡았다. 저물녘에 숙소로 내려왔다.

7월 29일을사 종일 가랑비가 내림. 바람기는 없었다. 순천 부사와 충청 수사가 바둑을 두는 것을 구경했다. 몸이 몹시 불편했다. 낙안 군수도 와서 함께 했다. 이날 밤 끙끙 앓기를 시작했는데 그다음날 아침까지 했다.

73) 중앙 여러 관청의 정6품 또는 종6품 벼슬.

1594년 8월

권율과 이야기를 나누다

8월 1일병오 비가 내리고 바람이 세게 붊. 몸이 몹시 불편하다. 수루의 방으로 옮겨 앉았다가 곧 동헌[74]의 방으로 돌아왔다. 저녁에 낙안 군수(김준계)가 강집을 데려다가 군량을 독촉하는 일로 군율에 따라 심문하고, 다짐을 받아 내어 보냈다. 비가 종일 내리더니 밤까지 왔다.

8월 2일정미 비가 퍼붓듯이 내림. 초하루 한밤중에 꿈을 꾸었는데 부안 사람(이순신의 첩)이 아들을 낳았다. 달수를 따져 보니 낳을 달이 아니었다. 그래서 꿈에서 내쫓아 버렸다. 몸이 나은 것 같다. 저녁에 수루로 옮겨 앉아 충청 수사, 순천 부

74) 지방 관아에서 고을 원(員)이나 감사(監司), 병사(兵使), 수사(水使)와 그 밖의 수령(守令)들이 공사(公事)를 처리하던 중심 건물.

사, 마량 첨사와 함께 이야기를 하며 새로 빚은 술을 몇 잔 마셨다. 종일 비가 내렸다. 송희립이 와서, "흥양 훈도가 작은 배를 타고 도망갔습니다."라고 했다.

8월 3일무신 아침에는 흐리다가 저녁 무렵에는 맑음. 충청 수사와 함께 활 3~4순을 쏘았다. 수루의 방을 도배했다.

8월 4일기유 아침에 비가 내림. 저녁 무렵에 갬. 충청 수사, 순천 부사, 발포 만호 등이 와서 활을 쏘았다. 수루의 방 도배를 마쳤다. 경상 우수사의 군관과 색리들이 명나라 장수를 대접할 때 여자들에게 떡과 음식물을 머리에 이고 오게 한 죄를 처벌했다. 화살을 만드는 장인인 박옥래가 와서 대나무를 갖고 갔다. 이종호가 안수지 등을 잡기 위해 흥양으로 갔다.

8월 5일경술 아침에는 흐림. 식사를 마친 뒤에 충청 수사, 순천 부사와 함께 활을 쏘았다. 오후에 경상 우수사 원균에게 가서 이야기를 하다가 1시간쯤 후에 돌아왔다. 이날 웅천 현감, 소비포 권관, 영등포 만호, 윤동구 등이 선봉장으로서 여기에 왔다.

8월 6일신해 아침에는 맑았으나 저녁 무렵에는 비가 내림. 충청 수사와 함께 활 10순을 쏘았다. 저녁에 장흥 부사가 들어왔다.

보성 군수가 나갔다. 탐색선이 들어왔다. 어머니께서는 편안하시고 아들 면은 차츰 나아진다고 한다. 고성 현령, 사도 첨사, 적도 만호가 함께 왔다가 갔다. 이날 밤 수루의 방에서 잤다.

8월 7일임자 종일 비가 내림.

8월 8일계축 종일 비가 내림. 조방장 정응운이 들어왔다.

8월 9일갑인 비가 내림. 우수사, 조방장 정응운, 충청 수사, 순천 부사, 사도 첨사와 함께 이야기를 나누었다.

8월 10일을묘 종일 비가 내림. 충청 수사와 순천 부사가 와서 이야기를 나누었다. 이날 장계의 초고를 수정했다.

8월 11일병진 종일 비가 많이 내림. 이날 밤 바람이 몹시 세게 불고 폭우가 쏟아졌다. 지붕이 3겹이나 벗겨져서 삼대 같은 비가 들어왔다. 밤이 새도록 자리에 앉아서 새벽을 맞았다. 양쪽의 창문 모두 바람에 깨지고 비에 젖었다.

8월 12일정사 흐렸으나 비는 내리지 않음. 저녁에 충청 수사, 순천 부사와 함께 활을 쏘았다. 웅천 현감과 소비포 권관도 와서 활을 쏘았다. 아침에 원수의 군관 심준이 여기로 왔다. 원수의 말을 전하기를, "군사 문제는 직접 만나서 의논합시다."라고 했다. 오는 17일에 사천으로 가서 기다리겠다고 했다.

8월 13일무오 맑음. 아침에 심준이 돌아갔다. 노윤발도 돌아갔다. 오전 10시쯤에 배에서 내려 여러 장수들을 거느리고 견내량으로 갔다. 날랜 장수들을 뽑아 춘원포[75] 등지로 보내 왜적을 사로잡고 무찌르라는 명령을 사도 첨사로 하여금 여러 배의 장수들에게 전달하게 하고는 그대로 머물러 잤다. 달빛은 비단결과 같고 바람 한 점 없이 잔잔해 해를 시켜 피리를 불게 했다. 밤이 깊어서야 그만두게 했다.

8월 14일기미 아침에는 흐리다가 저물녘에는 비가 내림. 사도 첨사, 소비포 권관, 웅천 현감 등이 달려와서, "왜선 1척이 춘원포에 정박했고 알아차리지 못하게 습격했더니 배를 버리고 달아났습니다. 조선의 남녀 15명을 데리고 돌아왔으며 적의 배도 빼앗아 왔습니다."라고 했다. 오후 2시쯤에 진영으로 돌아왔다.

8월 15일경신 맑음. 식사를 마친 뒤에 배를 출항해 경상 우수사

---

75) 경남 통영시 광도면.

원균과 함께 월명포[76]에 이르러서 잤다.

8월 16일신유 맑음. 새벽에 출항해 소비포에 이르러 정박했다. 아침을 먹은 뒤에 돛을 올려서 사천 선창[77]에 이르니 기직남이 곤양 군수(이광악)와 함께 와 있었다. 그대로 머물러서 잤다.

8월 17일임술 흐리다가 저물녘에는 비가 내림. 원수가 낮 12시에 사천에 이르러서는 군관을 보내 이야기하자고 했다. 그래서 곤양 현감의 말을 타고 원수가 머물고 있는 사천 현감의 거처로 갔다. 교서에 절을 한 뒤에 공사 간의 예를 마치고 원수와 함께 이야기를 하니 오해가 많이 풀리는 기색이었다. 원균 수사를 몹시 책망하자 그는 머리를 들지 못했다. 우습다. 갖고 간 술을 내놓으며 마시자고 청했다. 술을 여덟 차례 돌리니 원수가 몹시 취해서 상을 물리고 헤어져 숙소로 돌아왔다. 박종남과 윤담이 와서 만났다.

8월 18일계해 흐렸으나 비는 내리지 않음. 식사를 마친 뒤에 원수가 청하므로 나아가 이야기를 나누었다. 또 조촐한 술잔치를 벌였는데 잔뜩 취해서 돌아왔다. 경상 우수사 원균은 취해 일어

---

76) 경남 통영시 산양면 수월리.
77) 경남 사천시 용현면 선진리.

나지도 못했다. 그래서 나만 곤양 군수(이광악), 거제 현령(안위), 소비포 권관(이영남) 등과 함께 배를 돌려 삼천포 앞에 이르러서 잠을 잤다.

8월 19일갑자 맑음. 저녁에 잠시 비가 내림. 새벽에 사량[78] 뒤쪽에 이르렀는데 원균 수사는 아직 오지 않았다. 칡을 60통이나 캐니 원균 수사가 그제야 왔다. 늦게 출항해 당포[79]에 이르러 잠을 잤다.

8월 20일을축 맑음. 느지막이 출항해 진(한산도)에 이르렀다. 우수사(이억기)와 조방장 정응운이 와서 만났다. 조방장 정응운은 곧 돌아갔다. 우수사, 장흥 부사, 사도 첨사, 가리포 첨사, 충청 우후와 함께 활을 쏘았다. 저녁에는 피리를 불고 노래했다. 밤이 깊어져서 헤어졌다. 미안스러운 일이 많았다. 충청 수사는 그 어머니의 병환이 위중해 홍양으로 곧장 도로 돌아갔다.

8월 21일병인 맑음. 외가의 제삿날이라 공무를 보지 않았다. 곤양 군수, 사도 첨사, 마량 첨사, 남도 만호, 영등포 만호, 회령포 만호, 소비포 권관이 함께 왔다. 양정언이 와서 만났다.

---

78) 경남 통영시 사량면.
79) 경남 통영시 산양면 삼덕리.

8월 22일정묘 맑음. 나라의 제삿날[80]이라 공무를 보지 않았다. 경상 우우후가 와서 만났다. 낙안 군수와 사도 첨사도 왔다가 갔다. 저녁에 곤양 군수, 거제 현령, 소비포 권관, 영등포 만호가 와서 이야기를 나누었고 밤이 깊어진 뒤에 돌아갔다.

8월 23일무진 맑음. 아침에 공문의 초안을 잡았다. 식사를 마친 뒤에 활터 정자로 가서 옮겨 앉았다. 공문을 적어 보냈다. 그대로 활을 쏘았다. 바람이 몹시 험악하게 불었다. 장흥 부사, 녹도 만호가 함께 왔다. 저물녘에 곤양 군수과 웅천 현감, 영등포 만호, 거제 현령, 소비 포권관도 왔다. 초저녁에야 헤어져서 돌아갔다.

8월 24일기사 맑음. 각 고을에 수군을 징발하는 일로 박언춘, 김륜, 신경황을 보냈다. 조방장 정응운이 돌아갔다. 저물녘에 소비포 권관이 와서 만났다.

8월 25일경오 맑음. 아침에 곤양 군수와 소비포 권관을 불러 함께 아침을 먹었다. 사도 첨사가 휴가를 받아 갔다. 9월 7일에 돌아오도록 일러 보냈다. 현덕린이 자신의 집으로 돌아갔다. 신천

---

80) 성종(成宗)정현(貞顯) 왕후 윤씨(尹氏)의 제삿날.

기는 곡식을 바칠 일 때문에 돌아갔다. 저녁에 흥양 현감이 돌아왔다. 활터 정자로 내려가서 활 16순을 쏘았다. 정원명이 들어왔다고 한다.

8월 26일신미 맑음. 아침에 각 고을과 포구에 공문을 보냈다. 흥양의 포작 막동이라는 사람은 장흥의 군사 30명을 몰래 그의 배에 싣고 도망쳤다. 그러한 죄를 지었기에 머리를 베어 매달았다. 저녁에 활터 정자에 내려가서 활을 쏘았다. 충청 우후도 와서 함께 쏘았다.

8월 27일임신 맑음. 우수사가 가리포 첨사, 장흥 부사, 임치 첨사, 우후, 충청 우후와 함께 와서 활을 쏘는데, 흥양 현감이 술을 바쳤다. 아침에 아들 울의 편지를 보니, 아내의 병이 위중하다고 했다. 그래서 아들 회를 보냈다.

8월 28일계유 새벽 2시쯤부터 비가 조금 내리고, 바람이 세게 붊. 비는 아침 6시 정도에 개었으나 바람은 종일 세게 불고 밤새도록 그치지 않았다. 아들 회가 잘 갔는지 몹시 염려된다. 진도 군수(김만수)가 와서 만났다. 원수가 올린 장계 때문에 문책하는 글이 내려왔기 때문이다. 급하게 올린 장계였기 때문에 오해가 많았던 듯하다.

8월 29일갑술 맑았으나 북풍이 세게 붊. 아침에 마량 첨사와 소비포 권관이 와서 함께 식사했다. 저녁에 활터 정자로 옮겨 앉았다. 공문을 보냈다. 도양장[81]의 머슴 박돌이의 죄를 다스렸다. 도적 3명 중에 장손에게는 곤장 100대를 치고 얼굴에는 먹물로 도둑이라는 글자를 새겨 넣었다. 해남 현감이 들어왔다. 의병장 성응지가 세상을 떠났다니 참으로 슬프다.

8월 30일을해 맑고 바람조차 없음. 해남 현감 현즙이 와서 만났다. 저녁에 우수사(이억기)와 장흥 부사(황세득)가 와서 만났다. 저물녘에 충청 우후(원유남), 웅천 현감(이운룡), 거제 현령(안위), 소비포 권관(이영남)도 왔다. 허정은도 왔다. 이날 아침에 탐색선이 들어왔는데 아내의 병이 몹시 위독하다고 했다. 이미 생사가 결딴이 났는지도 모르겠다. 나라의 일이 이 지경에 이르렀으니 다른 일에는 생각이 미칠 수가 없다. 그러나 아들 셋, 딸 하나가 어떻게 살아갈지 마음이 쓰리고 아프다. 김양간이 한양에서 영의정의 편지와 병조판서 심충겸의 편지를 이곳에 갖고 왔다. 몹시 분하게 여기고 있는 것들이 많이 적혀 있다고 했다. 원균 수사의 행실이 매우 놀랍다. 내가 머뭇거리며 앞으로 나아가지 않는다고 하니 1,000년을 두고 한탄할 일이다. 곤양 군수가 병

---

81) 전남 고흥군 도덕면 도덕리.

때문에 다시 돌아가는데 만나지 못하고 보내서 너무 섭섭하다.

밤 10시쯤부터 마음이 어지러워 잠을 이루지 못했다.

1594년 9월

적도에 진을 치다

9월 1일병자 맑음. 앉았다가 누웠다가 하면서 잠을 이루지 못해 촛불만을 밝힌 채 이리 저리 뒤척였다. 이른 아침에 손을 씻고 고요히 앉아서 아내의 병세를 점쳐보니, 중이 속세에 돌아오는 것과 같고, 다시 쳤더니, 의심이 기쁨을 얻은 것과 같다는 점괘가 나왔다. 아주 좋다. 또 병세가 덜해질지 어떠할 지를 점쳤더니, 귀양 땅에서 친척을 만난 것과 같다는 괘가 나왔다. 이 역시 오늘 중에 좋은 소식을 들을 조짐이었다. 순무 사서성의 공문과 장계의 초고가 들어왔다.

9월 2일정축 맑음. 아침에 웅천 현감과 소비포 권관이 와서 함께 아침을 먹었다. 저녁에 낙안 군수가 와서 만났다. 저녁에 탐색선이 들어왔는데, 아내의 병이 좀 나아졌다고 했으나, 몸의 기운이 몹시 약하다고 했다. 걱정스럽다.

9월 3일무인 비가 조금 내림. 새벽에 임금의 비밀문서가 들어왔는데, "수군과 육군의 여러 장수들이 팔짱만 끼고 서로 바라볼 뿐 계책을 세워서 적을 치는 일이 없다."라고 쓰여 있었다. 3년 동안 바다에 있으면서 절대로 그런 적이 없다. 여러 장수들과 맹세하고 죽음으로써 원수를 갚을 뜻을 결심하고 하루하루를 보내고 있지만, 왜적이 험한 소굴에 웅크리고 있으니 경솔하게 나아가 칠 수는 없다. 하물며 나를 알고 적을 알아야만 백 번 싸워도 위태롭지 않다고 하지 않았던가. 종일 바람이 세게 불었다. 초저녁에 촛불을 밝히고 앉아서 혼자 생각하니, 나랏일이 어지럽건만 안으로는 구제할 방법이 없으니 이를 어찌한단 말인가. 밤 10시쯤에 흥양 현감이 내가 홀로 앉아 있음을 알고 들어와서 자정까지 이야기를 나누다가 헤어졌다.

9월 4일기묘 맑음. 아침에 흥양 현감이 와서 만났다. 식사를 마친 뒤에 소비포 권관도 왔다. 저녁에 경상 우수사 원균이 와서 이야기를 나누자고 했다. 그래서 활터 정자로 가서 앉았다. 활을 쏘았다. 원균 수사가 9분을 지고서는 술이 취해서 갔다. 피리를 불게 하다가 밤이 깊어져서 헤어졌다. 또 미안한 일이 있었다. 쓴 웃음이 나왔다. 여도 만호가 들어왔다.

9월 5일경진 맑음. 닭이 운 뒤에 머리가 가려워서 견딜 수 없었다. 사람을 시켜서 머리의 이를 긁게 했다. 바람이 고르지 않아서 나가지 않았다. 충청 수사가 들어왔다.

9월 6일신사 맑고 바람이 잔잔함. 아침에 충청 수사, 우후, 마량 첨사와 함께 아침을 먹었다. 저녁에 활터 정자로 옮겨 앉아 활을 쏘았다. 이날 저녁 종 효대와 개남이 어머니가 평안하시다는 편지를 갖고 왔다. 기쁘고 다행함을 어디에 비교할 수 있겠는가. 방필순이 세상을 떠나고 방필순이 그 가족을 데리고 우리 집으로 들어왔다는 말을 들었다. 웃음이 나왔다. 밤 11시쯤에 복춘이 왔다. 저물녘에 김경로가 우도에 이르렀다는 말을 들었다.

9월 7일임오 맑음. 아침에 순천 부사의 편지가 왔는데, 순찰사(홍세공)가 10일 쯤에 본부(순천)에 도착한다고 했다. 좌의정(윤두수)도 도착한다고 했다. 매우 불행한 일이다. 순천 부사가 진중에 있을 때 거제로 부하들을 사냥 보냈는데, 그들이 모두 남김없이 다 왜적에게 잡혔다고 한다. 그런데 그 사정을 전혀 보고하지 않은 것이 몹시 놀라운 일이다. 그래서 편지를 보낼 때 그것을 지적해 보냈다.

9월 8일계미 맑음. 장흥 부사(황세득)을 술잔을 올리는 헌관으로 삼고, 흥양 현감(배흥립)을 제사를 책임지는 전사로 삼아서 9일에 둑제[82]를 지내려고 재실에 들여보냈다. 첨지 김경로가 여기 왔다.

9월 9일갑신 맑음. 저물녘에 비가 오다가 그침. 여러 장수들이 활을 쏘았다. 3도가 아울러 모였는데, 원균 수사는 병으로 오지 않았다. 첨지 김경로도 함께 쏘고서 경상도 진영으로 돌아가 잤다.

9월 10일을유 맑고 바람도 잔잔함. 사도 첨사가 활쏘기 대회를 열었는데 우수사도 왔다. 김경숙이 창신도로 되돌아갔다.

9월 11일병술 맑음. 일찍 수루에 올라갔다. 남평의 색리와 순천의 격군으로서 세 번이나 식량을 훔친 자를 처형했다. 각 고을과 포구에 공문을 보냈다. 저녁에 충청 수사가 와서 만났다. 소비포 권관은 달밤에 자기의 진포로 돌아갔는데, 그 까닭은 원 수사가 자신을 자꾸 모함하려 하기 때문이었다.

9월 12일정해 맑음. 일찍 김암이 방에 왔다. 조방장 정응운의 종이 돌아가는 길에 편지의 답장을 써서 보냈다. 우수사와 충청

---

82) 임금의 행차나 군대의 행렬 앞에 세우는 둑에 지내던 제사.

수사가 함께 왔다. 장흥 부사가 술을 내어 함께 이야기하다가 몹시 취해서 헤어졌다.

9월 13일무자 맑고 따뜻함. 어제 마신 술이 깨지 않아서 밖으로 나가지 않았다. 아침에 충청 우후가 와서 만났다. 또 조도 어사 윤경립의 장계 2통을 읽어 보았다. 하나는 진도 군수를 파면해 달라는 것이고, 하나는 수군과 육군 양군을 바꾸어 징발하지 말라는 것과 수령들을 전쟁터에 보내지 말라는 것이니, 그 뜻은 임시방편에 지나지 않는 것이다. 저녁에 하천수가 장계 회답과 홍패[83] 97장을 갖고 왔다. 영의정의 편지도 갖고 왔다.

9월 14일기축 맑음. 흥양 현감이 술을 바쳤다. 우수사, 충청 수사와 함께 활을 쏘았다. 방답 첨사가 새로 부임해 서로 인사를 했다.

9월 15일경인 맑음. 일찍 충청 수사와 여러 장수들과 함께 망궐례를 행했다. 우수사는 약속을 하고도 병을 핑계로 오지 않으니 한탄스럽다. 새로 합격한 사람들에게 홍패를 나누어 주었다. 남원 도병방과 향소 등을 잡아서 가두었다. 충청 우후(원유남)가

---

83) 과거 합격자 명단.

본도로 돌아갔다. 종 경이 들어왔다.

9월 16일신묘 맑음. 충청 수사, 순천 부사와 함께 이야기를 나누었다. 이날 밤 꿈에 아들을 보았는데 경庚의 어미가 아들을 낳을 징조다.

9월 17일임진 맑고 따뜻함. 충청 수사, 순천 부사, 사도 첨사가 와서 활을 쏘았다. 우후 이몽구가 둔전[84]을 추수하는 일 때문에 나갔다. 효대 등도 나갔다.

9월 18일계사 맑고 지나치도록 따뜻함. 충청 수사, 흥양 현감과 함께 종일 활을 쏘고서 헤어졌다. 저물녘 비가 오더니 밤새도록 왔다. 이수원과 담화가 들어오고 복춘도 들어왔다. 이날 밤 이리저리 뒤척이다가 잠을 이루지 못했다.

9월 19일갑오 종일 비가 내림. 흥양 현감, 순천 부사가 와서 이야기를 나누었다. 해남 현감도 왔다가 곧 돌아갔다. 흥양 현감, 순천 부사가 밤이 깊어서야 돌아갔다.

---

84) 변경이나 군사 요지에 주둔한 군대의 군량을 마련하기 위해 설치한 토지.

9월 20일을미 새벽에 바람이 그치지 않음. 잠시 비가 내림. 혼자 앉아서 간밤의 꿈을 기억해 보았다. 꿈에 바다 가운데의 외딴 섬이 달려오다가 눈앞에 와서 멈춰 섰다. 그 소리가 우레와 같아서 사방에 있던 사람들이 모두 놀라 달아나고 혼자 남아 우뚝 서서 그것을 구경했는데 가슴이 벅차도록 통쾌했다. 이것은 곧 왜인이 화친을 애걸하고 스스로 멸망할 징조다. 또한 나는 꿈속에서 준마[85]를 타고 천천히 가고 있었는데, 이것은 임금의 부르심을 받아 올라갈 징조다. 충청 수사와 홍양 현감이 왔다. 거제 현령도 와서 만나고 곧 돌아왔다. 체찰사의 공문에는 수군에게 군량을 받아 군사들을 계속 먹이라는 내용이 있었다. 또한 잡아 가두었던 친족과 이웃을 다 풀어 주었다고 했다.

9월 21일병신 맑음. 아침에 활터 정자에 나가 앉아서 공문을 처리하고 저녁에 활을 쏘았다. 장흥 부사, 순천 부사, 충청 수사와 종일 이야기를 나누었다. 저물녘에 여러 장수들에게 뛰어넘기를 하게하고 또 사병들에게는 씨름을 하게 했다. 밤이 깊어서야 끝마쳤다.

9월 22일정유 아침에 활터 정자에 앉아 있었다. 우수사, 장흥 부

---

85) 빠르게 잘 달리는 말.

사, 경상 우후가 와서 명령을 듣고 갔다. 원수의 비밀 서류가 왔는데 27일에는 꼭 군사들을 출동시키라는 것이었다.

9월 23일무술 맑았으나 바람이 사나움. 아침에 활터 정자에 올라가 공문을 보냈다. 경상 우수사 원균이 군사기밀을 의논하고 갔다. 낙안의 군사 11명과 방답의 수군 45명을 점고[86]했다. 고성 사람들이 하소연하는 글을 올렸다. 진주 강운의 죄를 다스렸다. 보성에서 데려온 소관 황천석을 끝까지 추궁했다. 광주에 가두었던 창평현의 색리 김의동을 사형하라는 명령을 내렸다. 저녁에 충청 수사와 마량 첨사가 와서 만났다. 깊은 밤이 되어서야 돌아갔다. 초저녁에 복춘이 와서 사사로운 이야기를 하다가 닭이 운 뒤에야 돌아갔다.

9월 24일기해 맑았으나 종일 바람이 세게 붊. 아침에 대청에 앉아서 공무를 보았다. 아침은 충청 수사와 함께 먹었다. 오늘 더그레[87]를 나누어 주었다. 전라 좌도는 누른 옷 9벌, 전라 우도는 붉은 옷 10벌, 경상도는 검은 옷 4벌을 주었다.

---

86) 명부에 일일이 점을 찍어 가며 사람의 수를 조사함.

87) 조선 시대에, 각 영문(營門)의 군사, 마상재(馬上才)꾼, 의금부의 나장(羅將), 사간원의 갈도(喝道) 등이 입던 세 자락의 웃옷. 소속에 따라 옷 빛깔이 달랐음. 호의(號衣)라고도 함.

9월 25일경자 맑고 바람이 조금 붊. 첨지 김경로는 군사 70명을 거느리고 들어왔다. 저녁에 첨지 박종남은 군사 600명을 거느리고 들어왔다. 조붕도 왔고 밤에 모여 이야기를 나누었다.

9월 26일신축 맑음. 새벽에 곽재우와 김덕령 등이 견내량에 이르렀다. 박춘양을 보내 건너온 까닭을 묻자 원수(권율)가 수군과 합세하라는 명령을 내렸다고 했다.

9월 27일임인 아침에는 맑다가 저물녘에는 잠시 비가 내림. 아침에 배를 타고 포구에 나가자 여러 배들도 일제히 출항해 적도 앞바다에 대었다. 첨지 곽재우, 충용 김덕령, 별장 한명련, 주몽룡 등이 와서 의논을 한 뒤에 각각 원하는 곳으로 나누어 보냈다. 저녁에 병사 선거이가 도착했으므로 전라 좌수영의 배를 타게 했다. 저물녘에 체찰사의 군관 이천문, 임득의, 이홍사, 이충길, 강중룡, 최여해, 한덕비, 이안겸, 박진남 등이 왔다. 밤에 잠시 비가 내렸다.

9월 28일계묘 흐림. 새벽에 촛불을 밝히고 혼자 앉아서 왜적을 치는 일로 길흉을 점쳤더니 길한 것이 많았다. 첫 점은 활이 화살을 얻은 것과 같다고 했다. 다시 치니, 산이 움직이지 않는 것과 같다고 했다. 바람이 고르지 않았다. 흉도 안쪽 바다에 진을 치고 잤다.

9월 29일갑진 맑음. 출항해 장문포 앞바다로 빠르게 들어가니 적의 무리는 험준한 곳에 웅거한 채 나오지 않았다. 누각을 높이 세우고 양쪽 봉우리에 진지를 쌓고는 도무지 나와서 대항하려고 하지 않았다. 맨 앞으로 나선 적선 2척을 무찔렀더니 육지로 내려가서는 도망쳐 버렸다. 빈 배들만 쳐부수고 불태웠다. 칠천량에서 밤을 보냈다.

1594년 10월

왜적을 위협하다

10월 1일을사 새벽에 출항해 장문포에 이르렀다. 경상 우수사와 전라 우수사가 장문포 앞바다에 머물고 있었다. 나는 충청 수사, 여러 선봉장들과 함께 곧장 영등포로 들어갔다. 그러나 흉악한 적들은 바닷가에 배를 대어 놓고는 한 놈도 나와서 대항하지 않았다. 그런데 해질 무렵에 장문포 앞바다로 돌아와서 사도 2호선이 육지에 배를 매려고 할 즈음에, 적의 작은 배가 곧장 들어와서는 불을 던졌다. 불은 일어나지 않고 꺼졌지만, 매우 분하다. 우수사의 군관과 경상 우수사의 군관은 그들의 실수를 간단하게 꾸짖었지만, 사도의 군관에게는 그 죄를 무겁게 시행했다. 밤 10시쯤에 칠천량으로 돌아와서 밤을 보냈다.

10월 2일병오 맑음. 선봉선 30척으로 하여금 장문포로 가서 그곳에 있는 적의 정세를 보고 오게 했다.

10월 3일정미 맑음. 몸소 여러 장수들을 거느리고 일찌감치 장문포로 가서 종일 싸우려고 했는데, 적의 무리들은 두려워서 대항하러 나오지를 않았다. 날이 저물어 칠천량으로 돌아와서 밤을 지냈다.

10월 4일무신 맑음. 곽재우, 김덕령 등과 함께 약속하고 군사 수백 명을 뽑아 육지에서 내리게 한 뒤에 산을 오르게 했다. 선봉을 먼저 장문포로 보내 들락날락하면서 싸움을 걸게 했다. 저녁에 중군[88]을 거느리고 진격했다. 바다와 육지에서 서로 호응하자 적의 무리들은 갈팡질팡하며 기세를 잃고 동서로 바쁘게 달아났다. 육군은 적이 칼을 휘두르는 것을 보고는 곧 배로 내려왔다. 돌아와 칠천량에 진을 쳤다. 선전관 이계명이 왕이 보낸 표신[89]과 선유교서를 갖고 왔다. 안에는 임금께서 하사하신 초피[90]가 있었다.

10월 5일기유 종일 바람이 세게 붊. 장계의 초고를 작성했다.

---

88) 전군(全軍)의 한가운데에 자리 잡고 있던 중심 부대.
89) 왕의 명령을 전할 때 쓰는 증명서.
90) 담비의 털가죽.

10월 6일경술 맑음. 아침 일찍 선봉 부대를 장문포 적의 소굴로 보냈는데 왜인들이 패문을 써서 땅에 꽂아 놓았다. 그 패문에는, "우리는 명나라와 화친을 의논할 것이니 서로 싸울 필요가 없다."라고 쓰여 있었다. 왜인 1명이 칠천도 산기슭에 와서 항복하고자 했으므로 곤양 군수가 그를 잡아서 배에 태웠다. 물어보니 영등포에 있던 왜적이었다. 흉도로 진을 옮겼다.

10월 7일신해 맑음. 병사 선거이, 곽재우, 김덕령 등이 나갔다. 띠풀 183통을 베었다.

10월 8일임자 맑고 바람조차 없음. 아침에 출항해 장문포 적의 소굴에 이르니, 적들은 여전히 나오지 않았다. 군대의 위세만 보인 뒤에 흉도로 되돌아왔다가 그대로 출항해 한산도에 일제히 이르니, 밤은 벌써 자정이 되어 있었다. 흉도에서 띠풀 360통을 베었다.

10월 9일계축 맑음. 아침에 정자로 내려오니 첨지 김경로, 첨지 박종남, 조방장 김응함, 조방장 한명달, 진주 목사 배설, 김해 부사 백사림이 함께 와서 아뢰고 돌아갔다. 첨지 김경로와 첨지 박종남은 종일 활을 쏘았다. 박자윤은 마룻방에서 춘복과 함께 잤다. 김성숙은 배로 내려가 잤다. 남해 현령, 하동 현감, 사천 현감, 고성 현령이 아뢰고 돌아갔다.

10월 10일갑인 맑음. 아침에 동헌에 나가서 장계의 초고를 수정했다. 박자윤과 곤양 군수는 그대로 머물고 떠나지 않았으며, 흥양 현감, 보성 군수, 장흥 부사는 간다고 아뢰고 돌아갔다. 이날 밤 2가지 상서로운 꿈을 꾸었다. 울, 변존서, 유□(글자를 정확하게 알아볼 수 없음), 정립 등이 본영으로 돌아갔다.

10월 11일을묘 맑음. 아침에 몸이 불편했다. 아침에 충청 수사가 와서 만났다. 공문을 처리했다. 일찍 잠을 잘 방으로 들어갔다.

10월 12일병진 맑음. 아침에 장계의 초고를 수정했다. 저녁에 우수사와 충청 수사가 여기에 왔다. 경상 우수사 원균이 적을 토벌한 일에 대해 자신이 직접 장계를 올리겠다고 하면서 공문을 작성해 바쳤다. 비변사의 공문에 따르면, 원수가 쥐의 가죽으로 만든 남바위[91]를 전라 좌도에 15개, 전라 우도에 10개, 경상도에 10개, 충청도에 5개를 나누어 보냈다.

10월 13일정사 맑음. 아침에 아전을 불러서 장계의 초안을 작성

---

91) 추위를 막기 위해 머리에 쓰는 쓰개.

했다. 저녁에 충청 수사를 보냈다. 전라도 우수사가 충청 수사를 찾아왔다가는 나를 보지 않고 돌아갔는데, 이는 술이 몹시 취했기 때문이었다. 종사관(정경달)이 벌써 사천에 이르렀다고 한다. 사천 1호선을 내어 보냈다.

10월 14일무오 맑음. 새벽꿈에 왜적들이 항복해 육혈포[92] 다섯 자루를 바치고 환도[93]도 바쳤다. 말을 전하는 자는 이름이 김서신이라고 했다. 왜적들의 항복을 모두 받아들이기로 한 꿈이었다.

10월 15일기미 맑음. 박춘양이 장계를 갖고 나갔다.

10월 16일경신 맑음. 순무사 서성이 해질 무렵에 이곳에 왔다. 우수사, 원균 수사와 함께 이야기를 나누었다. 밤이 깊어져서야 헤어졌다.

10월 17일신유 맑음. 아침에 어사(서성)가 있는 곳에 사람을 보냈더니 아침을 먹은 뒤에 도착한다고 했다. 저녁에 우수사가 왔다. 어사도 와서 조용히 이야기하는데, 경상 우수사 원균이 속임수를 썼다고 여러 번 말을 했다. 몹시도 놀라운 일이다. 원균

---

92) 구멍이 여섯 개가 있는 총.
93) 군복에 갖추어 차던 군도(軍刀).

도 왔다. 그 흉악하고도 고약한 꼴은 이루 다 말을 할 수가 없다. 아침에 종사관이 들어왔다.

10월 18일임술 맑음. 아침에 바람이 세게 불다가 저녁에 그쳤다. 어사에게 갔더니, 이미 원 수사에게 갔다고 했다. 그곳에 갔더니 얼마 후에 술이 나왔다. 날이 저물어서 돌아왔다. 종사관이 교서에 공손이 절을 하고, 서로 인사했다.

10월 19일계해 바람이 고르지 못함. 동헌에 나가서 앉았다가 저녁에 돌아와 수루의 방으로 들어갔다. 어사가 우수사한테 가서 종일 술을 마시며 이야기를 나누었다고 했다. 아침에 종사관과 이야기를 나누었다. 저녁에 종 억지 등이 급히 오고, 박언춘도 왔다.

10월 20일갑자 아침에 흐림. 저녁에 순무어사가 나갔다. 작별한 뒤에 대청으로 올라가서 앉아 있으니 우수사가 와서 아뢰고 돌아갔다. 공문을 작성하는 일 때문에 나갔다고 생각된다. 밤 10시쯤에 비가 조금 내렸다.

10월 21일을축 맑다가 조금 흐림. 종사관, 우후, 발포 만호가 나갔다. 투항해 온 왜인 3명이 원균 수사에게서 왔기로 심문을 했다. 영등포 만호가 왔다가 밤이 깊어져서야 돌아갔다. 그에게 어린아이가 있다고 하기에 데려 오도록 일러 보냈다. 밤에 비가 조금 내렸다.

10월 22일병인 흐림. 의능, 이적이 나갔다. 초저녁에 영등포 만호가 그 아이를 데리고 왔다. 심부름이나 시키고자 머무르게 해 재웠다.

10월 23일정묘 맑음. 그 아이가 아프다고 했다. 종 '억'의 죄와 애환, 정말동의 죄를 다스렸다. 저녁에 그 아이를 본래 있던 곳으로 보냈다.

10월 24일무진 맑음. 우우후를 불러서 활을 쏘았다. 금갑도 만호도 왔다.

10월 25일기사 맑았으나 서풍이 세게 붊. 저녁에 바람이 그쳤다. 몸이 불편해 방에서 나가지 않았다. 남도 포만호(강응표)와 거제 현령이 왔다. 영등포 만호(조계종)도 와서 한참을 이야기하고 있을 때 전 낙안 군수 첨지 신호가 체찰사(윤두수)의 공문, 목화, 벙거지[94],

94) 조선 시대에, 무관이 쓰던 모자의 하나. 붉은 털로 둘레에 끈을 꼬아 두르고 상모(象毛), 옥로(玉鷺) 따위를 달아 장식했으며, 안쪽은 남색의 운문대단으로 꾸몄음.

정목正木[95] 1동[96]을 갖고 왔다. 그와 함께 이야기했고 밤이 되어서야 물러갔다. 순천 부사 권준이 잡혀가면서 다시 보러 왔다. 마음이 편안하지가 않았다.

10월 26일경오 맑음. 장인어른의 제삿날이라 공무를 보지 않았다. 첨지 신호에게 들으니, 김상용이 이랑이 되어 한양으로 올라갈 때, 남원부 내에서 잤으면서도 체찰사를 만나지 않고 그냥 갔다고 했다. 세상의 일이 이러하니 참으로 놀라운 일이다. 체찰사는 밤에 순변사의 숙소로 갔다가 밤이 더 깊어져 다시 돌아왔다고 했다. 체통이 이럴 수가 있는가. 놀라지 않을 수가 없다. 종 한경이 본영으로 갔다. 오후 6시쯤에 비가 내리더니 밤새도록 그치지 않았다.

10월 27일신미 아침에는 비가 내리다가 저녁에는 갬. 미조항 첨사(성윤문)가 와서 교서에 공손하게 절을 했고 그와 함께 이야기를 나누었다. 그는 날이 저물어서야 아뢰고 돌아갔다.

10월 28일임신 맑음. 대청에 앉아서 공무를 보았다. 금갑 만호, 이진 만호가 와서 만났다. 식사를 마친 뒤에 우우후와 경상 우후가

95) 품질이 매우 좋은 무명베.
96) 물건을 묶어 세는 단위.

와서 목화를 받아 갔다. 저물녘에 잠자는 방으로 들어갔다.

10월 29일계유 맑음. 서풍이 몹시도 분다. 살을 에는 듯이 차갑다.

10월 30일갑술 맑음. 왜적을 수색해 토벌하라고 군사들을 들여 보내고 싶었으나, 경상도에는 전선이 없어서 다른 배들이 모이기만을 기다렸다. 자정에 아들 회가 들어왔다.

1594년 11월

왜적 수색을 명하다

11월 1일을해 새벽에 망궐례를 행했다. 몸이 몹시 불편해 종일 나가지 않았다.

11월 2일병자 맑음. 전라 좌도에서는 사도 첨사 김완을, 전라 우도에서는 우후 이정충을, 경상도에서는 미조항 첨사 성윤문을 장수로 정하고, 적을 수색해 토벌하는 일을 맡도록 해서 보냈다.

11월 3일정축 맑음. 김천석이 비변사의 공문을 갖고 와서 항복한 왜군 야여문也汝文 등 3명을 데리고 진영에 도착했다. 수색과 토벌을 하러 나갔던 군사들이 밤 10시쯤에야 돌아왔다. 이영남이 와서 만났다.

11월 4일무인 맑음. 항복한 왜적들의 사정을 들었다. 왕에게 보낼 전문[97]을 갖고 갈 유생이 들어왔다.

11월 5일기묘 흐리고 가랑비가 내림. 송한련이 대구 10마리를 잡아왔다. 순변사(이일)가 자기 군관에게 항복한 온 왜인 13명을 잡아서 보냈다. 밤새도록 비가 많이 내렸다.

11월 6일경진 흐리고 따뜻하기가 봄날 같음. 이영남이 와서 만났다. 이정충도 왔다. 첨지 신호와 함께 이야기를 나누었다. 송희립은 사냥을 하러 나갔다.

11월 7일신사 저녁에 갬. 아침에 동헌에 나갔다. 항복한 왜인 17명을 남해로 보냈다. 저녁에 금갑도 만호, 사도 첨사, 여도 만호, 영등포 만호가 함께 왔다. 이날 낮 12시쯤에 첨지 신호가 보고하기를, 원수가 되돌아오면 수군 부대에 머무를 것이라고 했다.

11월 8일임오 새벽에는 잠시 비가 내리더니 저녁에는 갬. 배를 만들 목재를 운반해 왔다. 새벽에 영의정의 꿈을 꾸었는데 모습이 변한 듯했다. 나는 관을 벗은 채 영의정과 함께 민종각의 집

97) 임금이나 왕후, 태자에게 올리던 글.

으로 가서 함께 이야기를 나누다가 잠에서 깼다. 이게 무슨 징조인지 모르겠다.

11월 9일계미 맑았으나 바람이 고르지 않음.

11월 10일갑신 맑음. 아침에 이희남이 들어왔다. 조카 뇌도 본영에 왔다고 했다.

11월 11일을유 동짓날이라 11월임에도 새벽에 망궐례를 드린 뒤에 군사들에게 팥죽을 먹였다. 우우후와 정담수가 찾아왔다가 바로 돌아갔다.

11월 12일병술 맑음. 일찍 동헌에 나가서 순천 색리 정승서와 남원에서 폐단을 일으킨 역졸[98]을 처벌했다. 첨지 신호에게 이별의 술을 대접 했다. 또한 견내량에서 경계선을 넘어 고기를 잡은 사람 24명을 잡아다가 곤장을 쳤다.

11월 13일정해 맑음. 바람이 차차 잠잠해지니 날도 따뜻했다. 첨지 신호와 아들 회가 이희남, 김숙현과 함께 본영으로 갔다. 종

---

98) 관원이 부리던 하인.

한경에게도 명령을 내려 은진 김정휘의 집에 다녀오도록 했다. 장계 또한 발송했다. 원수가 방어사의 군관으로 하여금 항복한 왜인 14명을 데리고 오게 했다. 저녁에 윤연이 그 누이의 편지를 가져 왔는데 거짓된 말이 많아서 가소로웠다. 버리고자 하면서도 버리지 못하는 것이 있으니, 바로 부모가 죽은 후에 남은 자식들이다. 버려진 세 아이는 끝내 의지할 곳이 없기 때문이다. 15일은 아버지의 제삿날이라 밖으로 나가지 않았다. 밤에 달빛의 밝기가 마치 한낮과 같아서 잠을 이루지 못하고 밤새도록 이리저리 뒤척였다.

11월 14일무자 맑음. 아침에 우병사(김응서)가 항복한 왜인 7명을 자신의 군관을 시켜 데리고 왔다. 그래서 곧 남해현으로 보냈다. 이함이 남해에서 왔다.

11월 15일기축 맑고 따뜻해서 마치 봄 날씨 같음. 춥고 따뜻한 것이 그 질서를 잃어 버렸으니 그야말로 재난이다. 오늘은 아버지의 제삿날이므로 나가지 않고 혼자 앉아 있었다. 그 슬픈 감정을 어찌 다 말할 수가 있겠는가. 저물녘에 탐색선이 들어왔다. 순천의 교생[99]이 임금에게 보낸 교서를 베껴서 가져왔다. 또

---

99) 지방 향교나 서원에 다니는 학생.

아들 울 등의 편지에는 어머니께서 평안하시다는 내용이 있었다. 참으로 다행이다. 상주에 살고 있는 사촌 누이의 편지와 그 아들 윤엽이 본영에 이르렀다. 그 편지를 읽으니 눈물이 흐르는 것을 막을 수가 없었다. 영의정의 편지도 왔다.

11월 16일경인 맑았으나 바람의 기운이 제법 쌀쌀함. 식사를 마친 뒤에 대청에 앉았다. 우우후, 여도 만호, 회령포 만호, 사도 첨사, 녹도 만호, 금갑도 만호, 영등포 만호, 전 어란진 만호, 정담수 등이 와서 만났다. 저녁에는 날씨가 무척 따뜻해졌다.

11월 17일신묘 맑고 따뜻함. 서리가 눈처럼 쌓였다. 이게 무슨 징조인지 모르겠다. 저녁에 산들바람이 종일 불었다. 밤 10시쯤에 조카 뇌와 아들 울이 들어왔다. 한밤에 미친 듯이 바람이 불었다.

11월 18일임진 맑음. 바람이 저녁 내내 세게 불더니 밤새도록 계속되었다.

11월 19일계사 맑음. 바람이 세게 불고 밤새도록 그치지 않았다.

11월 20일갑오 맑음. 아침에 바람이 잠잠해졌다. 동헌에 나갔다. 얼마 후에 경상 우수사 원균이 와서 만났다. 저녁나절부터 시작된 바람은 밤새 세게 불었다.

11월 21일을미 맑음. 아침에 바람이 잠잠해졌다. 조카 뇌가 나갔다. 그리고 이설이 포폄[100]하는 장계를 갖고 갔다. 종 금선, 우년, 이향, 수석, 행보 등도 나갔다. 김교성과 신경황이 나갔다. 남도포 만호와 녹도 만호도 나갔다.

11월 22일병신 맑음. 아침에 회령포로 나갔다. 날씨는 무척 따뜻했다. 우우후(이정충)와 정담수가 와서 만났다. 활 5순을 쏘았다. 왜인의 옷감으로 무명 10필을 갖고 갔다.

11월 23일정유 맑고 따뜻함. 흥양의 군량과 순천의 군량 등을 받아들였다. 저녁에 이경복이 자신의 소실과 함께 들어왔다. 순변사 등이 비난을 받는다고 했다.

11월 24일무술 맑음. 따사롭기가 확실히 봄날 같다. 동헌에 나가서 공문을 보냈다.

11월 25일기해 흐림. 새벽꿈에 순변사 이일과 만나서 많은 말을

---

100) 옳고 그름이나 선하고 악함을 판단해 결정함. 수령의 근무 성적을 매김.

했는데, "이처럼 나라가 위태롭고 혼란스러운 시기에 막중한 책임을 지고서도 나라의 은혜에 보답하겠다는 생각은 하지 않는 것이오. 뱃심 좋게 음탕한 계집을 끼고 관사에는 들어오지 않고 성 밖의 여염집[101]에 거처하면서 남들의 비웃음을 사니 도대체 어쩌자는 것이오. 또 각 고을과 진포의 수군에게 육전에서나 쓸 군기를 배정하고 독촉하기에만 급급하니 이것은 또한 무슨 이치요."라고 하니 순변사는 대답하지 못했다. 하품을 하며 기지개를 켜다가 잠에서 깼다. 한바탕의 꿈이었다. 식사를 마친 뒤에 대청에 앉아서 공문을 보냈다. 얼마 후에 우우후와 금갑도 만호가 왔다. 피리 소리를 듣다가 날이 저물어서야 돌아왔다.

11월 26일경자 소한. 맑고 따뜻함. 방에 들어앉아 공무를 보지 않았다. 이날 메주 10섬을 쑤었다.

11월 27일신축 맑음. 식사를 마친 뒤에 동헌에 나가서 앉아 있다가 좌도와 우도로 보냈던, 항복한 왜인들을 모조리 모이게 했다. 그래서 총을 쏘는 연습을 시켰다. 우우후, 거제 현령, 사도 첨사, 여도 만호가 함께 왔다.

---

101) 일반 백성의 살림집.

11월 28일임인 맑음.

11월 29일부터의 일기는 기록에 없음.

12월의 일기는 기록에 없음.

乙未日記

1595년 1월
나라와 어머니를 걱정하다

1월 1일갑술 맑음. 촛불을 밝히고 혼자 앉아서 나랏일을 생각하니 눈물이 흐르는 줄도 몰랐다. 또 80세가 되신 병드신 어머니를 생각하며 뜬눈으로 밤을 지새웠다. 새벽에 장수들, 색리들, 군사들이 와서 새해 인사를 했다. 원전, 윤언심, 고경운 등이 와서 만났다. 색리들과 군사들에게 술을 먹였다.

1월 2일을해 맑음. 나라의 제삿날[1]이라 공무를 보지 않았다. 장계의 초고를 수정했다.

1월 3일병자 맑음. 일찍 동헌에 나가서 각 고을과 포구[2]에 공문

1) 명종(明宗) 인순왕후(仁順王后) 심씨(沈氏)의 제삿날.
2) 배가 드나드는 개의 어귀.

을 보냈다.

1월 4일정축 맑음. 우우후, 거제 현령, 금갑도 만호, 소비포 권관, 여도 만호 등이 와서 만났다.

1월 5일무인 맑음. 공문을 처리했다. 조카 봉과 아들 울이 들어와서 어머니께서 평안하시다고 하니 기뻤다. 밤새도록 온갖 생각에 잠을 이루지 못했다.

1월 6일기묘 맑음. 어응린과 고성 현감(조응도)이 왔다.

1월 7일경진 맑음. 흥양 현감(배흥립), 방언순方彦淳과 함께 이야기를 나누었다. 남해에서 항복한 왜인 야여문 등이 와서 인사를 올렸다.

1월 8일신사 맑았으나 바람이 세게 붊. 광양 현감(송전)의 공식적인 인사를 받은 뒤에 명령 날짜를 어긴 죄로 곤장을 쳤다.

1월 9일임오 맑음. 식사를 마친 뒤에 야여문 등을 남해로 보냈다.

1월 10일계미 순천 부사 박진이 교서에 숙배했다. 경상 우수사 원균이 선창에 왔다고 했다. 불러들여서 함께 이야기를 나누었다. 순천 부사, 우우후, 흥양 현감, 광양 현감, 웅천 현감, 고성 현감, 거제 현령이 와서 아뢰고 돌아갔다.

1월 11일갑신 우박이 내리고 동풍이 붊. 식사를 마친 뒤에 순천 부사, 흥양 현감, 고성 현감, 웅천 현감, 영등포 만호가 와서 이야기를 나누었다. 고성 현감은 새 배를 독촉해 만드는 일 때문에 아뢰고 돌아갔다.

1월 12일을유 흐리고 바람이 세게 붊. 각 고을과 포구에 공문을 보냈다. 저녁에 순천 부사가 아뢰고 돌아갔다. 영남 우후 이의득이 와서 만났다.

1월 13일병술 아침에 맑더니 저녁에 비가 내림. 박치공이 왔다.

1월 14일정해 맑음. 동풍이 세게 붊. 몸이 불편해 누워서 몹시 심하게 앓았다. 영등포 만호, 사천 현감, 여도 만호가 와서 만났다.

1월 15일무자 맑음. 우우후 이정충을 불렀는데 그가 배 위에서 발을 헛디디는 바람에 물에 빠져 한참 동안이나 헤엄치는 것을 간신히 건져 냈다. 그를 불러서 위로했다.

1월 16일기축 맑음. 동헌에 나가서 공무를 보았다.

1월 17일경인 맑고 따뜻하며 바람도 없음. 동헌에 나가서 공무를 보았다. 우우후, 소비포 권관, 거제 현령, 미조항 첨사가 함께 와서 활을 쏘고 헤어졌다.

1월 18일신묘 흐림. 공문을 처리했다. 저녁에 활 10순을 쏘았다.

1월 19일임진 맑음. 동헌에 나가서 공무를 보았다. 옥구의 피란민 이원진이 왔다. 장흥 부사, 낙안 군수, 발포 만호가 들어왔다. 약속한 날짜를 어긴 죄로 곤장을 쳤다. 얼마 후에 여도의 배에서 실수로 불이 났는데 광양, 순천, 녹도의 배까지 옮겨 붙어서 네 척이나 불에 타 버렸다. 그 슬픔을 이길 수가 없다.

1월 20일계사 맑음. 아우 여필, 조카 해가 이응복과 함께 나갔다. 아들 울은 조카 분과 함께 들어왔다. 어머니께서 편안하시다고 하니 다행이다.

1월 21일갑오 종일 가랑비가 내림. 이경명과 함께 장기를 두었다. 장흥 부사가 와서 만났다. 그 편에 들으니 순변사 이일이 하는 짓이 매우 형편없다고 한다. 나를 해치려고 무척이나 애를 쓴다고 한다. 참으로 우스운 일이다.

1월 22일을미 맑았으나 종일 바람이 세게 붊. 원수의 군관 이태수가 전령을 갖고 왔는데 여러 장수들의 출석 여부를 알고 나서 가겠다고 했다. 저녁에 수루에 올라가 실수로 불을 낸 여러 장수들과 색리들에게 곤장을 쳤다. 초저녁에 금갑도 만호가 살고 있는 집에 불이 나서 모두 타 버렸다.

1월 23일병신 종일 바람이 세게 붊. 장흥 부사, 우후, 흥양 현감이 와서 이야기를 나누고 날이 저물어서야 돌아갔다.

1월 24일정유 맑았으나 바람이 세게 붊. 이원진을 배웅했다.

1월 25일무술 맑음. 장흥 부사, 흥양 현감, 우후, 영등포 만호, 거제 현령이 와서 만났다.

1월 26일기해 흐리고 바람이 붊. 탐색선이 들어왔다. 흥양 현감(배흥립)을 잡아갈 나장[3]이 들어왔다고 한다. 이희도 왔다.

---

3) 조선 시대에, 군아(郡衙)에 속한 사령(使令).

1월 27일경자 맑음. 한겨울과 같이 춥다. 대청에 나가서 영암 군수와 강진 현감 등으로부터 공식적인 인사를 받았다.

1월 28일신축 맑았으나 바람이 세게 불고 추움. 황승헌이 들어왔다.

1월 29일임인 흐렸으나 비는 내리지 않음.

1월 30일계묘 맑고 동풍이 세게 붊. 보성 군수(안홍국)가 들어왔다.

1595년 2월

군량을 나누어 주다

2월 1일갑진 맑고 바람이 붊. 아침 일찍 동헌에 나가서 약속한 날짜를 어긴 죄로 보성 군수의 곤장을 쳤다. 도망치던 왜인 2명을 처형했다. 의금부의 나장이 와서 흥양 현감을 잡아가겠다고 했다.

2월 2일을사 흐리고 바람이 세게 붊. 흥양 현감(배흥립)이 잡혀갔다. 동헌에 나가서 공무를 보았다.

2월 3일병오 맑음. 아침 일찍 동헌에 나가서 흥양 배에 불을 던졌다는 신덕수를 심문했으나 증거를 찾지 못했다. 옥에 가두었다.

2월 4일정미 맑음. 몸이 불편하다. 장흥 부사와 우우후가 왔다.

원수부의 회답 공문과 종사관의 회답 편지도 왔다. 조카 봉, 아들 회, 오종수가 들어왔다.

2월 5일무신 맑음. 충청 수사가 왔다. 천성보 만호 윤홍년이 교서에 숙배했다.

2월 6일기유 맑았으나 바람이 세게 붊. 장흥 부사, 우우후 등과 함께 활을 쏘았다.

2월 7일경술 맑음. 보성 군수가 술을 가져와 마시며 종일 이야기를 나누었다.

2월 8일신해 흐림.

2월 9일임자 비가 내림.

2월 10일계축 비가 내리고 바람도 세게 붊. 황숙도와 함께 종일 이야기를 나누었다.

2월 11일갑인 비가 내리다가 저녁에 잠시 갬. 황숙도, 조카 분, 허주, 변존서가 돌아갔다. 종일 공무를 보았다. 저물녘에 임금의 분부가 내려왔는데 둔전을 잘 살펴 운영하라는 것이었다.

2월 12일을묘 맑음. 바람도 불지 않음. 윤엽이 들어왔다. 저녁에 활 16순을 쏘았다. 장흥 부사와 우우후도 와서 함께 활을 쏘았다.

2월 13일병진 맑음. 아침 일찍 도양에 있는 둔전에서 벼 300섬을 실어 와서 각 포구에 나누어 주었다. 우수사, 진도 군수, 무안 현감, 함평 현감, 남도포 만호, 마량 첨사, 회령포 만호 등이 들어왔다.

2월 14일정사 맑고 따뜻함. 식사를 마친 뒤에 진도 군수, 무안 현감, 함평 현감이 교서에 숙배했다. 방비를 하러 들어 갈 수군을 징발해 보내지 않은 것과 전선을 만들어 오지 않은 일에 대해 처벌했다. 영암 군수도 처벌했다. 조카 봉, 해, 분과 방응원이 함께 나갔다.

2월 15일무오 맑고 따뜻함. 새벽에 망궐례를 행했다. 우수사, 가리포 첨사, 진도 군수도 함께했다. 지휘선을 연기로 그을렸다.

2월 16일기미 맑음. 동헌에 나가니 함평 현감 조발이 탄핵을 받고 돌아가려고 했으므로 술을 먹여서 보냈다. 조방장 신호가 진영에 이르러 교서에 숙배한 뒤에 이야기를 나누었다. 저녁에 배를 타고 바다 가운데로 옮겨 정박했다. 밤 10시쯤에 출항해 춘원도[4]에 이르렀다. 날이 밝아 오는데도 경상도 수군은 아직 도착하지 않았다.

2월 17일경신 맑음. 아침에 군사들에게 식사를 재촉해 먹이고 곧장 우수영 앞바다에 이르렀다. 성안에 있던 왜인 700명은 우리 배를 보고 도망쳤다. 배를 돌려 나와서 장흥 부사와 조방장 신호를 불러 종일 대책을 의논하고서 진영으로 돌아왔다. 저물녘에 임영과 조방장 정응운이 들어왔다.

2월 18일신유 맑음. 탐색선이 들어왔다.

2월 19일임술 맑음. 아침에 동헌에 나가서 공무를 보았다. 거제 현령, 무안 현감, 평산포 만호, 회령포 만호, 허정은이 왔다. 송한련이 와서, "고기를 잡아서 군의 식량을 사겠습니다."라고 했다.

4) 경남 통영시 광도면.

2월 20일계해 맑음. 우수사, 장흥 부사, 조방장 신호가 와서 이야기하는데 원균이 행한 악하고 못된 짓을 많이 전했다. 정말 놀라운 일이다.

2월 21일갑자 비가 조금 오다가 저녁에 갬. 보성 군수, 웅천 현감, 우우후, 소비포 권관, 강진 현감, 평산포 만호 등이 와서 만났다.

2월 22일을축 맑음. 동헌에 나가서 장계를 봉했다. 저녁에 우후, 낙안 군수, 녹도 만호를 불러서 떡을 먹였다.

2월 23일병인 맑음. 조방장 신호와 장흥 부사가 와서 이야기를 나누었다.

2월 24일정묘 흐림. 우뢰와 번개가 많이 치는데 비는 오지 않았다. 몸이 불편하다. 원전이 아뢰고 돌아갔다.

2월 25일무진 흐리고 바람도 고르지 않음. 아들 회와 울이 들어왔기에 물으니 어머니께서는 편안하시다고 한다. 장계를 받들고 갔던 이전이 들어왔다. 승정원에서 발간한 조정의 소식을 담은 문서와 영의정의 편지를 갖고 왔다.

2월 26일기사 흐림. 아침에 편지와 장계 16통을 봉해 정여흥에게 주었다.

2월 27일경오 한식. 맑음. 원균이 포구에서 수사 배설과 교대하려고 여기에 이르렀다. 교서에 숙배하라고 했더니 불평하는 기색이 많더라고 한다. 두세 번 타일러서 억지로 하게 했다고 한다. 이렇게 무식하다니 참으로 우습다.

2월 28일신미 맑음. 동헌에 나가서 장흥 부사, 우우후와 함께 이야기를 나누었다. 광양 현감과 목포 만호도 와서 만났다.

2월 29일임신 맑음. 고여우가 창신도로 갔다. 수사 배설이 와서 둔전 치는 일을 의논했다. 조방장 신호도 왔다. 저녁에 옥포 만호 방승경과 다경포 만호 이충성 등이 교서에 숙배했다.

2월 30일계유 비가 내림. 동헌에 나가서 공무를 보았다.

1595년 3월

도요토미 히데요시의 계략을 간파하다

3월 1일갑술 맑음. 겨울을 전쟁터에서 보낸 3도의 군사들을 모아 임금께서 하사하신 무명을 나누어 주었다. 조방장 정응운이 들어왔다.

3월 2일을해 흐림.

3월 3일병자 맑음.

3월 4일정축 맑음. 조방장 박종남이 들어왔다.

3월 5일무인 비가 내림. 노대해가 왔다.

3월 6일기묘 맑음

3월 7일경진 맑음. 조방장 박종남, 조방장 신호, 우후(이몽구), 진도 군수(박인룡)가 와서 만났다.

3월 8일신사 맑음. 식사를 마친 뒤에 동헌에 나갔다. 우수사(이억기), 경상 우수사(배설), 두 조방장(박종남, 신호), 우후(이몽구), 가리포 첨사, 낙안 군수, 보성 군수, 광양 현감, 녹도 만호가 함께 와서 이야기를 나누었다.

3월 9일임오 맑음. 저녁에 동헌에 나갔다. 새로 부임한 방답 첨사 장린, 새로 부임한 옥포 만호 이담이 서로 인사를 했다. 진주의 이곤변이 와서 만났다.

3월 10일계미 흐리고 가랑비가 내림. 조방장 박종남과 함께 이야기를 나누었다. 보성 군수 안홍국이 아뢰고 돌아갔다.

3월 11일갑신 흐리고 바람이 세게 붊. 사도시[5]의 주부 조형도가 와서 전라 좌도에 있는 왜적의 형세를 말하고, 또 항복한 왜인

5) 대궐 안의 쌀, 간장 등을 맡은 관청.

들의 말을 전했다. 그 내용은 도요토미 히데요시가 침략한 지 3년이 지나도록 아무런 성과가 없으므로 군사를 더 끌어 모아 바다를 건너 부산에다가 진영을 설치하려고 한다는 것이었다. 3월 11일에 바다를 건너오기로 이미 정했다고 한다.

3월 12일을유 흐림. 조방장 박종남과 우후(이몽구)가 장기를 두었다.

3월 13일병술 흐리고 바람이 세게 붊. 아침에 자윤 박종남을 불러 함께 식사했다. 저녁 식사를 마친 뒤에 조형도가 와서 만났다.

3월 14일정해 비는 오고 바람은 그침. 남해 현령이 진영에 이르렀다.

3월 15일무자 비가 잠시 그치고 바람도 잠잠해짐. 식사를 마친 뒤에 조형도가 아뢰고 돌아갔다. 저녁에 활을 쏘았다.

3월 16일기축 비가 내림. 사도 첨사 김완이 들어왔다. 그 편에 들으니 충청 수사 입부 이순신이 군량 200여 섬을 갖춘 일을 조도 어사 강첨에게 들키는 바람에 붙잡혀서 심문을 당했다고 했다. 또 새로 부임한 충청 수사 이계훈은 배에 실수로 불을 냈다고 하니 참으로 놀랄 일이다. 동지 권준이 본영에 왔다고 했다.

3월 17일경인 비가 걷힐 듯함. 아들 면, 허주, 박인영 등이 돌아갔다. 오늘 군량을 회계해 하나하나 표를 붙였다. 충청 우후(원유남)가 달려와서 보고했는데, 수사 이계훈이 실수로 불을 내고는 스스로 물에 빠져 죽었으며 군관과 격군 190여 명이 불에 타 죽었다고 하니 매우 놀랍다. 저녁에 우수사가 달려와 보고하기를, "견내량의 복병한 곳으로 와서 항복한 왜인 심안은기(시마즈 요시히로)를 심문했습니다. 그는 본래 영등포에 있던 왜인인데, 그의 장수 심안둔이 자신의 아들을 대신 세우고 가까운 시일 내에 왜국으로 돌아갈 것이라고 합니다."라고 했다.

3월 18일신묘 맑음. 권언경, 아우 여필, 조카 봉, 이수원 등이 들어왔다. 그 편에 어머니께서 편안하시다는 말을 들었다. 천만다행이다. 우수사가 와서 이야기를 나누었다.

3월 19일임진 맑음. 권언경과 함께 활을 쏘았다.

3월 20일계사 비가 내림. 식사를 마친 뒤에 우수사에게 가다가 길에서 수사 배설을 만나 배 위에서 잠시 이야기를 나누었다. 그는 밀포에 있는 둔전을 치는 곳을 살펴보러 간다고 했다. 우수사에게 가서 몹시 취했고 저물어서야 돌아왔다.

3월 21일갑오 맑음. 저녁에 아우 여필, 조카 봉, 이수원이 돌아갔다. 나주 목사(원종의)와 우후(이몽구)가 와서 만났다.

3월 22일을미 동풍이 세게 붊. 날씨가 아침에는 흐리다가 저녁에는 맑게 개었다. 세 조방장과 함께 활을 쏘았다. 우수사가 와서 함께 쏘았다. 날이 저물어서야 돌아왔다.

3월 23일병신 맑음. 아침 식사를 마친 뒤에 세 조방장, 우후와 함께 걸어 앞산 봉우리에 올랐다. 3면으로 바라보이는 앞은 막힌 곳이 없고 길은 북쪽으로만 트여 있다. 과녁을 설치했다. 자리를 닦고 앉아서 종일 돌아오는 것을 잊었다.

3월 24일정유 흐리고 바람이 없음. 공문을 처리했다. 저녁에 세 조방장과 함께 활을 쏘았다.

3월 25일무술 종일 비가 내림. 동지 권준, 우후, 남도포 만호, 나주 목사가 와서 만났다. 영광 군수도 왔다. 동지 권준과 장기를 두었는데 권준이 이겼다. 저녁에 몸이 몹시 불편했는데 닭이 울 때쯤 열이 조금 내렸다. 땀은 흐르지 않았다.

3월 26일기해 맑음. 영광 군수(정연)가 나갔다. 저녁에 조방장 신호, 박종남, 우후와 함께 활 15순을 쏘았다. 저녁에 수사 배설, 이운룡, 안위가 와서 새로 부임한 감사를 맞이할 일을 아뢰고 사량[6]으로 갔다. 밤 10시쯤에 동쪽이 어둡다가 갑자기 밝아지니 무슨 상서로운 조짐인지 모르겠다.

3월 27일경자 맑음. 식사를 마친 뒤에 우수사가 와서 종일 활을 쏘았다. 어두울 무렵에 조방장 박종남에게 가서 발포 만호, 사도 첨사, 녹도 만호를 불러 함께 이야기하다가 헤어졌다. 탐색선이 들어왔다. 표마와 종 금이가 들어와서 어머니께서 평안하시다고 알려 주었다.

3월 28일신축 맑음. 활 10순을 쏘았다. 저녁에 사도 첨사가 와서 보고하기를, "각 포구의 병부[7]를 순찰사의 공문에 따라 각 포구에 직접 나누어 주었습니다."라고 했다. 그런데 그 까닭을 모르겠다.

3월 29일임인 맑음. 식사를 마친 뒤에 두 조방장, 이운룡, 조계종이 활 23순을 쏘았다. 수사 배설이 순찰사에게서 오고 미조항 첨사(성윤문)도 진영에 왔다.

---

6) 경남 통영시 사량면.
7) 군대를 동원하는 표시로 쓰이는 나무 패.

1595년 4월

왜선 50여 척이 진해로 가다

4월 1일계묘 맑고 바람이 세게 붊. 남원 유생 김광이 수군에 관한 일로 진영에 이르렀다고 한다. 그와 이야기를 나누었다.

4월 2일갑진 맑음. 종일 공무를 보았다.

4월 3일을사 맑음. 세 조방장이 우수영의 진영으로 가고 나는 사도 첨사와 함께 활을 쏘았다.

4월 4일병오 맑음. 아침에 경상 우수사(배설)가 활을 쏘자고 청했으므로 두 조방장 권, 박과 함께 배를 타고 갔는데 전라 수사(이억기)가 먼저 와 있었다. 함께 활을 쏘고 종일 이야기하다가 돌아왔다.

4월 5일정미 맑음. 선전관 이찬이 비밀 유지[8]를 갖고 진영에 이르렀다.

4월 6일무신 종일 가랑비가 내림. 동지 권준과 함께 이야기를 나누었다.

4월 7일기유 맑음. 저물녘에 바다로 내려가서 어두울 때 견내량에 이르러 잤다. 선전관(이찬)이 돌아갔다.

4월 8일경술 맑았으나 동풍이 세게 붊. 왜적들이 밤에 도망갔다고 하므로 쳐들어가서 공격하지 않았다. 저녁에 침도에 이르러서 우수사(이억기), 경상 우수사 배설과 함께 활을 쏘았다. 여러 장수들도 와서 참여했다. 저녁에 본진으로 돌아왔다.

4월 9일신해 맑음. 조방장 박종남과 함께 활을 쏘았다.

4월 10일임자 맑음. 구화역의 역졸이 와서, "적선 3척이 또 역앞[9]에 이르렀습니다."라고 했다. 그래서 3도의 중위장들에게 각각 5척씩 배를 거느리고 견내량으로 가 왜적의 형세를 살피고 무

---

8) 승정원의 담당 승지를 통해 전달되는 왕명서(王命書).
9) 경남 통영시 광도면 노산리.

찌르게 했다.

4월 11일계축 맑음. 우수사가 찾아와서 함께 활을 쏘고 종일 이야기를 나눈 뒤에 돌아갔다. 정여흥이 들어왔다. 또 변존서의 편지를 보니 무사히 집으로 돌아갔다는 것을 알 수 있었다. 매우 기쁘다.

4월 12일갑인 맑음. 장계에 관한 회답 18통, 영의정(류성룡)과 우의정(정탁)의 편지, 자임 이축의 답장이 왔다. 군량을 독촉하는 일 때문에 아병牙兵[10)]양응원을 순천과 광양으로, 배승련을 광주와 나주로, 송의련을 흥양과 보성으로, 김충의를 구례와 곡성으로 보냈다. 3도의 중위장 성윤문, 김완, 이응표가 견내량에서 돌아와서 왜적이 물러갔다고 보고했다. 경상 우수사 배설은 밀포로 갔다.

4월 13일을묘 흐리고 비가 내림. 세 조방장이 함께 왔다. 장계와 편지 4통을 봉해서 거제 군관 편에 올려 보냈다. 저녁에 고성 현령 조응도가 와서 왜적에 대해 말했다. 또한 거제에 있는 왜적이 웅천에 군사를 청해서 야간에 습격하려 한다고 말했다. 비

---

10) 본영(本營)에서 대장을 수행하던 병사. 군사의 일종.

록 모두 믿을 수는 없지만 어쩌면 그럴 수도 있을 것이다.

4월 14일병진 잠시 비가 내림. 아침에 흥양 현감이 교서에 숙배했다.

4월 15일정사 흐림. 여러 가지 장계와 단오절의 진상품을 봉해 올렸다.

4월 16일무오 종일 큰비가 내림. 비가 흡족하게 오니, 올해 농사는 큰 풍년이 들 것 같다.

4월 17일기미 맑았으나 북동풍이 세게 붊. 식사를 마친 뒤에 동헌에 나가서 세 조방장과 활 15순을 쏘았다. 경상 우수사 배설이 왔다가 해평장의 둔전을 경작하는 곳으로 갔다. 미조항 첨사도 와서 활을 쏘고 돌아갔다.

4월 18일경신 맑음. 식사를 마친 뒤에 동헌에 나가서 우수사(이억기), 경상 우수사 배설, 가리포 첨사(이응표), 미조항 첨사(성윤문), 웅천 현감(이운룡), 사도 첨사(김완), 경상 우후 이의득, 발포 만호(황정록) 등 3도의 장수가 모두 모여서 활을 쏘았다. 권준과 신호, 두 조방장도 함께 왔다.

4월 19일신유 맑음. 조방장 박종남이 적을 수색하고 토벌하는 일로 배를 탔다.

4월 20일임술 맑음. 저녁에 우수사에게 가서 조용히 이야기를 하고 돌아왔다. 이영남이 장계에 관한 왕의 회답을 갖고 내려왔는데, 남해 현령을 효수[11]하라는 것이었다.

4월 21일계해 맑았으나 바람이 세게 붊. 대청에 나갔다. 활 10순을 쏘았다.

4월 22일갑자 맑음. 오후에 미조항 첨사(성윤문), 웅천 현감(이운룡), 적량 만호 고여우, 영등포 만호 조계종과 두 조방장이 함께 왔다. 그래서 정사준[12]이 보낸 술과 고기를 함께 먹었다. 남해 현령이 군령을 어겼으니 목을 베어 매달라는 글을 보았다.

4월 23일을축 맑음. 남풍이 세게 불어서 배를 운항할 수가 없었으므로 수루에 앉아서 공무를 보았다.

4월 24일병인 맑음. 이른 아침에 아들 울, 조카 뇌, 완을 어머니

---

11) 죄인의 목을 베어 높은 곳에 매달아 놓음. 또는 그런 형벌.
12) 판관 정승부의 아들.

생신에 상을 차려 드릴 일로 보냈다. 낮 12시에 강천석이 달려 와서 보고하기를, "도망친 왜인 망기시로(손사랑)가 우거진 풀 속에 엎드려 있다가 잡혀 왔고, 다른 한 놈은 물에 빠져 죽었습니다."라고 했다. 곧 그놈을 데리고 오게 하고 3도에 나누어 맡긴 항복한 왜인들을 모두 불러 놓고는 곧바로 목을 베도록 했다. 그러자 망기시로는 조금도 두려워하는 기색 없이 죽으러 나왔다. 참으로 독한 놈이다.

4월 25일정묘 맑고 바람도 없음. 구화역 역졸 득복이 경상 우후(이의득)의 보고를 갖고 왔는데, "왜적의 대선, 중선, 소선 50여 척이 웅천에서 나와서 진해[13)]로 향합니다."라는 것이었다. 그래서 오수 등을 보내 정탐을 하게 했다. 흥양 현감이 와서 만났다. 사량 만호 이여념이 아뢰고 돌아갔다. 아들 회와 조카 해가 들어와서, "어머니께서는 평안하십니다."라고 하니 다행이다.

4월 26일무진 맑음. 새벽에 우수사와 조방장 신호가 자신들에게 소속된 배 20여 척을 거느리고 적군을 탐색하러 나갔다. 저녁에 종지 권준, 흥양 현감(배흥립), 사도 첨사(김완), 여도 만호(김인영)와 함께 활 20순을 쏘았다.

---

13) 경남 마산시 합포구 진동면 진동리.

4월 27일기사 맑고 바람도 없음. 몸이 불편하다. 동지 권준, 미조항 첨사(성윤문), 영등포 만호(조계종)가 와서 함께 활 10순을 쏘았다. 한밤중에 우수사가 적을 수색하고 토벌하러 나갔다가 진영으로 돌아왔다. 우수사가 보고하기를, "어디에도 적의 자취는 없었습니다."라고 했다.

4월 28일경오 맑음. 식사를 마친 뒤에 동헌에 나가서 공무를 보았다. 우수사와 경상 우수사가 와서 활을 쏘았다. 송덕일이 하동 현감(성천유)을 잡으러 왔다.

4월 29일신미 새벽 2시쯤에 비가 내리더니 아침 6시쯤에 깨끗이 갬. 해남 현감(최위지)이 공사례[14]를 마친 뒤에, 하동 현감은 정해진 날짜를 두 번이나 지키지 않은 죄로 곤장 90대를 때렸고, 해남 현감은 곤장 10대를 때렸다. 미조항 첨사는 휴가를 떠나겠다고 아뢰었다. 세 조방장과 함께 이야기를 나누었다. 노윤발이 미역 아흔아홉 다발을 캐어 왔다.

4월 30일임신 맑음. 활 10순을 쏘았다.

---

14) 공적인 인사와 사적인 인사.

1595년 5월

왜적의 목을 베도록 하다

5월 1일계유 바람이 세게 불고 비가 내림.

5월 2일갑술 맑음. 아침에 바람이 몹시 사납게 불었다. 웅천 현감, 거제 현령, 영등포 만호, 옥포 만호가 와서 만났다. 밤 10시쯤에 탐색선이 들어와서, "어머니께서는 평안하십니다."라고 했다. 종사관은 벌써 본영에 이르렀다고 한다.

5월 3일을해 맑음. 활 15순을 쏘았다. 해남 현감이 와서 만났다. 금갑도 만호가 진영에 이르렀다.

5월 4일병자 맑음. 오늘이 어머니 생신이다. 몸소 나아가서 잔을 올리지 못하고 홀로 바다에 앉아 있으니 그 슬픔을 어찌 다 말하겠는가. 저녁에 활 15순을 쏘았다. 해남 현감이 아뢰고 돌아갔다. 아들의 편지에는, "요동의 왕작덕이 고려 왕씨의 후예로서 군사를 일으키고자 합니다."라고 쓰여 있었다. 참으로 놀랄 일이다.

5월 5일정축 비가 내림. 오후 6시쯤 잠시 갬. 활 3순을 쏘았다. 우수사, 경상 우수사, 여러 장수들이 모두 모였다. 오후 5시에 종사관 류공진이 들어왔다. 이충일, 최대성, 신경황이 함께 왔다. 몸이 춥고 불편했으며 아파서 토하고 잤다.

5월 6일무인 맑고 바람도 없음. 아침에 종사관이 교서에 숙배한 뒤에 공사례를 받고 함께 이야기했다. 저녁에 활 20순을 쏘았다.

5월 7일기묘 맑음. 아침에 종사관(류공진), 우후(이몽구)와 함께 이야기를 나누었다.

5월 8일경진 흐렸으나 비는 내리지 않음. 아침 식사를 마친 뒤에 출항해 3도가 다 함께 선인암[15]으로 들어가서 이야기를 나누고 경치도 구경하며 활도 쏘았다. 오늘 방답 첨사(장린)가 들어

---

15) 경남 통영시 한산면 하소리 하포.

와서 아들들의 편지를 전했는데, "4일에 종 춘세가 실수로 불을 냈는데 불이 번지는 바람에 집 10채가 모두 타 버렸습니다. 다행히 어머니께서 계신 집에는 불이 붙지 않았습니다."라고 쓰여 있었다. 정말 다행이다. 어둡기 전에 배를 돌려서 진영으로 돌아왔다. 종사관과 우후는 방을 붙이는 일로 뒤떨어졌다.

5월 9일신사 맑음. 아침 식사를 마친 뒤에 종사관이 돌아갔다. 우후도 함께 갔다. 활 20순을 쏘았다.

5월 10일임오 맑음. 활 20순을 쏘았는데 많이 적중했다. 종사관 등이 영문에 이르렀다고 했다.

5월 11일계미 저녁에 비가 내림. 두치[16]의 군량, 남원, 순창, 옥과 등에서 모두 합해 68섬을 실어왔다.

5월 12일갑신 궂은비가 그치지 않다가 저녁에 잠시 갬. 대청에 나가서 공무를 보았다. 동지 권준과 조방장 신호가 함께 왔다.

5월 13일을유 비가 퍼붓듯이 내림. 종일 그치지 않음. 혼자 대청

16) 경남 하동군 하동읍 두곡리.

가운데에 앉아 있으니 온갖 생각이 끝이 없다. 배영수를 불러내어 거문고를 타게 했다. 또 세 조방장을 불러서 함께 이야기를 나누었다. 하루면 도착할 탐색선이 엿새나 지나도 오지 않으니 어머니의 안부를 알 수가 없다. 속이 타 들어간다. 걱정이 많이 된다.

5월 14일병술 궂은비가 그치지 않고 종일 내림. 아침 식사를 마친 뒤에 동헌에 나가서 공무를 보았다. 사도 첨사가 와서 보고하기를, "흥양 현감이 끌고 간 전선이 암초에 걸려서 뒤집혔습니다."라고 했다. 그래서 대장 최벽, 십호선 장수, 도훈도를 잡아다가 곤장을 쳤다. 동지 권준이 왔다.

5월 15일정해 궂은비가 지척을 분간하지 못할 정도로 많이 내림. 새벽꿈이 매우 어수선했다. 어머니의 소식을 듣지 못한 지 벌써 7일이나 되니 몹시 속이 타고 걱정이 된다. 또 조카 해가 잘 갔는지도 궁금하다. 아침 식사를 마친 뒤에 동헌에 나가서 공무를 보았다. 광양의 김두검이 복병으로 나갔을 때, 순천과 광양, 두 고을의 수령에게서 이중으로 월급을 받은 일 때문에 그에 관한 벌로 수군으로 오게 되었다. 그러나 그는 칼과 활도 없이 나왔을 뿐만 아니라 그 태도가 무척이나 오만했으므로 곤장 70대를 쳤다. 저녁에 우수사가 술을 갖고 와서 마시고는 몹시 취해 돌아갔다.

5월 16일무자 흐렸으나 비는 내리지 않음. 아침에 탐색선이 들어왔다. 어머니께서는 편안하시다고 한다. 아내는 집에 불이 난 뒤에 마음의 상처를 매우 크게 받았다고 한다. 또한 가래와 기침이 더 심해졌다고 하니 걱정이 된다. 비로소 조카 해 등이 잘 도착한 줄을 알았다. 활 20순을 쏘았는데, 동지 권준이 잘 맞추었다.

5월 17일기축 맑음. 아침에 나가 본영의 각 배에 사부, 격군 등 월급을 받은 사람들을 점고했다. 저녁에 활 20순을 쏘았는데, 박과 권 두 조방장이 잘 맞추었다. 오늘은 쇳물을 부어서 소금을 굽는 가마솥 하나를 만들었다.

5월 18일경인 맑음. 충청 수사가 진영에 이르렀다. 결성 현감(손안국), 보령현감, 서천만호(소희익)를 거느리고 왔다. 충청 수사가 교서에 숙배한 뒤에 세 조방장과 함께 이야기를 나누었다. 저녁에 활 10순을 쏘았다. 거제 현령이 와서 만나고 그대로 잤다.

5월 19일신묘 맑았으나 동풍이 차게 붊. 아침 식사를 마친 뒤에 권, 박, 신 세 조방장과 사도, 방답 두 첨사와 함께 활 30순을 쏘았다. 수사 선거이도 와서 함께 쏘았다. 저녁에 쇳물을 부어 소금을 굽는 가마솥 하나를 만들었다.

5월 20일임진 비바람이 저녁 내내 불고 밤새도록 멎지 않음. 아침 식사를 마친 뒤에 공무를 보았다. 수사 선거이, 조방장 권준과 함께 장기를 두었다.

5월 21일계사 흐림. 오늘은 꼭 본영에서 누가 올 것이겠지만 당장 어머니의 안부를 모르니 답답하다. 종 옥이 무재를 본영으로 보냈다. 전복, 밴댕이 젓갈, 어란 몇 점을 어머니께 보냈다. 아침에 동헌에 나가서 공무를 보았다. 항복한 왜인들이 와서 보고하기를, "저희와 같은 또래 중에 산소라는 놈이 있는데 흉측한 짓거리를 많이 하고 다니므로 죽이겠습니다."라고 했다. 그래서 그들을 시켜 왜인 산소의 목을 베게 했다. 활 20순을 쏘았다.

5월 22일갑오 맑고 화창함. 동지 권준 등과 함께 활 20순을 쏘았다. 이수원이 한양에 올라갈 일로 들어왔다. 비로소 어머니께서 편안하시다는 것을 알았다. 다행이다.

5월 23일을미 맑음. 세 조방장과 함께 활 15순을 쏘았다.

5월 24일병신 맑음. 아침에 이수원이 장계를 갖고 나갔다. 조방장 박종남과 충청 수사 선거이를 시켜서 활을 쏘게 했다. 쇳물을 부어서 소금을 굽는 가마솥을 만들었다.

5월 25일정유 아침에는 맑았으나 저녁에는 비가 내림. 경상 우수사, 우수사, 충청 수사가 모여서 함께 활 9순을 쏘았다. 충청 수사가 술을 내어 마셨다. 몹시 취해서 헤어졌다. 경상 우수사 배설에게서 김응서가 여러 차례 대간[17]들에게 혹평을 받고 있으며, 원수도 그 가운데에 끼어 있다는 말을 들었다.

5월 26일무술 저녁에 갬. 혼자 대청에 앉아 있었다. 충청 수사, 세 조방장과 함께 종일 이야기를 나누었다. 저녁에 현덕린이 들어왔다.

5월 27일기해 맑음. 활 10순을 쏘았다. 수사 선거이와 두 조방장이 취해 돌아갔다. 정철이 한양에서 진영으로 왔다. 장계에 관한 회답 중에는, "김응서가 함부로 강화에 대해 한 말이 죄가 되었습니다."라는 내용이 많이 있었다. 영의정(류성룡)과 좌의정(김응남)의 편지가 왔다.

---

17) 사헌부와 사간원.

5월 28일경자 흐리다가 저녁에는 비가 많이 내림. 밤에 바람이 세게 불어서 전선들을 안정시킬 수가 없었는데 간신히 지켜 냈다. 식사를 마친 뒤에 수사 선거이, 세 조방장과 함께 이야기를 나누었다.

5월 29일신축 비바람이 그치지 않고 종일 붊. 사직의 위엄과 영험에 힘입어서 겨우 작은 공로를 세웠는데, 임금의 총애와 영광이 너무 커서 분에 넘친다. 장수의 직책을 띤 몸으로 티끌만 한 공로도 바치지 못했으니, 입으로는 교서를 외우고 있지만 군사를 거느리기에는 부끄러울 뿐이다.

1595년 6월

어머니의 병환이 완쾌되다

6월 초1일임인 저녁에 날이 갬. 권, 박, 신 세 조방장과 웅천 현감, 거제 현령과 함께 활 15순을 쏘았다. 충청 수사 선거이는 이질에 걸려 활을 쏘지 않았다. 본영의 서리가 새로 들어왔다.

6월 2일계묘 종일 가랑비가 내림. 식사를 마친 뒤에 대청에서 공무를 보았다. 한비가 돌아갔다. 어머니께 편지를 썼다. 영리 강기경, 조춘종, 김경희, 신홍언이 모두 당직을 마치고 나왔다. 오후에 가덕진 첨사, 천성 만호, 평산포 만호, 적량 첨사 등이 와서 만났다. 천성보 만호 윤홍년이 와서 청주의 이계의 편지와 서숙부의 편지를 전하며, 김개가 지난 3월에 죽었다고 했다. 그 슬픔을 이길 길이 없다. 저물녘에 권언경이 와서 이야기를 나누었다.

6월 3일갑진 흐렸으나 비는 내리지 않음. 식사를 마친 뒤에 동헌에 나가서 공무를 보았다. 각 보고 문서를 처리하고, 하달 공문을 내려 보냈다. 날이 저물녘에 가리포 첨사, 남도포 만호가 왔다. 권, 신 두 조방장과 방답 첨사, 사도 첨사, 여도 만호, 녹도 만호가 와서 활 15순을 쏘았다. 아침에 남해 현령이 달려와서 보고하기를, "해평군 윤두수가 남해에서 본영으로 건너옵니다."라고 했다. 그 까닭은 알 수가 없었으나 곧 배를 정비하고 현덕린을 본영으로 보냈다. 사량 만호가 와서 식량이 떨어졌다는 보고를 하고 돌아갔다.

6월 4일을사 맑음. 진주의 서생 김선명이라는 자가 계원 유사[18]가 되고 싶다고 여기에 왔다. 보증인으로 안득이라는 자를 데리고 왔다. 그의 말을 들어보니, 일을 제대로 할 수 있을지 없을지를 알기가 어려웠다. 그래서 잠시 그가 하는 짓을 보기로 하고 공문을 작성해 주었다. 세 조방장과 사도 첨사, 방답 첨사, 여도 만호, 녹도 만호가 와서 활 15순을 쏘았다. 탐색선이 오지 않으니 어머니의 안부를 알 수가 없다. 걱정이 되고 눈물이 난다.

6월 5일병오 맑음. 이 조방장 등과 함께 함께 아침을 먹는데, 자

---

18) 식량을 잇대어 주는 직책 이름.

윤 조방장(박종남)은 병으로 오지 않았다. 저녁에 우수사, 웅천 현감, 거제 현령이 와서 함께 종일 이야기를 나누었다. 낮 12시부터 비가 내려서 활을 쏘지 못했다. 나는 몸이 몹시 불편해 저녁도 먹지 않았다. 종일 속이 쓰리고 아팠다. 종 경이 들어와서, "어머니께서는 편안하십니다."라고 하니 참으로 다행이다.

6월 6일정미 종일 비가 내림. 몸이 몹시 불편하다. 송희립이 들어왔다. 그 편에 도양장의 농사 형편을 들으니, 흥양 현감(배흥립)이 매우 애를 썼기 때문에 추수가 잘 될 것이라고 했다. 계원 유사 임영도 애를 많이 쓴다고 했다. 정항이 이곳에 왔으나, 나는 몸이 불편해서 종일 앓고만 있었다.

6월 7일무신 종일 비가 내림. 몸이 몹시 불편해 신음하며 앉았다가 누웠다가 했다.

6월 8일기유 비가 내림. 몸이 좀 나은 것 같다. 저녁에 세 조방장이 와서 만났고 곤양 군수는 아버지가 세상을 떠나 급히 집으로 돌아갔다고 전했다. 매우 슬프다.

6월 9일경술 맑음. 몸이 아직도 개운하지 않다. 답답하고 걱정된다. 조방장 신호, 사도 첨사, 방답 첨사가 편을 나누어 활쏘기를 했는데 신호 편이 이겼다. 저녁에 원수 군관 이희삼이 임금의 분부를 갖고 이곳에 왔는데, 조형도가 수군 한 사람에 매일 식량 다섯 홉과 물 일곱 홉씩을 나누어 준다고 거짓으로 보고했다고 한다. 인간의 일이란 참으로 놀랍다. 세상천지에 어찌 이렇게 속이는 일이 있단 말인가. 저물녘에 탐색선이 들어와서 어머니께서 이질에 걸리셨다는 것을 알려 주었다. 걱정이 되어 눈물이 났다.

6월 10일신해 맑음. 새벽에 탐색선을 본영으로 보냈다. 저녁에 세 조방장, 충청 수사, 경상 우수사가 와서 만났다. 광주의 군량 39섬을 받았다.

6월 11일임자 가랑비가 내리고 바람이 세게 붊. 아침에 원수 군관 이희삼이 돌아갔다. 저녁에 동헌에 나가서 공무를 보았다. 광주 군량을 훔쳐간 도둑놈을 가두었다.

6월 12일계축 가랑비가 내리고 바람이 붊. 새벽에 아들 울이 들어왔다. 어머니의 병환이 좀 덜하다고 한다. 그렇지만 90세가 된 노모가 이렇게 위험한 병에 걸리셨으니 염려가 되어서 또 눈물이 난다.

6월 13일갑인 흐림. 새벽에 경상 우수사 배설을 잡아오라는 명령이 내려졌다. 그 후임으로는 권준이 임명되었다. 남해 현령 기효근은 그대로 유임되었다고 한다. 놀라운 일이다. 저녁에 경상 우수사 배설을 만나보고 돌아왔다. 날이 어두워지자 탐색선이 들어왔다. 금부도사가 이미 진영 안에 와 있다고 한다. 또 별좌[19]의 편지를 보니, 어머니의 병환이 차차 나아간다고 한다. 다행이다.

6월 14일을묘 새벽에 큰비가 내림. 사도 첨사가 활을 쏘자고 청해서 우수사와 여러 장수들이 다 모였다. 저녁에 날이 개었으므로 활 12순을 쏘았다. 저녁에 금부도사가 경상 우수사 배설을 잡아갈 일로 들어왔다. 권준을 수사로 임명한다는 조정의 공문과 유서[20]와 밀부[21]가 왔다.

6월 15일병진 맑음. 새벽에 망궐례를 행했다. 식사를 마친 뒤에 포구로 나가 배설을 떠나보냈는데 마음이 불편했다. 아들 울이 돌아갔다. 오후에는 조방장 신호와 함께 활 10순을 쏘았다.

---

19) 조선 시대에, 각 관아에 둔 정、종5품 벼슬. 교서관, 상의원, 군기시, 예빈시, 전설사, 빙고 따위에 두었음.
20) 관찰사, 절도사, 방어사 들이 부임할 때 임금이 내리던 명령서.
21) 유수, 감사, 병마도절제사, 수사, 방어사들이 차던 병부(兵符).

6월 16일정사 맑음. 나가서 공무를 보았다. 순천 7호선의 장수 장일이 군량을 훔치다가 잡혀 왔으므로 처벌했다. 오후에 두 조방장과 미조항 첨사 등과 함께 활 7순을 쏘았다.

6월 17일무오 맑았으나 바람이 종일 붊. 경상 우수사(권준), 충청 수사(선거이), 두 조방장과 함께 활을 쏘았다.

6월 18일기미 비가 오락가락 내림. 진주의 유생 유기룡과 하응문이 식량을 대어 달라고 해서 쌀 5섬을 주었다. 저녁에 조방장 박종남과 함께 활 15순을 쏘고 헤어졌다.

6월 19일경신 비가 내림. 혼자 수루에 앉아서 잠시 졸았다. 꿈속에서 아들 면이 윤덕종의 아들 윤운로와 함께 왔는데, 어머니의 편지를 전했다. 편지의 내용을 통해서 어머니의 병이 완쾌된 것을 알았다. 천만다행이다. 신홍헌 등이 와서 보리 76섬을 바쳤다.

6월 20일신유 비가 오락가락 내림. 종일 수루에 앉아 있었다. 충청 수사가 하는 말이 또렷하지 않다고 하므로 저녁에 직접 가서 보았다. 수사의 병은 중태에 이르지는 않았으나, 바람과 습기 때문에 몸이 많이 상한 듯해서 매우 걱정되었다.

6월 21일임술 맑음. 몹시 덥다. 식사를 마친 뒤에 동헌에 나가서 공무를 보았다. 신홍헌이 돌아갔다. 거제 현령은 또 왔다. 경상 우수사(권준)가 보고했는데, 평산포 만호(김축)가 몹시 위독한 병에 걸렸다고 한다. 그래서 내어보내라고 적어 보냈다.

6월 22일계해 맑음. 할머니의 제삿날이라 공무를 보지 않았다. 경상 우수사가 와서 만났다.

6월 23일갑자 맑음. 두 조방장과 함께 활을 쏘았다. 저녁에 배영수가 돌아갔다.

6월 24일을축 맑음. 우도의 각 고을과 포구의 부정한 사실들을 조사했다. 음탕한 계집 12명을 잡아다가 그 대장[22]을 함께 처벌했다. 저녁에 침을 맞았기 때문에 활을 쏘지 않았다. 허주와 조카 해가 들어왔다. 전마도 왔다. 기성백의 아들 기징헌이 그의 서숙부 기경충과 함께 왔다.

6월 25일병인 맑음. 원수의 공문이 들어왔다. "세 위장을 세 패로 나누어 보냅니다."라고 쓰여 있었다. 또 "고니시 유키나가가 왜

---

22) 조선 후기 군사 편제에서 말단 소대급의 지휘자.

국에서 건너와서 화친할 것을 이미 결정했습니다."라고도 쓰여 있었다. 저녁에 조방장 박종남과 충청 수사 선거이에게 가서 그의 병세를 살펴보았다. 그 병세가 심상치 않았다.

6월 26일정묘 맑음. 식사를 마친 뒤에 공무를 보고 활 15순을 쏘았다. 경상 우수사가 와서 만났다. 오늘이 권언경의 생일이라고 했다. 그래서 국수를 만들어서 먹고 술도 많이 마셨다. 몹시 취했다. 거문고 연주도 듣고 피리도 불다가 날이 저물어서야 헤어졌다.

6월 27일무진 맑음. 허주, 조카 해, 기운로 등이 돌아갔다. 나는 조방장 신호, 거제 현령과 함께 활 10순을 쏘았다.

6월 28일기사 맑음. 나라의 제삿날[23]이라 공무를 보지 않았다.

6월 29일경오 맑음. 아침에 동헌에 나갔다. 우수사가 와서 활 16순을 쏘았다.

6월 30일신미 맑음. 문어공이 날삼을 사들일 일로 나갔다. 이상

---

23) 명종(明宗)의 제삿날.

록도 돌아갔다. 저녁에 거제 현령, 영등포 만호가 와서 만났다. 방답 첨사, 녹도 만호, 조방장 신호가 활 15순을 쏘았다.

1595년 7월

거제의 왜적이 물러가다

7월 1일임신 잠시 비가 내림. 나라의 제삿날[24]이라 공무를 보지 않았다. 혼자 수루에 기대 나라 돌아가는 모습을 생각하니 위태롭기가 마치 아침 이슬과 같았다. 안으로는 정책을 결정할 만한 기둥 같은 인재가 없고, 밖으로는 나라를 바로잡을 주춧돌 같은 인물이 없다. 나라의 운명이 어떻게 될까. 마음이 괴롭고 어지러워서 종일 엎치락뒤치락했다.

7월 2일계유 맑음. 오늘은 돌아가신 아버지의 생신날이다. 슬픈 마음이 들어서 나도 모르게 눈물이 흘렀다. 저녁에 활 10순을 쏘고, 또 쇠로 만든 화살 5순, 짧은 화살 3순을 쏘았다.

---

24) 인종(仁宗)의 제삿날.

7월 3일갑술 맑음. 아침에 충청 수사에게 문병을 갔다. 병이 많이 나아졌다고 한다. 저녁에 경상 우수사가 이곳에 와서 서로 이야기한 뒤에 활 10순을 쏘았다. 밤 10시쯤에 탐색선이 들어왔다. 어머니께서 편안하시다고 했으나 입맛이 없으시다고 한다. 몹시 걱정이 된다.

7월 4일을해 맑음. 나주 판관이 배를 거느리고 진영으로 돌아왔다. 이전 등이 산에 올라가서 노를 만들 나무를 갖고 와서 바쳤다. 식사를 마친 뒤에 동헌에 나갔다. 미조항 첨사, 웅천 현감이 와서 활을 쏘았다. 군관들은 환각궁을 상품으로 걸고 쏘았는데 노윤발이 1등을 해 환각궁을 차지했다. 저녁에 임영, 조응복이 왔다. 양정언은 휴가를 얻어서 돌아갔다.

7월 5일병자 맑음. 동헌에 나가서 공무를 보았다. 저녁에 조방장 박종남, 조방장 신호가 왔다. 방답 첨사는 활을 쏘았다. 임영은 돌아갔다.

7월 6일정축 맑음. 정항, 금갑도 만호, 영등포 만호가 와서 만났다. 저녁에 동헌에 나가서 공무를 보고 활 8순을 쏘았다. 종 목년이 곰내에서 와서 어머니께서 편안하시다고 전했다.

7월 7일무인 흐렸으나 비는 내리지 않음. 경상 우수사, 두 조방장, 충청 수사가 왔다. 방답 첨사와 사도 첨사 등은 편을 나누어 활을 쏘았다. 경상 우병사에게 임금의 분부를 전해 들었다. "전쟁의 재앙은 나라를 참혹하게 만들고, 원수 놈들은 나라 안에 있어서 귀신도 부끄러워하고 또 백성들의 원통함이 천지에 사무쳤다. 아직도 요망한 기운을 빨리 쓸어버리지 못하고, 원수 놈들과 하늘을 함께 이고 있으니 너무나 분하다. 무릇 혈기가 있는 자라면 누구든지 팔을 걷어붙이고 원수 놈들의 살점을 저미고 싶지 않겠는가. 그런데 그대는 적과 마주하고 있는 장수로서 어찌 조정의 명령도 없이 적과 대면해 감히 함부로 말을 지껄이는가. 또 여러 차례 사사로이 편지를 보내 적의 기세를 높이고, 적에게 애교를 부리고, 수호와 강화에 대한 말을 했다. 그리하여 이러한 사실이 명나라 조정에까지 알려졌고 치욕을 남겼다. 생각하건대 이는 군율로 다스려도 전혀 지나칠 것이 없지만, 오히려 관대하게 용서하고 돈독하게 타일렀다. 그런데도 마음을 단정히 하기는커녕 오히려 고집을 더욱 심하게 부리고 스스로 죄의 구렁텅이로 빠져들었다. 내가 보기에는 몹시 해괴하고 그 까닭을 알 수가 없다. 이에 비변사의 낭청 김용을 보내 구두로 나의 뜻을 전하니, 그대는 마음을 추스르고 정신을 가다듬어 후회할 일을 하지 말라."라고 전했다. 이것을 보니 놀랍고도 죄송스러움을 가눌 길이 없다. 김응서는 도대체 어떠한 사람인가. 스스로 허물을 뉘우치고 힘쓴다는 말을 듣지도 못했는가. 만약 쓸개라도 있는 자라면 반드시 자살이라도 할 것이다.

7월 8일기묘 맑음. 식사를 마친 뒤에 동헌에 나가서 공무를 보았다. 영등포 만호, 조방장 박종남이 와서 만났다. 우수사의 군관 배영수는 자기 대장의 명령을 받들고 와서 군량 20섬을 꾸어 갔다. 동래 현감 정광좌가 와서 부임했다고 아뢰기에 활 10순을 쏘고 헤어졌다. 종 목년이 돌아왔다.

7월 9일경진 맑음. 오늘은 말복이다. 가을 기운이 완연해지니 마음속에 쓸쓸한 생각이 많이 일어난다. 미조항 첨사가 와서 만났다. 웅천 현감과 거제 현령이 활을 쏘고 갔다. 밤 10시쯤에 바다 위의 달빛이 수루에 가득 차니 많은 생각들이 어지러이 일어나서 수루 주위를 어슬렁거렸다.

7월 10일신사 맑음. 몸이 몹시 불편하다. 저녁에 우수사를 만나 함께 이야기를 나누었다. 식량이 떨어졌는데도 아무런 계책이 없다는 말을 많이 했다. 무척 답답하고 괴롭다. 조방장 박종남도 왔다. 술을 두어 잔 마셨더니, 몹시 취했다. 밤이 깊어져서 수루에 누웠다. 초생달 빛이 수루에 가득 찼다. 떠오르는 온갖 감정들을 억누를 수가 없었다.

7월 11일임오 맑음. 아침에 어머니께 편지를 쓰고 여러 곳에 편지를 써서 보냈다. 무재, 박영이 신역[25] 때문에 나갔다. 나가서 공무를 보고 활 10순을 쏘았다.

7월 12일계미 맑음. 아침 식사를 마친 뒤에 경상 우수사가 와서 만났다. 그와 함께 활 10순, 쇠로 만든 화살 5순을 쏘았다. 해질 무렵에 서로 이야기를 나누다가 물러갔다. 가리포 첨사도 와서 함께 했다.

7월 13일갑신 맑음. 가리포 첨사와 우수사가 함께 왔다. 가리포 첨사가 술을 바쳤다. 활 5순, 쇠로 만든 화살 2순을 쏘았다. 나는 몸이 매우 불편했다.

7월 14일을유 저녁에 갬. 군사들에게 휴가를 주었다. 녹도 만호 송여종으로 하여금 사망한 군졸들의 제사를 지내도록 쌀 2섬을 주었다. 이상록, 태구련, 공태원 등이 들어왔다. 어머니께서 병이 나아 평안하시다고 한다. 이 얼마나 다행인가.

7월 15일병술 맑음. 저녁에 동헌에 나가 박, 신 두 조방장과 방답

---

25) 나라에서 성인 장정에게 부과하던 군역과 부역.

첨사, 여도 만호, 녹도 만호, 보령 현감, 결성 현감, 이언준 등과 함께 활을 쏘고 술을 마셨다. 경상 우수사도 와서 함께 이야기했다. 경상 우수사와 씨름 시합을 했다. 정항이 왔다.

7월 16일정해 맑음. 아침에 들으니 김대복의 병세가 몹시 위태롭다고 한다. 매우 걱정스럽다. 곧 송희립과 류홍근을 시켜서 간호하게 했으나 무슨 병인지를 알지 못하니 매우 답답하다. 저녁에 동헌에 나가서 공무를 보았다. 순천 부사 정석주와 영광 도훈도 주문상을 처벌했다. 원수에게 보내는 공문과 병사에게 보내는 공문의 초안을 잡아서 주었다. 미조항 첨사(성윤문)와 사도 첨사(김완)가 휴가 신청서를 제출했다. 이에 성 첨사에게는 열흘, 김 첨사에게는 사흘을 주어 보냈다. 녹도 만호는 유임시킨다는 병조의 공문이 내려왔다.

7월 17일무자 비가 내림. 거제 현령이 달려와서 보고하기를, "거제에 있던 왜적들이 모두 철수했습니다."라고 했다. 그래서 곧 정항에게 가 보도록 했다. 동헌에 나가서 공무를 보았다. 내일 배를 출항할 일에 대해 명령했다.

7월 18일기축 맑음. 아침에 동헌에 나가서 박, 신 두 조방장과 함께 아침 식사를 했다. 오후에 출항해 지도[26]에 이르러 정박하고 밤을 보냈다. 자정에 거제 현령이 와서 말하기를, 장문포의 왜적 소굴은 이미 텅텅 비어 버렸고 다만 30명 정도만이 남아 있다고 했다. 또 사냥하는 왜인을 만나 활을 쏘아 죽이고 한 놈은 사로잡았다고 했다. 새벽 2시쯤에 출항해 견내량으로 돌아왔다.

7월 19일경인 맑음. 우수사, 경상 우수사, 충청 수사, 두 조방장과 함께 이야기를 하고서 헤어졌다. 오후 4시쯤에 진영으로 돌아왔다. 당포 만호는 추작[27]할 때 나타나지 않은 죄가 있기 때문에 곤장을 쳤다. 김대복의 병세를 가서 보았다.

7월 20일신묘 흐림. 두 조방장과 함께 아침 식사를 했다. 저물녘에 거제 현령과 전 진해 현감 정항이 왔다. 오후에 동헌에 나가서 공무를 보고 활 5순, 쇠로 만든 활 4순을 쏘았다. 좌병사의 군관이 편지를 갖고 왔다.

7월 21일임진 바람이 세게 불고 비가 내림. 우후가 들어온다고 들었다. 식사를 마친 뒤에 태구련과 언복이 만든 환도를 충청 수사와 두 조방장에게 한 자루씩 나누어 주었다. 저물녘에 아들

26) 경남 통영시 용남면.
27) 죄인을 붙잡아 오는 일.

울과 회, 우후가 같은 배를 타고 섬 밖에 도착했다. 아들 2명만 들어왔다.

7월 22일계사 흐리고 바람이 세게 붊. 이충일이 그의 부친의 별세 소식을 듣고 달려 나갔다.

7월 23일갑오 맑음. 저녁에 말을 타고 달리려고 원두구미[28]로 갔다. 두 조방장과 충청 수사도 왔다. 저녁에 작은 배를 타고 돌아왔다.

7월 24일을미 맑음. 나라의 제삿날[29]이라 공무를 보지 않았다. 충청 수사가 와서 이야기를 나누었다.

7월 25일병신 맑음. 충청 수사의 생일이라 음식을 마련해 왔다. 우수사, 경상 우수사, 조방장 신호 등과 함께 술을 마시고 취해 많은 이야기를 나누었다. 저녁에 조방장 정응운이 왔다.

7월 26일정유 맑음. 아침에 정영동, 윤엽, 이수원 등과 흥양 현감이 들어왔다. 식사를 마친 뒤에 우수사와 충청 수사도 와서 조

---

28) 경남 통영시 한산면 염호리 역졸포.
29) 도조(度祖)의 제삿날.

용히 이야기를 나누었다.

7월 27일무술 맑음. 어사의 공문이 들어왔다.

7월 28일기해 맑음. 아침 식사를 마친 뒤에 배로 내려가서 3도를 모두 합해 포구 안에 진을 쳤다. 오후 2시쯤에 어사 신식이 진영에 왔다. 곧 대청으로 내려가서 이야기를 나눈 뒤에 각 수사와 세 조방장을 초청해 함께 이야기를 나누었다.

7월 29일경자 흐리고 바람이 세게 붊. 어사(신식)가 좌도에 소속된 다섯 포구의 부정을 조사하고 점고했다. 저녁에 이곳에 와서 조용히 이야기를 나누었다.

1595년 8월

임금의 뜻을 확인하다

8월 1일신축 비바람이 세게 붊. 어사(신식)와 함께 식사를 마친 뒤에 배로 내려가서 순천 등 다섯 고을의 배를 점검했다. 날이 저물자 어사가 있는 곳으로 내려가 함께 이야기를 나누었다.

8월 2일임인 흐림. 우도의 전선을 점고한 뒤에 그대로 남도포 막사에 머물렀다. 공무를 본 뒤에 나가서 충청 수사와 함께 이야기를 나누었다.

8월 3일계묘 맑음. 어사는 저물녘에 경상도의 진영으로 가서 점고했다. 저녁에 경상도의 진영으로 가서 함께 이야기를 나누었는데 몸이 불편해서 곧 돌아왔다.

8월 4일갑진 비가 내림. 어사가 이곳에 와서 여러 장수들을 모아 놓고 종일 이야기를 나눈 뒤에 헤어졌다.

8월 5일을사 흐렸으나 비는 내리지 않음. 아침에 어사와 작별 인사를 하려고 충청 수사가 있는 곳으로 갔다. 어사를 전별[30]하고 나서 조방장 정응운이 돌아갔다.

8월 6일병오 비가 흠뻑 쏟아짐. 우수사, 경상 우수사, 두 조방장이 모여서 함께 종일 이야기를 한 뒤에 헤어졌다.

8월 7일정미 비가 내림. 아침에 아들 울, 허주, 현덕린, 우후(이몽구)가 함께 배를 타고 나갔다. 저녁에 두 조방장, 충청 수사와 함께 이야기를 나누었다. 저녁에 표신을 가진 선전관 이광후가 임금의 분부를 갖고 왔다. "원수는 3도 수군을 거느리고 바로 적의 소굴로 들어가라."라는 것이었다. 그와 함께 이야기를 나누며 밤을 새웠다.

8월 8일무신 비가 내림. 선전관이 나갔다. 경상 우수사, 충청 수사, 두 조방장과 함께 이야기를 하다가 함께 저녁을 먹었다. 날

30) 잔치를 베풀어 작별한다는 뜻으로, 보내는 쪽에서 예를 차려 작별함을 이르는 말.

이 저물자 각각의 처소로 돌아갔다.

8월 9일기유 서풍이 세게 붊.

8월 10일경술 맑음. 몸이 불편했다. 혼자 수루에 앉아 있으니 여러 가지 생각이 다 떠오른다. 저녁에 동헌에 나가서 공무를 보고 난 뒤에 활 5순을 쏘았다. 정제와 결성 현감(손안국)이 함께 배를 타고 나갔다.

8월 11일신해 비가 오락가락 내림. 종 한경이 본영으로 갔다. 배영수, 김응겸이 활쏘기 시합을 했는데 김응겸이 이겼다.

8월 12일임자 흐림. 아침에 일찍 동헌에 나가서 공무를 보았다. 저녁에 두 조방장과 함께 활을 쏘았다. 김응겸이 경상 우수사에게 갔다가 돌아올 때 우수사(이억기)에게 들러서 뵙고 활쏘기 시합을 했는데, 배영수가 또 졌다고 했다.

8월 13일계축 종일 비가 내림. 장계의 초고를 고치고 공문을 처리했다. 독수가 왔는데, 그를 통해 도양장[31)]의 둔전에 관한 이

31) 전남 고흥군 도양면.

야기를 들을 수 있었다. 이기남이 하는 짓이 매우 괴상하므로 우후더러 달려가서 부정 사실을 조사하도록 공문을 만들어 보냈다.

8월 14일갑인 종일 비가 내림. 진해 현감 정항과 조계종(영등포 만호)이 와서 이야기를 나누었다.

8월 15일을묘 새벽에 망궐례를 행했다. 우수사(이억기), 가리포 첨사(이응표), 임치 현감(홍견) 등 여러 장수들이 함께 왔다. 오늘 3도의 사수와 본도의 잡색군[32]을 먹이고 종일 여러 장수들과 함께 마시며 취했다. 오늘 밤에는 으스름한 달빛이 수루에 비치니 잠을 이룰 수가 없었다. 밤새도록 휘파람을 불고 시를 읊었다.

8월 16일병진 궂은비가 종일 부슬부슬 내림. 생각이 몹시 어지럽다. 두 조방장과 함께 이야기를 나누었다.

8월 17일정사 가랑비가 내리고 동풍이 붊. 새벽에 김응겸을 불러서 일에 대해 물었다. 저녁에 동헌에 나가서 공무를 보았다. 두

---

32) 잡다한 임무를 맡은 군인.

조방장과 함께 이야기하고 활 10순을 쏘았다.

8월 18일무오 궂은비가 종일 내림. 신, 박 두 조방장이 와서 함께 이야기를 나누었다.

8월 19일기미 날씨가 활짝 갬. 두 조방장, 방답 첨사와 함께 활을 쏘았다. 밤 10시쯤에 조카 봉, 아들 회, 울이 들어왔다. "체찰사(이원익)가 21일에 진주성에 도착할 것이고 군사에 관한 일을 묻고자 체찰사의 군관이 들어왔습니다."라고 했다.

8월 20일경신 맑음. 종일 체찰사의 전령을 기다렸으나 오지 않았다. 경상 우수사 권준, 우수사(이억기), 발포 만호(황정록)가 와서 만났다. 밤 10시쯤에 체찰사의 명령이 내려왔다. 자정에 배를 타고 곤이도[33]에 이르렀다.

8월 21일신유 흐림. 저녁에 소비포[34] 앞바다에 이르니 전라 순찰사(홍세공)의 군관 이준이 공문을 갖고 왔다. 강응표와 오계성이 함께 와서 함께 1시간 남짓 이야기했다. 경수(이억기의 자字), 권언경, 자윤(박종남의 자字), 언심(신호의 자字)에게 편지를 썼다.

---

33) 경남 통영시 산양면 곤리도.
34) 경남 고성군 하이면 덕명포.

저물녘에 사천 땅 침도[35]에 이르러 잤다. 밤에 몸은 몹시 차가웠고 마음은 쓸쓸했다.

8월 22일임술 맑음. 이른 아침에 각종 공문을 만들어서 체찰사에게 보냈다. 아침을 먹은 뒤에 걸어서 사천현에 이르렀다. 오후에 진주 남강가에 이르니 체찰사는 벌써 진주에 들어왔다고 했다.

8월 23일계해 맑음. 체찰사가 있는 곳으로 가서 조용히 이야기하는 사이에 백성의 고통을 덜어주어야겠다는 생각이 많이 들었다. 호남 순찰사는 헐뜯어 말하는 기색이 많으니, 한탄스럽다. 저녁에 나는 김응서와 함께 촉석루에 이르러서 장병들이 패전해 죽은 곳을 보았다. 슬픔과 분함을 이길 수가 없었다. 체찰사가 나에게 먼저 가라고 했으므로 배를 타고 소비포로 돌아와 정박했다.

8월 24일갑자 맑음. 새벽에 소비포 앞에 이르니 고성 현령 조응도가 와서 알현했다. 소비포 앞바다에서 잤다. 체찰사, 부사(김륵), 종사관(노경임)도 잤다.

---

35) 경남 삼천포 신수도.

8월 25일을축 맑음. 일찍이 식사를 마친 뒤에 체찰사, 부사, 종사관은 내가 탄 배를 함께 타고 오전 8시쯤에 출항했다. 함께 서서 여러 섬들과 여러 진을 돌면서 합칠 곳과, 또 왜적과 싸울 만한 곳 등을 손가락으로 가리켜 보이면서 종일 의논했다. 곡포[36]는 평산포[37]에 합하고, 상주포[38]는 미조항[39]에 합하고, 적량[40]은 삼천포[41]에 합하고, 소비포[42]는 사량[43]에 합하고, 가배량[44]은 당포[45]에 합하고, 지세포[46]는 조라포[47]에 합하고, 제포[48]는 웅천에 합하고, 율포[49]는 옥포[50]에 합하고, 안골포는 가덕진[51]에 합하기로 결정했다. 저녁에 진중에 이르러 여러 장수들이 교서에 숙배하고 서로 인사를 한 다음에 헤어졌다.

---

36) 경남 남해군 이동면 화계리.
37) 경남 남해군 남면 평산리.
38) 경남 남해군 상주면 상주리.
39) 경남 남해군 미조면 미조리.
40) 경남 남해군 창선면 진동리.
41) 경남 사천시 삼천포.
42) 경남 고성군 하이면 덕명포.
43) 경남 통영시 사량면 금평리.
44) 경남 거제시 도산면 노전동.
45) 경남 통영시 산양면 삼덕리.
46) 경남 거제시 일운면 지세포리.
47) 경남 거제시 일운면 구조라리.
48) 경남 진해시 웅천 1동.
49) 경남 거제시 장목면 대금리.
50) 경남 거제시 옥포동.
51) 부산시 강서구 천가동.

8월 26일병인 맑음. 저녁에 부사(김륵)와 만나 은밀히 이야기를 나누었다.

8월 27일정묘 맑음. 군사 5,480명에게 밥을 먹였다. 저녁에 상봉에 이르러서 적진이 있는 곳과 적이 다니는 길을 손가락으로 가리켜 보였다. 바람이 몹시 사나웠다. 밤을 틈타 도로 내려왔다.

8월 28일무진 맑음. 이른 아침에 체찰사, 부사, 종사관과 함께 수루에 앉아 여러 가지 잘못된 문제들을 의논했다. 식사하기 전에 배로 내려와서 배를 타고 나갔다.

8월 29일기사 맑음. 아침에 일찍 동헌에 나가서 공무를 보았다. 경상 우수사가 체찰사가 머무르고 있는 곳에서 왔다.

1595년 9월

아끼던 사람과 이별하다

9월 1일경오 맑음. 새벽에 망궐례를 행했다. 탐색선이 들어왔다. 우후가 도양장에 있다가 본영에 이르렀다. 공문을 가지고 와서 바쳤는데, 정사립을 해치는 뜻이 많이 있어서 가소로웠다. 종사관(류공진)은 몸이 아프다고 하면서 돌아가고자 했으므로 몸을 보살피도록 조치해서 보냈다.

9월 2일신미 맑음. 새벽에 지휘선을 출항시켰다. 재목을 끌어내릴 군사 1,283명에게 밥을 먹이고서 그 일을 하도록 했다. 충청수사, 우수사, 경상 우수사, 두 조방장과 함께 이르러 종일 이야기를 나누고 헤어졌다.

9월 3일임신 맑고 동풍이 세게 붊. 아우 여필과 아들 울과 유헌이 돌아갔다. 강응호가 도양장의 추수할 일 때문에 함께 돌아갔다. 정항, 우수, 이섬이 왜적을 정탐하고 들어왔다. "영등포 적진은 2일에 주둔하고 있었던 진영을 비우고 누각과 모든 소굴을 불살라 버렸다."라고 했다. 웅천에서 왜적에게 항복해 왜인들에게 붙었던 사람 공수복 등 17명을 데리고 왔다.

9월 4일계유 맑음. 경상 우수사가 와서 보기를 청해서 종일 이야기를 나누고 돌아갔다. 아우 여필, 아들 울 등이 잘 갔는지를 알 수가 없으니 몹시 궁금하다.

9월 5일갑술 맑음. 아침에 경상 우수사 권준이 소고기를 조금 보냈다. 충청 수사, 조방장 신호와 함께 식사를 마친 뒤에 신 조방장, 충청 수사 선거이와 함께 같은 배로 경상 우수사가 있는 곳으로 가서 종일 이야기를 나누고 저물어서야 돌아왔다. 이날 체찰사의 공문이 왔는데 순천, 광양, 낙안, 흥양의 작년분(1594년 갑오년) 전세[52]를 실어 오라는 것이었다. 그래서 곧 답장했다.

9월 6일을해 맑았으나 바람이 세게 붊. 충청 수사가 술을 바치므로 우수사, 두 조방장이 와서 함께 마셨다. 송덕일이 들어왔다.

---

52) 전조(田租)를 받는 사람이 다시 국가에 납부하는 세. 전조의 약 1/10, 수확량의 약 1/100을 냄.

9월 7일병자 맑음. 식사를 마친 뒤에 경상 우수사가 와서 만났다. 충청도 병영의 배와 서산, 보령의 배를 내보냈다.

9월 8일정축 맑음. 나라의 제삿날[53]이라 공무를 보지 않았다. 식사를 마친 뒤에 아들 회와 송덕일이 같은 배를 타고 나갔다. 충청 수사, 두 조방장이 와서 이야기를 나누었다.

9월 9일무인 맑음. 우수사와 여러 장수들이 모두 모였다. 본영의 군사들에게 떡 1섬을 나누어 주었다. 초저녁에 일을 마치고 돌아왔다.

9월 10일기묘 맑음. 오후에 충청 수사, 두 조방장과 함께 우수사가 있는 곳으로 가서 함께 이야기를 나누었다. 밤이 되어서야 돌아왔다.

9월 11일경진 흐림 몸이 몹시 불편해 공무를 보지 못했다.

9월 12일신사 흐림. 아침에 충청 수사와 두 조방장을 초청해 함께 아침을 먹고 좀 늦게 헤어져 돌아왔다. 저녁에 경상 우수사,

---

53) 세조(世祖)의 제삿날.

우후, 정항이 술을 갖고 와서 함께 마시며 이야기를 나누고 밤이 늦어서야 헤어졌다.

9월 13일임오 맑음. 수루에 기대어 혼자 앉아 있었다. 마음이 편하지 않았다.

9월 14일계미 맑음. 저녁에 동헌에 나가서 공무를 보았다. 우수사, 경상 우수사가 함께 와서 이별의 술잔을 들었다. 깊은 밤이 되어서야 헤어졌다. 수사 선거이와 작별하며 지은 시는 다음과 같다.

북쪽에 갔을 때 즐거움과 고생을 함께했고
남쪽에 왔을 때 삶과 죽음을 함께하는구나.
오늘 밤 이 달빛 아래에서 한 잔의 술을 나누고 나면
내일은 우리 서로 헤어져야 함을 아쉬워하겠구나.

9월 15일갑신 맑음. 수사 선거이가 와서 아뢰고 돌아간다고 했다. 헤어짐이 아쉬워서 이별주을 마시고 헤어졌다.

9월 16일을유 맑음. 동헌에 나가서 공무를 보았다. 장계를 써서 봉했다. 이날 저물녘에 월식이 일어났다. 밤이 되자 달이 한층 밝아졌다.

9월 17일병술 맑음. 식사를 마친 뒤에 한양에 편지를 써서 보냈다. 김희번이 장계를 갖고 나갔다. 유자 30개를 영의정에게 보냈다.

9월 18일정해 저녁에 조방장 정응운이 들어와서 함께 이야기를 나누었다.

9월 19일무자 맑음. 조방장 정응운이 들어왔다가 돌아갔다.

9월 20일기축 새벽 2시쯤에 둑제[54]를 지냈다. 사도 첨사 김완이 헌관이 되어 행사를 치렀다. 아침에 우수사가 와서 만났다.

9월 21일경인 맑음. 박, 신 두 조방장과 함께 아침을 먹었다. 박 조방장을 전송하려 했으나, 그대로 경상 우수사와 작별을 하고 돌아오니 그만 날이 저물고 말았다. 이에 박 조방장을 전송하지 못했다. 저녁에 이종호가 들어왔다. 목화만 갖고 들어왔기에 모두 나누어 주었다.

---

54) 임금의 행차나 군대의 행렬 앞에 세우는 둑에 지내던 제사.

9월 22일신묘 맑음. 동풍이 세게 불었다. 박자윤(종남의 자字)이 나갔다. 경상 우수사도 와서 그를 송별했다.

9월 23일임진 맑음. 나라의 제삿날[55]이라 공무를 보지 않았다. 웅천에서 왜적에게 사로잡혀 포로가 되었던 박록수와 김희수가 와서 알현하고 아울러 적의 정세를 보고했다. 이에 각각 무명 1필씩을 주어 보냈다.

9월 24일계사 맑음. 아침에 여러 곳에 편지를 10통 남짓 썼다. 아들 울, 면, 방익순, 온개 등이 함께 나갔다. 이날 저녁에 우수사와 경상 우수사가 와서 만났다.

9월 25일갑오 맑음. 오후 2시쯤에 녹도의 하인이 실수로 불을 냈다. 대청과 수루의 방에 불이 옮겨 붙어서 모두 타 버렸다. 군량, 화약, 군기 등의 창고에는 불이 붙지 않았으나, 수루에 있었던 활과 편전 200여 개가 모두 불에 타 버렸으니 안타깝다.

9월 26일을미 맑음. 혼자 종일 배 위에서 앉았다가 누웠다가 했다. 마음이 편치 않다. 이언량이 목재를 깎아 갖고 왔다.

---

55) 태조(太祖) 신의왕후(神懿王后) 한씨(韓氏)의 제삿날.

9월 27일병신 흐림. 우수가 와서 보고하기를, "안골포 사람으로서 왜적에게 붙었던 230여 명이 왔는데 배는 22척입니다."라고 했다. 식사를 마친 뒤에 불이 났던 곳으로 올라가 집을 지을 만한 장소를 손가락으로 가리켜서 정해 주었다.

9월 28일정유 맑음. 식사를 마친 뒤에 집을 짓는 곳으로 올라갔다. 우수사와 경상 우수사가 와서 만났다. 아들 회, 울이 소식을 듣고 들어왔다.

9월 29일무술 맑음.

9월 30일기해 맑음.

1595년 10월

왜적의 정세를 살피다

10월 1일경자 맑음. 조방장 신호와 함께 함께 아침 식사를 마친 뒤에 그대로 송별연을 열었다. 저녁에 신 조방장이 나갔다.

10월 2일신축 맑음. 대청에 대들보를 올렸다. 또한 지휘선을 연기로 그을렸다. 우수사, 경상 우수사, 이정충이 와서 만났다.

10월 3일임인 맑음. 구례의 유생이 해평군 윤근수의 공문을 갖고 왔다. "김덕령과 전주의 김윤선 등이 죄 없는 사람을 쳐 죽이고 수군 진영으로 도망쳤습니다."라고 쓰여 있었다. 그래서 이들을 수색해 보니 9월 10일경에 보리씨를 바꿀 일로 진영에 왔다가 곧바로 돌아갔다고 했다.

10월 4일계묘 맑음.

10월 5일갑진 이른 아침에 수루에 올라가서 공사하는 것을 감독했다. 수루 바깥쪽 서까래[56]에 흙을 올려서 발랐다. 항복한 왜인들로 하여금 흙을 운반하는 일을 하게 했다.

10월 6일을사 식사를 마친 뒤에 우수사와 경상 우수사가 와서 만났다. 저녁에 웅천 현감(이운룡)이 왔다. 그를 통해 명나라 사신(양방형)이 부산으로 들어갔다는 것을 알게 되었다. 이날 왜적에게 사로잡혀 포로가 되었던 사람 24명이 나왔다.

10월 7일병오 맑음. 화창하기가 봄날 같다. 임치 첨사(홍견)가 와서 만났다.

10월 8일정미 맑음. 조카 완이 들어왔다. 진원과 조카 해의 편지도 왔다.

10월 9일무신 맑음. 각 처에 답장을 써서 보냈다. 대청을 짓는 일을 다 마쳤다. 우우후(이정충)가 와서 만났다.

---

56) 마룻대에서 도리 또는 보에 걸쳐 지른 나무.

10월 10일기유 맑음. 저녁에 동헌에 나가서 공무를 보았다. 우수사와 경상 우수사가 함께 와서 조용히 이야기를 나누었다.

10월 11일경술 맑음. 일찍 수루의 방으로 올라가서 종일 공사하는 것을 감독했다.

10월 12일신해 맑음. 아침 일찍 수루에 올라가서 공사하는 것을 보았다. 서쪽 행랑[57]을 만들어 세웠다. 저녁에 송홍득이 들어왔는데, 실없는 소리를 많이 했다.

10월 13일임자 맑음. 아침 일찍 새로 지은 수루에 올라가서 대청에 흙을 올려 바르게 했다. 항복한 왜인들에게 그 일을 시켰다. 송홍득이 군관을 따라 나갔다.

10월 14일계축 맑음. 우수사, 경상 우수사, 사도 첨사, 여도 만호, 녹도 만호 등이 와서 만났다.

10월 15일갑인 맑음. 새벽에 망궐례를 행했다. 저녁에 달빛을 따라서 우수사 이억기의 송별연에 갔다. 경상 우수사, 미조항 첨

---

57) 대문 안에 죽 벌여서 지어 주로 하인이 거처하던 방

사, 사도 첨사도 왔다.

10월 16일을묘 맑음. 새벽에 새로 지은 수루의 방에 올라갔다. 우수사, 임치 첨사, 목포 만호 등이 나갔다. 그대로 새로 지은 수루의 방에서 잤다.

10월 17일병진 맑음. 아침에 가리포 첨사와 금갑도 만호가 와서 함께 아침을 먹었다. 진주의 하응구과 유기룡 등이 군량에 보태려고 쌀 스무 섬을 바쳤다. 부안의 김성업과 미조항 첨사 성윤문이 와서 만났다. 정항이 아뢰고 돌아갔다.

10월 18일정사 맑음. 경상 우수사 권준과 우우후(이정충)가 와서 만났다.

10월 19일무오 맑음. 아들 회, 면이 나갔다. 송두남이 장계를 갖고 한양으로 갔다. 김성업도 돌아갔다. 이운룡이 와서 만났다. 계향 유사[58] 하응문과 유기룡이 나갔다.

10월 20일기미 맑음. 저녁에 가리포 첨사, 금갑도 만호, 남도포

---

58) 군에 식량을 잇대어 주는 책임자.

만호, 사도 첨사, 여도 만호가 보러 왔기에 술을 먹여서 보냈다. 저물녘에 영등포 만호도 와서 함께 저녁 식사를 하고 보냈다. 이날 밤바람은 몹시도 싸늘하고 차가운 달빛은 대낮과 같아 잠을 이루지 못하고 밤새도록 뒤척거렸다. 온갖 생각과 근심이 가슴을 친다.

10월 21일경신 맑음. 이설이 휴가 신청을 했으나 허가하지 않았다. 저녁에 우우후 이정충, 금갑도 만호 가안책, 이진[59] 권관 등이 와서 만났다. 바람이 몹시 싸늘해 잠을 이룰 수가 없었다. 공태원을 불러 왜적의 정세를 물었다.

10월 22일신유 맑음. 가리포 첨사, 미조항 첨사, 우후 등이 와서 만났다. 저녁에 송희립, 박태수, 양정언이 들어왔다. 전문[60]을 갖고 갈 유생도 들어왔다.

10월 23일임술 맑음. 아침에 전문을 보낸 뒤에 동헌에 나가서 공무를 보았다.

10월 24일계해 맑음. 경상 우수사가 와서 만났다. 하응구도 와서

---

59) 전남 해남군 북평면 이진리.
60) 임금이나 왕후, 태자에게 올리던 글.

종일 이야기를 나누고 날이 저물어서야 돌아갔다. 박태수와 김대복이 아뢰고 돌아갔다.

10월 25일갑자 맑음. 가리포 첨사, 우후, 금갑도 만호, 회령포 만호, 녹도 만호 등이 와서 만났다. 저녁에 정항이 돌아간다고 해 송별했다. 띠풀을 베는 일로 이상록, 김응겸, 하천수, 송의련, 양수개 등이 군사 80명을 거느리고 나갔다.

10월 26일을축 맑음. 임달영이 왔다고 한다. 그를 불러서 탐라로 가는 일에 대해 물었다. 방답 첨사가 들어왔다. 송홍득과 송희립 등이 사냥을 하러 나갔다.

10월 27일병인 맑음. 우우후, 가리포 첨사가 왔다.

10월 28일정묘 맑음. 경상 우후(이의득)가 와서 만났다. 띠풀을 베러 갔던 배가 들어왔다. 밤에 비가 내리고 우레가 여름철같이 치니 괴상한 일이다.

10월 29일무진 맑음. 가리포 첨사(이응표), 이진 권관이 돌아갔다. 경상 우수사(권준), 웅천 현감(이운룡), 천성보 만호(윤홍년)도 왔다.

1595년 11월

달아나려는 왜적의 목을 치도록 하다

11월 1일기사 새벽에 망궐례를 행했다. 저녁에 동헌에 나가서 공무를 보았다. 사도 첨사가 나갔다. 함평, 진도, 무장현에 속한 전선을 보냈다. 김희번이 한양에서 내려왔다. 조정의 공문과 영의정의 편지를 바쳤다. 항복한 왜인들에게 술을 먹였다. 오후에 방답 첨사와 활 7순을 쏘았다.

11월 2일경오 맑음. 곤양 군수 이수일이 와서 만났다.

11월 3일신미 맑음. 황득중이 들어왔다. 그는, "왜선 2척이 청등[61]을 거쳐 흉도[62]에 이르렀다가 해북도[63]에 정박해 불을 지르고

61) 경남 거제시 사등면 청곡리.
62) 경남 거제시 동부면.

춘원포 등지로 갔습니다."라고 전했다. 황득중은 새벽에 지도로 돌아갔다.

11월 4일임신 맑음. 새벽에 이종호, 강기경 등이 들어와서 만났다. 변존서의 편지와 조카 봉, 해 형제가 본영에 이르렀다고 했다.

11월 5일계유 맑음. 남해 현령, 금갑도 만호, 남도포 만호, 어란포 만호, 회령포 만호, 정담수가 와서 만났다. 방답 첨사, 여도 만호를 불러서 이야기를 나누었다.

11월 6일갑술 맑음. 송희립이 들어왔다. 띠풀 400통, 칡 100통을 베어서 싣고 왔다.

11월 7일을해 맑음. 하동 현감(최기준)이 왕의 교지와 유서에 숙배했다. 경상 우수사(권준)가 순찰사가 머물러 있는 곳에서 왔다. 미조항 첨사, 남해 현령도 왔다.

11월 8일병자 맑음. 새벽에 조카 완과 종 경이 본영으로 돌아갔다. 저녁에 김응겸, 경상도 순찰사의 군관 등이 왔다.

---

63) 경남 통영시 용남면.

11월 9일정축 맑음. 여도 만호 김인영이 들어왔다.

11월 10일무인 맑음. 새벽에 경상도 순찰사의 군관이 돌아갔다.

11월 11일기묘 맑음. 새벽에 선조임금의 탄신을 축하하는 예를 행했다. 본영의 탐색선이 들어왔다. 주부 변존서, 이수원, 이원룡 등이 왔다. 그들을 통해 어머니께서 평안하심을 알게 되었다. 매우 기쁘다. 참으로 다행스러운 일이다. 저녁에 이의득이 와서 만났다. 금갑도 만호, 회령포 만호가 나갔다.

11월 12일경진 맑음. 발포의 임시 대장으로 이설을 정해 보냈다.

11월 13일신사 맑음. 도양장에서 거두어들인 벼와 콩이 820석이었다.

11월 14일임오 맑음.

11월 15일계미 맑음. 아버지의 제삿날이라 공무를 보지 않았다. 혼자 앉아 있으니 그리워 도무지 마음을 달랠 길이 없다.

11월 16일갑신 맑음. 항복한 왜인 여문, 연기, 야시로 등이 와서,

"왜인들이 도망치려고 합니다."라고 했다. 그래서 우후에게 잡아오도록 했다. 그 가운데 주모자인 준시 등 2명의 머리를 베었다. 경상 우수사, 우후, 웅천 현감, 방답 첨사, 남도포 만호, 어란포 만호, 녹도 만호가 왔는데, 녹도 만호는 곧 내어 보냈다.

11월 17일을유 맑음.

11월 18일병술 맑음. 어응린이 와서, "고니시 유키나가가 부하들을 거느리고 바다로 나갔는데 그 거처를 알 수가 없습니다."라고 전했다. 그래서 경상 우수사에게 명령을 내려 바다와 육지를 정탐하게 했다. 저녁에 하응문이 와서 군량을 잇대는 일에 대해 보고했다. 얼마 후에 경상 우수사와 웅천 현감 등이 와서 의논하고 갔다.

11월 19일정해 맑음. 이른 아침에 도망갔던 왜인이 제 발로 돌아왔다. 밤 10시쯤에 조카 분, 봉, 해와 아들 회가 들어왔다. 어머니께서 평안하시다고 하니 정말 기쁘다. 참으로 다행스러운 일이다. 하응문이 돌아갔다.

11월 20일무자 맑음. 거제 현령과 영등포 만호가 와서 만났다.

11월 21일기축 맑음. 북풍이 종일 불었다. 새벽에 송희립을 보내 견내량에 왜적의 배가 있는지 알아보게 했다. 이날 저녁에 이종호가 곡식과 바꾸려고 청어 13,240두름[64]을 받아 갔다.

11월 22일경인 맑음. 새벽에 임금께 동짓날을 축하하는 절을 올렸다. 저녁에 웅천 현감, 거제 현령, 안골포 만호, 옥포 만호, 경상 우후 등이 왔다. 변존서와 조카 봉이 모두 갔다.

11월 23일신묘 맑았으나 바람이 세게 붊. 이종호가 하직하고 나갔다. 이날 견내량을 순찰하는 일로 경상 우수사를 정해 보냈으나 바람이 몹시 사나워서 출항하지 못했다.

11월 24일임진 맑음. 순찰선이 나갔다가 밤 10시쯤에 진영으로 돌아왔다. 변익성이 곡포 권관이 되어서 왔다.

11월 25일계사 맑음. 식사를 마친 뒤에 곡포 권관으로부터 공식 인사를 받았다. 저녁에 경상 우후가 와서 항복한 왜인 8명이 가덕도에서 나왔다고 전했다. 웅천 현감, 우우후, 남도포 만호, 방답 첨사, 당포 만호가 와서 만났다. 조카 분과 이야기를 나누다

---

64) 조기 따위의 물고기를 짚으로 한 줄에 열 마리씩 두 줄로 엮은 것.

보니 밤 10시쯤이 되었다.

11월 26일갑오 아침에는 흐리다가 저녁에야 갬. 식사를 마친 뒤에 동헌에 나가서 공무를 보았다. 광양 도훈도가 복병을 나갔다가 도망간 자들을 잡아와서 처벌했다. 낮 12시경에 경상 우수사가 왔다. 김탁 등 2명이 항복한 왜인 8명을 데리고 왔다. 그래서 경상 우수사와 김탁 등에게 술을 먹였다. 김탁 등에게는 각각 무명 1필씩을 주어서 보냈다. 저녁에 류척과 임영 등이 왔다.

11월 27일을미 맑음. 김응겸이 2년생 나무를 베어 오는 일로 목수 5명을 데리고 갔다.

11월 28일병신 맑음. 나라의 제삿날[65]이라 공무를 보지 않았다. 류척과 임영이 돌아갔다. 조카들과 이야기를 나누다 보니 밤이 깊어졌다.

11월 29일정유 맑음. 나라의 제삿날[66]이라 공무를 보지 않았다.

11월 30일무술 맑음. 남해에서 항복한 왜인 야여문, 신시로 등이

---

65) 예종(睿宗)의 제삿날.
66) 인종(仁宗) 인성왕후(仁聖王后) 박씨(朴氏)의 제삿날.

왔다. 경상 우수사가 와서 만났다. 체찰사[67]에게 보내는 전세와 군량 30섬을 경상 우수사가 받아 갔다.

---

67) 조선 시대에, 지방에 군란(軍亂)이 있을 때 임금을 대신해 그곳에 가서 일반 군무를 맡아보던 임시 벼슬. 보통 재상이 겸임했음.

1595년 12월

체찰사와 이야기를 나누다

12월 1일기해 맑음. 새벽에 망궐례를 행했다.

12월 2일경자 맑음. 거제 현령, 당포 만호, 곡포 만호 등이 와서 만났다. 술을 먹였더니 취해 돌아갔다.

12월 3일신축 맑음.

12월 4일임인 맑음. 순천 2호선과 낙안 1호선의 군사를 점검하고 보냈으나 바람이 순조롭지 못해 출항하지 못했다. 조카 분, 해가 본영으로 갔다. 황득중과 오수 등이 청어 7,000여 두름을 싣고 왔다. 그래서 김희방의 배에 숫자를 세어서 주었다.

12월 5일계묘 맑았으나 바람이 순조롭지 못함. 몸이 불편했다. 종일 나가지 않았다.

12월 6일갑진 맑음. 저녁에 경상 우수사가 와서 만났다. 저녁에 아들 울이 들어왔다. 어머니께서 평안하시다니 기쁘다. 참으로 다행이다.

12월 7일을사 맑았으나 바람이 순조롭지 못함. 웅천 현감, 거제 현령, 평산포 만호, 천성보 만호 등이 와서 만났다. 청주 이희남에게 답장을 써서 보냈다.

12월 8일병오 맑음. 우우후와 남도포 만호가 와서 만났다. 체찰사의 명령이 전해졌는데 가까운 시일 안에 만나자는 것이었다.

12월 9일정미 맑음. 몸이 불편해 밤새도록 몹시 심하게 앓았다. 거제 현령(안위)과 안골포 만호 우수가 와서 왜적들은 물러갈 뜻이 없는 것 같다고 말했다. 하응구가 왔다.

12월 10일무신 맑음. 충청도 순찰사(박홍로)와 충청 수사(선거이)에게 공문을 작성해 보냈다.

12월 11일기유 맑음. 조카 해와 분이 아무런 탈 없이 본영에 이르렀다는 편지를 보았다. 매우 기쁘고 다행스러운 일이었다. 그러나 고생스러웠던 사정을 어찌 말로 전부 표현할 수가 있겠는가.

12월 12일경술 맑음. 경상 우수사가 와서 만났다. 우후도 왔다.

12월 13일신해 맑음. 왜인 옷 50벌과 연폭連幅……(원문에 내용이 빠져 있음) 초저녁에 종 돌세가 와서, "왜선 3척과 작은 배 1척이 등산[68] 바깥 바다에서 합포로 와서 정박했습니다."라고 했다. 아마도 사냥을 나온 왜인인 것 같았다. 곧 경상 우수사, 방답 첨사, 우우후에게 탐색하도록 했다.

12월 14일임자 맑음. 경상 우수사와 여러 장수들이 합포로 나아가 왜인들을 타일렀다. 미조항 첨사, 남해 현령, 하동 현감이 들어왔다.

12월 15일계축 맑음. 체찰사의 처소로 갔던 진무가 왔다. "18일에 삼천포에서 만나자."라고 했다기에 그러겠다고 했다. 초저녁에 경상 우수사가 와서 만났다.

---

68) 경남 마산시 합포구 진동면.

12월 16일갑인 맑음. 새벽 4시쯤에 출항해 달빛을 타고 당포[69] 앞바다에 이르렀다. 아침을 먹고 사량[70] 뒷바다에 이르렀다.

12월 17일을묘 비가 내림. 삼천포 진영 앞에 이르렀다. 체찰사(이원익)는 사천에 이르렀다고 했다.

12월 18일병진 맑음. 아침을 먹은 뒤에 삼천포 진영으로 나아갔다. 낮 12시쯤에 체찰사와 함께 보에 들어가서 조용히 이야기를 나누었다. 초저녁에 체찰사가 또 이야기를 나누자고 청했다. 새벽 2시가 되어서야 헤어졌다.

12월 19일정사 맑음. 아침을 먹은 뒤에 동헌에 나가서 공무를 보았다. 군사들에게 음식을 실컷 먹였다. 체찰사가 떠났다. 나도 배로 내려왔다. 바람이 몹시 사나워서 출항을 하지 못했다. 그대로 머물러서 밤을 보냈다.

12월 20일무오 맑음. 바람이 세게 불었다.

12월 21일부터의 일기는 기록에 없음.

---

69) 경남 통영시 산양면 삼덕리
70) 경남 통영시 사량면.

丙申日記

병신년

1596년 1월
왜적의 움직임을 살피다

1월 1일무진 맑음. 밤 1시쯤에 어머니가 계신 곳에 들러 어머니를 뵈었다. 저녁에 남양 아저씨와 신 사과가 와서 이야기를 나누었다. 저녁에 어머니께 작별 인사를 드리고 본영으로 돌아왔다. 마음이 너무나 어지러워서 밤새도록 잠을 이루지 못했다.

1월 2일기사 맑음. 일찍 나가서 무기를 점검했다. 이날은 나라의 제삿날[1]이다. 부장 이계가 비변사[2]의 공문을 갖고 왔다.

1월 3일경오 맑음. 새벽에 바다로 내려가니 아우 여필과 여러 조카들이 모두 배 위에 타 있었다. 날이 밝을 무렵에 출항해 서로

1) 명종(明宗) 인순왕후(仁順王后) 심씨(沈氏)의 제삿날.
2) 조선 시대에, 군국의 사무를 맡아보던 관아.

헤어졌다. 낮 12시에 곡포[3] 바다 가운데에 이르니 동풍이 약간 불었다. 상주포[4] 앞바다에 이르니 바람이 잠잠했다. 노를 재촉했더니 자정에 사량에 이르렀다. 이곳에서 잠을 잤다.

1월 4일신미 맑음. 새벽 2시쯤에 첫 나발을 불었다. 먼동이 틀 때 배를 띄웠다. 사량 만호 여염이 와서 만났다. 진중의 소식을 물으니 모두 예전과 같다고 했다. 오후 4시쯤에 가랑비가 세차게 내렸다. 걸망포에 이르니 경상 우수사가 여러 장수들을 거느리고 나와 기다렸다. 우후는 먼저 배 위로 왔으나 몹시 취해 인사불성이었다. 그래서 곧 자신의 배로 돌아갔다. 송한련과 송한이 와서, "청어 1,000여 두름을 잡아서 널었는데 통제사께서 행차하신 뒤에 잡은 것이 모두 1,800여 두름이나 됩니다."라고 했다. 비가 많이 와서 밤새도록 그치지 않았다. 장수들이 저물녘에 떠났는데 길이 질어서 넘어진 사람이 많았다고 했다. 기효근과 김축이 휴가를 받아 갔다.

1월 5일임신 종일 비가 내림. 먼동이 틀 때 우후와 방답 첨사, 사도 첨사가 와서 문안했다. 나는 서둘러 세수를 하고 방 밖으로 나가서 그들을 불러들여 지난 일을 물었다. 저녁에 첨사 성윤

---

3) 경남 남해군 이동면 화계리.
4) 경남 남해군 상주면 상주리.

문, 우후 이정충, 웅천 현감 이운룡, 거제 현령 안위, 안골포 만호 우수, 옥포 만호 이담이 왔다가 캄캄해진 뒤에 돌아갔다. 이몽상도 경상 우수사 권준의 심부름으로 와서 문안하고 돌아갔다.

1월 6일계유 비가 내림. 오수는 청어 1,310마리를 바쳤고 박춘양은 787마리를 바쳤는데 하천수가 그것을 받아다가 말렸다. 황득중은 202두름을 바쳤다. 종일 비가 내렸다. 사도 첨사가 술을 갖고 왔다. 군량 500여 섬을 마련해 놓았다고 했다.

1월 7일갑술 맑음. 이른 아침에 이영남과 좋아지내는 여인이 와서 말하기를, 권숙이 집적거리기 때문에 피해서 왔는데 다른 곳으로 가겠다고 했다. 저녁에 경상 우수사 권준, 우후, 사도 첨사, 방답 첨사가 오고 권숙도 왔다. 낮 2시쯤에 견내량의 복병장과 삼천포 권관이 달려와서, "투항한 왜인 5명이 애산에서 왔습니다."라고 했다. 안골포 만호 우수와 공태원을 뽑아서 그들에게 보냈다. 날씨가 몹시 춥고 서풍이 매섭게 불었다.

1월 8일을해 맑음. 입춘인데도 날씨가 몹시 추워 마치 한겨울처럼 매섭다. 아침에 우우후와 방답을 불러 약밥을 함께 먹었다. 항복한 왜인 5명이 들어왔다. 그래서 그들에게 항복한 까닭을 물으니, 저희네 장수가 성질이 매우 모질고 또 일을 많이 시키므로 도망쳐 와서 항복하는 것이라고 했다. 그들이 가진 크고 작은 칼을 거두어 수루에 감추어 두었다. 그러나 사실은 부산에 있던 왜인이 아니고 가덕도에 있는 심안돈(도진의홍)의 부하라고 했다.

1월 9일병자 흐리고 추워서 살을 에는 것 같음. 오수가 청어 360마리를 잡은 것을 하천수가 싣고 갔다. 각 처에 공문을 나누어 보냈다. 저물녘에 경상 우수사가 와서 방어 대책을 의논했다. 서풍이 불어 종일 배가 바다로 나가지 못했다.

1월 10일정축 맑았으나 서풍이 세게 붊. 이른 아침에 적이 다시 나올지를 점쳤더니, 수레에 바퀴가 없는 것과 같다고 했다. 다시 점을 쳤더니, 임금을 보고 모두들 기뻐하는 것과 같다는 좋은 점괘가 나왔다. 식사를 마친 뒤에 동헌에 나가서 공무를 보았다. 우우후가 어란포 만호가 와서 만났다. 사도 첨사도 왔다. 체찰사가 여러 가지 물건을 나누어 주도록 세 위장에게 명령을 내렸다. 웅천 현감, 곡포 권관, 삼천포 권관, 적량 만호가 함께 와서 만났다.

1월 11일무인 맑음. 서풍이 밤새도록 세게 불어서 한겨울보다 몇 배나 더 춥다. 몸이 몹시 불편하다. 저녁에 거제 현령이 와서 만났다. 그 수사의 옳지 못한 일을 낱낱이 말했다. 광양 현감이 들어왔다.

1월 12일기묘 맑았으나 서풍이 세게 붊. 추위가 매우 심하다. 새벽 2시쯤 꾸었던 꿈에 어느 한 곳에 이르러서 영의정과 함께 1시간이 넘도록 이야기를 나누었다. 모두 의관을 다 벗어 놓고 앉았다가 누웠다가 하면서 나라를 걱정하는 생각을 서로 털어 놓다가 끝내는 가슴속에 맺힌 것까지 모두 쏟아 놓았다. 한참을 지나니 비바람이 억세게 퍼부었는데도 헤어지지 않았다. 조용히 이야기를 나누는 동안에 서쪽의 적이 갑자기 쳐들어오고 남쪽의 적도 덤비게 된다면, 임금께서 어디로 가실 것인가, 하는 걱정만을 계속하다가 할 말을 잊고 말았다. 예전에 듣기를 영의정이 천식으로 몸이 몹시 편찮다고 했는데 나았는지 모르겠다. 글자로 점을 쳐 보았더니, 바람이 물결을 일으키는 것과 같다고 했다. 또 오늘의 운세가 어떠한가를 점쳤더니, 가난한 사람이 보배를 얻은 것과 같다고 했다. 이 점괘는 매우 좋다. 엊저녁에 종 금을 본영으로 보냈는데 바람이 몹시 사납게 불어 염려가 되었다. 저녁에 나가서 각 처에 공문을 보냈다. 낙안이 들어왔다. 웅천 현감이 보고하기를, "왜적선 14척이 거제 금이포에 정박했습니다."라고 했다. 그래서 경상 우수사에게 3도의 여러 장수들을 거느리고 가서 살펴보게 했다.

1월 13일경진 맑음. 아침에 경상 우수사가 와서 보고하고 배를 타고 견내량으로 갔다. 저녁에 동헌에 나가서 공문을 보냈다. 체찰사에게 올리는 공문을 써서 보냈다. 선비들이 성균관의 학문을 다시 세운다는 글을 갖고 왔던 성균관의 종은 간다고 아뢰고 돌아갔다. 이날 바람이 잠잠하고 날씨는 매우 따사로웠다. 이날 저녁에 달빛은 마치 낮처럼 밝고 바람 한 점 없었다. 혼자 앉아 있으니 마음이 어지러워 잠을 이룰 수가 없었다. 신홍수를 불러서 휘파람을 불게 했다. 밤 10시쯤에 잠들었다.

1월 14일신사 맑았으나 바람이 세게 붊. 저녁에야 바람이 잠잠해지며 날씨가 따뜻해졌다. 흥양 현감이 들어왔다. 정사립과 김대복이 들어왔다. 조기와 김숙도 함께 왔다. 이들로부터 연안옥의 외조모가 돌아가셨다는 소식을 들었다. 밤이 늦도록 이야기를 나누었다.

1월 15일임오 맑고 따뜻함. 새벽 3시에 망궐례를 행했다. 아침에 낙안 현감, 흥양 현감을 불러서 함께 식사했다. 저녁에 동헌에 나가서 공문을 나누어 보냈다. 항복한 왜인들에게 술과 음식을 먹였다. 낙안과 흥양의 전선, 병기, 부속물, 사부와 격군들을 점고해 보니 낙안의 것이 가장 엉성했다. 이날 저녁의 달빛은 몹시 밝았다. 풍년의 징조라고 한다.

1월 16일계미 맑음. 서리가 내렸는데 마치 눈이 온 것 같다. 저녁에 동헌에 나가서 공무를 보았다. 늦게 나가서 앉았다. 경상 우수사, 우우후 등이 와서 만났다. 웅천 현감도 왔다. 모두 취해서 돌아갔다.

1월 17일갑신 맑음. 방답 첨사가 휴가를 받고 변존서, 조카 분, 김숙 등과 같은 배를 타고 나갔다. 마음이 편안하지가 않다. 낮 12시쯤에 나가서 공무를 보았다. 우후를 불러 활을 쏘았다. 성윤문과 변익성이 와서 만났고 함께 활을 쏘았다. 저물녘에 강대수 등이 편지를 갖고 들어왔는데, "종 금이 16일에 본영에 이르렀습니다."라고 쓰여 있었다. 종 경은 돌아와서 아들 회에 대해, "오늘 은진으로 돌아갑니다."라고 했다.

1월 18일을유 맑음. 아침부터 저녁까지 군복을 말렸다. 저녁에 곤양 군수(이수일)와 사천 현감(기직남)이 왔다. 동래 현감(정광좌)이 달려와서 보고하기를, "왜적들이 많이 동요하는 모습을 보이고 유격 심유경이 고니시 유키나가와 함께 1월 16일에 먼저 왜국으로 갔습니다."라고 했다.

1월 19일병술 맑음. 저녁에 동헌에 나가서 공무를 보았다. 사도 첨사와 여도 만호가 왔다. 우후와 곤양 군수도 왔다. 경상 우수사가 왔다. 우우후를 불러 왔다. 곤양 군수가 술상을 차려 냈으므로 조용히 이야기를 나누었다. 부산에 몰래 들여보냈던 정탐군 4명이 돌아와서, "심유경이 고니시 유키나가, 겐소, 데라자와 마사나리, 고니시 히다노카미와 함께 1월 16일 새벽에 바다를 건너갔습니다."라고 소식을 전했다. 그래서 식량 3말을 주어 보냈다. 이날 저녁에 순찰사 서성이 진영에 온다고 했다. 여러 가지 물건이 필요해 박자방을 본영으로 보냈다. 오늘 메주를 쑤었다.

1월 20일정해 종일 비가 내림. 몸이 몹시 피곤해 낮잠을 잠시 잤다. 오후 2시쯤에 메주 쑤는 것을 마치고 온돌에 넣었다. 낙안 군수가 와서, "둔전에서 추수한 벼를 실어 왔습니다."라고 했다.

1월 21일무자 맑음. 아침에 동헌에 나가서 공무를 보았다. 체찰사에게 보낼 순천에 관한 공문을 작성했다. 식사를 마친 뒤에 미조항 첨사와 흥양 현감이 와서 술을 먹여 보냈다. 미조항 첨사는 휴가를 신청했다. 저녁에 동헌에 나가니 사도 첨사, 여도 만호, 사천 현감, 광양 현감, 곡포 권관이 왔다. 만난 뒤에 돌아갔다. 곤양 군수도 왔다. 활 10순을 쏘았다.

1월 22일기축 맑음. 몹시 춥고 바람도 매우 거세므로 종일 나가지 않았다. 저녁에 경상 우후가 와서 그의 수사(권준)가 경솔한 짓을 했다고 전했다. 바람이 매우 차고 매서워 아이들이 들어오는 데 고생스러울까 걱정되었다.

1월 23일경인 맑음. 작은 형님의 제삿날이라 밖에 나가지 않았다. 마음이 몹시 어지럽다. 아침에 옷이 없는 군사 17명에게 옷을 주었다. 또 여벌로 1벌씩을 더 주었다. 종일 바람이 매우 세게 불었다. 저녁에 가덕에서 나온 김인복이 와서 인사를 하므로 적의 정세를 물어 보았다. 밤 10시쯤에 아들 면, 조카 완, 최대성, 신여윤, 박자방이 본영에서 왔다. 어머니께서 평안하시다는 편지를 받았다. 매우 기쁘다. 종 경도 왔다. 종 금은과 애수, 금곡에 사는 종 한성과 공석 등이 함께 왔다. 자정이 되어서야 잠들었다. 눈이 두 치나 내렸다. 근래에 없던 일이라고 한다. 이날 밤 몸이 몹시 불편했다.

1월 24일신묘 맑음. 북풍이 세게 불고 눈보라가 치며 모래까지 휘날리니 사람이 감히 걸어 다닐 수가 없고 배도 운항할 수가 없었다. 새벽에 견내량 복병장이 와서, "어제 왜인 1명이 복병한 곳에 와서 항복했습니다."라고 했다. 보내라고 답했다. 저녁에 우후와 사도 첨사가 와서 만났다.

1월 25일임진 맑음.

1월 26일계사 맑았으나 바람이 고르지 못함. 동헌에 나가서 공무를 보고 활을 쏘았다.

1월 27일갑오 맑고 따사로움. 아침을 먹은 뒤에 동헌에 나가서 공무를 보았다. 장흥(배흥립)의 죄를 심문 한 뒤에 흥양 현감과 함께 이야기를 나누었다. 저녁에 경상우도 순찰사(서성)가 들어왔다. 그래서 오후 4시쯤에 우수사의 진영으로 가서 보고 한밤이 되어서야 돌아왔다. 사도 진무가 화약을 훔쳤다가 붙잡혔다.

1월 28일을미 맑음. 저녁 늦게 동헌에 나가서 공무를 보았다. 낮 12시쯤에 순찰사가 왔다. 활을 쏘고 함께 이야기를 나누었다. 순찰사와 내가 활쏘기를 겨루었다. 열에 일곱을 지고는 섭섭한 기색을 삭이지 못했다. 혼자 웃었다. 군관 세 사람도 모두 졌다. 밤에 취해서 돌아갔다.

1월 29일병신 종일 비가 내림. 일찍 식사를 마친 뒤에 경상도 진영으로 가서 순찰사와 함께 조용히 이야기를 나누었다. 오후에 활을 쏘았는데 순찰사가 열에 아홉을 졌다. 김대복이 혼자서 즐겁게 활을 쏘았다. 피리 소리를 듣다가 자정이 다 되어서야 헤어져 진영으로 돌아왔다. 저물녘에 사도에서 화약을 훔친 자가 도주했다.

1월 30일정유 비가 내리다가 저녁에야 갬. 나가서 공무를 보았다. 군관이 활을 쏘는 것을 보았다. 천성보 만호(윤홍년), 여도 만호(김인영), 적량 만호(고여우)가 와서 만났다. 이날 저녁에 청주에 사는 이희남의 종 4명과 준복이 들어왔다.

1596년 2월

둔전에서 벼를 받다

2월 1일무술 아침에는 흐리다가 저녁에는 맑음. 여러 장수들과 함께 활을 쏘았다. 권숙이 이곳에 왔다가 취해서 갔다.

2월 2일기해 맑고 따뜻함. 울과 조기가 같은 배를 타고 나갔다. 우후도 갔다. 저녁에 사도 첨사가 와서 어사의 장계에 따라 파면되었다고 전했다. 그래서 곧 장계 초안을 작성했다.

2월 3일경자 맑았으나 바람이 세게 붊. 혼자 앉아서 아들이 떠나간 것을 생각하니 마음이 편하지가 않았다. 아침에 장계를 수정했다. 경상 우수사가 와서 만났다. 그를 통해, 적량 만호 고여우가 장담년에게 소송을 당해 순찰사가 장계를 올려서 그를 파면시키려고 한다는 글을 보게 되었다. 저물녘에 어란포 만호가 견내량의 복병한 곳에서 와서 보고하기를, "부산에 있는 왜인 3명이 성주에서 항복한 사람들을 데리고 복병한 곳에 와서 장사를 하겠다고 합니다."라고 했다. 그래서 곧 장흥 부사에게 명령해 내일 새벽에 가서 그들을 타일러 보라고 했다. 이 왜적들이 왜 장사를 하고자 하겠는가. 우리의 허실을 엿보려고 하는 것이다.

2월 4일신축 맑음. 아침에 장계를 봉해 사도 사람 진무성에게 부쳤다. 영의정과 신식의 집에 문안 편지도 보냈다. 저녁에 흥양 현감이 와서 만났다. 오후에 활 10순을 쏘았다. 여도 만호, 거제 현령, 당포 만호, 옥포 만호도 왔다. 저녁에 장흥 부사가 복병한 곳에서 돌아와 왜인들이 도로 들어갔다고 보고했다.

2월 5일임인 아침에는 흐리다가 저녁에야 갬. 일찍 사도 첨사, 장흥 부사가 왔다. 그래서 함께 아침을 먹었다. 권숙이 와서 돌아가겠다고 하므로 종이와 먹 2개와 패도(작은 칼)을 주어 보냈다. 저녁에 3도의 여러 장수들을 불러서 모아놓고 위로하는 음식을 먹이고, 또한 활도 쏘았다. 풍악을 울려서 취한 뒤에 헤어졌다. 웅천 현감(이운룡)이 손인갑의 애인을 데리고 왔다. 그래서 여러 장수들과 함께 가야금을 몇 곡조 들었다. 저녁에 김기실이 순천에서 돌아왔다. 그 편에 안부를 물었더니 어머니께서는 평안하시다고 한다. 그 소식을 들으니, 기쁘고도 다행이다. 우수사의 편지가 왔는데 약속한 날짜를 뒤로 늦추자고 하니 우습고 도 한탄스러웠다.

2월 6일계묘 흐림. 새벽에 목수 10명을 거제로 보내 배를 만드는 일을 시켰다. 이날 잠을 자는 방에 천장의 흙이 떨어져서 수리를 하도록 했다. 사도 첨사 김완은 조도 어사의 장계로써 파면되었다는 소식이 또 전해졌다. 이에 본래 있던 진포(골사도)로 보냈다. 순천 별감 유와 군관 장응진 등을 처벌하고 곧 수루의 방으로 들어갔다. 송한련이 숭어를 잡아 왔기에 여도 첨사, 낙안 군수, 흥양 현감을 불러서 함께 먹었다. 적량 만호 고여우가 큰 매를 갖고 왔으나 오른쪽 발가락이 다 얼어서 무지러졌으니 어떻게 할 것인가. 초저녁에 잠시 땀이 흘렀다.

2월 7일갑진 아침에는 흐리다가 동풍이 세게 붊. 몸이 좋지 않다. 저녁에 나가서 군사들에게 음식을 먹였다. 장흥 부사, 우후, 낙안 군수, 흥양 현감을 불러 이야기하다가 날이 저물어서야 헤어졌다.

2월 8일을사 맑음. 이른 아침에 녹도 만호가 와서 만났다. 아침에 벗나무 껍질을 벗겼다. 저녁에 손인갑의 애인이 들어왔다. 한참 있다가 오철, 현응원을 불러서 군사에 관한 일을 물었다.

저녁에 군량에 관한 장부를 만들었다. 흥양 현감이 흥양의 둔전에서 추수한 벼 352섬을 바쳤다. 서풍이 세게 불어서 배를 다니게 할 수가 없었다. 유황을 보내려고 했는데 바람 때문에 떠나지 못했다.

2월 9일병오 맑음. 서풍이 세게 불어서 배가 다니지 못했다. 저녁에 경상수사 권준이 와서 이야기를 나누고 활 10순을 쏘았다. 저녁에 바람이 잠잠했다. 부산에 있는 왜적선 두 척이 견내량에 들어왔다는 소식을 들었다. 그래서 웅천 현감과 우후를 보내 탐색하게 했다.

2월 10일정미 맑고 따사로움. 아침 일찍 박춘양이 대나무를 싣고 왔다. 저녁에 동헌에 나가서 공무를 보고 태구생의 죄를 다스렸다. 저녁에는 직접 창고를 짓는 곳에 가 보았다. 아침에 웅천 현감과 우우후가 견내량에서 돌아왔다. 왜인들이 겁에 질려서 두려워하고 있다고 보고했다. 해가 질 무렵에 창녕 사람이 술을 가져왔다. 밤이 깊어져서야 헤어졌다.

2월 11일무신 맑음. 아침에 체찰사에게 공문을 보냈다. 보성의 계향 유사 임찬이 소금 50섬을 실어 갔다. 임달영이 논산에서 돌아왔다. 논산의 편지와 박종백, 김응수의 편지도 갖고 왔다.

장흥 부사와 우우후가 왔다. 또 낙안 군수와 흥양 현감을 불러 활을 쏘았다. 막 해가 떨어질 무렵에 영등포 만호가 소실을 데리고 왔다. 술을 들고 와서는 마시기를 권했다. 나이가 어린 여자 아이도 함께 왔는데 놔두고 돌아갔다. 땀을 흘렸다.

2월 12일기유 맑음. 아침 일찍 창녕 사람이 웅천 별장으로 돌아갔다. 아침에 화살대 50개를 경상 우수사에게 보냈다. 저녁에 수사가 와서 함께 이야기를 나누었다. 저녁에 활을 쏘았다. 장흥 부사와 흥양 현감도 함께 쏘다가 저물녘에야 헤어졌다. 나이가 어린 여자 아이는 초저녁에 돌아갔다.

2월 13일경술 맑음. 식사를 마친 뒤에 공무를 보았다. 강진 현감(이극신)이 정해진 날짜를 어겼으므로 이를 처벌했다. 가리포 첨사는 보고를 하고 늦게 왔으므로 타일러서 보냈다. 영암 군수(박홍장)를 파면시킬 장계의 초안을 작성했다. 저녁에 어란포 만호가 돌아갔다. 임달영도 돌아갔다. 탐라 목사(이경록)에게 청어, 대구, 화살대, 곶감, 삼색 부채 등을 봉해 보냈다.

2월 14일신해 맑음. 저녁에 동헌에 나가서 공무를 보고 장계의 초안을 수정했다. 동복의 계향 유사 김덕린이 와서 인사했다. 경상 우수사가 쑥떡과 초 1쌍을 보내왔다. 새로 지은 창고에 지붕을 이었다. 낙안 군수와 녹도 만호 등을 불러서 떡을 먹었다. 조금 있으니 강진 현감이 와서 인사하므로 위로하고 술을 먹였다. 저녁에 물을 부엌 주변으로 끌어들였다. 이를 통해 물을 긷는 수고를 덜어 주었다. 이날 밤에 바다의 달빛은 대낮과 같고 물결은 비단결과 같았다. 혼자 높은 수루에 기대어 있으니 마음이 무척 어지러웠다. 밤이 깊어져서야 잠자리에 들었다. 흥양의 계향 유사 송상문이 와서 쌀과 벼를 합해 7섬을 바쳤다.

2월 15일임자 새벽에 망궐례를 행하려고 했으나, 비가 많이 내려 마당이 젖었기 때문에 행하지 못했다. 저물녘에 전라 우도의 항복한 왜인과 경상도의 항복한 왜인이 도망갈 계획을 꾸민다고 들었다. 그래서 전령을 보내 그쪽에 알렸다. 아침에 화살대를 골라 내 큰 화살대 111개와 그 다음으로 큰 화살대 154개를 옥지에게 주었다. 아침에 장계의 초안을 수정했다. 저녁에 동헌에 나가서 공무를 보는데 웅천 현감, 거제 현령, 당포 만호, 옥포 만호, 우우후, 경상 우후가 함께 와서 만났다. 순천의 둔전에서 추수한 벼를 내가 직접 보는 앞에서 받아들이게 했다. 동복의 계향 유사 김덕린과 흥양의 계향 유사 송상문 등이 돌아갔다. 저녁에 사슴 1마리, 노루 2마리를 사냥해 왔다. 이날 밤 달빛은 대낮과 같고 물결은 비단결과 같아서 자려고 해도 잠을 이룰 수가 없었다. 아랫사람들은 밤새도록 술을 마시고 노래를 불렀다.

2월 16일계축 맑음. 아침에 장계의 초안을 수정했다. 저녁에 동헌에 나가서 공무를 보았다. 장흥 부사, 우우후, 가리포 첨사가 와서 함께 활을 쏘았다. 군관들은 지난날의 승부내기에서 진 팀이 한턱을 냈다. 이에 몹시 취해 헤어졌다. 이날 밤은 너무 취해서 잠을 이룰 수가 없었다. 앉았다가 누웠다가 하면서 새벽을 맞이했다. 봄철의 나른하고 피곤한 증세가 벌써 이렇게 시작되는구나.

2월 17일갑인 흐림. 나라의 제삿날[5]이라 공무를 보지 않았다. 식사를 마친 뒤에 아들 면이 본영으로 갔다. 박춘양과 오수가 조기를 잡는 곳으로 갔다. 어제 술에 취한 것 때문에 심기가 몹시 불안했다. 저녁에 흥양 현감이 와서 이야기를 나누고 함께 저녁 식사를 했다. 미조항 첨사 성윤문의 문안 편지가 왔는데, "방금 관찰사(방백)의 공문을 받고 바로 진주성으로 가게 되어 나아가 인사를 드리지 못했습니다. 저 대신 황언실이 오게 되었습니다."라고 쓰여 있었다. 웅천 현감의 답장이 왔다. 임금의 유서[6]는 아직 받지 못했다고 했다. 이날 저물녘에 서풍이 세게 불어서 밤새도록 그치지 않았다. 아들이 떠나간 것을 생각하니 마음을 걷잡을 수가 없었다. 가슴이 아픈 것을 말로 다 할 수가 없다. 봄

5) 세종(世宗)의 제삿날.
6) 관찰사, 절도사, 방어사가 부임할 때 임금이 내리던 명령서.

철의 기운이 사람을 몹시 괴롭힌다. 너무나 나른하고 피곤하다.

2월 18일을묘 맑음. 식사를 마친 뒤에 동헌에 나가서 공무를 보았다. 서풍이 세게 불었다. 저녁에 체찰사의 비밀 공문이 3통이나 왔다. 하나는 탐라에 계속 후원하라는 것이고, 또 하나는 영등포 만호 조계종을 심문하는 일에 관한 것이고, 마지막 하나는 아직은 진도 전선을 독촉해 모으지 말라는 것이다. 저녁에 김국이 들어왔다. 한양에서 비밀 공문 2통과 책력[7] 1권을 갖고 왔다. 승정원의 소식도 들어왔다. 황득중은 철물을 싣고 와서 바쳤다. 술도 갖고 왔다. 땀이 온몸을 적셨다.

2월 19일병진 맑았으나 바람이 세게 붊. 아들 면이 잘 갔는지 밤새도록 무척 걱정을 했다. 이날 저녁에 소문을 들으니, 낙안의 군량선이 바람 때문에 사량에 배를 대었다가 바람이 잠잠해지면 떠날 것이라고 했다. 이날 새벽 이곳에 있는 왜인 난여몬 등을 시켜 경상도 진영에 남아 있는 항복한 왜인들을 묶어 오게 한 뒤에 목을 베게 했다. 경상 우수사 권준이 왔다. 장흥 부사, 웅천 현감, 낙안 군수, 흥양 현감, 우우후, 사천 현감 등과 함께 부안에서 온 술을 다 마셔 없앴다. 황득중이 총통을 만들 철물

---

7) 1년 동안의 해와 달의 운행, 월식과 일식, 절기, 특별한 기상 변동 따위를 날의 순서에 따라 적은 책.

을 갖고 왔다. 이것을 모두 저울로 달아서 그 무게를 측정한 후에 창고에 보관하게 했다.

2월 20일정사 맑음. 조계종이 현풍 수군 손풍련에게 소송을 당했기 때문에 함께 심문을 받으려고 여기에 왔다가 돌아갔다. 저녁에 동헌에 나가서 공무를 보고 공문을 나누어 보냈다. 손만세가 군역에 관한 공문을 위조해 만들었기에 그 죄를 처벌했다. 오후에 활 10순을 쏘았다. 낙안 군수와 녹도 만호가 함께 왔다. 비가 올 것 같다. 새벽에 몸이 나른하고 피곤했다.

2월 21일무오 궂은비가 새벽부터 세차게 오더니 저녁에야 그쳤다. 그래서 나가지 않고 홀로 앉아 있었다.

2월 22일기미 맑고 바람이 없음. 일찍 식사를 하고 나가 앉아 있으니 웅천 현감과 흥양 현감이 와서 만났다. 흥양 현감은 몸이 불편해 먼저 돌아갔다. 우우후, 장흥 부사, 낙안 군수, 남도포 만호, 가리포 첨사, 여도 만호, 녹도 만호가 와서 활을 쏘았다. 나도 활을 쏘았다. 손현평도 왔다. 몹시 취한 후에 헤어졌다. 이날 밤에 땀을 흘렸다. 봄철의 기운이 사람을 나른하고 피곤하게 한다. 강소작지가 그물을 가지러 본영으로 갔다. 충청 수사가 와서 화살대를 바쳤다.

2월 23일경신 맑음. 일찍 식사를 마친 뒤에 동헌에 나가서 공무를 보았다. 둔전에서 받아들인 벼를 다시 되질했다. 새로 지은 창고에 167섬을 쌓았다. 없어진 것이 48섬이다. 저녁에 거제 현령, 고성 현감, 하동 현감, 강진 현감, 회령포 만호가 와서 만났다. 하천수와 이진도 왔다. 방답 첨사도 왔다.

2월 24일신유 맑음. 일찍 식사를 마친 뒤에 둔전에서 받은 벼를 다시 되질하는 것을 감독했다. 우수사가 들어왔다. 오후 4시쯤에 비바람이 세게 불었다. 둔전에서 받아들인 벼를 다시 되질해 170섬을 창고에 넣었다. 없어진 것이 30섬이다. 낙안 군수(선의경)가 갈렸다는 소식이 왔다. 방답 첨사와 흥양 현감이 왔다. 배를 본영으로 보내려고 했는데 비바람이 심해서 그만두었다. 밤새 바람이 그치지 않았다. 몸이 나른하고 피곤하다.

2월 25일임술 비가 내리다가 정오쯤에 갬. 장계의 초안을 수정했다. 저녁에 우수사가 왔다. 나주 판관도 왔다. 장흥 부사가 와서, "수군을 다스리기 어려운 것은 관찰사가 방해를 하기 때문입니다."라고 했다. 이진이 둔전으로 돌아갔다. 춘절, 춘복, 사화가 본영으로 돌아갔다.

2월 26일계해 아침에는 맑다가 저물녘에는 비가 내림. 저녁에 동헌에 나가서 공무를 보았다. 여도 만호, 흥양 현감이 와서 수영의 서리들이 백성들을 괴롭히는 폐단에 대해 말했다. 매우 해괴한 일이다. 양정언과 영리 강기경, 이득종, 박취 등을 엄중한 벌로 다스렸다. 곧바로 경상도와 전라우도의 수사에게 수영의 서리를 잡아들이라고 명령했다. 경상 우수사가 와서 만났다. 얼마 후에 견내량의 복병이 달려와서 보고하기를, "왜적선 1척이 견내량을 거쳐 들어와 해평장에 머물려고 했습니다. 이를 발견하고는 이들을 머물지 못하게 했습니다."라고 했다. 둔전에서 추수한 벼 230섬을 다시 담았더니 198섬이었다. 줄어든 것이 32섬이라고 했다. 낙안 군수에게 이별의 술을 대접해 보냈다.

2월 27일갑자 흐리다가 저녁에는 맑음. 이날 녹도 만호 등과 함께 활을 쏘았다. 흥양 현감이 휴가를 받아 돌아갔다. 둔전에서 추수한 벼 220섬을 다시 담으니 여러 섬이 줄었다.

2월 28일을축 맑음. 아침 일찍 침을 맞았다. 저녁에 동헌에 나가 앉아 있으니 장흥 부사와 체찰사의 군관이 이곳에 이르렀다. 장흥 부사는 종사관이 군령을 갖고 자기를 체포하러 온 일 때문에 왔다고 했다. 또 전라도 수군 가운데에서 전라우도의 수군은 전라좌도와 전라우도를 왔다 갔다 하면서 탐라와 진도를 도와주라는 명령도 있다고 했다. 참 어이가 없다. 조정에서 생각하고 있는 정책이 어떻게 이럴 수가 있는가. 체찰사가 계획을 세우는 것이 어떻게 이럴 수가 있단 말인가. 나라의 일이 이러하니 어찌할 것인가. 어찌할 것인가. 저녁에 거제 현령을 불러 일을 물어본 뒤에 보냈다.

2월 29일병인 맑음. 아침에 공문의 초안을 수정했다. 식사를 마친 뒤에 동헌에 나가서 앉아 있으니 우수사, 경상 우수사, 장흥 부사, 체찰사의 군관이 왔다. 경상우도 순찰사의 군관이 편지를 갖고 왔다.

2월 30일정묘 맑음. 아침에 정사립으로 하여금 보고문을 쓰게 해 체찰사에게 보냈다. 장흥 부사도 체찰사에게 갔다. 해가 질 때 우수사가 와서, "바람이 따뜻해졌으니 협동 작전을 세워야 할 때이므로 부하들을 거느리고 본도(전라우도)로 가고자 합니다."라고 했다. 그 마음가짐이 매우 해괴해 그의 군관과 도훈도를 붙잡아다가 곤장 70대를 때렸다. 저녁에 송희립, 노윤발, 이원룡 등이 들어왔다. 송희립이 또 술을 갖고 왔다. 몸이 매우 불편해 밤새도록 식은땀을 흘렸다.

1596년 3월

몸이 불편해 신음하다

3월 1일무진 맑음. 새벽에 망궐례를 행했다. 아침에 경상 우수사가 와서 이야기를 나누고 돌아갔다. 저녁에 해남 현감 유형, 임치 첨사 홍견, 목포 만호 방수경에게 정해진 날짜를 지키지 못한 죄로 처벌했다. 해남 현감은 새로 부임해 왔으므로 곤장을 치지는 않았다.

3월 2일기사 맑음. 아침에 장계의 초안을 수정했다. 보성 군수가 들어왔다. 몸이 매우 불편해 공무를 보지 않았다. 몸이 노곤하고 땀이 나니, 이것은 병의 근원이다.

3월 3일경오 맑음. 이원룡이 본영으로 돌아갔다. 저녁에 반대해가 왔다. 정사립 등을 시켜서 장계를 쓰게 했다. 이날은 명절

(삼짇날)이라 방답 첨사, 여도 만호, 녹도 만호, 남도포 만호 등을 불러서 술과 떡을 먹였다. 아침 일찍 우수사에게 송희립을 보내 미안하다는 뜻을 전했더니 공손하게 대답했다고 한다. 땀이 줄줄 흘렀다.

3월 4일신미 맑음. 아침에 장계를 봉했다. 저물녘에 보성 군수 안홍국을 정해진 날짜를 지키지 못한 죄로 처벌했다. 정오 때 출항해 곧바로 소근포 끝을 거쳐서 바로 경상 우수사가 있는 곳에 이르렀다. 좌수사 이운룡도 왔다. 조용히 이야기를 나누고서 그대로 자리도[8] 바다 가운데에서 함께 잤다. 땀이 계속 흘렀다.

3월 5일임신 맑다가 구름이 낌. 새벽 3시에 출항해 해가 뜰 무렵에 견내량의 우수사가 복병한 곳에 이르렀다. 마침 아침을 먹을 때였다. 그래서 식사를 마친 뒤에 우수사를 만나서 잘못된 점들을 말하니 우수사(이억기)는 모든 것을 사과했다. 그 다음에 우수사는 술을 마련했다. 술을 함께 잔뜩 마시고 취해 돌아왔다. 그 길에 이정충의 장막으로 들어가서 조용히 이야기를 하는데 또 술을 마셔서 몸을 가누지도 못할 정도가 되었다. 비가 많이 쏟아져 먼저 배로 내려갔다. 우수사는 취해서 누워있었다. 정신

---

8) 경남 창원시 진해구 웅천동.

을 차리지 못하므로 작별 인사를 못 하고 왔다. 우습다. 배에 이르니 회, 해, 면, 울, 수원 등이 모두 와 있었다. 비를 맞으면서 진영 안으로 돌아오니 김혼도 와 있었다. 함께 이야기를 나누고 자정이 되어서야 잠을 잤다. 계집종 덕금과 한대, 효대와 은진에 있는 계집종도 왔다.

3월 6일계유 흐렸으나 비는 내리지 않음. 새벽에 한대를 불러 사건의 내용을 물었다. 아침에 몸이 불편했다. 식사를 마친 뒤에 하동 현감(신진), 고성 현령(조응도), 함평 현감(손경지), 해남 현감(유형)이 아뢰고 돌아갔다. 남도포 만호(강응표)도 돌아갔는데 기한을 5월 10일까지로 정했다. 우우후와 강진 현감(이극신)에게는 8일이 지난 뒤에 나가도록 일렀다. 함평 현감(손경지), 남해 현감(박대남), 다경포 만호(윤승남) 등이 칼을 쓰는 연습을 했다. 땀이 계속 흘러내렸다. 사슴 3마리를 사냥해 왔다.

3월 7일갑술 맑음. 새벽에 땀을 흘렸다. 저녁에 동헌에 나가서 공무를 보았다. 가리포 첨사와 여도 만호가 와서 만났다. 머리카락을 오랫동안 빗었다. 녹도 만호가 노루 2마리를 사냥해 왔다.

3월 8일을해 맑음. 아침에 안골포 만호(우수), 가리포 첨사(이응표)가 각각 큰 사슴을 1마리씩 보내왔다. 가리포 첨사도 보내왔다.

식사를 마친 뒤에 공무를 보러 나갔더니, 우수사, 경상 우수사, 좌수사, 가리포 첨사, 방답 첨사, 평산포 만호, 여도 만호, 우우후, 경상 우후, 강진 현감 등이 와 있었다. 함께 종일 술을 마셨다. 몹시 취해서 헤어졌다. 저녁에 비가 잠시 내렸다.

3월 9일병자 아침에는 맑다가 저물녘에는 비가 내림. 우우후와 강진 현감이 돌아가겠다고 하기에 술을 먹였더니 몹시 취했다. 우우후는 잔뜩 취해 쓰러져서 돌아가지 못했다. 저녁에 좌수사가 왔기에 이별의 술잔을 나누었더니 취해 대청에서 엎어진 채로 잠을 잤다. 계집종인 개와 함께 잤다.

3월 10일정축 비가 내림. 아침에 다시 좌수사를 초청해서 이별의 술잔을 나누었다. 종일 무척 취해서 밖으로 나가지를 못했다. 계속 식은땀이 흘렀다.

3월 11일무인 흐림. 해, 회, 완, 수원은 계집종 세 사람과 함께 나갔다. 이날 저녁에 방답 첨사(장린)가 화를 낼 일도 아닌데 공연히 화를 내어 지휘선에서 물을 긷는 군사에게 곤장을 쳤다. 참으로 놀랄 일이다. 곧 군관과 이방을 불렀다. 군관에게는 20대, 이방에게는 50대의 곤장을 때렸다. 저녁에 전임 천성보 만호가 떠난다고 인사를 하고 돌아갔다. 새 천성보 만호는 체찰사의 공문에 의해서 병사에게 체포되어 갔다. 그리하여 병사의 처소에서 머무르고 있다. 나주 판관도 왔기에 술을 먹여서 보냈다.

3월 12일기묘 맑음. 아침을 먹은 뒤에 몸이 나른하고 피곤해 잠시 잠을 잤다. 처음으로 피로가 가신 듯하다. 경상 우수사가 와서 함께 이야기를 나누었다. 여도 만호, 금갑도 만호, 나주 판관도 왔다. 군관들이 술을 냈다. 저녁에 소국진이 체찰사에게서 돌아왔다. 그 회답 중에 우도의 수군을 본도로 보내라는 것은 본의가 아니었다고 했다. 가소로웠다. 또한 소국진에게 들으니 흉악한 원균은 곤장 40대를, 장흥 부사는 20대를 맞았다고 한다.

3월 13일경진 종일 비가 내림. 저녁에 견내량의 복병이 달려와서, "왜적선이 연이어서 나오고 있습니다."라고 했다. 그래서 여도 만호와 금갑도 만호 등을 뽑아서 보냈다. 봄비가 오는 가운데 몸이 나른하고 피곤했다. 누워서 앓았다.

3월 14일신사 궂은비가 걷히지 않음. 새벽에 3도에서 급한 보고가 왔는데, "거제땅 세포의 왜선 5척과 고성 땅의 왜선 5척이 견내량 근처에 와서 정박하고는 육지에 내렸습니다."라는 것이었다. 그래서 3도의 여러 장수들에게 배 다섯 척을 더 뽑아서 보내도록 명령했다. 저녁에 동헌에 나가서 공무를 보고 각 처에 공문을 보냈다. 아침에 군량에 관한 회계를 마쳤다. 방답 첨사와 녹도 만호가 와서 만났다. 체찰사에게 공문을 보내려고 서류를 만들었다. 봄기운에 몸이 나른하고 피곤하다. 밤새도록 식은땀을 흘렸다.

3월 15일임오 맑음. 새벽에 망궐례를 행했다. 가리포 첨사, 방답 첨사, 녹도 만호가 와서 참석했다. 우수사와 다른 사람은 오지 않았다. 저녁에 경상 우수사가 와서 이야기를 나누었다. 함께 술에 취했는데 경상 우수사가 돌아갈 때 아랫방에서 덕과 무엇인가를 수군거렸다고 한다. 이날 저물녘에 바다의 달빛이 어슴푸레하게 밝았다. 몸이 나른하고 피곤해 축 가라 앉았다. 밤새도록 식은땀이 흘렀다. 한밤에 비가 몹시 왔다. 낮에는 나른하고 피곤해 머리를 빗었는데 계속해서 땀이 흘렀다.

3월 16일계미 비가 퍼붓듯이 내리며 종일 그치지 않음. 오전 8시쯤에 동남풍이 세게 불어 지붕이 뒤집힌 곳이 많고, 문과 창이 깨지고 창호지도 찢어졌다. 비가 방안으로 새어 들어오니 괴로워서 견딜 수가 없었다. 정오 때 바람이 잠잠해졌다. 저녁에 군관을 불러서 술을 먹였다. 새벽 1시쯤에 비가 잠시 그쳤다. 어제와 마찬가지로 땀을 많이 흘렸다.

3월 17일갑신 종일 가랑비가 내려 밤새도록 그치지 않음. 저녁에 나주 판관이 와서 만났다. 취하게 만들어 보냈다. 저물녘에 박자방이 들어왔다. 이날 밤에 식은땀이 등까지 흘러 두 겹의 옷이 흠뻑 다 젖고 이부자리까지도 젖었다. 몸이 불편하다.

3월 18일을유 맑음. 동풍이 종일 불고 날씨는 몹시 추웠다. 저녁에 나가 소지를 처리해 주었다. 방답 첨사, 금갑도 만호, 회령포 만호, 옥포 만호 등이 와서 만났다. 활 10순을 쏘았다. 이날 밤 바다의 달빛이 어슴푸레했다. 밤기운이 몹시 차가웠다. 잠을 이룰 수가 없었다. 앉았다가 누웠다가 했다. 어떻게 해도 몸이 불편했다. 몸이 좋지 않았다.

3월 19일병술 맑음. 동풍이 세게 불고 날씨는 몹시 추웠다. 아침에 새로 만든 가야금에 줄을 매었다. 저녁에 보성 군수가 못자리판을 검사하는 일로 휴가를 받았다. 김혼도 같은 배를 타고 나갔다. 종 경도 함께 돌아갔다. 정량은 볼일이 있어서 여기에 왔다가 다시 돌아갔다. 저녁에 가리포 첨사와 나주 목사가 와서 만났다. 취하도록 술을 먹여서 보냈다. 저물녘부터 바람이 몹시 사나워졌다.

3월 20일정해 종일 바람이 불고 비가 내림. 바람이 세게 불고 비가 내렸다. 그리하여 종일 나가지 않았다. 몸이 몹시 불편하다. 바람막이 2개를 만들어서 걸어 놓았다. 밤새도록 비가 왔다. 땀이 옷과 이불을 모두 적셨다.

3월 21일무자 종일 큰비가 내림. 초저녁에 곽란[9]이 나서 구토를 1시간이나 했다. 자정이 되니 조금 가라앉았다. 몸을 이리저리 뒤척이며 앉았다가 누웠다가 했다. 하지 않아도 될 일을 하는 것 같아서 매우 한스러웠다. 이날은 너무 무료해서 군관 송희립, 김대복, 오철 등을 불러서 승경도 놀이를 했다. 바람막이 3개를 만들어 걸게 했다. 이언량과 김응겸이 그 일을 감독했다. 자정이 지나자 비가 잠시 그쳤다. 새벽 3시쯤에는 이지러진 달빛이 비치기 시작했다. 방 밖으로 나가서 거닐었다. 몸이 몹시 나른하고 피곤했다.

3월 22일기축 맑음. 아침에 종 금이를 시켜 머리를 빗게 했다. 저녁에 우수사와 경상 우수사가 함께 와서 만났다. 술을 대접한 뒤에 보냈다. 그 편에 들으니 작은 고래가 섬 위로 떠밀려 와서 죽었다고 했다. 그래서 박자방을 보냈다. 이날 저물녘에 땀이 무척이나 많이 흘렀다.

---

9) 체해 토하고 설사하는 급성 위장병. 찬물을 마시거나 몹시 화가 난 경우, 뱃멀미나 차멀미로 위가 손상되어 일어남.

3월 23일경인 맑음. 새벽에 정사립이 와서 물고기로 짠 기름을 많이 갖고 왔다고 했다. 새벽 3시에 몸이 불편해 금이를 불러 머리를 긁게 했다. 저녁에 각 처에 보낼 공문을 처리했다. 활 10순을 쏘았다. 조방장 김완과 충청 수군의 배 8척이 들어오고 우후도 들어왔다. 종 금이가 편지를 갖고 왔는데 어머니께서는 편안하시다고 했다. 초저녁에 영등포 만호가 그의 어린 딸을 데리고 또 술병을 갖고 왔다고 했다. 그러나 나는 거들떠보지 않았다. 밤 10시쯤이 지나서야 되돌아갔다. 이날은 처음으로 미역을 딴 날이다. 한밤중에 잠이 들었다. 땀이 흘러 옷을 적셨으므로 옷을 갈아입고 잤다.

3월 24일신묘 맑음. 아침에 미역을 따러 나갔다. 헌 활집[10)]은 베로 만든 것이 8장, 솜으로 만든 것이 2장인데 그 가운데 활집 1장은 고쳐 만들라고 내주었다. 아침 식사를 마친 뒤에 동헌에 나가 앉았다. 마량 첨사 김응황, 파지도 권관 송세응, 결성 현감 손안국 등을 처벌했다. 저녁에 우후가 가져온 술을 방답 첨사, 평산포 만호, 여도 만호, 녹도 만호, 목포 만호 등과 함께 마셨다. 나주 판관 어운급에게는 4월 15일까지 휴가를 주었다. 몸이 몹시 나른하고 피곤했다. 흐르는 땀이 예사롭지가 않았다. 이것

10) 활을 넣어 두는 자루.

은 분명 비가 올 징조다.

3월 25일임진 새벽부터 비가 내림. 종일 비가 쏟아져 내렸다. 잠시도 비가 끊이지를 않았다. 저녁때까지 수루에 기대어 있었다. 마음이 매우 언짢았다. 머리를 한참 동안이나 빗었다. 낮부터 식은땀이 옷을 적셨다. 밤에는 두 겹의 옷이 모두 젖었고 방바닥에까지 땀이 흘렀다.

3월 26일계사 맑고 남풍이 붊. 저녁에 나가 앉아 있는데 조방장, 방답 첨사, 녹도 만호가 와서 함께 활을 쏘았다. 경상 우수사가 와서 이야기를 나누었다. 체찰사의 명령이 내려왔는데, "전일(12일)에 우도의 수군을 보내라고 한 것은 장계를 잘못 본 까닭이다."라고 했다. 매우 어처구니가 없다.

3월 27일갑오 맑음. 남풍이 붊. 저녁에 나가서 활을 쏘았다. 우후와 방답 첨사도 왔다. 충청도 마량 첨사, 임치 첨사, 결성 현감, 파지도 권관이 함께 왔다. 술을 먹여서 보냈다. 저녁에 신 사과와 아우 여필이 들어왔다. 그 편에 어머니께서 편안하시다는 말을 들었다. 기쁘다. 참으로 다행이다.

3월 28일을미 궂은비가 몹시 내림. 종일 날이 개지 않음. 나가서 공문을 나누어 보냈다. 충청도의 각 배에 있는 사람들을 시켜 울타리를 다시 설치하도록 했다.

3월 29일병신 궂은비가 걷히지 않음. 저녁에 부찰사(한효순)의 통지문이 먼저 이곳에 왔다. 부찰사가 성주를 거쳐서 진영으로 온다고 했다.

1596년 4월

도요토미 히데요시의 죽음에 대해 듣다

4월 1일정유 비가 많이 내림. 신 사과와 함께 이야기를 나누었다. 종일 비가 내렸다.

4월 2일무술 저녁에 갬. 저물녘에 경상 우수사가 부찰사를 마중하는 일 때문에 나갔다. 신 사과도 같은 배를 타고 나갔다. 이날 밤에 몸이 몹시 불편했다.

4월 3일기해 맑고 남풍이 종일 붊. 어제 저녁에 견내량의 복병이 긴급하게, "왜인 4명이 부산에서 장사를 하며 이익을 늘리기 위해 나왔다가 바람에 휩쓸려 떠내려갔습니다."라고 했다. 그래서 새벽에 녹도 만호 송여종을 보내 그렇게 된 까닭을 묻고 처리하도록 지시해 보냈다. 그 내용을 탐색해 보았더니 정탐하러 왔던 것이 분명했다. 그래서 그들의 목을 베었다. 우수사에게 가 보려고 했으나 몸이 불편해 가지 못했다.

4월 4일경자 흐림. 아침에 오철이 나갔다. 종 금이도 함께 갔다. 아침에 체찰사의 공문에 도장을 찍어서 벽에 붙였다. 여러 장수들의 표신을 고쳤다. 우수사에게 가서 술을 마셨다. 함께 취해 이야기를 나누고 돌아왔다. 충청도의 진영에 울타리를 설치했다. 초저녁이 지나서야 저녁을 먹었다. 몸에서는 열이 나고 식은땀이 흘렀다. 밤 10시쯤에 잠시 비가 내리다가 그쳤다.

4월 5일신축 맑음. 부찰사(한효순)가 들어왔다.

4월 6일임인 흐렸으나 비는 내리지 않음. 부찰사가 활쏘기 연습을 했다. 저녁에 나는 우수사와 함께 동헌에 나가서 군사들에게 음식을 먹이며 대면했다.

4월 7일계묘 맑음. 부찰사가 자리에 나가 앉아서 상을 나누어 주었다. 새벽에 부산 사람이 들어와서, "명나라 사신(이종성)이 달아났습니다."라고 했는데 무슨 일인지 알 수가 없었다. 부찰사가 입봉[11]에 올라갔다. 점심을 먹은 뒤에 두 수사와 함께 이야기를 나누었다.

4월 8일갑진 종일 비가 내림. 저녁에 들어가서 부찰사와 마주 앉아서 함께 술을 마셨다. 몹시 취했다. 초파일이라 등불을 켠 뒤에 달아 놓고 헤어졌다.

4월 9일을사 맑음. 이른 아침에 부찰사가 떠난다고 해 배를 타고 포구로 나갔다. 함께 배에서 이야기를 나누고 헤어졌다.

4월 10일병오 맑음. 아침에 들으니 암행어사가 들어온다고 했다. 그래서 수사 이하 모두가 포구로 나가 암행어사를 기다렸다. 조붕이 와서 만났다. 그를 보니 학질(말라리아)을 오래 앓아서인지 몹시 마른 모습이었다. 참으로 딱했다. 저녁에 암행어사가 들어와서 함께 내려가 앉아서 이야기를 나누었다. 촛불을 켜 주고 헤어졌다.

4월 11일정미 맑음. 아침을 먹고 암행어사와 함께 마주해 조용히 이야기를 나누었다. 저녁에 군사들에게 음식을 먹였다. 활 10순을 쏘았다.

4월 12일무신 맑음. 아침을 먹고 난 뒤에 암행어사가 밥을 지어

---

11) 경남 통영시 한산면 한산도에 위치.

군사들에게 먹였다. 그런 뒤에 활 10순을 쏘고, 종일 이야기를 나누었다.

4월 13일기유 맑음. 아침을 먹고 암행어사와 함께 있다가 저물녘에 포구로 나갔는데 남풍이 매우 세게 불어서 출항하지 못했다. 선인암으로 가서 종일 이야기를 나누다가 날이 어두워져서야 헤어졌다. 저물녘에 거망포에 이르렀는데 잘 갔는지 모르겠다.

4월 14일경술 흐리고 종일 비가 내림. 아침을 먹고 나가 앉아서 홍주 판관(박윤), 당진 만호(조효열)가 교서에 숙배한 뒤에 충청 우후 원유남에게 곤장 40대를 쳤다. 당진포 만호도 같은 벌을 받았다.

4월 15일신해 맑음. 단오절의 진상품을 봉해서 곽언수에게 주어 보냈다. 영의정(류성룡), 영부사 정탁, 판서 김명원, 지사 윤자신, 조사척, 신식, 남이공에게 편지를 썼다.

4월 16일임자 맑음. 아침을 먹은 뒤에 나가 앉아서 공무를 보았다. 남여문 등을 불러다가 불을 지른 왜인 3명이 누구인지를 물어본 뒤에 붙들어서 처형했다. 우수사와 경상 우수사도 함께 앉아서 아우 여필이 가져온 술을 함께 마시고 취했다. 가리포 첨사와 방답 첨사도 함께 마셨는데 밤이 되어서야 헤어졌다. 이날 밤 바다에는 달빛이 차갑게 비치고 잔물결이 한 점도 일지 않았다. 다시 식은땀을 흘렸다.

4월 17일계축 맑음. 아침을 먹고 나서 아우 여필과 아들 면이 종을 데리고 돌아갔다. 저녁에 공문을 나누어 주었다. 이날 저녁에 울이 안위를 찾아가 만나고 돌아왔다.

4월 18일갑인 맑음. 아침을 먹기 전에 각 고을과 포구에 공문과 소지를 처리해 주었다. 체찰사에게 갈 공문을 보냈다. 저녁에 충청 우후, 경상 우후, 방답 첨사, 조방장 김완과 더불어 활 20순을 쏘았다. 마도의 군관이 복병하고 있는 곳으로 항복한 왜인 1명을 붙잡아 왔다.

4월 19일을묘 맑음. 습열[12]로 침을 20여 곳에 맞았다. 몸에 번열[13]이 나는 것 같아서 종일 방에서 나가지 않았다. 어두워질 무렵에 영등포 만호가 와서 만났다. 종 목년, 금, 풍진 등이 와서 인사했다. 이날 아침에 남여문을 통해 도요토미 히데요시가 죽었다는 말을 들었다. 뛸 것처럼 기뻤지만 믿을 수는 없는 일

---

12) 습기로 일어나는 열.
13) 열이 나고 가슴이 답답함.

이었다. 이 소식은 예전부터 퍼졌었지만 정확한 기별이 온 적은 없다.

4월 20일병진 맑음. 경상 우수사가 와서 내일 만나자고 청했다. 활 10순을 쏘고 헤어졌다.

4월 21일정사 맑음. 아침을 먹은 뒤에 경상도의 진영으로 가는 길에 우수사의 진영에 들러서 우수사와 함께 갔다. 종일 활을 쏘았다. 술을 마시고 잔뜩 취해서 돌아왔다. 조방장 신호는 병 때문에 집으로 돌아갔다. 영인이 왔다.

4월 22일무오 맑음. 아침을 먹은 뒤에 동헌에 나가서 공무를 보았다. 부산의 허내은만이 보낸 편지에, "명나라의 사신(이종성)은 달아나고 부사(양방형)만 여전히 왜인의 진영에 머무르고 있습니다. 4월 8일에 달아난 까닭을 상부에 아뢰었습니다."라고 쓰여 있었다. 김 조방장이 와서 아뢰기를 노천기가 술을 먹고 주책없이 굴다가 본영의 진무 황인수와 성복 등에게서 욕을 먹었다고 했다. 그래서 곤장 30대를 때렸다. 활 10순을 쏘았다.

4월 23일기미 흐리다가 저녁에는 맑음. 아침에 첨지 김경록이 들어왔다. 아침을 일찍 먹고 나갔다. 김경록과 앉아서 함께 술을 마셨다. 저녁에 군사들 중에서 힘이 센 자들을 뽑아서 씨름을 시켰는데 성복이라는 자가 판을 독차지했다. 그래서 상으로 쌀 1말을 주었다. 활 10순을 쏘았다. 충청 우후 원유남, 마량 첨사(김응황), 당진 만호(조효열), 홍주 판관(박윤), 결성 현감(손안국), 파지도 권관(송세응), 옥포 만호(이담) 등과 함께 쏘았다. 한밤중에 영인이 돌아갔다.

4월 24일경신 맑음. 식사를 마친 뒤에 목욕을 하고 나와서 여러 장수들과 함께 이야기를 나누었다.

4월 25일신유 맑음. 남풍이 세게 불었다. 일찍이 목욕을 하러 목욕탕에 들어가서는 한참을 있었다. 저녁에 우수사가 와서 만났다. 또 목욕탕에 들어갔는데 물이 너무 뜨거워서 오래 있지 못하고 도로 나왔다.

4월 26일임술 맑음. 아침에 체찰사의 군관이 경상도로 갔다는 말을 들었다. 식사를 마친 뒤에 목욕을 했다. 저녁에 경상 우수사가 와서 만났다. 체찰사의 군관 오역이 왔다. 김양간이 소를 싣고 오는 일 때문에 본영으로 갔다.

4월 27일계해 맑음. 저녁에 한 차례 목욕을 했다. 체찰사의 회답 공문이 왔다.

4월 28일갑자 맑음. 아침저녁으로 두 차례 목욕을 했다. 여러 장수들이 모두 와서 만났다. 경상 우수사는 뜸을 뜨느라고 오지 못했다.

4월 29일을축 맑음. 저녁에 한 차례 목욕을 했다. 남여문을 시켜서 항복한 왜인 사고여문의 목을 베게 했다.

4월 30일병인 맑음. 저녁에 한 차례 목욕을 했다. 우수사가 와서 만났다. 충청 우후도 보고 돌아갔다. 저녁에 부산의 허내은만의 편지가 왔는데 고니시 유키나가가 군사를 철수할 뜻이 있는 것 같다고 했다. 김경록이 돌아갔다. 어머니께서 평안하시다는 편지가 왔다.

1596년 5월

왜적이 철수할 것이라는 소문을 듣다

5월 1일정묘 흐렸으나 비는 내리지 않음. 경상 우수사가 와서 만났다. 한 차례 목욕을 했다.

5월 2일무진 맑음. 아침 일찍 목욕을 하고 진영으로 돌아왔다. 쇠를 부어 총통 2자루를 만들었다. 조방장 김완과 조계종이 와서 만났다. 우수사가 김인복의 목을 베어 효시했다. 이날은 공무를 보지 않았다.

5월 3일기사 맑음. 가뭄이 너무 심하다. 걱정되고 괴로운 마음을 어찌 다 말하겠는가. 공무를 보지 않았다. 경상 우후가 와서 활 15순을 쏘았다. 저물어서야 들어왔다. 쇠를 부어 총통 2자루를 만들었다.

5월 4일경오 맑음. 오늘은 어머니 생신인데 헌수[14]하는 술 한 잔도 올리지 못하니 마음이 편하지가 않다. 밖에 나가지 않았다. 오후에 우수사가 사무를 보는 공관에 불이 나서 전부 타 버렸다. 저녁에 문촌공이 부요에서 왔다. 조종이 쓴 편지를 갖고 왔는데 조정이 4월 1일에 세상을 떠났다고 했다. 슬프고도 애달프다. 우후가 앞에 있는 산마루에서 여제[15]를 지내기로 했다.

5월 5일신미 맑음. 새벽에 여제를 지냈다. 일찍 아침을 먹고 나가서 공무를 보았다. 회령포 만호가 교서에 숙배한 뒤에 여러 장수들이 와서 모였다. 회의를 하고 나서 둘러앉아 위로주를 네 차례 돌렸다. 술이 몇 차례 돌고 나서 경상 우수사가 씨름을 붙였는데 낙안 군수 임계형이 일등이었다. 밤이 깊도록 즐겁게 마시고 뛰놀게 한 것은 스스로 즐겁고자 한 것이 아니라 오랫동안 고생한 장수들의 피곤함을 풀어 주고자 하는 마음에서였다.

5월 6일임신 아침에는 흐리다가 저녁에는 큰비가 내림. 농부들의 소망을 흡족하게 채워 주니 기쁘고 다행한 마음을 이루 다 말할 수가 없다. 비가 내리기 전에 활 5~6순을 쏘았다. 비는 밤새도록 그치지 않았다. 해가 질 무렵에 총통을 만들 때 쓰는 숯

---

14) 장수를 비는 뜻으로 술잔을 올림.
15) 나라에 역질이 돌 때 여귀에게 지내던 제사.

을 쌓아 두는 창고에서 불이 났다. 그만 전부 타 버렸다. 이는 감독관 무리들이 조심하지 않은 탓이다. 새로 받아들인 숯에 불씨가 남아 있는지를 잘 살피지 않아서 이런 재난이 일어나게 된 것이다. 참으로 한탄스럽다. 울과 김대복이 같은 배를 타고 나갔다. 비가 엄청나게 쏟아져 잘 갔는지 모르겠다. 밤새도록 앉아서 걱정했다.

5월 7일계유 비가 내리다가 저녁에는 갬. 이날은 울이 잘 도착했는지 궁금해서 계속 걱정했다. 앉아서 밤새도록 걱정하고 있을 때 사람이 문을 두드리는 소리가 나기에 열어 보니 이영남이 있었다. 불러들여서 조용히 지난 일을 이야기했다.

5월 8일갑술 맑음. 아침에 이영남과 함께 이야기를 나누었다. 저녁에 동헌에 나가서 공무를 보았다. 경상 우수사가 와서 만났다. 활 10순을 쏘았다. 몸이 몹시 불편해 두 번이나 토했다. 이날 영산 이중의 무덤을 파낸다는 말을 들었다. 저녁에 조카 완이 들어왔다. 김효성도 왔다. 비인[16] 현감(신경징)이 들어왔다.

5월 9일을해 맑음. 몸이 몹시 불편하다. 이영남과 함께 서관[17]의

16) 충남 서천군 비인면 성내리.
17) 황해도와 평안도.

일을 이야기를 나누었다. 초저녁에 비가 내리더니 새벽까지 왔다. 부안 전선에서 불이 났으나 심하게 타지는 않았다고 하니 다행이다.

5월 10일병자 맑음. 나라의 제삿날[18]이라 공무를 보지 않았다. 몸이 불편해 종일 몹시 심하게 앓았다.

5월 11일정축 맑음. 새벽에 앉아서 이정과 함께 이야기를 나누었다. 식사를 마친 뒤에 동헌에 나가서 공무를 보았다. 비인현감 신경징에게 정해진 날짜를 어긴 죄로 곤장 20대를 쳤다. 또 순천의 격군을 감독하는 감관 조명의 죄에 대해서도 곤장을 쳤다. 몸이 불편해 일찍 들어왔다. 매우 심하게 앓았다. 거제 현령과 영등포 만호는 이영남과 함께 잤다.

5월 12일무인 맑음. 이영남이 돌아갔다. 몸이 불편해 종일 신음했다. 김해 부사 백사림의 긴급 보고가 전해졌는데, 부산에서 왜인들의 무리에 잠입한 김필동의 편지에, 비록 도요토미 히데요시는 없을지라도 정사와 부사는 그대로 있으니 곧 화친하고 군사를 철수하려고 한다는 내용이 있다고 했다.

---

18) 태종(太宗)의 제삿날.

5월 13일기묘 맑음. 부산에서 허내은만의 편지가 왔다. 가토 기요마사라는 자는 이미 10일에 군사를 거느리고 바다를 건너갔고, 각 진의 왜인들도 장차 철수할 것이며 부산의 왜인들은 명나라 사신을 모시고 건너가기 위해 아직 그대로 남아 있는 것이라고 했다. 이날 활 9순을 쏘았다.

5월 14일경진 맑음. 김해 부사 백사림의 긴급 보고 내용도 허내은만의 편지와 같았다. 그래서 순천 부사에게 이 사실을 다른 고을과 진포에 두루 알리도록 지시했다. 활 10순을 쏘았다. 결성 현감 손안국이 떠났다.

5월 15일신사 맑음. 새벽에 망궐례를 행했다. 우수사는 오지 않았다. 식사를 마친 뒤에 동헌에 나갔다. 들으니 한산도 뒷산 마루로 올라가면 5도[19] 열도와 대마도를 바라볼 수 있다고 했다. 그래서 혼자 말을 타고 올라가서 보니 과연 5도 열도와 대마도가 보였다. 저녁에 작은 냇가로 내려와서 조방장, 거제 현령과 함께 점심을 먹었다. 날이 저물어서야 진영으로 돌아왔다. 어두워진 뒤에 따뜻한 물에 목욕을 하고 잤다. 밤바다의 달은 밝고 바람은 한 점도 없었다.

---

19) 나가사키 현의 서쪽 100km 정도 떨어진 섬들.

5월 16일임오 맑음. 아침에 송한련의 형제가 물고기를 잡아서 갖고 왔다. 충청 우후(원유남), 홍주 판관(박윤), 비인 현감(신경징), 파지도 권관(송세응) 등이 왔다. 우수사(이억기)도 와서 만났다. 이날 밤에는 비가 많이 올 것 같더니 과연 자정이 되자 비가 내리기 시작했다. 정화수[20]를 마시고 싶은 밤이었다.

5월 17일계미 종일 비가 내림. 농사에 아주 흡족할 만큼의 비가 내렸다. 점을 쳐보니, 풍년이 들것 같다는 점괘가 나왔다. 저녁에 영등 만호 조계종이 들어와 보았다. 혼자 수루에 기대어 시를 읊조렸다.

5월 18일갑신 비가 잠시 개긴 했으나 바다의 안개는 걷히지 않음. 체찰사에게서 공문이 들어왔다. 저녁에 경상 우수사가 와서 만났다. 동헌에 나갔다가 활을 쏘았다. 저녁에 탐색선이 들어와서 어머니께서는 편안하시다고 했다. 그러나 식사량이 전보다 많이 줄었다고 하니 걱정이 되어서 눈물이 난다. 춘절이 누비옷을 갖고 왔다.

5월 19일을유 맑음. 방답 첨사(장린)가 모친상을 입었기 때문에

---

20) 이른 새벽에 길어 낸 우물물.

우후를 임시 대장으로 정해 보냈다. 활을 10순 쏘았다. 땀이 온 몸을 적셨다.

5월 20일병술 맑고 바람도 없음. 대청 앞에 기둥을 세웠다. 저녁에 동헌에 나가니 웅천 현감 김충민이 찾아와서 만났다. 식량이 다 떨어졌다고 했다. 그래서 벼 20말을 체지[21)]로 써서 주었다. 사도 첨사가 돌아왔다.

5월 21일정해 맑음. 동헌에 나갔다가 우후 등과 함께 활을 쏘았다.

5월 22일무자 맑음. 충청 우후 원유남, 좌우후 이몽구, 홍주 판관 박윤 등과 함께 활을 쏘았다. 홍우가 장계를 갖고 감사에게 갔다.

5월 23일기축 흐렸으나 비는 내리지 않음. 충청 우후 등과 함께 활 15순을 쏘았다. 아침에 미조항 첨사 장의현이 교서에 숙배한 뒤에 장흥으로 부임했다. 춘절이 본영으로 돌아갔다. 이날 밤 10시쯤에 땀이 예사롭지 않게 흘렀다. 이날 저녁 새 수루의

---

21) 전곡을 지급할 때 사용하는 공문.

지붕을 이었으나 완성하지는 못했다.

5월 24일경인 아침에 찌푸린 걸 보니 비가 많이 올 것 같음. 나라의 제삿날[22]이라 공무를 보지 않았다. 저녁에 나가서 활 10순을 쏘았다. 부산 허내은만의 편지가 왔다. 경상좌도에 있었던 각 진영의 왜군들은 모두 철수하고, 다만 부산의 왜군만이 남아있다고 했다. 명나라의 정사[23]가 바뀌어서 새로 임명된 사람이 온다는 소식이 22일 부사에게 왔다고 한다. 허내은만에게 쌀 10말과 소금 10말을 주고 염탐해 보고하라고 지시했다. 저물녘부터 비가 오더니 밤새도록 퍼부었다. 박옥, 옥지, 무재 등이 화살대 150개를 처음으로 만들어 냈다.

5월 25일신묘 종일 비가 내림. 혼자 수루에 앉아 있으니 온갖 생각이 다 일어난다. 우리나라의 역사책을 읽어 보니 한탄스러운 생각이 많이 든다. 무재 등이 화살을 만들었는데 휜 굽에 톱질을 한 것이 1,000개, 휜 굽이 그대로인 것이 870개였다.

5월 26일임진 짙은 안개가 걷히지 않음. 남풍이 세게 불었다. 저녁에 동헌에 나가서 공무를 보았다. 충청 우후와 우후 등과 함

---

22) 문종(文宗)의 제삿날.
23) 사신 가운데 우두머리가 되는 사람.

께 활을 쏘았다. 경상 우수사도 와서 함께 활 10순을 쏘았다. 이날 저녁 무렵에는 날씨가 찌는 듯이 더웠다. 땀이 줄줄 흘렀다.

5월 27일계사 가랑비 종일 그치지 않음. 충청 우후와 좌우후가 이곳에 와서 승경도로 내기를 했다. 이날 저녁 무렵에도 날씨가 찌는 듯이 더워서 답답했다. 땀이 온몸을 적셨다.

5월 28일갑오 궂은비가 걷히지 않음. 들으니 전라 감사(홍세공)가 파면되어 돌아갔다고 한다. 가토 기요마사가 부산으로 다시 돌아왔다고 한다. 모두 믿기가 어렵다.

5월 29일을미 궂은비가 저녁 내내 내림. 장모님의 제삿날이라 공무를 보지 않았다. 고성 현령과 거제 현령이 와서 만났다.

5월 30일병신 흐림. 곽언수가 들어왔다. 영의정(류성룡), 도원수 김명원, 판부사 정탁, 지사 윤자신, 조사척, 신식, 남이공의 편지가 왔다. 저녁에 우수사에게 가서 종일 무척 즐기다가 돌아왔다.

1596년 6월

계속해서 활을 쏘다

6월 1일정유 종일 궂은비가 내림. 저녁에 충청 우후(원유남), 본영 우후(이몽구), 홍주 판관(박윤), 비인 현감(신경징)을 불러 와서 술을 마시며 이야기를 나누었다. 윤연은 자기의 포구로 간다고 했다. 그래서 도양장의 콩 씨앗이 모자라거든 김덕록에게서 콩 씨앗을 가져가라고 공문을 보냈다. 남해 현령이 새로 부임했다고 도임장을 갖고 와서 바쳤다.

6월 2일무술 비가 그치지 않음. 아침에 우후가 방답 첨사에게 갔다. 비인 현감 신경징이 나갔다. 가죽으로 옷을 만들었다. 저녁에 동헌에 나갔다. 활 10순을 쏘았다. 편지를 써서 본영에 보냈다.

6월 3일기해 흐림. 아침에 제포 만호 성천유가 교서에 숙배했다.

김량간이 농사짓는 소를 싣고 나갔다. 새벽꿈에 태어난 지 겨우 5~6개월인 어린 아이를 몸소 안았다가 도로 내려놓았다. 금갑도 만호가 와서 만났다.

6월 4일경자 맑음. 식사를 마친 뒤에 동헌에 나갔다. 가리포 첨사, 임치 첨사, 목포 만호, 남도포 만호, 충청 우후, 홍주 판관 등이 왔다. 활 7순을 쏘았다. 우수사가 와서 다시 과녁을 그렸다. 활 12순을 쏘았다. 술을 마시고 취해 헤어졌다.

6월 5일신축 흐림. 아침에 박옥, 무재, 옥지 등이 연습용 화살 150개를 만들어서 바쳤다. 동헌에 나가서 활 10순을 쏘았다. 경상우도 감사의 군관이 편지를 갖고 왔는데 감사는 집안에 혼사가 있어서 한양으로 올라갔다고 했다.

6월 6일임인 맑음. 4도의 여러 장수들이 모두 모여서 활을 쏘았다. 술과 음식을 먹인 후에 다시 모여 활쏘기 내기를 했다. 승부를 가리고 헤어졌다.

6월 7일계묘 아침에는 흐리다가 저녁에는 맑음. 저녁에 나가서 충청 우후 등과 함께 활 10순을 쏘았다. 왜의 조총값을 주었다.

6월 8일갑진 맑음. 일찍 나가 활 15순을 쏘았다. 남도포 만호의 첩인 목포 사람이 몹시 시샘을 부리며 허씨 집으로 뛰어들어서 맞붙어 싸움을 했다고 한다.

6월 9일을사 맑음. 일찍 나가서 충청 우후, 당진 만호, 여도 만호, 녹도 만호 등과 활을 쏘았다. 경상 우수사도 와서 함께 활 20순을 쏘았다. 경상 우수사가 잘 맞혔다. 이날 일찍 종 금이가 본영으로 갔다. 옥지도 갔다. 이날 해가 질 무렵에 몹시 열이 나고 땀이 예사롭지 않게 흘렀다.

6월 10일병오 비가 종일 쏟아지듯이 내림. 정오 때 부산에서 편지가 왔다. 소 요시토시가 9일에 이른 아침에 대마도로 들어갔다고 했다.

6월 11일정미 비가 내리다가 저녁에 맑게 갬. 활 10순을 쏘았다.

6월 12일무신 맑음. 심한 더위가 찌는 것 같다. 충청 우후 등을 불러서 활 15순을 쏘았다. 남해 현감의 편지가 왔다.

6월 13일기유 맑고 몹시 더움. 경상 우수사가 술을 갖고 왔다. 활 15순을 쏘았다. 경상 우수사도 잘 맞혔지만 김태복이 1등을 했다.

6월 14일경술 맑음. 일찍 동헌에 나갔다가 활 15순을 쏘았다. 아침에 아들 회와 이수원이 함께 왔다. 어머니께서 편안하시다고 했다.

6월 15일신해 맑음. 새벽에 망궐례를 행했다. 우수사, 가리포 첨사, 나주 판관 등은 배탈이 났는지 병 때문에 참석하지를 못했다. 저녁에 동헌에 나가서 공무를 보았다. 충청 우후, 조방장 김완 등 여러 장수들을 불러서 활 15순을 쏘았다. 이날 일찍 부산의 허내은만이 와서 왜적의 정세를 전했다. 그에게 군량을 주어서 보냈다.

6월 16일임자 맑음. 저녁에 경상 우수사가 와서 이야기를 나누었다. 동헌에 나갔다가 활 10순을 쏘았다. 저녁에 김붕만과 배승련 등이 돗자리를 사 갖고 진영에 왔다.

6월 17일계축 맑음. 저녁에 우수사가 왔다. 활 15순을 쏘고 헤어졌다. 수사는 술을 마시지 않았다. 충청 수사는 아버지의 제삿날이라 걸망포로 간다고 보고했다.

6월 18일갑인 맑음. 저녁에 나가서 활 15순을 쏘았다.

6월 19일을묘 맑음. 체찰사에게 공문을 보냈다. 저녁에 동헌에 나가서 공무를 보았다. 활 15순을 쏘았다. 이설에게서 황정록의 못된 행실에 대해 들었다. 발포 보리밭에서 26섬을 수확했다고 한다.

6월 20일병진 맑음. 어제 아침 곡포 권관 장후완이 교서에 숙배한 뒤에 평산포 만호를 불렀다. 어째서 빨리 진영에 도착을 하지 않았는지를 책망했다. 그러자 그가 "날짜를 정해 주시지 않았기 때문에 50여 일이나 물러나 있게 된 것입니다."라고 했다. 해괴하기 짝이 없어서 곤장 30대를 쳤다. 이날 정오에 남해 현령이 들어와서 숙배한 뒤에 이야기를 나누고 활을 쏘았다. 충청 우후도 왔다. 활 15순을 쏘고 안으로 들어가서 남해 현감 박대남과 자세히 이야기를 나누었다. 밤이 깊어져서야 헤어졌다. 임달영도 왔는데 소를 판 서류와 탐라 목사의 편지를 갖고 왔다.

6월 21일정사 내일이 할머니의 제삿날이라 공무를 보지 않았다. 아침에 남해 현령을 불러서 함께 아침을 먹었다. 남해 현령은 경상 우수사에게 갔다가 저녁에 돌아왔다. 함께 이야기를 나누었다.

6월 22일무오 맑음. 할머니의 제삿날이라 공무를 보지 않았다. 남해 현령과 종일 이야기를 나누었다.

6월 23일기미 새벽 2시쯤부터 종일 비가 내림. 남해 현령과 이야기를 나누었다. 저녁에 남해 현령은 경상 우수사에게 갔다. 조방장, 충청 우후, 여도 만호, 사도 첨사 등을 불러서 술과 고기를 먹였다. 곤양 군수 이극일도 와서 만났다. 저녁에 남해 현감이 경상 우수사에게서 왔다. 술에 취해 인사불성이 되었다. 하동 현감도 왔지만 본현으로 도로 보냈다.

6월 24일경신 초복 날. 맑음. 아침에 나가서 충청 우후와 함께 활 15순을 쏘았다. 경상 우수사도 와서 함께 쏘았다. 남해 현감은 자신의 고을로 돌아갔다. 항복한 왜인 야여문 등이 같은 왜인인 신시로를 죽이자고 청했다. 그래서 죽이라고 명령했다. 남원의 김굉이 군량을 축낸 것에 관한 일을 조사하기 위해 왔다.

6월 25일신유 맑음. 아침에 일찍 동헌에 나가서 공문을 보냈다. 조방장, 충청 우후, 임치 첨사, 목포 만호, 마량 첨사, 녹도 만호, 당포 만호, 회령포 만호, 파지도 권관 등이 왔다. 쇠로 만든 화살 5순, 편전 3순, 활 5순을 쏘았다. 남원의 김굉이 간다고 아뢰고 돌아갔다. 이날 저물녘에는 몹시 더워서 땀을 많이 흘렸다.

6월 26일임술 바람이 세게 불고 잠시 비가 내림. 저녁에 동헌에 나가서 공무를 보았다. 쇠로 만든 화살과 편전을 각 5순씩 쏘았다. 왜인 남여문 등이 일러바친 목수의 아내를 잡아들여서 곤장을 쳤다. 이날 낮에 망아지 2필에 떨어진 편자 4개를 갈아 박았다.

6월 27일계해 맑음. 동헌에 나가서 공무를 보았다. 조방장 김완, 충청 우후, 가리포 첨사, 당진포 만호, 안골포 만호 등과 함께 쇠로 만든 화살 5순, 편전 3순, 활 7순을 쏘았다. 이날 저녁에 송구를 잡아 가두었다.

6월 28일갑자 맑음. 나라의 제삿날[24]이라 공무를 보지 않았다. 아침에 고성 현령이 달려와서 보고하기를, "순찰사 일행이 어제 벌써 사천에 이르렀습니다."라고 했다. 그러니 오늘은 응당 소비포에 이를 것이다. 수원이 돌아갔다.

6월 29일을축 아침에는 흐리다가 저녁에는 맑음. 주선수가 갔다. 저녁에 동헌에 나가서 공무를 본 뒤에 조방장, 충청 우후, 나주 판관과 함께 쇠로 만든 화살, 편전, 활을 아울러 모두 18순을 쏘았다. 무더위가 찌는 듯하다. 초저녁에 땀이 줄줄 흘렀다. 남해 현감의 편지가 왔다. 야여문은 돌아갔다.

---

24) 명종의 제삿날.

1569년 7월

도적이 일어나다

7월 1일병인 맑음.나라의 제삿날[25]이라 공무를 보지 않았다. 경상우도 순찰사(서성)가 진영에 이르렀으나, 이날은 서로 만나지 않았다. 그의 군관 나굉이 대장의 말을 전하려고 왔다.

7월 2일정묘 맑음. 일찍 아침 식사를 마친 뒤에 경상우도 순찰사의 진영으로 가서 순찰사와 함께 함께 이야기를 나누었다. 한참 시간이 지나고 새로 지은 정자로 올라가 앉았다. 편을 갈라서 활을 쏘았는데 경상우도 순찰사의 편이 162점이나 졌다. 종일 몹시 즐거웠다. 등잔불을 켜 들고 돌아왔다.

---

25) 인종의 제삿날.

7월 3일무진 맑음. 아침을 일찍 먹고 나니 순찰사와 도사가 진영에 도착했다. 함께 활을 쏘았는데 순찰사의 편이 또 96점이나 졌다. 밤이 깊어서야 돌아갔다. 아침에 체찰사의 공문이 왔다.

7월 4일기사 맑음. 아침 식사를 일찍 마친 뒤에 경상도의 진영으로 가서 순찰사와 만나 함께 이야기를 나누었다. 잠시 후에 내려가서 배를 함께 타고 포구로 나가니, 여러 배들이 줄을 지어 있었다. 종일 이야기를 나누고 선암 앞바다에 이르러서 닻줄을 풀고 출항해 서로 갈라졌다. 멀어질 때까지 서로 바라보며 인사했다. 그 길로 우수사, 경상 우수사와 함께 같은 배로 들어왔다.

7월 5일경오 맑음. 저녁 무렵에 나가서 활을 쏘았다. 충청 우후도 와서 함께 쏘았다.

7월 6일신미 맑음. 일찍 나가서 각 처에 보낼 공문을 처리했다. 저물녘에 거제 현령, 웅천 현감, 삼천포 권관이 와서 만났다. 이곤변의 편지가 왔는데 내용 중에는 돌을 세운 것과 관련해 잘못된 점을 많이 지적하고 있었다. 가소로웠다.

7월 7일임신 맑음. 경상 우수사, 우수사, 여러 장수들이 와서 함께 3가지 화살로 활을 쏘는 연습을 했다. 종일 비는 내리지 않았다. 활과 화살을 만드는 장인 지이와 춘복이 저녁에 본영으로 돌아갔다.

7월 8일계유 맑음. 충청 우후와 함께 활 10순을 쏘았다. 충청 우후는 체찰사의 비밀 표험을 받으러 갔다고 했다.

7월 9일갑술 맑음. 아침에 체찰사에게 갈 여러 공문에 관인을 찍었다. 이전이 받아서 갔다. 저녁에 경상 우수사가 이곳에 와서 통신사가 탈 배에 풍석[26]을 마련하기가 매우 어렵다고 여러 번 말했다. 우리의 것을 빌려 쓰고자 하는 뜻이 그 말속에 드러났다. 물을 끌어들이는 데 쓰이는 대나무와 한양에 갈 때 필요한 부채를 만드는 데 쓰일 대나무를 베기 위해서 박자방을 남해로 보냈다. 오후에 활 10순을 쏘았다.

7월 10일을해 맑음. 새벽에 꿈을 꾸었다. 어떤 사람이 멀리 화살을 쏘았고 어떤 사람은 갓을 발로 차서 부수었다. 혼자 이것을 점쳐 보니, '멀리 화살을 쏘는 것'은 적들이 멀리 도망치는 것이요. '갓을 발로 차서 부수는 것'은 머리 위에 있어야 할 갓을 걷어차니, 이는 적의 장수들을 모조리 잡아서 없앨 징조라 할 수

---

26) 돛을 만드는 데 쓰는 돗자리.

있겠다. 저녁에 체찰사의 명령을 전해 들었다. "첨지 황신이 명나라의 사신을 따라가는 정사가 되고, 권황이 부사가 되어 가까운 시일에 바다를 건너가게 될 것이다. 그들이 타고 갈 배 3척을 정비해 부산에 대어 놓거라."라고 했다. 경상 우후가 여기로 와서 무늬가 없는 돗자리 150닢을 빌려 갔다. 충청 우후, 사량 만호, 지세포 만호, 옥포 만호, 홍주 판관, 전 적도 만호 고여우 등이 와서 만났다. 경상 우수사가 보낸 긴급 보고는, "춘원도[27]에 왜선 1척이 도착해 정박했습니다."라는 것이었다. 그래서 여러 장수들을 보내 샅샅이 수색해서 반드시 찾아내라고 명령했다.

7월 11일병자 맑음. 아침에 체찰사에게 행정선에 관한 일로 공문을 작성해 보냈다. 저녁에 경상 우수사가 와서 바다를 건너갈 격군들에 대해 의논했다. 바다를 건너갈 사람들에게 필요한 식량이 23섬인데, 이를 새로 찧으니 21섬이 되어 2섬 1말이 줄었다. 동헌에 나갔다가 3가지의 화살로 활 쏘는 것을 지켜보았다.

7월 12일정축 새벽에 잠시 비가 내리다가 곧 그침. 무지개가 한참이나 떠 있음. 저녁에 경상 우후 이의득이 와서 돗자리 15닢을 빌려 갔다. 부산에 실어 보낼 군량으로 최고 등급의 쌀 20섬,

27) 경남 통영시 광도면.

중간 등급의 쌀 40섬을 차사원 변익성과 수사의 군관 정존극이 받아 갔다. 조방장이 오고 충청 우후도 와서 활을 쏘았다. 같은 해에 과거에 급제한 남치온이 왔다.

7월 13일무인 맑음. 명나라 사신을 따라갈 우리 사신들이 탈 배 3척을 정비해서 오전 10시쯤에 띄워 보냈다. 저녁에 활 13순을 쏘았다. 저물녘에 항복한 왜인들이 광대놀이를 했다. 장수된 사람으로서 그대로 두어서는 안 되는 일이었지만 왜인들이 놀이를 간절히 바랐기에 허락했다.

7월 14일기묘 새벽에 비가 내림. 벌써 보름 전날이다. 저녁에 고성 현령 조응도가 와서 이야기를 나누었다.

7월 15일경진 새벽에 비가 내림. 망궐례를 행하지 못했다. 저녁에 날이 활짝 개었다. 경상 우수사, 전라 우수사와 함께 모여 활을 쏘고 헤어졌다.

7월 16일신사 새벽에 비가 내리다가 저녁에 갬. 북쪽으로 툇마루 세 칸을 만들었다. 이날 충청도 홍주의 격군으로 신평[28]에 사

---

28) 충남 당진시 신평면.

는 사노비 엇복이 도망을 가다가 붙잡혔으므로 목을 베어서 내다 걸었다. 하동 현감과 사천 현감이 왔다. 저녁에 3가지 화살로 활쏘기를 했다. 이날 저물녘 바다 위에 뜬 달이 하도 밝아서 혼자 수루에 기대어 있다가 밤 10시쯤에야 잠자리에 들었다.

7월 17일임오 새벽에 비가 내리다가 곧 그침. 충청도 홍산에서 도둑 무리가 일어나 홍산 현감 윤영현이 잡혀가고, 서천 군수 박진국도 잡혀갔다고 한다. 외적들도 아직 멸하지 못한 이때, 나라 안에서 도둑들이 생기다니 참으로 안타까운 일이다. 남치온, 고성 현령, 사천 현감이 작별하고 돌아갔다.

7월 18일계미 맑음. 각 처에 공문을 나누어 보냈다. 충청 우후와 홍주 판관이 와서 충청도 도적에 관한 일을 보고했다. 항복한 왜적 연은기, 사이여문 등이 흉악한 음모를 꾸며서 남여문을 해치려고 했다는 이야기를 저녁에 들었다.

7월 19일갑신 맑았으나 종일 바람이 세게 붊. 남여문이 연은기와 사이여문 등의 목을 베었다. 우수사가 와서 만났다. 경상 우후 이의득, 충청 우후, 다경포 만호 윤승남이 왔다.

7월 20일을유 맑음. 경상 우수사가 와서 만났다. 본영의 탐색선이 들어왔다. 어머니께서 편안하시다니 기쁘고 다행이다. 그 편에 들으니 충청도 도적(이몽학)이 순안 어사(이시발)가 쏜 총에 맞아서 즉사했다고 한다. 다행스러운 일이다.

7월 21일병술 맑음. 저녁에 동헌에 나가서 공무를 보았다. 거제 현령, 나주 판관, 홍주 판관과 옥포 만호, 웅천 현감, 당진포 만호가 왔다. 옥포에서 배를 만들어야 하는데 식량이 하나도 없다고 했다. 그래서 체찰사의 군량에서 20말을 주었다. 웅천, 당진포에는 배를 만드는 데 필요한 쇠 15근을 함께 주었다. 이날 아들 회가 방자[29] 수에게 곤장을 쳤다고 했다. 그래서 아들 회를 불러다가 뜰아래에서 잘 타일렀다. 밤 10시쯤에 땀이 줄줄 흘렀다. 통신사가 청하는 표범 가죽을 갖고 오기 위해 배를 본영으로 보냈다.

7월 22일정해 맑았으나 바람이 세게 붊. 종일 나가지 않았다. 혼자 수루에 앉아 있었다. 종 효대, 팽수가 흥양 현감의 군량선을 탔고 나갔다. 저녁에 순천 관리가 보낸 공문을 보았다. "충청도 홍산에서 도둑들이 일어났다가 곧 처형당했다. 그래서 홍주 등 세 고을이 포위를 당했다가 간신히 위험을 면했다."라고 했다.

29) 지방 관아에 속한 종.

참으로 놀라운 일이다. 한밤중에 비가 많이 왔다. 낙안에서 교대할 배가 들어왔다.

7월 23일무자 큰비가 내리다가, 오전 10시쯤에 맑게 개었는데 이따금씩 보슬비가 내렸다. 저녁에 홍주 판관 박윤이 휴가를 얻어서 나갔다.

7월 24일기축 맑음. 나라의 제삿날[30]이라 공무를 보지 않았다. 이날 우물을 새로 파는 곳을 가보았다. 경상 우수사도 왔다. 거제 현령, 금갑도 만호, 다경포 만호가 뒤따라왔다. 샘의 줄기가 깊이 들어가 있고 물줄기도 길었다. 점심을 먹은 뒤에 돌아와서 세 종류의 화살로 활쏘기를 했다. 저물녘에 곽언수가 표범 가죽을 갖고 들어왔다. 이날 밤에는 마음이 답답해 잠이 오지 않았다. 앉았다가 누웠다가 하다가 밤이 깊어져서야 겨우 잠들었다.

7월 25일경인 맑음. 아침에 사냥해 가공한 것들의 수를 헤아렸다. 녹각 10개는 창고에 넣고 표범 가죽과 화문석은 통신사에게 보냈다.

---

30) 현덕왕후(顯德王后) : 문종(文宗)의 왕후(王后) 권씨(權氏)의 제삿날.

7월 26일신묘 맑음. 이전이 체찰사에게서 표험 3개를 받아 갖고 왔다. 하나는 경상 우수사에게 보내고, 하나는 전라 우수사에게 보냈다. 의금부의 나장이 다경포 만호(윤승남)을 잡아 갈 일로 내려왔다.

7월 27일임진 맑음. 저녁에 활터로 달려가서 길 닦는 일을 녹도 만호에게 지시했다. 종 경이 아팠다. 다경포 만호 윤승남이 잡혀갔다.

7월 28일계사 맑음. 종 무학, 무화, 박수매, 우놈쇠 등이 26일에 여기 왔다가 오늘 돌아갔다. 저녁에 충청 우후와 함께 세 종류의 화살로 활쏘기를 했다. 쇠로 만든 화살 36푼, 편전 60푼, 보통 화살 26푼으로 총 123푼이었다. 종 경이 많이 앓았다고 한다. 무척 걱정이 된다. 고향 아산으로 한가위에 사용할 제사 음식을 보낼 때 홍, 윤, 이 등 네 곳에 보낼 편지도 함께 부쳤다. 밤 10시쯤에 꿈속에서 땀을 흘렸다.

7월 29일갑오 맑음. 경상 우수사와 우후가 와서 만났다. 충청 우후도 함께 와서 세 종류의 화살로 활쏘기를 했다. 내가 쏘던 활은 양 끝 머리가 들떠서 곧 수리하라고 일러 두었다. 체찰사에게서 과거 시험을 보는 자리를 설치한다는 공문이 도달했다. 저녁에 점쟁이의 집을 맡아 지키던 아이가 그 집에 있던 여러 가지 살림살이들을 몽땅 훔쳐서 달아나 버렸다는 말을 들었다.

7월 30일을미 맑음. 새벽에 갈몰이 들어왔다. 꿈속에서 영의정과 함께 조용히 이야기를 나누었다. 아침에 이진이 본영으로 돌아갔다. 춘화 등도 돌아갔다. 김대인은 담제[31)]를 지낸다고 휴가를 받아갔다. 저녁에 조방장이 와서 활을 쏘았다. 탐색선이 들어왔다. 어머니께서는 편안하시다고 한다. 임금의 분부 2통이 내려왔다. 싸움에 쓸 말과 아들 면의 말도 들어왔다. 지이와 무재가 함께 왔다.

31) 대상(大祥)을 치른 다음다음 달 하순의 정일(丁日)이나 해일(亥日)에 지내는 제사.

1596년 8월

아들들과 시간을 보내다

8월 1일병신 맑음. 새벽에 망궐례를 행했다. 충청 우후, 금갑도 만호, 목포 만호, 사도 첨사, 녹도 만호가 와서 함께 예를 드렸다. 저녁에 파지도 권관 송세응이 돌아갔다. 오후에 활터로 가서 말을 달리다가 저물어서야 돌아왔다. 부산에 갔던 곽언수가 돌아와서 통신사의 회답 편지를 전했다. 저물녘에는 비올 징후가 많이 보였다. 그래서 비가 내리기 전에 준비해야 할 것들을 일러두었다.

8월 2일정유 아침에 비가 몹시 내림. 지이 등에게 새로 만든 활을 살펴보게 했다. 저녁에 몹시 센 바람이 일고 빗줄기는 삼대 같았다. 이로 인해 대청마루에 걸어 둔 바람막이가 날아갔다. 날아간 바람막이는 방 마루의 바람막이에 부딪치고 말았다. 한꺼번에 2개의 바람막이가 산산조각 나 버렸다. 몹시 아까웠다.

8월 3일무술 맑다가 이따금 비가 내림. 지이에게 새로 만든 활을 펴게 했다. 조방장, 충청 우후가 와서 만났다. 바로 함께 나가서 활을 쏘았다. 아들들은 육냥궁[32]을 쏘았다. 이날 저녁에 송희립과 아들들을 시켜 공적이 기록된 황득중과 김응겸에게 허통공첩[33]을 만들어 주게 했다. 초저녁부터 비가 내리다가 새벽 2시쯤이 되어서야 그쳤다.

8월 4일기해 맑음. 동풍이 세게 불었다. 아들 회, 면, 조카 완 등이 아내의 생일에 술을 올리려고 나갔다. 정선도 나갔다. 정사립은 휴가를 받아서 갔다. 저녁에 수루에 앉아서 아이들이 가는 것을 보느라고 바람에 몸이 상하는 줄도 몰랐다. 저녁에 동헌에 나가서 활 두어 순을 쏘았다. 몸이 몹시 불편해 활 쏘는 것을 멈추고 안으로 들어왔다. 몸이 거북이처럼 움츠러들기에 곧 옷을 두껍게 입고 땀을 냈다. 저물녘에 경상 우수사가 와서 문병하고 갔다. 밤에는 낮보다 몇 배나 더 아팠다. 끙끙 앓으면서 밤을 보냈다.

8월 5일경자 맑음. 몸이 불편해 나가지 않고 앉아 있었다. 가리포 첨사가 와서 만났다.

---

32) 무게가 6냥인 활.
33) 벼슬길에 오를 수 있도록 하는 문서.

8월 6일신축 흐렸으나 비는 내리지 않음. 아침에 조방장 김완, 충청 우후, 경상 우후 등이 문병을 왔다. 당포 만호는 그 어머니의 병환이 매우 심하다고 알렸다. 경상 우수사와 우수사 등이 와서 만났다. 조방장 배흥립이 들어왔다. 날이 저물어서야 돌아갔다. 밤에는 비가 많이 왔다.

8월 7일임인 비가 내리다가 저녁에 갬. 몸이 불편해 공무를 보지 않았다. 한양에 편지를 썼다. 이날 밤에 땀이 흘러서 옷 두 겹을 적셨다.

8월 8일계묘 흐렸으나 비는 내리지 않음. 박담동이 한양으로 올라가는 편에 승지 서성에게 혼인 때 쓸 물품을 보냈다. 저녁에 강희로가 이곳에 와서 남해 현령의 병이 차츰 나아진다고 전했다. 그와 함께 밤이 깊도록 이야기를 나누었다. 중 의능이 날삼 120근을 바쳤다.

8월 9일갑진 흐렸으나 비는 내리지 않음. 아침에 수인에게서 날삼 330근을 받아들였다. 하동에서 만든 도련지[34] 20권, 주지[35]

---

34) 가장자리를 가지런히 베어 낸 종이.
35) 주서(注書)나 승지(承旨)가 임금 앞에서 임금의 명령을 받아 적는 데에 쓰던 종이.

32권, 장지[36] 31권을 김응겸과 곽언수 등에게 주어 보냈다. 마량 첨사 김응황이 근무 성적 평가에서 낮은 등급을 받고 떠났다. 저녁에 나가서 공문을 나누어 주었다. 활 10순을 쏘았다. 몸이 몹시 불편하다. 밤 10시쯤 되니 땀이 흘렀다.

8월 10일을사 맑음. 아침에 충청 우후가 문병을 왔다. 조방장과 함께 아침 식사를 했다. 아침에 송한련에게 그물을 만들라고 날삼 40근을 주어서 보냈다. 몸이 몹시 불편해 한참 동안이나 베개를 베고 누워 있었다. 저녁에 두 조방장과 충청 우후를 불러서 상화떡[37]을 만들어 함께 먹었다. 저녁에 체찰사에게 보낼 공문을 만들었다. 날이 어두워지니 달빛은 비단과 같고, 나그네의 생각은 만 갈래여서 잠을 이루지 못했다. 밤 10시쯤에 방에 들어갔다.

8월 11일병오 맑았으나 동풍이 세게 붊. 아침에 체찰사에게 여러 공문을 보냈다. 조방장 배흥과 함께 아침 식사를 하고 저녁에 함께 활터에 가서 말달리는 것을 구경했다. 저물녘에야 진영으로 돌아왔다. 초저녁에 거제 현령이 달려와서 보고하기를, "왜

36) 우리나라에서 만든 두껍고 질기며 질이 좋은 종이.
37) 밀가루를 누룩이나 막걸리 따위로 반죽해 부풀려 꿀팥으로 만든 소를 넣고 빚어 시루에 찐떡. 보통 유월 유둣날이나 칠월 칠석날 먹으며 절사(節祀)에도 씀.

선 1척이 등산[38]에서 송미포[39]로 들어옵니다."라고 했다. 밤 10시쯤에 또 보고하기를, "아자포[40]로 배를 옮겨 대었습니다."라고 했다. 배를 정비해서 내보낼 즈음에 또 다시 보고하기를, "견내량으로 넘어갔습니다."라고 했다. 그래서 복병장이 잡으러 갔다.

8월 12일정미 맑음. 동풍이 매우 세게 불어서 배를 도저히 움직일 수가 없었다. 오랫동안 어머니의 안부를 듣지 못했으니 몹시도 답답하다. 우수사가 와서 만났다. 땀이 흘러서 옷 두 겹을 모두 적셨다.

8월 13일무신 맑다가 흐림. 동풍이 세게 붊. 충청 우후와 함께 활을 쏘았다. 이날 밤에는 땀이 흘러서 등을 적시었다. 아침에 우씨가 곤장에 맞아 죽었다는 말을 듣고 장사지낼 물건을 조금 보내주었다.

8월 14일기유 흐리고 바람이 세게 붊. 동풍이 계속 불어 벼가 상했다고 한다. 조방장 배흥립과 충청 우후와 함께 이야기를 나누

---

38) 경남 마산시 합포구 진동면.
39) 경남 거제시 장목면 송진포.
40) 경남 거제시 둔덕면.
41) 임금이 중요한 임무를 위해 파견하던 임시 벼슬. 또는 그런 벼슬아치.

었다. 땀은 흐르지 않았다.

8월 15일경술 새벽에 비가 내림. 망궐례를 못했다. 저녁에 우수사, 경상 우수사, 두 조방장과 충청 우후, 경상 우후, 가리포 첨사, 평산포 만호 등 19명의 여러 장수들이 모여서 이야기를 나누었다. 비가 종일 내렸다. 초저녁이 지나니 남풍이 불면서 비가 더욱 많이 왔다. 새벽 2시쯤까지 세 차례나 땀을 흘렸다.

8월 16일신해 잠시 맑다가 남풍이 세게 붊. 강희로가 남해로 돌아갔다. 몸이 불편해서 종일 누워 몹시 심하게 앓았다. 저녁에 체찰사가 진주성에 왔다는 공문이 왔다. 비가 갠 뒤의 달빛은 너무나도 밝아서 잠을 이루지 못했다. 밤 10시쯤에 누웠다. 가랑비가 내리다가 잠시 후에 그치는 것을 지켜보았다. 땀이 줄줄 흘렀다.

8월 17일임자 맑고 흐림이 서로 섞임. 날이 맑기도 했다가 비가 내리기도 함. 경상 우수사가 와서 만났다. 충청 우후, 거제 현령이 함께 와서 만났다. 이날 동풍이 그치지 않았다. 체찰사에게 사람을 보냈다.

8월 18일계축 비가 오락가락 내림. 한밤 자정에 차사원[41] 구례 현감(이원춘)이 죄인에게 특별 사면을 내리는 문서를 갖고 들어왔다. 땀을 흘리는 것이 심상치가 않다.

8월 19일갑인 흐리다가 갬. 새벽에 우수사와 여러 장수들과 함께 죄인에게 특별 사면을 내리는 문서에 숙배했다. 그들과 함께 아침 식사를 했다. 구례 현감이 간다고 아뢰고 돌아갔다. 송의련이 본영에서 아들 울의 편지를 갖고 들어왔는데, "어머니께서는 편안하십니다."라고 쓰여 있었다. 참으로 다행이다. 저녁에 거제 현령과 금갑도 만호가 이곳에 와서 이야기를 나누었다. 초저녁부터 한밤까지 땀을 흘렸다. 저물녘에 목수 옥지가 무거운 재목에 깔려서 크게 다쳤다는 보고를 받았다.

8월 20일을묘 동풍이 세게 붊. 새벽에 전선을 만들 재목을 끌어내리는 일 때문에 우도 군사 300명, 경상도 군사 100명, 충청도 군사 300명, 전라 좌도 군사 390명을 송희립이 거느리고 갔다. 늦은 아침에 조카 봉, 해, 아들 회, 면, 조카 완, 최대성, 윤덕종, 정선 등이 들어왔다.

8월 21일병진 맑음. 식사를 마친 뒤에 활터 정자에 가서 아들들에게 활을 쏘는 연습, 말을 달리며 활을 쏘는 연습을 시켰다. 조방장 배흥립, 조방장 김완과 충청 우후가 함께 왔다. 함께 점심을 먹고 저물녘에 돌아왔다.

8월 22일정사 맑음. 외할머니의 제삿날이라 공무를 보지 않았다. 경상 우수사가 와서 만났다.

8월 23일무오 맑음. 활터에 가 보았다. 경상 우수사도 와서 함께 보았다.

8월 24일기미 맑음.

8월 25일경신 맑음. 우수사와 경상 우수사가 와서 만났다.

8월 26일신유 맑음. 새벽에 출항했다. 사천에 이르러서 하룻밤을 머물렀다. 충청 우후와 함께 종일 이야기를 나누고 헤어졌다.

8월 27일임술 맑음. 일찍 길을 떠나서 사천현에 이르렀다. 점심을 먹은 뒤에 바로 진주성으로 가서 체찰사(이원익)를 만나 뵙고 종일 의논했다. 저물녘에 진주 목사(나정언)의 처소로 돌아와서 잤다. 김응서도 왔다가 곧 돌아갔다. 이날 저물녘에 이용제가 들어왔는데, 역적 도당에 관한 편지를 갖고 왔다.

8월 28일계해 맑음. 이른 아침에 체찰사에게 가서 종일 이야기를 나누고, 일을 의논해 결정했다. 초저녁이 지나서 진주 목사의 처소로 돌아왔다. 진주 목사와 함께 밤이 깊도록 이야기를 나누고 헤어졌다. 청생도 왔다.

8월 29일갑자 맑음. 아침에 일찍 출발해 사천현에 이르렀다. 아침을 먹은 뒤에 바로 선소리[42]로 갔다. 고성 현령(조응도)도 왔다. 삼천포 권관과 이곤변이 술을 갖고 뒤따라왔다. 밤이 늦도록 함께 이야기를 나누고 구라량[43]에서 잠을 잤다.

---

42) 경남 사천시 용남면 선진리.
43) 경남 사천시 대방동.

1596년 윤8월

백성들의 참혹한 삶을 보다

윤[44]8월 1일을축 맑음. 일식日蝕이 있었다. 이른 아침에 비망진[45] 아래에 이르러서 이곤변 등과 함께 아침 식사를 하고 헤어졌다. 저물녘에 진중에 이르니, 우수사, 경상 우수사가 나와서 기다리고 있었다. 우수사와 서로 얼굴을 맞대고 이야기를 나누었다.

윤8월 2일병인 맑음. 여러 장수들이 와서 만났다. 저녁에 경상 우수사, 우수사가 와서 이야기를 나누었다. 경상 우수사와 함께 활터 정자 마루로 갔다.

---

44) 윤년(閏年)에 드는 달. 달력의 계절과 실제 계절과의 차이를 조절하기 위해, 1년 중의 달수가 어느 해보다 많은 달을 이름.

45) 경남 사천시 선구동 망산 아래의 삼천포시 나루터.

윤8월 3일정묘 맑음.

윤8월 4일무진 비가 내림. 이날 밤 10시쯤에 땀을 흘렸다.

윤8월 5일기사 맑음. 활터로 나가서 아들들이 말을 타고 활을 쏘는 것을 구경했다. 하천수가 체찰사에게 갔다.

윤8월 6일경오 맑음. 아침을 먹은 뒤에 경상 우수사, 우수사와 함께 활터로 가서 말을 타고 활을 쏘는 것을 구경하다가 저물어서야 돌아왔다. 이날 밤에 잠시 땀을 흘렸다. 방답 첨사가 진영에 이르렀다.

윤8월 7일신미 맑음. 아침에 아산의 종 백시가 들어왔다. 가을보리는 추수한 양이 43섬이고, 봄보리는 35섬이며, 쌀은 모두 12섬 4말인데, 또 7섬 10말이 나고, 또 4섬이 났다고 했다. 이날 저녁에 동헌에 나가서 공무를 보고 소지를 처리해 돌려주었다.

윤8월 8일임신 맑음. 식사를 마친 뒤에 활터로 가서 말을 타고, 활을 쏘는 것을 구경했다. 광양 현감, 고성 현령이 시험관으로서 들어왔다. 하천수가 진주에서 왔다. 본영에 있는 아병 임정로가 휴가를 받아 나갔다. 이날 밤에 땀을 흘렸다.

윤8월 9일계유 맑음. 아침에 광양 현감이 교서에 숙배했다. 조카 봉, 아들 회, 김대복이 교지에 숙배했다. 이들과 함께 이야기를 나누었다. 이날 밤에 우수사, 경상 우수사가 와서 이야기를 나누었다.

윤8월 10일갑술 맑음. 이날 새벽에 과거 초시[46]를 열었다. 저녁에 면이 쏜 것은 모두 55보이고, 봉이 쏜 것은 모두 35보이고, 해가 쏜 것은 모두 30보이고, 회가 쏜 것은 모두 35보이고, 완이 쏜 것은 모두 55보여서 합격했다. 저물녘에 우수사, 경상 우수사, 조방장 배흥립이 함께 왔다. 밤 10시쯤에 헤어졌다.

윤8월 11일을해 맑음. 체찰사를 모시려고 출항해 당포에 이르렀다. 초저녁에 체찰사에게 문안 갔던 사람이 돌아와서는 체찰사가 14일에 떠난다고 전했다.

윤8월 12일병자 맑음. 종일 노를 바삐 저어 밤 10시쯤에 어머니가 계신 곳으로 갔다. 흰 머리카락이 정돈되지 않아 어수선하고 엉성한 모양이었다. 나를 보시고는 놀라서 일어나셨다. 기력을 살펴보니 곧 숨이 끊어질 듯했다. 하루하루를 지탱하시는 것도

---

46) 과거의 첫 시험.

어려워 보였다. 눈물을 머금고 앉아서 밤새도록 위로하며 기쁘게 해 드렸다. 이렇게 어머니의 마음을 채워 드렸다.

윤8월 13일정축 맑음. 어머니를 모시고 옆에 앉아서 아침진지를 올리니 대단히 기뻐하셨다. 저녁에 하직 인사를 드리고 본영으로 왔다. 오후 6시쯤 작은 배를 타고 밤새도록 노를 바삐 저었다.

윤8월 14일무인 맑음. 새벽에 두치[47]에 이르니 체찰사와 부찰사는 어제 벌써 도착했다고 한다. 뒤늦게 쫓아가서 진주 소촌 찰방[48]을 만나고 일찍 광양현에 이르렀다. 지나온 지역은 온통 쑥대밭이었다. 그리하여 그 참상은 차마 눈을 뜨고 볼 수 없었다. 우선 전선을 정비하는 것을 면제해 주어서 군사와 백성들의 마음을 풀어야겠다.

윤8월 15일기묘 맑음. 일찍 떠나 순천에 이르니 체찰사 일행은 순천부 청사에 들어갔다고 했다. 그래서 나는 정사준의 집에서 묵었다. 순찰사도 와서 함께 이야기를 나누었다. 저녁에 들으니 아들들이 모두 시험에 뽑혔다고 한다.

---

47) 경남 하동군 하동읍 두곡리.

48) 조선 시대에, 각 도의 역참 일을 맡아보던 종6품 외직(外職) 문관의 벼슬. 중종 30년(1535)에 역승을 고친 것으로 공문서를 전달하거나 공무로 여행하는 사람의 편리를 도모함.

윤8월 16일경진 맑음. 이날은 그대로 정사준의 집에서 머물렀다.

윤8월 17일신사 맑음. 저녁 무렵에 낙안으로 향했다. 그 고을에 이르니 이호문, 이지남 등이 찾아와서 고을의 폐단은 모두 수군에 관한 일 때문이라고 진술했다. 종사관 김용이 한양으로 올라갔다.

윤8월 18일임오 맑음. 일찍 떠나서 양강역에 이르렀다. 점심을 먹고 나서 산성[49]으로 올라갔다. 이곳에서 멀리 바라보며 각 포구와 여러 섬들을 손가락으로 짚어 가며 살펴보았다. 그 길로 흥양(고흥읍)으로 향했다. 저물녘에 흥양현에 이르러 향소청에서 잤다. 어두워질 무렵에 이지화가 거문고를 갖고 왔다. 영도 와서 만났다. 밤새도록 이야기를 나누었다.

윤8월 19일계미 맑음. 녹도[50]로 가는 길에 도양[51]의 둔전을 살펴보았다. 체찰사는 매우 기뻐하는 기색이었다. 녹도에서 잤다.

윤8월 20일갑신 맑음. 아침에 일찍 떠났다. 배를 타고 가면서 체찰사, 부찰사와 함께 앉아 종일 군사에 관한 이야기를 나누었다.

---

49) 전남 고흥군 남양면 대곡리.
50) 전남 고흥군 도양면 녹도.
51) 전남 고흥군 도덕면 도덕리.

저녁에 백사정[52]에 이르러서 점심을 먹은 뒤에 그 길로 장흥에 이르렀다. 나는 관청의 동헌에서 잤다. 김응남이 와서 만났다.

윤8월 21일을유 맑음. 그대로 머물러서 잤다. 정경달이 와서 만났다.

윤8월 22일병술 맑음. 저녁에 병영[53]에 이르러서 원균을 만났다. 밤이 깊어질 때까지 함께 이야기를 나누었다.

윤8월 23일정해 맑음.

윤8월 24일무자 부찰사(한효순)와 함께 가리포[54]로 갔더니, 우우후 이정충이 먼저 와 있었다. 함께 남쪽 망대[55]로 올라갔다. 좌우로 적들이 다니는 길과 여러 섬들을 자세히 헤아릴 수가 있었다. 진실로 이곳은 전라도 전체의 요충지이다. 그러나 형세가 외롭고 위태롭기 때문에 할 수 없이 이진[56]으로 옮겨서 합치기로 했다. 병영으로 돌아왔다. 원균의 흉한 행동은 여기에 적지

---

52) 전남 장흥군 장흥읍 원도리.
53) 전남 해남군 병영면 성남리 병영.
54) 전남 완도군 완도읍 군내리.
55) 전남 완도군 남망봉 해발 150m.
56) 전남 해남군 북평면 이진리.

않겠다.

윤8월 25일기축 아침에 일찍 떠났다. 이진에 이르러서 점심을 먹은 뒤에 바로 해남으로 갔다. 도중에 김경록이 술을 갖고 와서 만났다. 어느새 날이 저물어서 횃불을 밝히고 길을 갔다. 밤 10시쯤에야 해남현에 도착했다.

윤8월 26일경인 맑음. 아침에 일찍 떠났다. 우수영[57]에 이르렀다. 나는 곧 태평정에서 자고서 우후와 함께 이야기를 나누었다.

윤8월 27일신묘 맑음. 체찰사가 진도에서 우수영으로 들어왔다.

윤8월 28일임진 비가 조금 내림.

윤8월 29일계사 비가 조금 내림. 이른 아침에 남리역[58]에 이르렀다. 점심을 먹은 뒤에 해남현에 이르렀다. 소국진을 전라 좌수영으로 보냈다.

---

57) 전남 해남군 문내면.
58) 전남 해남군 황산면 남리리.

1596년 9월

전라도를 순시하다

9월 1일갑오 비가 내림. 새벽에 망궐례를 행했다. 아침에 일찍 떠나서 석제원[59]에 이르렀다. 점심을 먹은 뒤에 영암에 이르러 유향소[60]에서 잤다. 정랑[61] 조팽년이 와서 만났다. 최숙남도 와서 만났다.

9월 2일을미 맑음. 영암에서 머물렀다.

9월 3일병신 맑음. 아침에 출발해 나주의 신원[62]에 이르렀다. 점

59) 전남 강진군 성전면 성전리.
60) 고려·조선 시대에, 지방의 수령을 보좌하던 자문 기관. 풍속을 바로잡고 향리를 감찰하며, 민의를 대변했던 기관.
61) 조선 시대에, 육조에 둔 정5품 벼슬.
62) 전남 나주시 왕곡명 시원리.

심을 먹고 나서 나주 판관을 불러다가 고을의 일들을 물었다. 저물녘에 나주 별관에 이르렀다. 별관의 종 억만이 신원으로 나를 보러 와서 인사했다.

9월 4일정유 맑음. 나주에서 머물렀다. 저녁 무렵에 목사(이복남)가 술을 갖고 와서 권했다. 일추도 술잔을 들었다. 이날 아침에 체찰사와 함께 공자를 모신 사당에 가서 배알[63] 했다.

9월 5일무술 맑음. 나주에서 머물렀다.

9월 6일기해 맑음. 먼저 무안으로 가겠다고 체찰사에게 보고하고 길을 떠났다. 고막원[64]에 이르러서 점심을 먹었다. 나주 감목관 나덕준이 뒤쫓아 와서 만났다. 이야기 중에는 슬프고 한탄할 만한 일들이 참 많았다. 그래서 그와 함께 오랫동안 이야기를 나누다가 저물녘에 무안에 이르렀다. 그곳에서 잤다.

9월 7일경자 맑음. 감목관 나덕준, 무안 현감(남언상)과 함께 민폐에 관한 이야기를 했다. 한참 후 정대청이 들어왔다고 했다. 그래서 그를 초청해 함께 이야기를 나누었다. 저녁에 다경포[65]에

63) 지위가 높거나 존경하는 사람을 찾아가 뵘.
64) 전남 나주시 다시면 고막리.

이르러 영광 군수와 함께 밤 10시까지 이야기를 나누었다.

9월 8일신축 맑음. 나라의 제삿날[66]이라 오늘 새벽 조반[67]에 고기가 차려졌으나 나는 먹지 않고 도로 내놓았다. 아침을 먹은 뒤에 길을 나서 감목관에게 갔더니 영광 군수도 있었다. 국화가 활짝 피어 있는 곳으로 들어가 술 두어 잔을 마셨다. 저물녘에 동산원[68]에 이르러서 말에게 여물을 먹였다. 다시 말을 재촉해 임치진[69]에 이르니 이공헌의 여덟 살짜리 딸아이와 그 사촌의 계집종 수경이 함께 와서 알현했다. 이공헌에 대해 생각해 보니 애처로운 마음을 이길 수가 없었다. 수경은 누가 내다 버린 아이인데 이공헌이 데려다 길렀던 것이다.

9월 9일임인 맑음. 일찍 일어나서 임치 첨사 홍견을 불러서 적에 관한 방비책을 물었다. 아침 식사를 마친 뒤에 뒷성으로 올라가서 형세를 살펴보고 동산원으로 돌아왔다. 점심을 먹은 뒤에 함평현에 이르렀다. 길에서 한여경을 만났으나, 말 위에서는 인사하기가 어려우므로 함평으로 들어오라고 일렀다. 함평 현감은 경

---

65) 전남 무안군 운남면 성내리.
66) 세조(世祖)의 제삿날.
67) 아침 끼니를 먹기 전에 간단하게 먹는 음식.
68) 전남 무안군 현경면 용산리.
69) 전남 무안군 해제면 임수리.

차관[70]을 마중하러 간다고 했다. 김억창도 함께 함평에 왔다.

9월 10일계묘 맑음. 내 몸도 노곤하고 말도 힘들 것 같아 함평에서 머물러 잤다. 아침 식사 전에 무안 현감 정대청이 와서 함께 이야기를 나누었다. 고을의 선비들도 많이 들어와서 이 고을의 폐단에 대해 이야기를 나누었다. 저녁에 도사[71]가 들어와서 함께 이야기를 나누었다. 밤 10시쯤에 헤어졌다.

9월 11일갑진 맑음. 아침 식사를 마친 뒤에 영광으로 갔다. 길에서 신경덕을 만나 잠시 이야기를 나누었다. 영광에 이르니 영광 군수가 교서에 숙배한 뒤에 들어와서 함께 이야기를 나누었다. 세산월도 와서 만났고 술을 마셨다. 이야기를 나누고 밤이 깊어져서야 헤어졌다. 누워서 곤하게 잤다.

9월 12일을사 바람이 불고 비가 많이 내림. 저녁에 길을 떠나서 10리쯤 되는 냇가에 이르렀다. 이광보와 한여경이 술을 갖고 와서 기다리고 있었다. 그래서 말에서 내려 함께 이야기를 나누었다. 비바람이 그치지 않았다. 안세희도 왔다. 저물녘에 무장

70) 조선 시대에, 지방에 파견해 임시로 일을 보게 하던 벼슬. 주로 전곡(田穀)의 손실을 조사고 민정을 살피는 일을 했음.
71) 조선 시대에, 충훈부、중추부、의금부 따위에 속해 벼슬아치의 감찰과 규탄을 맡아보던 종5품 벼슬.

에 이르러서 하룻밤을 묵었다.

9월 13일병오 맑음. 이중익과 이광축이 와서 함께 이야기를 나누었다. 이중익이 군색한 말을 많이 해서 옷을 벗어 주었다. 종일 이야기를 나누었다.

9월 14일정미 맑음. 하루 더 묵었다.

9월 15일무신 맑음. 체찰사의 행차가 무장현에 이르렀다. 들어가서 인사를 하고 대책을 의논했다.

9월 16일기유 맑음. 체찰사 일행이 고창에 이르렀다. 점심을 먹은 뒤에 장성에 이르렀다. 그곳에서 잠을 잤다.

9월 17일경술 맑음. 체찰사와 부찰사는 입암산성[72]으로 가고 나는 혼자 진원현[73]에 이르러 진원 현감과 함께 이야기를 나누었다. 종사관도 왔다. 저물녘에 관청 안으로 들어가니 두 조카딸이 나와 앉아 있었다. 오랫동안 못 보았던 감회를 풀었다. 다시 작은 정자로 나와서 진원 현감, 여러 조카들과 함께 밤이 늦도

72) 전북 정읍시 입암면 임암산 해발 655m.
73) 전남 장성군 진원면 석전리 진원.

록 이야기를 나누었다.

9월 18일신해 비가 조금 내림. 식사를 마친 뒤에 광주에 이르렀다. 광주 목사(최철견)와 이야기를 나누었다. 비가 많이 오더니, 한밤에는 달빛이 대낮 같았다. 새벽 2시쯤에 비바람이 세게 일었다.

9월 19일임자 바람이 세게 불고 비가 많이 내림. 아침에 행적이 와서 만났다. 진원에 있는 종사관의 편지와 윤간, 봉, 해의 문안 편지도 왔다. 이날 아침 광주 목사(최철견)가 와서 함께 아침 식사를 했다. 이어서 술이 나왔다. 식사를 제대로 하지 않아 취해 버렸다. 광주 목사의 별실에 들어가서 종일 몹시 취했다. 오후에 능성 현령(이계령)이 들어와서 고을의 창고를 봉하고 체찰사가 광주 목사를 파면했다고 한다. 최철견의 딸 최귀지가 와서 묵었다.

9월 20일계축 비가 많이 내림. 아침에 여러 색리들의 죄를 논했다. 저녁에 광주 목사를 보고 길을 떠나려 할 때, 명나라 사람 2명이 이야기를 하자고 청하므로 술을 먹였다. 길을 떠났으나 종일 비가 내려 멀리 갈 수가 없었다. 화순에 이르러 잤다.

9월 21일갑인 개다가 비가 내리다가 함. 아침에 일찍 능성[74]에 이르러서 최경루에 올라가 연주산을 바라보았다. 이 고을의 수령이 술을 청했다. 그래서 잠시 마셨다. 취해서 헤어졌다.

9월 22일을묘 맑음. 아침에 여러 가지 일을 담당하는 아전들의 죄를 논했다. 저녁에 나가 이양원[75]에 이르렀다. 해운판관[76]이 먼저 와 있었다. 내가 가는 것을 보고는 이야기를 하자고 청해서 그와 함께 이야기를 나누었다. 날이 저물어서 보성군에 이르렀는데 몸이 몹시 고단했다. 바로 잠자리에 들었다.

9월 23일병진 맑음. 그대로 머물렀다. 나라의 제삿날[77]이라 공무를 보지 않았다.

9월 24일정사 맑음. 아침 일찍 떠나서 병사 선거이의 집에 이르렀다. 선거이의 병은 매우 중태였다. 염려된다. 저물녘에 낙안에 이르렀다. 그곳에서 잠을 잤다.

9월 25일무오 맑음. 색리와 선중립의 죄를 논했다. 순천에 이르

---

74) 전남 화순군 능주면.
75) 전남 화순군 이양면 이양리.
76) 조선 전기에, 전함사에 속해 전라도와 충청도의 조운(漕運)을 맡아보던 벼슬.
77) 태조(太祖)의 신의왕후(神懿王后) 한씨(韓氏)의 제삿날.

러서 순천 부사와 함께 이야기를 나누었다.

9월 26일기미 맑음. 일이 있어서 순천에 하루 더 머물렀다. 저녁에 순천부의 사람들이 소고기와 술을 차려 놓고 내가 나오기를 청했다. 계속 사양했으나 부사의 간청으로 잠시 나가 마시고서 헤어졌다.

9월 27일경신 맑음. 아침 일찍 떠나가서 어머니를 뵈었다.

9월 28일신유 맑음. 남양 아저씨의 생신이라 본영으로 왔다.

9월 29일임술 맑음. 아침을 먹은 뒤에 동헌에 나가서 공문을 처리했다. 종일 앉아서 사무를 보았다.

9월 30일계해 맑음. 옷을 담아 둔 농을 꺼내 보았다. 그 가운데 둘은 어머니가 계신 곰내로 보내고 하나는 본영에 남겨 두었다. 저녁에 선유사의 군관 신탁(신생)이 와서 군사들을 위해 위로연을 베풀 날짜를 말했다.

1596년 10월

어머니를 위해 수연을 열다

10월 1일갑자 비가 오고 바람이 세게 붊. 새벽에 망궐례를 행했다. 식사를 마치고 어머니를 뵈러 가는 길에 신 사과가 임시로 살고 있는 집에 들어가서 몹시 취해서 돌아왔다.

10월 2일을축 맑았으나 바람이 세게 붊. 배를 다니게 할 수가 없었다. 청어를 잡은 배가 들어왔다.

10월 3일병인 맑음. 새벽에 배를 돌려서 어머니를 모시러 갔다. 어머니를 모시고 일행과 함께 배를 타고 본영(여수)으로 돌아와 종일 즐겁게 해드렸다. 흥양 현감이 술을 갖고 왔다.

10월 4일정묘 맑음. 식사를 마친 뒤에 동헌에 나가서 종일 공무를 보았다. 저녁에 남해 현령이 왔다. 그의 첩을 데리고 왔다.

10월 5일무진 흐림. 남양 아저씨 집안에 제사가 있어서 일찍 부르기에 다녀왔다. 남해 현령과 함께 이야기를 나누었다. 비가 올 조짐이 많이 보였다. 순천 부사는 석보창[78]에서 잤다.

10월 6일기사 바람 불고 비가 많이 내림. 날씨 때문에 이날은 잔치를 하지 못했다. 내일로 미뤘다. 저녁에 흥양 현감, 순천 부사가 들어왔다.

10월 7일경오 맑고 따사로움. 아침 일찍 어머니의 수연[79]을 베풀고 종일 즐겁게 보냈다. 참으로 다행이다. 남해 현감은 선대의 제삿날이어서 먼저 돌아갔다.

10월 8일신미 맑음. 어머니께서 몸이 편안하시다니 참으로 다행이다. 순천 부사와 이별의 술잔을 나누고 그를 떠나보냈다.

10월 9일임신 맑음. 공문을 보냈다. 종일 어머니를 모셨다. 내일 진중으로 들어가는 것을 두고 어머니께서 많이 서운해 하시는

---

78) 전남 여천시 석창.
79) 장수(長壽)를 축하하는 잔치.

기색이었다.

10월 10일계유 맑음. 새벽 1시쯤에 뒷방으로 갔다가 새벽 2시쯤에 수루의 방으로 돌아왔다. 정오에 어머님께 가겠다는 하직 인사를 드리고 나왔다. 오후 2시쯤에 배를 타고 바람을 따라 항해하면서 밤새도록 노를 재촉해 왔다.

10월 11일갑술 맑음.

10월 12일부터의 일기는 기록에 없음.

11월의 일기는 기록에 없음.

12월의 일기는 기록에 없음.

丁酉日記

1597년 4월

어머니와 영원히 작별하다

1월의 일기는 기록에 없음.

2월의 일기는 기록에 없음.

3월의 일기는 기록에 없음.

4월 1일신유 맑음. 궁 밖으로 나왔다. 남문(숭례문) 밖 윤간의 종의 집에 이르니 조카 봉, 분, 아들 울이 윤사행, 원경과 더불어 한 대청에 함께 앉아 오래도록 이야기를 나누었다. 지사 윤자신이 와서 위로해 주고 비변랑 이순지도 와서 만났다. 더해지는 울적한 마음을 이길 길이 없다. 지사가 돌아갔다가 저녁을 먹은 뒤에 술을 갖고 다시 왔다. 윤기헌도 왔다. 모두들 정으로 위로하면서 술을 권하므로 사양할 수가 없어 억지로 마시고 몹시 취했다. 영의정 류성룡이 종을 보냈고 판부사 정탁, 판서 심희수, 우의정 김명원, 참판 이정형, 대사헌 노직, 동지 최원, 동지 곽영이 사람을 보내 문안했다.

4월 2일임술 종일 비가 내림. 여러 조카들과 이야기를 나누었다. 방업이 음식을 매우 풍성하게 차려 왔다. 필공[1])을 불러 붓을 묶게 했다. 저물녘에 성으로 들어가서 영의정(류성룡)과 밤이 깊도록 이야기를 나누다가 닭이 울자 헤어졌다.

4월 3일계해 맑음. 일찍 남쪽으로 길을 떠났다. 금오랑 이사빈, 서리 이수영, 나장 한언향은 먼저 수원부에 도착했다. 나는 인덕원에서 말을 먹이면서 조용히 누워 쉬다가 날이 저물어서 수원으로 들어갔다. 경기 관찰사 홍이상의 수하에서 심부름을 하는, 이름을 알 수 없는 군사의 집에서 잠을 잤다. 신복룡이 우연히 수원에 왔다가 내 행색을 보고는 술을 준비해 갖고 와서 나를 위로했다. 수원 부사 유영건이 나와서 만났다.

4월 4일갑자 맑음. 일찍 길을 떠나 독성(경기도 수원시 태안읍 양

---

1) 붓을 만드는 일을 직업으로 하는 사람.

산리) 아래에 이르니, 반자 조발이 술을 준비해 막을 치고 오산 황천상의 집에서 기다리고 있었다. 취하도록 마시고 길을 떠나 진위(경기도 평택시 진위면 봉남리)를 거쳐 냇가에서 말을 쉬게 했다. 오산에 이르러 황천상의 집에서 점심을 먹었다. 황천상은 내 짐이 무겁다고 말을 내어 실어 보내니 고마울 뿐이다. 수탄을 거쳐 평택 이내은손의 집에서 투숙을 했는데 대접이 매우 은근했다. 자는 방이 몹시 좁은데 따뜻하게 불까지 때서 땀을 흘렸다.

4월 5일을축 맑음. 해가 뜨자 길을 바로 떠나서 선산[2]에 이르렀다. 두 번이나 들불이 나서 불에 타 버린 나무들의 꼴은 차마 볼 수가 없었다. 무덤 아래에서 절을 하고 곡을 하는데 한참 동안 일어나지 못했다. 저녁이 되어 내려와서 외가에 가서 사당에 절했다. 그 길로 조카 뇌의 집에 이르렀고 조상의 사당에 곡을 하면서 절했다. 남양 아저씨가 별세했다는 소식을 들었다. 저물녘에 우리 집에 이르러 장인과 장모님의 신위[3] 앞에 절하고, 곧 작은 형님(요신)과 아우 우신의 처인 제수의 사당에도 다녀왔다. 밤에 잠자리에 들었으나 마음이 좋지 않았다.

---

2) 충남 아산시 염치읍 백암리.
3) 죽은 사람의 사진이나 지방 따위를 이름.

4월 6일병인 맑음. 멀고 가까운 친구들이 모두 와서 만났다. 오랫동안 보지 못했던 정을 다 풀고 갔다.

4월 7일정묘 맑음. 금오랑(이사빈)이 아산현에서 왔다고 하므로 나는 나가서 극진히 대접했다. 홍 찰방, 이 별좌, 윤효원이 와서 만났다. 금오랑은 변흥백의 집에서 잤다.

4월 8일무진 맑음. 아침에 신위를 모시고 돌아가신 남양 아저씨에게 곡하고 상복을 입었다. 저녁에 변흥백의 집에 가서 이야기를 나누었다. 강설장이 세상을 떠났다고 하므로 나는 가서 문상했다. 그 길로 홍석견의 집에 들렀다. 저녁에 변흥백의 집에 가서 금부도사를 대접했다.

4월 9일기사 맑음. 동네 사람들이 각기 술병을 갖고 와서 멀리 떠나가는 길을 위로해 주었다. 인정상 거절하지 못하고 받아 마시니 매우 취해서 헤어졌다. 홍군우가 노래를 불렀다. 이 별좌도 노래를 불렀다. 나는 노래를 들어도 조금도 즐겁지가 않았다. 금부도사는 술을 잘 마시면서도 실수가 없었다.

4월 10일경오 맑음. 아침을 먹은 뒤에 변흥백의 집에 가서 금부도사와 함께 이야기를 나누었다. 저녁에 홍 찰방, 이 별좌 형제,

윤효원 형제가 와서 만났다. 이언길과 허제가 술을 갖고 왔다.

4월 11일신미 맑음. 새벽에 꾼 꿈이 매우 번거로워서 다 말할 수가 없다. 덕이를 불러서 대충 말하고 또 아들 울에게 이야기했다. 마음이 몹시 불안하다. 취한 듯 미친 듯 마음을 걷잡을 수 없으니 이 무슨 징조인가. 병드신 어머니를 생각하니 눈물이 흐르는 줄도 몰랐다. 종을 보내 소식을 듣고 오게 했다. 금부도사는 온양으로 돌아갔다.

4월 12일임신 맑음. 종 태문이 안흥량에서 와서 편지를 전했다. "어머니께서는 숨이 곧 끊어질 듯하셔도 9일에 위아래 모든 사람과 함께 무사히 안흥[4]에 도착하셨습니다."라고 쓰여 있었다. 법성포[5]에 이르러 잠을 자고 있을 때 닻이 풀어지는 바람에 배가 떠내려가서 배에서 머물며 엿새나 서로 떨어졌다가 아무런 탈 없이 만났다고 했다. 아들 울을 먼저 바닷가로 보냈다.

4월 13일계유 맑음. 일찍 아침을 먹고 어머니를 마중하려고 바닷가로 가는 길에 홍 찰방의 집에 잠시 들러 이야기하고 있는데, 아들 울이 종 애수를 들여보내 아직 배가 오는 소식이 없다는

---

4) 충남 서산시 근흥면 안흥.
5) 전남 영광군 법성면 법성리.

말을 전했다. 또 들으니, 황천상이 술병을 들고 변흥백의 집에 갔다고 했다. 홍 찰방과 작별하고 변흥백의 집에 갔는데 얼마 후에 종 순화가 배에서 와서 어머니의 부고를 전했다. 뛰쳐나가 가슴을 치면서 발을 동동 굴렀다. 하늘이 캄캄했다. 곧 갯바위[6]로 달려가니 배는 벌써 와 있었다. 그 아픔과 슬픔을 이루 다 적을 수가 없다. 뒷날에 대략의 내용을 적었다.

4월 14일갑술 맑음. 홍 찰방과 이 별좌 등이 들어와서 곡하고 관을 장만했다. 관의 재목은 본영에서 마련해 갖고 온 것인데 조금도 흠난 곳이 없다고 했다.

4월 15일을해 맑음. 저녁에 입관했다. 오종수가 정성껏 맡아서 해 주니 뼈가 가루가 될지언정 절대로 잊지 못할 것이다. 관에 따른 것에는 조금도 못마땅한 것이 없으니 이것만은 다행이다. 천안 군수가 들어와서 상여를 준비했다. 전경복이 매일 마음을 다해 상복 만드는 일 등을 돌보아 주니 고마움을 어떻게 다 전하겠는가.

4월 16일병자 궂은비가 내림. 배를 끌어 중방포[7] 앞으로 옮겨 대

---

6) 충남 아산시 인주면 해암리.
7) 충남 아산시 염치읍 중방리.

고, 영구를 상여에 올려 싣고 집으로 돌아오면서 마을을 바라보고 통곡했다. 슬픔으로 가슴이 찢어지는 듯하니, 무슨 말을 할 수 있겠는가. 집에 와서 빈소를 차렸다. 비는 크게 퍼부었다. 나는 기운이 다 빠져버렸다. 또 남쪽으로 갈 날은 다가오고 있으니, 소리를 내어서 울부짖었다. 다만 어서 빨리 죽었으면 할 따름이다. 천안 군수가 돌아갔다.

4월 17일정축 맑음. 금오랑의 서리[8] 이수영이 공주에서 와서 빨리 가자고 재촉했다.

4월 18일무인 종일 비가 내림. 몸이 몹시 불편해 나가지도 못했다. 다만 빈소 앞에서 곡만 하다가 종 금수의 집으로 물러 나왔다. 저녁에 계원들이 내가 있는 곳에 모여 와서 함께 계[9]에 관한 일을 의논하고 헤어졌다.

4월 19일기묘 맑음. 일찍 길을 떠나 어머니 영전 앞에서 울며 하직했으나 어찌하겠는가. 천지간에 어찌 나 같은 이가 있겠는가. 일찍 죽는 것보다 못하다. 조카 뇌의 집에 이르러 먼저 조상의

---

8) 관아에 속해 말단 행정 실무에 종사하던 구실아치.
9) 전래의 협동 조직.

사당에 아뢰었다. 금곡[10] 강선전의 집 앞에 이르러 강정과 강영수를 만나 말에서 내려 곡한 뒤에 그 길로 보산원[11]에 도착했다. 천안 군수가 먼저 냇가에 와서 쉬고 있었다. 임천 군수 한술이 중시[12]를 보러 한양으로 가던 중에 내가 있다는 말을 듣고 들어와 조문을 하고 갔다. 아들 회, 면, 조카 봉, 해, 분, 완, 주부 변존서가 천안까지 따라왔다. 원인남도 와서 만나고 작별한 뒤에 말에 올라 일신역[13]에 이르러서 잠을 잤다. 저녁에 비가 내렸다.

4월 20일경진 맑음. 아침에 공주 정천동에서 식사를 마친 뒤에 저녁에 이산[14]으로 갔다. 이 고을의 수령이 극진히 대접했다. 군청의 동헌에서 잠을 잤다. 김덕장은 내가 임시로 거처하는 집에 우연히 왔다가 서로 만났다. 금부도사가 와서 만났다.

4월 21일신사 맑음. 아침에 일찍 떠나서 은원[15]에 도착했다.

---

10) 충남 연기군 광덕면.
11) 충남 연기군 광덕면 보산원리.
12) 고려와 조선 시대에, 당하관 이하의 문무관에게 10년마다 한 번씩 보게 하던 과거 시험. 합격하면 성적에 따라 관직의 품계를 특진시켜 당상관까지 올려 주었다.
13) 충남 공주시 장기면 신관리.
14) 충남 공주시 노성면 읍내리.
15) 충남 논산 은진면 연서리.

김익이 우연히 왔다고 한다. 임달영이 곡식을 사러 배를 타고 은진포에 왔다고 한다. 그런데 그의 모습이 몹시 궤휼[16] 했다. 저녁에 여산[17] 관노의 집에서 잠을 잤다. 한밤에 혼자 앉아 있으니, 비통한 마음을 어찌 견딜 수가 있겠는가.

4월 22일임오 맑음. 오전에 삼례역[18]의 역장[19]과 역리[20]의 집에 도착했다. 저녁에 전주 남문 밖에 있는 이의신의 집에서 잤다. 판관 박근이 와서 만났다. 부윤도 후하게 대접해 주었다. 판관이 비올 때 쓰는 기름을 먹인 두꺼운 종이와 생강 등을 보내왔다.

4월 23일계미 맑음. 아침에 일찍 떠나서 오원역[21]에 도착해 아침을 먹었다. 날이 저물어서 임실현에서 잠을 잤다. 임실 현감이 예에 따라서 대접해 주었다. 현감은 홍순각이다.

4월 24일갑신 맑음. 아침에 일찍 떠나서 남원 부근 15리쯤에서

---

16) 간사스럽고 교묘함.
17) 전북 익산군 여산면 여산리.
18) 전북 완주군 삼례읍 삼례리
19) 각 역참에 속한 역리(驛吏)의 우두머리.
20) 역참에 속한 구실아치.
21) 전북 임실군 관천면 선천리.

정철 등을 만났다. 그들과 함께 남원부 5리 안까지 이르러서 우리 일행과 헤어졌다. 곧바로 10리 바깥에서 이리저리 돌아다니다가 이희경의 종의 집에 이르렀다. 이 서럽고 슬픈 마음을 어찌하겠는가. 어찌하겠는가.

4월 25일을유 비가 많이 내릴 조짐이 보임. 아침을 먹은 뒤에 길을 떠나서 운봉[22]에 있는 박롱의 집에 들어갔다. 비가 너무 많이 퍼부어 밖으로 나갈 수가 없었다. 이곳에서 들으니, 원수(권율)는 벌써 순천으로 떠났다고 한다. 곧 사람을 금오랑이 있는 곳으로 보내 그곳에서 머물게 했다. 이 고을의 현감(남한)은 병 때문에 나오지 않았다.

4월 26일병술 흐림. 갤 것 같지 않음. 일찍 아침을 먹고 길을 떠났다. 구례현에 이르니 금부도사가 먼저 와 있었다. 손인필의 집으로 거처를 정했더니 구례 현감(이원춘)이 급히 와서 만났다. 나를 대접하는 것이 매우 극진했다. 금부도사도 와서 만났다. 내가 금부도사에게 술을 권하라고 구례 현감에게 청했더니 그가 아주 대접을 잘했다고 한다. 밤에 앉아 있으니 마음이 슬프고 아팠다. 이 마음을 어찌 다 말할 수가 있겠는가.

---

22) 전북 남원군 운봉면.

4월 27일정해 맑음. 아침에 일찍 떠났다. 송치[23] 밑에 이르니 구례 현감이 사람을 보내 점심을 짓게 했으나 돌려보냈다. 송원[24]에 도착했다. 이득종과 정선이 와서 문안했다. 저녁에 정원명의 집에 이르니 원수(권율)는 내가 온 것을 알고 군관 권승경을 보내 조문했다. 또한 안부도 물었는데 그 위로하는 말이 매우 극진했다. 저녁에 순천 부사가 와서 만났다. 정사준도 달려왔다. 그는 원균의 망령되고 잘못된 행실에 대해 여러 차례 말했다.

4월 28일무자 맑음. 아침에 원수가 군관 권승경을 보내 문안하고 전하기를, "상중에 몸이 피곤할 터이니 기운이 회복되는 대로 나오시오."라고 했다. 또 "절친한 군관이 통제사의 영에 있다고 하므로 편지와 공문을 보내 나오게 하는 바이니 데리고 가서 돌보시오."라고 했고 편지와 공문을 전했다. 순천 부사의 첩이 세상을 떠났다고 한다.

4월 29일기축 맑음. 신 사과와 방응원이 와서 만났다. 병마도절제사(이복남)도 원수와 의논할 일이 있다고 해서 순천부로 들어왔다고 한다. 신 사과와 함께 이야기를 나누었다.

---

23) 전남 순천시 서면 학구리 바랑산 해발 619m.
24) 전남 순천시 서면 학구리 신촌.

4월 30일경인 아침에 흐리고 저물녘에 비가 내림. 아침을 먹은 뒤에 신 사과와 함께 이야기를 나누었다. 그는 병마도절제사에게 붙들려서 술을 마셨다고 했다. 병마도절제사 이복남이 아침을 먹기도 전에 왔다. 원균에 관한 일을 많이 말했다. 전라 감사도 원수에게 왔다가 군관을 보내 안부를 물었다.

1597년 5월

비통한 심정을 참아 내다

5월 1일신묘 비가 내림. 신 사과가 머물면서 함께 이야기를 나누었다. 순찰사와 병마도절제사는 원수가 머물고 있는 정사준의 집에 함께 모여서 술을 마시며 매우 즐겁게 논다고 했다.

5월 2일임진 저녁에 비가 내림. 원수(권율)는 보성으로 갔고 병마도절제사(이복남)는 본영으로 갔다. 순찰사(박홍로)는 담양으로 가는 길에 와서 만났다. 순천 부사(우치적)도 와서 만났다. 진흥국이 좌수영에게서 왔고 눈물을 흘리며 원균의 일에 대해 이야기했다. 이형복과 신홍수도 왔다. 남원의 종 끝돌이가 아산에서 와서 어머니의 영위를 모셔 놓은 자리가 평안하시다고 한다. 또 변유현은 식구들을 데리고 무사히 금곡에 도착했다고 한다. 혼자 빈 동헌에 앉아 있으니 슬픔을 어찌 참을 수가 있겠는가.

5월 3일계사 맑음. 신 사과, 응원, 진흥국이 돌아갔다. 이기남이 와서 만났다. 아침에 차남의 이름인 '울'을 '열'로 고쳤다. '열' 자의 소리는 '기쁠 열悅'과 같고 뜻은 '움이 돋아나다, 초목이 무성하게 자란다'는 것으로 매우 좋은 글자다. 저녁에 강소작지가 와서 곡했다. 오후 4시쯤에 비가 내렸다. 저녁에 순천 부사가 와서 만났다.

5월 4일갑오 비가 내림. 오늘은 어머니의 생신날이다. 슬프고 애통함을 어찌 참을 수 있겠는가. 닭이 울 무렵에 일어나 앉아서 눈물만 흘릴 뿐이다. 오후에 비가 많이 내렸다. 정사준이 오고 이수원도 왔다.

5월 5일을미 맑음. 새벽에 꾼 꿈이 몹시 어수선했다. 아침에 부사가 와서 만났다. 저녁에 충청 우후 원유남이 한산도에 와서 원균의 못된 짓을 많이 전하고, 또 진중의 장병들이 군무를 이탈해 반역질을 하므로 앞으로의 일이 어찌 될지 헤아릴 수 없다고 한다. 오늘은 단오절인데 1,000리 밖 땅끝에서 종군하느라 어머니 영전에 예를 갖추지 못하고 곡하고 우는 것조차도 내 뜻대로 하지 못하니, 무슨 죄가 있어서 이러한 갚음을 당하고 있는가. 나 같은 일은 예나 지금을 통틀어도 없을 것이니 가슴이 갈기갈기 찢어지는구나. 다만 때를 만나지 못한 것을 한탄할 따름이다.

5월 6일병신 맑음. 꿈에 돌아가신 두 분의 형님을 뵈었는데 서로 붙들고 우시면서, "어머니의 장례를 치르기도 전에 1,000리 밖으로 떠나 군무에 종사하고 있으니, 대체 모든 일을 누가 주장해서 한단 말이냐. 통곡한들 어찌하겠느냐."라고 하셨다. 이것은 두 형님의 혼령이 1,000리 밖까지 따라와 근심과 애달픔을 이렇게까지 알린 것이니 비통할 따름이다. 또 남원의 추수를 감독하는 일을 염려하시는데 그것은 무슨 뜻인지 모르겠다. 연일 꿈자리가 어지러운 것도 아마 형님들의 혼령이 그윽하게 걱정해 주는 탓이라 슬픔이 한결 더하다. 아침저녁으로 그립고 서러운 마음에 눈물이 엉겨 피가 되지만 아득한 저 하늘은 어째서 내 사정을 살펴주지도 않는가. 왜 어서 죽지 않는지. 저녁에 능성 현령 이계명도 상제喪制의 몸으로 기용된 사람인데 와서 만났다. 홍양의 종 우롬금, 박수매, 조택, 순화의 처가 와서 인사했다. 이기윤과 몽생이도 왔다. 송정립과 송득운도 왔다가 곧 돌아갔다. 저녁에 정원명이 한산도에서 돌아와서 원균에 대해 많은 말을 했다. 또 부찰사 한효순이 좌영으로 나와서 병을 다스린다고 했다. 우수사 이억기가 편지를 보내 조문했다.

5월 7일정유 맑음. 아침에 정혜사의 중 덕수가 와서 미투리[25]

한 결례를 바쳤다. 거절하며 받지 않으니, 재삼 간절히 받으라고 하므로 값을 쳐 주어서 보냈다. 미투리를 곧 정명원에게 주었다. 저녁에 송대기, 유몽길이 와서 만났다. 서산 군수 안괄이 한산도에서 와서 음흉한 자(원균)의 일을 많이 말했다. 저녁에 이기남이 또 왔다. 이원룡은 수영에서 돌아왔다. 안괄이 구례에 갔을 때 조사겸의 수절녀와 몰래 정을 통하려고 했으나 뜻을 이루지 못했다고 한다. 놀랄 일이다.

5월 8일무술 맑음. 아침에 승장 수인이 밥을 지을 승려 두우를 데리고 왔다. 종 한경은 일이 있어서 보성에 보냈다. 흥양의 종 세충이 녹도에서 망아지를 끌고 왔다. 활을 만드는 장인 이지가 돌아갔다. 이날 새벽꿈에 사나운 범을 때려잡아서 가죽을 벗기고 휘둘렀다. 이건 무슨 징조인지 모르겠다. 조종이 이름을 '연'으로 고치고는 와서 만났다. 조덕수도 왔다. 낮에 망아지에 안장을 얹어서 정상명이 타고 갔다. 음흉한 원균이 편지를 보내 조문했다. 이는 곧 원수의 명령에 따른 것이다. 이경신이 한산도에서 와서 원균의 흉악한 행실에 대해 많은 말을 했다. 또 그가 데리고 온 서리를 곡식을 사오라는 구실로 육지로 보내 놓고 그 아내를 겁탈하려 했다고 한다. 그러나 여자는 기를 쓰며

---

25) 삼이나 노 따위로 짚신처럼 삼은 신. 흔히 날을 여섯 개로 한다.

따르지 않고 밖으로 뛰쳐나가서 고래고래 소리를 쳤다고 했다. 원균이란 자는 온갖 계략을 써서 나를 모함하려고 하니 이 또한 운수로다. 말에 실어 보내는 뇌물이 한양으로 가는 길에 잇닿았으며, 나를 헐뜯는 것이 날이 갈수록 심해지니 그저 때를 잘못 만난 것을 한탄할 따름이다.

5월 9일기해 흐림. 아침에 이형립이 와서 만났다. 곧 돌아갔다. 이수원이 광양에서 돌아왔다. 과거에 급제한 순천 사람 강승훈이라는 자가 뽑혀 왔다. 순천 부사가 좌수영에서 돌아왔다. 종경이 보성에서 말을 끌고 왔다.

5월 10일경자 궂은 비가 내림. 오늘은 태종의 제삿날이다. 옛날부터 이날에는 비가 온다고 하더니, 저녁에 정말 많은 비가 내렸다. 박줄생이 와서 인사했다. 주인이 보리밥을 지어서 갖고 왔다. 장님 임춘경이 내 운수를 점쳐 갖고 왔다. 부찰사도 조문하는 글을 보냈다. 녹도 만호 송여종은 마지[26] 2가지를 부조의 뜻으로 보내왔다. 전라 순찰사는 최고급 쌀과 중간 등급의 쌀을 각각 10말씩을 보내왔다. 콩과 소금도 구해서 군관을 시켜서 보내겠다고 했다.

---

26) 삼 껍질이나 삼베로 만든 종이.

5월 11일신축 맑음. 김효성이 낙안에서 왔다가 곧 돌아갔다. 전 광양 현감 김성이 체찰사의 군관이 되어 화살대를 구하러 순천에 왔다. 곧 나를 만나러 왔고 근래의 소문을 많이 전했다. 그 소문이란 것이 모두 흉인(원균)에 관한 일이었다. 부찰사가 온다는 통지문이 왔다. 장위가 편지를 보냈다. 정원명이 보리밥을 지어서 냈다. 장님 임춘경이 와서 운수를 본 것을 말했다. 부찰사가 순천부에 도착했다. 정사립과 양정언이 와서 나에게 만나자고 한 부찰사의 말을 전했다. 그러나 나는 몸이 불편해 만나는 것을 거절했다.

5월 12일임인 맑음. 이원룡을 보내 부찰사에게 문안했다. 부찰사는 또 김덕린을 보내 문안했다. 저녁에 이기남과 기윤이 와서 만났다. 그 후에 간다고 아뢰고 도양장으로 돌아갔다. 아침에 아들 열을 부찰사에게 보냈다. 신홍수가 와서 만났고 원균의 점을 쳤다. 첫 점괘가 '수뢰둔(널리 형통하지만 기운은 최악으로 험난함)'인데 이것이 변해 '천풍구(여자가 지나치게 거센 괘로서 흉사를 만날 확률이 열에 아홉임)'가 되니 이는 쓰임이 본체를 이기는 것이라 크게 흉한 징조다. 남해 현감이 조문 편지와 여러 가지 물건을 보냈다. 쌀 두 가마, 참기름 두 되, 꿀 다섯 되, 조 한 가마, 미역 두 다발 등이다. 저녁에 향사당으로 가서 부찰사와 함께 이야기를 나누고 자정에야 숙소로 돌아왔다. 정사립과 양정언 등이 왔다가 닭이 운 뒤에야 돌아갔다.

5월 13일계묘 맑음. 어젯밤에 부찰사는, 체찰사가 편지를 보냈는데 원균에 관한 일에 대해 많이 탄식했다고 나에게 전했다. 저녁에 정사준이 떡을 만들어서 왔다. 순천 부사(우치적)가 노자를 보내왔다. 너무 미안하다.

5월 14일갑진 맑음. 아침에 순천 부사가 와서 만났다. 부찰사는 부[27]로 향했다. 정사준, 정사립, 양정언이 와서 나를 모시고 가겠다고 했다. 아침을 일찍 먹고 길을 떠나 송치[28] 밑에 이르러서 말을 쉬게 했다. 혼자 바위 위에서 1시간이 넘도록 곤하게 잤다. 운봉의 박롱이 왔다. 저물녘에 찬수강[29]에 이르렀다. 말에서 내려 걸어서 건넜다. 구례현의 손인필의 집에 이르니, 현감(이원춘)이 와서 만났다.

5월 15일을사 비가 오락가락함. 주인집이 너무 허름하고 더러웠다. 파리 떼가 벌처럼 모이니 사람이 밥을 먹을 수가 없었다. 동

---

27) 전남 순천시 주암면 창촌리.
28) 전남 순천시 서면 학구리 바랑산.
29) 전남 순천시 환전면과 구례 사이의 강.

헌의 띠풀로 엮은 정자로 거처를 옮겨 왔더니, 남풍이 바로 불어 들어왔다. 구례 현감과 함께 종일 이야기를 나누었다. 거기서 그대로 잤다.

5월 16일병오 맑음. 현감과 함께 이야기를 나누었다. 저녁 무렵 남원에서 보낸 정탐군이 돌아와서, "체찰사께서 내일 곡성을 거쳐 구례현에서 며칠 묵으신 뒤에 전주로 가실 것입니다."라고 했다. 현감이 점심상을 냈는데 무척 풍성하게 차렸다. 몹시 미안했다. 저녁에 정상명이 와서 만났다.

5월 17일정미 맑음. 현감과 함께 이야기를 나누었다. 저녁에 남원에서 보낸 정탐군이 돌아와서 전했다. "원수(권율)가 운봉 길로 가지 않고 명나라 총병 양원을 영접하는 일로 완산(전주)으로 달려갔습니다."라고 했다. 내가 여기에 온 것이 헛걸음이 되고 말았으니 민망스러울 따름이다.

5월 18일무신 맑고 동풍이 세게 붊. 저녁에 김종려, 영공이 남원에서 곧바로 와서 만났다. 충청 수영의 영리 이엽이 한산도에서 왔기에 집으로 보내는 편지를 부쳤다. 그러나 그가 아침에 술에 취해 미친 듯이 날뛰니 매우 얄미웠다.

5월 19일기유 맑음. 체찰사가 구례현에 들어온다고 한다. 성안에 머물러 있기가 미안해서 동문 바깥에 있는 장세호의 집으로 옮겼다. 명협정에 앉아 있는데 구례 현감(이원춘)이 와서 만났다. 저녁에 체찰사가 고을로 들어왔다. 오후 4시쯤에 소나기가 쏟아지더니 오후 6시에 맑게 개었다.

5월 20일경술 맑음. 저녁에 첨지 김경로가 와서 만났다. 그는, "무주 장박지리의 농토가 아주 좋습니다."라고 했다. 옥천에 사는 권치중은 첨지 김경로의 서출 처남이다. 장박지리라는 곳은 바로 옥천 양산창[30] 근처에 있다고 했다. 체찰사(이원익)는 내가 구례에 머무르고 있다는 소식을 듣고 먼저 공생[31]을 보냈다. 또 군관 이지각을 보내더니 얼마 후에 또 군관을 보내 조문하기를, "상을 당했다는 소식을 듣지 못했다가 이제야 비로소 들었네. 놀랍고 애도하는 마음에 군관을 보내 조문하네."라고 했다. 또 저녁에 만날 수 있는가를 물었다. "마땅히 저녁에 가서 뵙겠다."라고 했다. 저물녘에 가서 뵈니 체찰사는 소복을 입고 기다리고 있었다. 조용히 일을 이야기하자 체찰사는 계속 한탄스러워했다. 밤이 깊어지도록 이야기를 나누는 중에, "일찍

---

30) 충북 영동군 양산면 가곡리.

31) 조선 시대에, 향교에 다니던 생도. 원래 상민(常民)으로, 향교에서 오래 공부하면 유생(儒生)의 대우를 받았으며, 우수한 자는 생원 초시와 생원 복시에 응할 자격을 얻음.

이 임금의 분부가 있었는데, 거북한 말이 많이 있어 마음속으로 의심스러워하고 그 뜻을 알지 못했네."라고 했다. 또 "원균이 하는 짓에 음흉함이 매우 많음에도 하늘이 이를 살피지 못하니 나랏일을 어찌하겠는가."라고 했다. 떠나올 때 남 종사[32]가 사람을 보내 안부를 물었다. 그런데 나는 밤이 너무 깊어서 나가 인사하지 못하겠다고 말했다.

5월 21일신해 맑음. 박천 유해가 한양에서 내려와서는 한산도로 가서 공을 세우겠다고 한다. "은진현에 이르니 그 고을 원이 뱃길에 관한 이야기를 해 주었습니다."라고 했다. 또 "죄수의 우두머리 이덕룡을 고소한 사람이 잡혀 옥에 갇혀 세 차례의 형장을 맞고 장차 죽게 될 것입니다."라고도 했다. 매우 놀라운 일이다. 또 과천 좌수 안홍제 등이 이 상궁에게 말과 20세 되는 계집종을 바치고 풀려났다고 한다. 안홍제는 본디 죽을죄도 아닌데 여러 차례 형벌을 받고 거의 죽게 되었다가 물건을 바친 뒤에야 풀려났다는 것이다. 안팎이 모두 바치는 물건의 양에 따라 죄의 경중이 결정된다고 하니 그 결말이 어떻게 될지 모르겠다. 이른바 돈만 있으면 죽은 사람의 넋도 찾아올 수 있다는 것인가.

---

32) 조선 시대에 둔, 무반 잡직의 종8품 벼슬.

5월 22일임자 맑음. 남풍이 세게 붊. 아침에 손인필 부자가 와서 만났다. 박천 유해가 순천으로 갔다가 그 길로 한산도로 간다고 했다. 그리하여 전라, 경상 두 수사와 가리포 첨사 등에게 문안 편지를 써서 보냈다. 늦게 체찰사의 종사관 김광엽이 진주에서 이 고을(구례현)로 들어오고 배흥립도 온다는 편지가 왔다. 그 동안에 쌓였던 정회를 풀 수 있겠다. 다행이다. 혼자 앉아 있으니 너무나도 슬퍼서 견디기가 어려웠다. 저물녘에 배흥립과 구례 현감 이원춘이 와서 만났다.

5월 23일계축 아침에 정사룡, 이사순이 와서 만났다. 원균에 관한 일을 많이 전했다. 저녁에 배흥립이 한산도로 돌아갔다. 체찰사가 사람을 보내 나를 불렀다. 체찰사에게 가서 뵙고 조용히 일을 의논했다. 시국의 그릇된 일에 대해 많이 분개하고 있었다. 다만 죽을 날만을 기다린다고 했다. 내일 초계[33]로 간다고 했더니, 체찰사는 이대백이 모은 쌀 2섬을 지급해 주었다. 그리고는 성 밖에 있는 장세휘의 집으로 보내 주었다.

5월 24일갑인 맑음. 동풍이 종일 세게 붊. 아침에 광양의 고응명의 아들 고언선이 와서 만났다. 한산도의 일을 많이 전해주었다.

---

33) 권율이 진을 친 곳.

체찰사가 군관 이지각을 보내서 안부를 물었다. 또 경상 우도 연해안 지도를 그리고 싶으나 그릴 수가 없으니, 내가 본 대로 지도를 그려서 보내 주면 고맙겠다고 했다. 나는 거절할 수가 없어서 지도를 대강 그려서 보냈다. 저녁에 비가 많이 내렸다.

5월 25일을묘 비가 내림. 아침에 길을 떠나려 했는데, 비 때문에 그만 두었다. 혼자 시골집에 기대어 있으니 여러 가지 생각이 떠올랐다. 슬프고 그리운 마음을 어찌 해야 하는가.

5월 26일병진 종일 많은 비가 내림. 비를 무릅쓰고 길을 막 떠나려고 하는데, 이종호가 사량 만호 변익성을 심문하려고 체찰사 앞으로 잡아 왔다. 잠시 서로 마주 보았다. 그 길로 석주관[34]에 이르니 비가 퍼붓듯이 쏟아졌다. 말이 길을 가기가 어려웠다. 엎어지고 넘어지며 간신히 악양[35] 이정란의 집에 이르렀으나, 문을 닫고는 나를 들이지 않았다. 이 집은 김덕령의 아우 김덕린이 빌려 쓰는 집이었다. 나는 아들 열을 시켜 간청해 겨우 들어가서 잤다. 짐이 모두 젖었다.

5월 27일정사 흐리다가 맑게 갬. 아침에 젖은 옷을 바람에 걸어

---

34) 전남 구례군 토지면 송정리.
35) 경남 하동군 악양면 정서리.

말렸다. 저녁에 떠나서 두치 최춘룡의 집에 이르렀다. 사량 만호 이종호가 먼저 왔었다. 변익성은 곤장 20대를 맞아서 꼼짝도 못 한다고 했다. 유기룡이 와서 만났다.

5월 28일무오 흐리지만 비는 내리지 않음. 저녁에 길을 떠나 하동현에 이르니, 하동 현감 신진이 기뻐하며 성안의 별채로 맞아들여 매우 간곡한 정을 베풀었다. 그도 원균의 행실이 미쳤다고 말했다. 날이 저물도록 이야기했다. 변익성도 왔다.

5월 29일기미 흐림. 몸이 너무 불편해 길을 떠날 수가 없었다. 그래서 그대로 머물러 몸조리를 했다. 하동 현감(신진)이 정다운 이야기를 많이 했다. 나이가 70세인 황 생원이라고 하는 사람이 하동에 왔는데, 원래 한양에 살았으나 지금은 떠돌아다닌다고 했다. 나는 만나지 않았다.

1597년 6월

장수를 잃다

6월 1일경신 비가 내림. 아침에 일찍 떠나서 청수역[36] 시냇가 정자에 도착해 말을 쉬게 했다. 저물녘에 단성 땅과 진주 땅의 접경지대에 이르렀다. 이곳에서 박호원의 농사 짓는 종의 집에 묵었다. 주인이 반갑게 대접해 주었다. 하지만 잠자는 방이 좋지 못해서 겨우 밤을 보냈다. 비가 밤새도록 내렸다. 참깨 5말, 들깨 3말, 꿀 5통, 미지[37] 5장, 유둔[38] 1장, 장지 2장, 흰쌀 한 가마, 소금 다섯 가마는 모두 하동 현감이 보낸 것이다.

6월 2일신유 비가 내리다가 갬. 아침에 일찍 떠나서 단계 시냇가

---

36) 경남 하동군 옥종면 정수리.
37) 밀(꿀)을 먹인 종이. 배의 구멍을 때울 때 사용함.
38) 두꺼운 기름종이. 비를 피하기 위해 사용함.

에서 식사했다. 저녁에 삼가에 도착했다. 그러나 삼가 현감은 이미 산성으로 가 버려서 빈 관사에서 잠을 잤다. 고을 사람들이 밥을 지어 먹으라고 쌀을 주었는데 나는 이것을 먹지 말라고 종들에게 타일렀다. 삼가현 5리 밖에 홰나무 정자가 있어서 정자 아래에 앉아 있었다. 근처에 사는 노순일 형제가 와서 만났다.

6월 3일임술 비가 내림. 아침에 떠나려다가 비가 많이 와서 웅크리고 앉아 어떻게 할지를 생각하고 있었다. 이때 도원수의 군관 유홍이 홍양에서 왔다. 그에게 길의 상태를 물어보니 길이 다닐 수 없을 정도라고 했다. 그래서 그대로 묵었다. 아침에 종들이 고을 사람들에게 밥을 얻어먹었다는 말을 들었다. 그래서 종들을 매질하고 쌀을 도로 갚아 주었다.

6월 4일계해 맑음. 일찍 떠나려는데 삼가 현감 신효업이 문안의 글을 보내면서 노자까지 보내왔다. 낮에 합천 땅에 이르러 고을에서 10리쯤 떨어진 홰나무 정자가 있는 곳에서 아침을 먹었다. 너무 더워서 한참 동안 말을 쉬게 하고 5리쯤 가니 길이 두 갈래로 나뉘어져 있었다. 한 길은 곧바로 합천군으로 들어가는 길이고, 또 한 길은 초계로 들어가는 길이었다. 그래서 강을 건너지 않고 갔다. 거의 10리쯤을 가니 원수 권율의 진이 바라

다보였다. 문보가 살고 있는 집에 들어가 잤다. 고개를 끼고서 넘어 오는데 기이하게 생긴 바위와 깎아지른 듯한 낭떠러지가 1,000길이나 되었다. 게다가 강물은 굽이 돌며 깊고 길은 험했고 다리는 위험했다. 만일 이 험한 곳에 진영을 치고 지킨다면 10,000명의 군사라도 지나가지 못할 것이다.

6월 5일갑자 맑음. 서쪽에서 크게 바람이 불었다. 아침에 초계 군수가 급히 달려왔기에 곧 그를 불러 이야기를 나누었다. 식사를 마친 뒤에 중군 이덕필도 달려왔으므로 함께 옛 이야기를 나누었다. 조금 있으니 심준이 와서 만났다. 함께 점심을 먹고 거처할 방을 도배했다. 저녁에 이승서가 와서 파수병과 복병들이 도망간 일을 말했다. 이날 아침에 구례 사람과 하동 현감이 보내온 종과 말을 아울러 되돌려 보냈다.

6월 6일을축 맑음. 잠자는 방을 새로 도배했다. 군관들이 쉴 마루 두 칸을 만들었다. 저녁에 모여곡 주인집의 이웃에 사는 윤감, 문익신이 와서 만났다. 종 경을 이대백에게 보냈더니 나를 보러 온다고 했다. 어두워져서 집에 들어갔는데 그 집 과부는 다른 집으로 옮겨 갔다.

6월 7일병인 맑음. 몹시 더움. 원수(권율)의 군관 박응사와 류홍 등이 와서 만났다. 원수의 종사관 황여일이 사람을 보내 문안하므로 곧 사례하는 답장을 보냈다. 안방으로 들어가 잤다.

6월 8일정묘 맑음. 아침에 정상명을 보내서 황 종사관에게 안부를 물었다. 저녁에 이덕필과 심준이 와서 보았고 고을 원과 그 아우가 와서 만났다. 원수를 마중했는데 원수 일행 10여 명이 와서 만났다. 점심을 먹은 후에 원수가 진에 왔으므로 나는 마중했고 함께 이야기를 나누었다. 종사관은 원수와 한참 이야기를 나누었다. 1시간쯤 지나서 원수가 박성이 사직하겠다는 글의 초고를 보여 주었는데, 박성이 원수는 예절이나 형식에 얽매이지 않으며 또 수수하고 털털하다고 썼다. 원수는 이것을 편안하지 않게 여겼으나 체찰사 이원익 앞으로 글을 올렸다고 했다. 또 복병에 관한 사항들이 자세하게 적힌 서류를 읽어 보고 날이 저물어서야 돌아왔다. 몸이 불편해서 저녁을 먹지 않았다.

6월 9일무진 개지 않음. 저녁에 정상명을 원수에게 보내 문안했다. 다음으로 종사관 황여일에게도 문안했다. 처음으로 노마료(보수)를 받았다. 숫돌을 캐어 왔는데 품질이 연일석[39] 보다 좋다고 했다. 윤감, 문익신, 문보 등이 와서 만났다. 이날은 여필의

---

39) 경북 영일에서 나는 고운 돌.

생일이다. 그런데 혼자 변방에 앉아 있으니 이 마음이 어떠하겠는가.

6월 10일기사 맑음. 아침에 가라말[40], 워라말[41], 간자말[42], 유마[43] 등의 편자가 떨어진 것을 갈았다. 원수의 종사관이 삼척 사람 홍연해를 보내 문안하면서 좀 늦게 와서 보겠다고 했다. 홍연해는 홍견의 조카다. 죽마고우인 서철이 합천 땅 동면 율진에 사는데 내가 왔다는 소식을 듣고 와서 만났다. 서철의 아이 때 이름은 서갈박지였다. 음식을 대접해 보냈다. 저녁에 원수의 종사관 황여일이 와서 만났고 조용히 이야기를 나누었다. 임진년에 왜적을 무찌른 일을 이야기하자 매우 감탄했다. 또 그는 산성에 험준한 요새를 쌓지 않은 것을 한탄하고 토벌과 방비에 관한 대책이 허술한 것에 대해서도 말했다. 밤이 깊어진 줄도 모르고 돌아가는 것도 잊고서 이야기를 나누었다. 또 말하기를 내일은 원수가 산성을 살펴보러 간다고 했다.

6월 11일경오 맑음. 중복이다. 쇠를 녹이고 구슬을 녹일 것만 같다. 찌는 듯한 날씨다. 저녁에 명나라 차관 경략의 군문에 있는

---

40) 털빛이 온통 검은 말.
41) 털빛이 온통 검은 말.
42) 이마와 빰이 흰 말.
43) 본래의 털색에 갈기, 꼬리, 네 다리가 검은 말.

이문경이 와서 만났다. 부채를 선물로 보냈다. 어제 저녁에 종 사관과 이야기를 나눌 때 변홍백의 종 춘이가 집에서 보낸 편지를 나에게 전했다. 편지를 통해서 어머니의 궤연[44]이 평안하신 줄은 알겠으나, 가슴이 찢어질 듯이 쓰라린 마음을 어찌 다 말로 할 수 있겠는가. 변홍백이 나를 만날 일로 여기까지 왔다가 그냥 청도[45]로 갔다고 하니 참으로 한이 된다. 이날 아침에 편지를 써서 변홍백에게 보냈다. 아들 열이 곽란을 앓아서 밤새도록 신음했다. 걱정이 되고 속이 다 타 들어가지만 어찌할 도리가 없었다. 열은 닭이 울 때쯤에야 조금 나아져 잠이 들었다. 이날 아침에 한산도 여러 곳에 갈 편지 14통을 썼다. 경의 모친이 편지를 보냈는데 지내기가 몹시 어렵다고 했다. 또 도둑이 일어났다고 했다. 작은 워라말이 먹지를 않아 더위를 먹은 것이다.

6월 12일신미 맑음. 종 경과 종 인을 한산도 진으로 보냈다. 전라 우수사 이억기, 충청 수사 최호, 경상 우수사 배설, 가리포 첨사 이응표, 녹도 만호 송여종, 여도 만호 김인영, 사도 첨사 황세득, 동지 배홍립, 조방장 김완, 거제 현령 안위, 영등포 만호 조계종, 남해 현감 박대남, 하동 현감 신진, 순천 부사 우치적에게 편지를 썼다. 저녁에 승장 처영이 와서 부채와 미투리를 바쳤으므로

---

44) 죽은 사람의 영궤와 그에 딸린 모든 것을 차려 놓는 곳.
45) 경북 청도군 청도읍.

다른 물건을 답례로 주었다. 또 그는 적의 정세도 이야기하고 원균의 일에 대해서도 이야기를 나누었다. 오후에 들으니 중군장 이덕필이 군사를 거느리고 적에게 갔다고 하니 무슨 일인지 모르겠다. 내가 원수 권율에게 가니 우병사 김응서가 긴급히 보고하기를, "부산의 적은 창원 등지로 떠나려 하고 서생포의 적은 경주로 진을 옮깁니다."라고 했다. 복병을 보내 그들의 길을 막고 적에게 우리 군의 위세를 떨치려고 한 것이라고 했다. 병사의 우후 김자헌이 일이 있어서 원수를 만나러 왔다. 나도 원수를 만났다. 새벽에 일찍 돌아왔다.

6월 13일임신 맑음. 저녁에 가랑비가 내리다가 그침. 저녁에 병마도절제사의 우후 김자헌이 와서 만났다. 1시간이 넘도록 이야기를 나누었다. 점심을 대접해서 보냈다. 이날 낮에 왕골[46]을 쪄서 말렸다. 저물녘에 청주에 사는 이희남의 종이 들어와서, "주인이 우병사의 부대에 들어갔기 때문에 제가 원수의 진 근처에까지 왔는데, 날이 저물었기에 이곳에서 묵고 있습니다." 라고 했다.

---

46) 사초과의 한해살이풀. 높이는 1.5미터 정도이며, 잎은 뿌리에서 뭉쳐나고 좁고 길다. 9~10월에 줄기 끝에서 꽃줄기가 나와 잔꽃이 총상(總狀) 화서로 핀다. 줄기의 단면이 삼각형으로 질기고 강해 돗자리, 방석 따위를 만드는 데 쓰임.

6월 14일계유 흐렸으나 비는 내리지 않음. 이른 아침에 이희남이 들어와서 아산에 있는 어머니의 궤연과 사람들이 두루두루 평안하다고 전했다. 쓰리고 그리운 마음을 어찌 다 말로 할 수 있겠는가. 아침을 먹은 뒤에 이희남이 편지를 갖고 우병사(김응서)에게 갔다.

6월 15일갑술 맑다가 흐림. 오늘은 보름인데 군중에 있으니 어머니 영전에 잔을 올리고 곡하지 못하니 그리운 마음을 어찌 다 말하겠는가. 초계 원이 떡을 보냈다. 원수의 종사관 황여일이 군관을 보내, "원수께서 산성으로 가시려고 합니다."라고 전했다. 나는 뒤따라가서 큰 냇가에 이르렀다가 혹시 다른 계획이 있을까 염려되었다. 냇가에 앉고는 정상명을 보냈고 병이라고 아뢰게 하고 그대로 돌아왔다.

6월 16일을해 맑음. 혼자 앉아 있었는데 아무도 들여다보는 이가 없었다. 아들 열과 이원룡을 불러 책을 만들어 변씨(외가) 족보를 쓰게 했다. 저녁에 이희남이 편지를 써서 보냈다. 편지에는, "병마도절제사가 저를 보내 주지 않습니다."라고 쓰여 있었다. 변광조가 와서 만났다. 아들 열은 정상명과 함께 큰 냇가로 가서 말을 씻기고 왔다.

6월 17일병자 흐렸으나 비는 내리지 않음. 서늘한 기운이 들어오니 밤에는 더욱 쓸쓸하다. 밤경치는 한없이 넓기만 하다. 새벽에 일어나 앉아 있으니 쓰라린 그리움을 어찌 다 말로 하겠는가. 아침을 먹은 뒤에 원수(권율)에게 가니 원균의 정직하지 못한 짓에 대해 말했다. 또 비변사에서 내려온 공문을 보여 주었는데, 원균의 장계에는, "수군과 육군이 함께 나가서 먼저 안골포의 적을 무찌른 연후에 수군이 부산 등지로 진군할 것이니 안골포의 적을 먼저 칠 수는 없겠습니까."라고 쓰여 있었다. 또 원수의 장계에는, "통제사 원균이라는 사람은 전진할 생각은 하지 않고 오직 안골포를 먼저 쳐야 한다고 합니다. 수군의 여러 장수들은 이와는 다른 생각을 갖고 있을 뿐 아니라, 원균이라는 사람은 안으로 들어가서 나오지를 않습니다. 절대로 여러 장수들과 대책을 합의하지 못할 것입니다. 그는 일을 망쳐버릴 것이 뻔합니다."라고 쓰여 있었다. 원수에게 고해 이희남, 변존서, 윤선각 등에게 함께 공문으로 조사할 것을 독촉하도록 했다. 돌아오는 길에 종사관 황여일이 머물고 있는 곳에 들어가서 1시간이 넘게 이야기를 나누었다. 내가 임시로 사는 집에 들어와서 바로 이희남의 종을 의령 산성으로 보냈다. 청도 군수가 파발[47]로 공문을 보내 초계 현감에게 보여 주었으니 양심이라

47) 조선 후기에, 공문을 급히 보내기 위해 설치한 역참.

고는 없는 사람이다.

6월 18일정축 흐렸으나 비는 내리지 않음. 아침에 종사관 황여일이 종을 보내 문안했다. 저녁에 윤감이 떡을 해 갖고 왔다. 명나라 사람 섭위가 초계에서 와서, "명나라 사람 주언룡이 왜국에 사로잡혔다가 이번에야 비로소 나왔는데, 적병 10만 명이 벌써 사자마(쓰시마)나 대마도에 이르렀을 것입니다. 고니시 유키나가는 의령을 거쳐 바로 전라도로 쳐들어 올 것이며 가토 기요마사는 경주, 대구 등지로 진을 옮기고 바로 안동으로 갈 것입니다."라고 했다. 저물녘에 원수가, "사천에 갈 일이 있습니다."라고 알려 왔기에 바로 사복 정상명을 보내 물어보게 했더니, "수군에 관한 일 때문에 사천에 갑니다."라고 했다.

6월 19일무인 새벽에 닭이 세 번 울 때 문을 나서서 원수의 진에 도착할 즈음에 날이 밝았다. 진에 이르니 원수와 종사관 황여일이 나와서 공무를 보고 있었다. 내가 들어가 뵈었더니 원수는 원균에 대해, "통제사(원균)가 하는 일이 말이 아닙니다. 그 흉물이 조정에 청한 대로 안골포와 가덕도의 적을 모조리 무찌른 뒤에 수군이 나아가 토벌해야 한다고 하니 이게 무슨 뜻이겠소. 이것은 질질 끌고 나아가지 않으려는 뜻입니다. 이런 까닭에 사천으로 가서 세 수사를 독촉해 나가게 할 것이니 통제사 원균은 내가 지휘할 것도 없습니다."라고 했다. 조정에서 내려온 임금의 분부는, "안골포에 있는 적은 경솔히 들어가 쳐서는 안 된다."라는 것이었다. 원수가 나간 뒤에 종사관 황여일과 한참을 이야기하고 있는데 초계 원이 왔다. 작별할 무렵 황여일이 초계 원에게 진찬순을 심부름 보내지 말라고 하자 원과 원 수부의 병방 군관 모두 그렇게 하겠다고 대답했다. 내가 돌아올 때 포로로 잡혀갔다가 도망쳐 나온 사람이 나를 따라왔다. 이날은 마치 찌는 듯이 더웠다. 저녁에 작은 워라말이 풀을 조금 먹었다. 정오에 우수영 관리 변덕기, 변덕장, 나이가 들어 제관한 변경완, 나이가 18세인 변경남이 와서 만났다. 진사 이신길의 아들인 진사 이일장도 와서 만났다. 밤에 소나기가 크게 내려 처마에 떨어지는 비가 마치 물을 퍼붓는 것과 같았다.

6월 20일기묘 종일 비가 내리더니 밤에는 더 많이 내림. 아침 늦게 서철이 와서 만났다. 윤감, 문익신, 문보 등이 와서 만났다. 변유가 와서 만났다. 오후에 종과 말을 먹일 비용을 받아 왔다. 병들었던 말이 조금 나아졌다.

6월 21일경진 비가 오락가락함. 새벽꿈에 덕, 울온, 대 등이 보였다. 다들 나를 보고 인사하고 기뻐하는 기색이었다. 아침에 영덕 현령 권진경이 원수를 뵈러 왔는데, 원수가 이미 사천으로 갔으므로 나에게 와서 좌도의 일을 많이 전했다. 좌병사 군관이 편지를 갖고 왔다. 곧 회답 편지를 써서 보냈다. 종사관 황여일이 사람을 보내 문안했다. 저녁에 변주부와 윤선각이 여기에 왔다. 늦은 밤까지 이야기를 나누었다.

6월 22일신사 비가 오락가락함. 아침에 초계 군수가 연포국[48]을 마련해 와서 권했는데 오만한 빛이 많이 있었다. 그 처사가 예의를 잃었음을 말해서 무엇하겠는가. 저녁에 이희남이 들어와서 우병사의 편지를 전했다. 낮에 정순신, 정사겸, 윤감, 문익신, 문보 등이 와서 만났다. 이선손이 와서 만났다.

6월 23일임오 비가 내리다가 개었다가 함. 아침에 큰 화살을 다시 다듬었다. 저녁에 우병마도절제사(김응서)에게 편지를 보내고, 아울러 크고 작은 환도를 보냈다. 그런데 갖고 오는 사람이 물에 빠뜨려서 그만 장식과 칼집이 망가지고 말았으니 아깝도다. 아침에 나굉의 아들 나재흥이 자신의 아버지가 쓴 편지를 갖고 와서 만났다. 그 집의 형편이 좋지 않은데 노자까지 보내주니 미안했다.

---

48) 무, 두부, 다시마, 고기를 맑은 장에 끓인 국.

6월 24일계미 입추. 새벽에 안개가 사방에 자욱하게 끼어서, 골짜기를 분간할 수가 없었다. 아침에 수사 권언경의 종 세공, 종 감손이 와서 무 밭에 관한 일을 아뢰었다. 무 밭을 갈고 씨를 심는 일의 감독관으로 이원룡, 이희남, 정상명, 문임수 등을 정해 보냈다. 생원 안극가가 와서 만났고 시국에 관한 이야기를 나누었다. 오후에 합천 군수가 조언형을 보내 안부를 물었다. 날은 찌는 듯이 더웠다.

6월 25일갑신 맑음. 다시 명령해서 무의 씨를 뿌리도록 했다. 식전에 종사관 황여일이 와서 만났다. 해전에 관한 일을 많이 말했고 또 원수가 오늘내일 진으로 돌아갈 것이라고 말했다. 군사 문제를 의논하다가 늦게야 돌아갔다. 저녁에 종 경이 한산도에서 돌아왔다. 들으니 보성 군수 안홍국이 적의 탄환에 맞아 죽었다고 한다. 놀라워 슬픔을 이길 수가 없다. 놀랍고도 애석해 탄식했다. 한 놈의 적도 사로잡지 못하고 먼저 두 장수를 잃었으니 통분함을 어찌 말하랴. 거제도 사람이 미역을 실어 왔다.

6월 26일을유 맑음. 새벽에 순천의 종 윤복이 나타났기에 곤장 50대를 때렸다. 거제에서 온 사람이 돌아갔다. 저녁에 중군장 이덕필, 변홍달, 심준 등이 와서 만났다. 종사관 황여일이 개벼루 강가의 정자로 왔다가 돌아갔다. 어응린과 박몽삼 등이 와서 만났다. 아산에 있는 종 평세가 들어와서 어머니의 궤연이 평안하고 집안사람들도 다 무고하다고 했다. 다만 석 달이나 가물어서 농사는 더 이상 가망이 없다고 했다. 장사를 지내는 날은 7월 27일이나 8월 4일 중에서 잡는다고 했다. 어머니가 매우 그립다. 그 슬픈 심정을 어찌 다 말하겠는가. 저녁에 우병마도절제사(김응서)가 체찰사(이원익)에게 전하기를, "아산의 이방과 청주의 이희남이 복병하기가 싫어 원수(권율)의 진영 옆에 피해 있습니다."라고 했다. 이에 체찰사가 원수에게 공문을 보냈다. 원수는 크게 화를 내고 공문을 다시 작성해 보냈는데 김응서의 속뜻은 알 수가 없다. 이날 작은 워라말이 죽어서 내다 버렸다.

6월 27일병술 맑음. 아침에 어응린과 박몽삼 등이 돌아갔다. 이희남과 이방이 체찰사의 행차가 도착하는 곳으로 갔다. 저녁에 황여일이 와서 한참 동안 이야기를 나누었다. 오후 3시에 소나기가 많이 쏟아져 잠깐 사이에 물이 많이 불었다고 했다.

6월 28일정해 맑음. 저녁에 황해도 백천에 사는 별장 조신옥과 홍대방 등이 와서 만났다. 초계 아전의 편지에, "원수가 내일 남원으로 가십니다."라고 쓰여 있었다. 이날 새벽에 꿈을 꾸었는데 매우 어지러웠다. 종 경은 물건을 사러 갔다가 돌아오지 않았다.

6월 29일무자 맑음. 변주부가 마흘방으로 갔다. 종 경이 돌아왔다. 이희남과 이방 등이 돌아왔다. 중군장 이덕필과 심준이 와서 전하기를, "유격 심유경이 체포되었는데 총병관 양원이 삼가에 이르러 그를 꽁꽁 묶어서 보냈습니다."라고 했다. 문림수가 의령에서 와서, "체찰사가 벌써 초계역에 도착하셨습니다."라고 했다. 새로 급제한 양간이 황천상의 편지를 갖고 왔다. 변주부가 마흘방에서 돌아왔다.

6월 30일기축 맑음. 새벽에 정상명을 시켜 체찰사에게 문안을 드리게 했다. 이날 몹시 더워 찌는 듯했다. 저녁에 흥양의 신여량과 신제운 등이 와서 연해의 땅은 비가 알맞게 왔다고 전했다.

1597년 7월

왜적에게 대패하다

7월 1일경인 새벽에 비가 오다가 저녁에 갬. 명나라 사람 3명이 왔다가 부산으로 간다고 한다. 송대립과 송득운이 함께 왔다. 안각도 와서 만났다. 저녁에 서철, 방덕수와 그 아들이 와서 잠을 잤다. 이날 밤 가을 기운이 몹시 서늘하니 슬펐다. 아, 그리운 심정을 어찌하겠는가. 송득운이 원수의 진에 갔다 왔는데 종사관 황여일이 큰 냇가에서 피리를 불었다고 하니 놀랍고도 놀라운 일이다. 오늘은 인종의 제삿날이기 때문이다.

7월 2일신묘 맑음. 아침에 변덕수가 돌아왔다. 저녁에 신제운과 평해에 사는 정인서가 종사관의 심부름으로 문안하러 여기에 왔다. 오늘은 돌아가신 아버지의 생신이다. 이렇게 멀리 1,000리 밖에 와서 군복을 입고 있으니 이 일을 어찌할 것인가.

7월 3일임진 맑음. 새벽에 앉아 있으니 싸늘한 기운이 뼛속까지 들어오는 것 같다. 슬픈 마음이 한층 더 깊어진다. 제사에 쓸 유과와 찹쌀가루를 장만했다. 저녁에 정읍의 군사 이량, 최언환, 건손 등 세 사람을 심부꾼으로 쓰라고 보내왔다. 저녁에 장준완이 남해에서 와서 만났다. 그는 남해 현감의 병이 심하다고 전했다. 몹시 근심스러웠다. 조금 있으니 합천 군수 오운이 와서 만났다. 그는 산성에 관한 일을 많이 말했다. 점심을 먹은 뒤에 원수의 진영으로 가서 황 종사관과 이야기를 나누었다. 종사관은 전적[49] 박안의와 활을 쏘았다. 이때 좌병마도절제사의 군관이 항복한 왜인 2명을 잡아 왔는데 가토 기요마사의 부하라고 했다. 날이 저물어서야 돌아왔다. 그때 고령 현감이 성주에 갇혔다는 소식을 들었다.

7월 4일계사 맑음. 종사관 황여일이 정인서를 보내 문안했다. 저녁에 이방과 유황이 왔다. 스스로 지원해 군에 들어온 병력인 홍양의 양점, 찬, 기 등이 왔다. 변여량, 변회보, 황언기 등이 모두 벼슬자리에 오르게 되었다고 인사를 하러 왔다. 변사증과 변대성 등도 와서 만났다. 점심을 먹은 뒤에 비가 내렸다. 아침을 먹을 때 안극가가 와서 만났다. 저녁 무렵에 비가 많이 내리기 시작하더니 밤새도록 그치지 않았다.

---

49) 조선 시대에, 성균관에 속해 성균관의 학생을 지도하는 일을 맡아보던 정6품 벼슬.

7월 5일갑오 비가 내림. 이른 아침에 초계 현감이 체찰사의 종사관 남이공이 초계의 경내를 지나간다고 하면서 산성으로부터 문 앞을 지나갔다. 저녁에 변덕수가 왔다. 변존서는 마흘방으로 갔다.

7월 6일을미 맑음. 꿈에 윤삼빙을 보았는데 나주로 귀양을 간다고 했다. 저녁에 이방이 와서 만났다. 혼자 빈방에 앉아 있으니 그리움과 슬픈 마음을 어찌 말로 다 할 수가 있겠는가. 저녁에 바깥채에 나가 앉았다. 변존서가 마흘방에서 돌아왔기에 안으로 들어갔다. 안각 형제도 변흥백을 따라 왔다. 이날 제사에 쓸 중배끼[50] 5말을 꿀에다 반죽해 봉해서 시렁[51] 위에 얹었다.

7월 7일병신 맑음. 오늘은 칠석이다. 슬픔과 그리운 마음을 어찌할 것인가. 꿈에 원균과 함께 있었다. 내가 원균의 윗자리에 앉아서 음식상을 받을 때 원균이 기쁜 기색을 보이는 것 같았다. 무슨 징조인지 알 수가 없다. 박영남이 한산도에서 와서, "주장의 잘못으로 대신 죄를 받으려고 원수에게 잡혀 왔습니다."라고 했다. 초계 현감이 새로운 물건들을 마련해 보냈다. 아침에 안각 형제가 와서 만났다. 저물녘에 흥양의 박응사와 심준 등이

---

50) 유밀과의 하나. 밀가루를 꿀과 기름으로 반죽해 네모지게 잘라 기름에 지져 만듦.

51) 물건을 얹어 놓기 위해 방이나 마루 벽에 두 개의 긴 나무를 가로질러 선반처럼 만든 것.

와서 만났다. 의령 현감 김전이 고령에서 와서 병마도절제사의 잘못된 점에 대해 많은 말을 했다.

7월 8일정유 맑음. 아침에 이방이 왔기에 식사를 대접해 보냈다. 그에게서 들으니, 원수가 구례에서 이미 곤양에 이르렀다고 한다. 저녁에 집 주인 이어해와 최태보가 와서 만났다. 변덕수가 와서 만났다. 저녁에 송대립, 유홍, 박영남이 왔다. 송과 유 두 사람은 밤이 깊어져서야 돌아갔다.

7월 9일무술 맑음. 내일 아들 열을 아산으로 내려 보내고자 한다. 제사에 쓸 과일을 봉사는 것을 살펴보았다. 저녁에 윤감과 문보 등이 술을 갖고 와서 열과주부 변존서 등에게 전별하고 돌아갔다. 이날 밤 달빛이 대낮과 같다. 어머니를 생각하니 슬퍼서 눈물이 나면서 밤늦도록 잠을 자지 못했다.

7월 10일기해 맑음. 새벽에 열과 변존서를 보내려고 앉아서 날이 새기를 기다렸다. 아침에 일찍 식사를 하는데 품고 있었던 감정을 스스로 억누르지 못해서 통곡하며 떠나보냈다. 내가 무슨 죄를 지었기에 이 지경에까지 이르렀는가. 구례에서 온 말을 타고 갔다. 걱정이 많이 된다. 열과 변존서가 떠나자 종사관 황여일이 와서 1시간이 넘게 이야기를 나누었다. 저녁에 서철이 와서 만났다. 정상명이 종이를 갖고 말혁[52] 만들기를 마쳤다. 저녁에 혼자 빈집에 앉아 있으니 그리움과 슬픈 감정이 끓어올라 밤이 깊도록 잠을 이루지 못했다. 밤새도록 뒤척거렸다.

7월 11일경자 맑음. 열이 어떻게 갔는지 걱정이 되어 견딜 수가 없다. 더위가 너무도 심해 걱정이 끊이지 않았다. 저녁에 변홍달, 신제운, 임중형이 와서 만났다. 혼자 빈 대청에 앉아 있으니 사무치는 그리움을 어찌하겠는가. 너무나도 슬프다. 종 태문과 종 종이가 함께 순천으로 갔다.

7월 12일신축 맑음. 아침에 합천 군수가 햅쌀과 수박을 보냈다. 점심을 지을 적에 방응원, 현응진, 홍우공, 임영립 등이 박명현이 있는 곳에서 와서 함께 식사했다. 종평세는 열을 따라갔다가 돌아왔다. 잘 갔다고 하니 정말 다행이다. 그러나 슬프고, 한탄스러운 일을 어찌 말로써 하겠는가. 이희남이 사철쑥[53] 100묶음을 베어 왔다.

7월 13일임인 맑음. 아침에 남해 현령이 편지와 많은 음식물을 보냈는데, "싸움에 쓸 말을 몰고 가겠습니다."라고 하기에 답장

---

52) 말안장 양쪽에 장식으로 늘어뜨린 고삐.
53) 입추 때 베어 말려 냉, 황달, 습열, 간장염 등의 한약재로 씀.

을 써서 보냈다. 저녁에 이태수, 조신옥, 홍대방이 와서 적의 토벌에 대해 이야기를 나누었다. 송대립과 장득홍도 왔다. 장득홍은 자비自備로 복무를 한다고 아뢰었다. 그래서 식량 2말을 내주었다. 이날 칡을 캐어서 왔다. 이방이 와서 만났다. 남해 아전과 심부름꾼 2명이 왔다.

7월 14일계묘 맑음. 이른 아침에 정상명에게 종 평세, 종 귀인, 짐을 실은 말 2필을 주어 남해로 보냈다. 정상명은 전마戰馬를 끌어올 일로 보낸 것이다. 새벽꿈에 내가 체찰사와 함께 한 곳에 가 보니 시체들이 즐비했다. 발로 밟기도 하고 혹은 목을 베기도 했다. 아침 식사를 할 때 문인수가 와가채와 동과전을 가져다주었다. 방응원, 윤선각, 현응진, 홍우공 등과 함께 이야기를 나누었다. 홍우공은 그 아버지의 병 때문에 종군하고 싶지 않아서 나에게 팔이 아프다고 핑계를 대니 놀라운 일이다. 오전 10시 경에 종사관 황여일이 정인서를 보내 문안했다. 또 김해 사람으로 왜적에게 부역을 했던 김억의 편지를 보여 주었는데 그것을 보니, "7일에 왜선 500여 척이 부산에서 나왔고, 9일에는 왜선 1,000척이 합세해서 우리 수군과 절영도[54] 앞바다에서 싸웠습니다. 우리 배 5척이 표류해 두모포[55]에 닿았고 또 7척은 어디

54) 부산 영도구 영도.
55) 경남 동래군 기장면.

로 갔는지 알 수가 없습니다."라고 쓰여 있었다. 그 말을 듣고는 분함과 억울함을 이기지 못해, 즉시 종사관 황여일이 군사들을 점호하고 있는 곳으로 달려갔다. 일을 상의하고 그대로 앉아서 활 쏘는 것을 구경했다. 얼마 후에 내가 탔던 말을 홍대방에게 타 보라고 했더니 잘 달린다. 비가 내릴 기미가 많기에 집으로 돌아왔더니 집에 닿자마자 비가 마구 쏟아지다가 밤 10시쯤에야 그쳤다. 달빛이 오늘따라 매우 밝았다. 쌓이는 그리움을 어찌 다 말하겠는가.

7월 15일갑진 비가 오락가락함. 저녁에 조신옥, 홍대방 등과 여기에 있는 윤선각까지 모두 9명을 불러서 떡을 차려 먹었다. 가장 늦게 중군 이덕필이 왔다가 저물녘에 돌아갔다. 그에게서 들으니, 우리 수군 20여 척이 적에게 패했다고 했다. 참으로 분통이 터진다. 왜적을 막아 낼 방어책이 하나도 없으니 한스러울 따름이다. 어두워지면서 비가 많이 내렸다.

7월 16일을사 비가 오다 그침. 종일 흐리고 맑지 않음. 아침 식사를 마친 뒤에 손응남을 중군(이덕필)에게 보내서 수군에 관한 소식을 알아오도록 했다. 그가 돌아와 중군(이덕필)의 말을 전하는데, 경상 좌병사의 긴급 보고에 따르면 우리에게 불리한 일이 많다고 하면서 자세한 것은 말하지 않더라고 한다. 한탄스러운 일이다. 늦게 변의정이라고 하는 사람이 수박 2개를 갖고 왔는데 그 생김새가 몹시 어리석고 용렬했다. 두멧골에 처박혀서 사는 사람이니 배우지도 못하고 가난하다 보니 자연히 그러할 것이다. 그러나 이 역시 거짓이 없고 인정이 두터운 태도다. 이날 낮에 이희남을 시켜 칼을 갈게 했는데 아주 잘 들어서 적장의 머리를 벨 만했다. 소나기가 급히 쏟아졌다. 아들 열이 행로에 고생할 것을 생각하니 걱정이 되었다. 저녁에 전남 영암군 송진면에 사는 사삿집 종 세남이 서생포(울산시 서생리)에서 알몸으로 왔다. 그 까닭을 물으니, "7월 4일에 전 병사의 우후가 타고 있던 배의 격군[56]이 되어 5일에 칠천도에 이르러 정박하고, 6일에 옥포에 들어갔다가 7일 새벽에 말곶을 거쳐서 다대포(부산시 서구)에 이르렀습니다. 적선 8척이 정박해 있는 것을 발견하고 우리의 여러 배들이 곧장 함께 돌격했더니, 왜적들은 모두 육지로 도망가고 빈 배만 남아 우리 수군들이 그것을 불태웠습니다. 그 길로 부산 절영도 바깥 바다로 향하다가 마침 적선 1,000여 척이 대마도에서 건너오기에 싸우려 했는데, 적선들이 피해 흩어져 달아나므로 끝까지 섬멸할 수가 없었습니다. 세남이 탔던 배와 다른 배 6척은 배를 제어하지 못하고 서생포 앞바다까지 표류하다가 육지로 상륙하려고 했으나, 대

56) 조선 시대에, 사공(沙工)의 일을 돕던 수부(水夫).

부분이 왜적에게 죽임을 당하고 세남만 혼자 숲 속으로 들어가 간신히 목숨을 보존해 여기까지 왔습니다."라고 했다. 듣고 보니 참으로 놀라운 일이다. 우리가 믿는 바는 오직 수군뿐인데 수군마저 이와 같으니 더 이상 희망이 없다. 거듭 생각할수록 간담이 찢어질 것만 같다. 더욱이 선장 이엽이 왜적에게 사로잡혔다고 하니 더욱 원통하다. 손응남은 집으로 돌아갔다.

7월 17일병오 가끔 비가 내림. 아침에 이희남을 종사관 황여일에게 보내 세남의 말을 전했다. 저녁에 초계 현령이 벽견산성에서 와서 만났다. 송대립, 유황, 류홍, 장득홍 등이 와서 만났다. 날이 저물어서야 돌아갔다. 변대헌, 정운룡, 득룡, 구종 등은 초계 아전들인데 어머니 족성[57]과 같은 파 사람들이라 만났다. 큰비가 종일 내렸다. 신여길이 공명첩[58]을 바다 가운데에서 잃어버렸기 때문에 경상 순변사가 그 일을 신문하고 그 기록을 가져갔다.

7월 18일정미 맑음. 새벽에 이덕필과 변홍달이 함께 와서, "16일 새벽에 수군이 야습을 받아 통제사 원균, 전라 우수사 이억기,

---

57) 같은 문중의 겨레붙이와 성씨.

58) 성명을 적지 않은 백지 임명장. 국가의 재정이 궁핍할 때 국고(國庫)를 채우는 수단으로 사용된 것으로, 중앙의 관원이 이것을 갖고 전국을 돌면서 돈이나 곡식을 바치는 사람에게 즉석에서 그 사람의 이름을 적어 넣어 명목상의 관직을 주었음.

충청 수사 최호, 또 여러 장수와 많은 군사들이 해를 입었습니다."라고 전했다. 듣자니 통곡이 터져서 견딜 수가 없었다. 얼마 후에 원수가 와서, "일이 이 지경에까지 이르렀으니 어찌할 수가 없습니다."라고 했다. 오전 10시까지 이야기를 나누었으나 별다른 대책을 세우지 못했다. 내가 원수에게, "제가 직접 연해안 지방으로 가서 보고 들은 뒤에 방책을 정하겠습니다."라고 하자 크게 기뻐하며 승낙했다. 이에 나는 송대립, 유황, 윤선각, 방응원, 현응진, 임영립, 이원룡, 이희남, 홍우공 등과 함께 길을 떠나 삼가현에 이르렀다. 새로 부임한 삼가 현감이 나와서 기다리고 있었다. 한치겸도 왔다. 오랫동안 이야기를 나누었다.

7월 19일무신 종일 비가 내림. 오는 길에 단성의 동산산성에 올라가 그 형세를 살펴보니, 매우 험해서 왜적이 엿볼 수가 없을 것 같았다. 그대로 단성현에서 잠을 잤다.

7월 20일기유 종일 비가 내림. 아침에 권문임의 조카 권이청이 와서 만났다. 단성 현감도 와서 만났다. 정오 때 진주 정개산성 아래에 있는 강가의 정자에 이르렀고 진주 목사가 와서 만났다. 굴동[59] 이희만의 집에서 잠을 잤다.

---

59) 경남 하동군 옥종면 문암리.

7월 21일경술 맑음. 아침에 일찍 떠나 곤양군에 도착했다. 군수 이천추가 고을에 있고 백성들도 고을에 많이 남아 농사에 힘쓴다. 일찍 익은 곡식을 거두어들이기도 하고 밀보리 밭을 갈기도 했다. 낮에 점심을 먹은 뒤에 노량에 이르니 거제 현령 안위, 영등포 만호 조계종 등 10여 명이 와서 통곡했다. 또 피해 나온 군사와 백성들도 모두 울부짖지 않는 이가 없었다. 경상 우수사(배설)는 도망가서 보이지 않았다. 우후 이의득이 찾아왔기에 상황을 물었다. 사람들이 모두 울면서, "대장 원균이 적을 보자마자 먼저 뭍으로 달아나고, 여러 장수들도 모두 원균을 따라 뭍으로 가서 이 지경에 이르렀습니다."라고 했다. 이는 대장의 잘못을 말한 것인데 말로는 다 형용할 수가 없고 그 살점이라도 씹어서 먹고 싶다고 했다. 거제 배 위에서 자면서 거제 현령 안위와 함께 이야기를 나누었다. 새벽 3시가 지나도록, 조금도 눈을 붙이지 못했다. 그 바람에 눈병이 생겼다.

7월 22일신해 맑음. 아침에 경상 우수사 배설이 왔다. 그는 원균이 패해 죽게 된 사실을 많이 말했다. 식사를 마친 뒤에 남해 현감 박대남이 있는 곳에 이르렀는데, 그의 병세는 거의 치료할 수가 없을 지경이 되어 있었다. 싸움말을 서로 바꾸는 것에 관한 이야기를 나누었다. 종 평세와 군사 1명을 데리고 오겠다고 했다. 오후에 곤양에 도착했다. 몸이 불편해서 그대로 잠을 잤다.

7월 23일임자 비가 오락가락함. 아침에 노량에서부터 만들었던 공문을 송대립 편에 부쳐서 먼저 원수부에 갖다 주게 했다. 곧 출발해 십오리원[60]에 이르니 백기 배흥립의 부인이 먼저 와 있었다. 말에서 내려 잠시 쉬었다. 전에 묵었던 진주 운곡에 이르러서 잠을 잤다. 배흥립도 와서 잤다.

7월 24일계축 비가 계속 내림. 한치겸, 이안인이 부찰사에게 돌아갔다. 정씨의 종 예손과 손씨의 종이 함께 돌아갔다. 식사를 마친 뒤에 이홍훈의 집으로 옮겼다. 방응원이 정개산성에서 와서 말하기를, "종사관 황여일이 정개산성에 와서 연해안의 사정을 보고 들은 대로 전하고 있다."는 것이다. 군량 20말, 말 먹이 콩 20말, 말의 편자 7벌을 가져 왔다. 이날 저녁에 조방장 배경남이 와서 만났다. 술을 내어 그를 위로했다.

7월 25일갑인 저녁에 갬. 종사관 황여일이 편지를 보내 문안했다. 조방장 김언공이 와서 만났고 그 길로 원수부로 갔다. 배수립과 이곳 주인 이홍훈이 와서 만났다. 남해 현령 박대남이 자기의 종 용산을 보내 내일 들어오겠다고 전했다. 저녁때 배홍립의 병문안을 가 보니, 고통이 매우 심했다. 걱정이다. 송득운을

---

60) 경남 사천시 곤명면 봉계리.

보내서 종사관 황여일에게 문안했다.

7월 26일을묘 비가 오락가락함. 일찍 식사를 마친 뒤에 정개산성 밑에 있는 소나무 정자 아래로 가서 종사관 황여일과 진주 목사와 함께 이야기를 나누었다. 날이 늦어서야 숙소로 돌아왔다.

7월 27일병진 종일 비가 내림. 이른 아침에 정개산성 건너편 손경례의 집으로 옮겨 가서 머물렀다. 저녁에 동지 이천과 판관 정제가 체찰사에게서 와서 명령을 전했다. 이들과 함께 저녁을 먹었다. 이 동지는 배 조방장에게 가서 잤다.

7월 28일정사 비가 내림. 이희량이 와서 만났다. 초저녁에 동지 이천, 진주 목사, 소촌 찰방 이시경이 와서 왜적과 맞서 싸울 대책에 대해 의논했다. 밤에 이야기를 나누다가 자정이 지나서야 돌아갔다.

7월 29일무오 비가 오락가락함. 아침에 이군거와 함께 식사하고 그를 체찰사에게 보냈다. 저녁에 냇가로 나가서 군사를 점검하고 말을 달렸다. 원수가 보낸 자들은 모두 말과 화살이 없으니 아무런 쓸모가 없다. 참으로 탄식할 만한 일이다. 저녁에 돌아올 때, 배 동지와 남해 현령 박대남에게 들렀다. 밤새 큰비가 내렸다. 찰방 이시경에게 사람을 보내 안부를 물었다.

7월 30일부터 7월 31일까지의 일기는 기록에 없음.

1597년 8월

3도 수군통제사를 겸하라는 임금의 명을 받다

8월 1일기미 큰비가 내려서 물이 넘침. 저녁에 소촌 찰방 이시경이 와서 만났다. 조신옥과 홍대방 등도 와서 만났다.

8월 2일경신 잠시 갬. 혼자 수루의 마루에 앉아 있었다. 가슴속에 있는 그리움을 어찌하겠는가. 슬픔을 이기지 못했다. 이날 밤에 꿈을 꾸었다. 임금의 명령을 받을 징조가 있었다.

8월 3일신유 맑음. 이른 아침에 선전관 양호가 와서 임금이 내린 교서, 유서, 유지를 갖고 왔다. 3도 수군통제사를 겸하라는 명령이었다. 교서에 숙배를 한 뒤에 받들어 받았다는 글월을 써서 봉해 올렸다. 곧 길을 떠나서 바로 두치 가는 길로 들어섰다. 초저녁에 행보역[61]에 이르러서 말을 쉬게 했다. 자정에 길을 떠나서 두치에 이르니, 날이 밝아오려 했다. 남해 현령 박대남은 길을 잘못 들어서 강정으로 들어갔다. 그래서 말에서 내려 기다렸다가 불러왔다. 쌍계동에 이르니, 길에 뾰족한 돌들이 어지러이 흩어져 있고, 금방 온 비에 물이 넘쳐흘러서 간신히 건넜다. 석주관[62]에 이르렀다. 이원춘과 유해가 복병해 지키다가, 나를 보고는 적을 토벌할 일에 대해 많이 말했다. 날이 저물어서 구례현에 이르렀는데, 주변이 온통 쓸쓸했다. 전에 머물렀던 집인, 성 북문[63] 밖의 주인집으로 가서 잤다. 주인은 이미 산골로 피란을 갔다고 했다. 손인필이 곧바로 보러 왔는데 곡식까지 갖고 왔다. 손응남은 때 이른 감을 갖고 와서 바쳤다.

8월 4일임술 맑음. 아침을 먹은 뒤에 압록강원[64]에 이르러서 점심을 짓고 병이 든 말을 치료했다. 고산 현감 최진강이 군인을 교체하는 일로 와서는 수군에 관한 일을 많이 말해주었다. 낮에 곡성[65]에 도착했다. 관청과 여염집이 모두 비어 있고, 인기척이 전혀 들리지 않았다. 이곳은 말에게 먹일 풀도 구하기가 어려웠다. 이 고을에서 잠을 잤다. 남해 현령 박대남은 곧장 남원으

61) 경남 하동군 횡천면 여의리.
62) 전남 구례군 토지면 송정리.
63) 전남 구례군 구례읍 북봉리
64) 전남 곡성군 오곡면 압록리.
65) 전남 곡성군 곡성읍 읍내리 7132번지.

로 갔다.

8월 5일계해 맑음. 아침을 먹은 뒤에 길을 떠나 옥과[66] 땅에 도착했다. 피란민이 길에 가득 찼다. 남자와 여자가 서로를 부축하고 걸어가는 모습은 차마 눈을 뜨고 볼 수가 없었다. 그들은 울면서 말하기를 "사또가 다시 오셨으니 우리들은 이제야 살았다."라고 했다. 길가에 큰 홰나무 정자가 있기에 말에서 내려 위로하며 달랬다. 옥과현으로 막 들어갈 때, 이기남 부자를 만났다. 이들과 함께 옥과현에 도착했다. 정사준과 정사립이 먼저 와서 기다리고 있었다. 옥과 현감(홍요좌)은 병을 핑계 삼아 나오지 않았다. 붙잡아다가 곤장을 치려고 하니, 그제야 서둘러 나와 보았다.

8월 6일갑자 맑음. 이날은 옥과현에서 머물렀다. 초저녁에 송대립 등이 적의 정세를 정탐할 일로 찾아왔다.

8월 7일을축 맑음. 아침에 일찍 길을 떠나서 바로 순천으로 갔다. 고을을 10리쯤 남겨두는 곳에서 선전관 원집을 만났는데, 임금의 분부를 갖고 오는 길이었다고 했다. 병마도절제사가 거느렸던

---

66) 전남 곡성군 옥과읍.

군사들이 모두 패해 도망치고 있었다. 그래서 그들로부터 말 3필과 활과 화살을 약간 빼앗아 왔다. 곡성현 석곡 강정[67]에서 잠을 잤다.

8월 8일병인 새벽에 길을 떠나 부유창[68]에서 아침을 먹었다. 이곳은 병마도절제사 이복남이 이미 부하들에게 명령해 불을 질렀다. 타고 남은 재만 있어서 보기에도 처참했다. 광양 현감 구덕령, 나주 판관 원종의, 옥구 현감 김희온 등이 창고 바닥에 숨어 있다가 내가 왔다는 말을 듣고 배경남과 함께 급히 달려 구치[69]에 도착했다. 내가 말에서 내려 곧 명령을 내렸더니 한꺼번에 와서 절을 했다. 내가 왜 피해 다니기만 하느냐고 들추어서 꾸짖자 다들 그 죄를 이복남에게 돌렸다. 곧 길을 떠나서 순천에 도착했다. 관청과 창고의 곡식은 그대로였다. 하지만 병기 등을 제대로 처리하지 않은 채 달아났다. 참으로 놀랄 일이었다. 성 안팎에는 사람의 발자취가 하나도 없어서 매우 적막했다. 오직 절에 있는 중 혜희가 와서 알현하므로 그에게 의병장의 사령장을 주었다. 병기 가운데에서 장전과 편전은 군관들을 시켜 나르게 했다. 총통과 같이 운반하기 어려운 것들은 깊이

67) 전남 곡성군 석곡면 능파2구 능암리 3490번지 일대.
68) 전남 순천시 주암면 창촌리.
69) 전남 순천시 주암면 행정리 접치 마을.

묻고 표를 세우게 했다. 그대로 순천부에서 머물러 잤다.

8월 9일정묘 맑음. 일찍 떠나 낙안군에 도착했다. 5리까지나 많은 사람들이 나와서 환영했다. 백성들이 흩어져 달아난 까닭을 물었더니, "병마도절제사가 적이 쳐들어온다고 떠들면서 창고에 불을 지르고 달아났습니다. 그 때문에 저희들도 뿔뿔이 흩어져서 도망을 갔습니다."라고 했다. 관청에 들어가니 매우 적막했다. 사람의 소리라고는 전혀 들리지 않았다. 관청과 창고가 모두 타 버리고 관리와 마을 사람들은 눈물을 흘리지 않고는 말을 할 수가 없을 정도였다. 얼마 후에 순천 부사 우치적과 김제 군수 고봉상 등이 산골에서 내려와 인사했다. 저녁에 조양창[70]에 도착했다. 사람은 하나도 없고 창고에는 곡식이 묶인 채 그대로 있었다. 군관 4명을 시켜서 지키게 하고 나는 김안도의 집에서 잤다. 김안도는 벌써 피란을 떠나 버렸다.

8월 10일무진 맑음. 몸이 몹시 불편해 그대로 김안도의 집에서 머물렀다. 동지 배흥립도 함께 머물렀다.

8월 11일기사 맑음. 아침에 박곡 양상원의 집으로 옮겼다. 이 집

70) 전남 보성군 조성면 조성리.

주인도 벌써 바다로 피란을 갔는데, 집에는 곡식이 가득히 쌓여 있었다. 저녁 무렵에 송희립과 최대성이 와서 만났다.

8월 12일경오 맑음. 아침에 장계의 초안을 수정하고, 그대로 머물렀다. 저녁 무렵에 거제 현령(안위), 발포 만호(소계남)가 들어와서 나의 명령을 들었다. 그들에게서 경상 우수사 배설의 당황하고 겁내는 모습을 전해 들었다. 괘씸하고, 한탄스러울 뿐이다. 이런 자들이 권세 있는 집안에 아첨해 자신이 감당해내지도 못할 지위에까지 올라서 나랏일을 크게 그릇치고 있는 것이다. 하지만 조정에서는 이를 살피지 못하고 있으니 어찌할 것인가. 어찌할 것인가. 보성 군수가 왔다.

8월 13일신미 맑음. 거제 현령 안위와 발포 만호 소계남이 와서 인사하고 돌아갔다. 수사(배설), 여러 장수, 피해 나온 사람들이 머무르고 있는 곳을 알게 되었다. 우후 이몽구가 명령을 받고 들어왔다. 그는 본영의 군기와 군량을 하나도 옮겨 실어 오지 않았기 때문에, 그 죄로 곤장 80대를 쳐서 보냈다. 하동 현감 신진이 와서, "3일 장군이 떠난 뒤에 진주의 정개산성과 벽견산성을 모두 포기하고 빠져나갔습니다. 병마도절제사는 제 손으로 바깥 진영에 불을 질렀습니다."라고 전했다. 참으로 탄식할 만한 일이다.

8월 14일임신 맑음. 아침에 여러 내용을 담은 장계 7통을 봉해 윤선각으로 하여금 지니고 가게 했다. 저녁에 어사 임몽정을 만나러 보성군에 이르렀다. 밤에 큰비가 쏟아지듯 내렸다. 열선루에서 잠을 잤다.

8월 15일계유 비가 내리다가 저녁에 맑게 갬. 식사를 마친 뒤에 열선루 위에 앉아 있었다. 선전관 박천봉이 임금의 분부를 갖고 왔는데, 그것은 8월 7일에 만들어진 공문이었다. 영의정(류성룡)은 경기 지방을 순찰하고 있는 중이라고 했다. 곧 유지를 잘 받들어 받았다는 장계를 썼다. 보성의 군기를 점검하고, 말 4마리에 나누어 실었다. 저녁에 밝은 달이 수루를 비추는데 마음이 편안하지가 않았다. 술을 너무 많이 마셔 잠을 이루지 못했다.

8월 16일갑술 맑음. 아침에 보성 군수와 군관 등을 굴암[71]으로 보내 도망친 관리들을 찾아 내게 했다. 선전관 박천봉이 돌아갔다. 그래서 그 편에 나주 목사와 어사 임몽정에게 줄 답장을 보냈다. 박사명의 집에 사령들을 보냈는데 집은 이미 비어 있었다고 했다. 오후에 활과 화살을 만드는 장인 지이가 왔다. 태귀생,

---

71) 전남 보성군 보성읍 부근.

선의, 대남 등이 들어왔다. 김희방과 김붕만이 뒤따라왔다.

8월 17일을해 맑음. 아침 식사를 마친 뒤에 장흥땅 백사정[72]에 도착해 말을 먹였다. 점심을 먹은 뒤에 군영 구미[73]에 도착했더니 온 지역에 이미 사람이 없었다. 수사 배설은 내가 탈 배를 보내지 않았다. 장흥의 군량 감관과 색리가 군량을 마음대로 모조리 훔쳐갔기에 잡아다 호되게 곤장을 쳤다. 이미 해가 저물었기에 그대로 머물러 잤다. 배설이 약속을 어긴 것이 매우 괘씸했다.

8월 18일병자 맑음. 아침 늦게 곧바로 회령포로 갔다. 경상 우수사 배설은 배 멀미를 핑계로 나오지 않았다. 다른 장수들을 만났다. 회령포 관사에서 잠을 잤다.

8월 19일정축 맑음. 장수들에게 교서에 숙배하게 했는데 경상 우수사 배설은 순순히 숙배하지 않았다. 그 건방진 모습을 말로 다 할 수가 없다. 매우 경악할 만한 일이다. 그 영리에게 곤장을 쳤다. 회령포 만호 민정붕이 전선에서 받은 물건을 사사로이 피란민 위덕의 등에게 준 죄로 곤장 20대를 쳤다.

---

72) 전남 장흥군 장흥읍 원도리.
73) 전남 장흥군 안양면 해창리.

8월 20일무인 맑음. 포구가 몹시 좁아서 진을 이진[74] 아래 창사로 옮겼다. 창고로 내려가니 몸이 아주 불편해 음식을 먹지 못했다. 매우 심하게 앓았다.

8월 21일기묘 맑음. 날이 채 밝기도 전에 토하고 설사를 하며 몹시 앓았다. 몸을 차게 해서 그런가 싶어 소주를 마셨더니 한참 동안 인사불성이 되어 하마터면 깨어나지 못할 뻔했다. 십여 번이나 토했다. 밤을 꼬박 앉아서 새웠다.

8월 22일경진 맑음. 토하고 설사하는 증세가 점점 심해져 일어나 움직일 수가 없었다.

8월 23일신사 맑음. 병이 아주 심해져서 배에서 머무르는 것이 불편했다. 배를 타는 것을 포기하고 육지로 가서 머물렀다.

8월 24일임오 맑음. 일찍 도괘 땅에 도착해 아침을 먹었다. 낮에 어란 앞바다에 도착했는데 지나는 곳마다 텅텅 비어 있었다. 바다 위에서 잤다.

---

74) 전남 해남군 북평면 이진리.

8월 25일계미 맑음. 그대로 어란포에서 머물렀다. 아침을 먹고 있는데 당포의 어부 2명이 피란민의 소 2마리를 훔쳐 끌고 가기 위해, "왜적이 쳐들어온다. 왜적이 쳐들어온다."라고 소리를 질렀다. 나는 이미 그것이 거짓임을 알고 배를 굳게 매어 움직이지 않게 하고 헛소문을 낸 두 사람을 즉시 잡아오게 했다. 결과는 예상과 같았다. 헛소문을 낸 2명의 목을 베어 효시하게 했다. 군사들의 마음은 안정되었으나 배설은 벌써 도망쳐 나갔다.

8월 26일갑신 맑음. 그대로 어란 바다에 머물렀다. 저녁에 임준영이 말을 타고 와서 급히 보고하기를, "적선이 이미 이진에 도착했습니다."라고 했다. 전라 우수사 김억추가 왔다. 배의 격군과 기구를 갖추지 못했으니 그 꼴이 매우 놀랄 노릇이다.

8월 27일을유 맑음. 그대로 어란 바다 가운데에 머물렀다. 경상 우수사 배설이 와서 만났는데 겁에 질려 떨기도 했다. 나는 슬쩍, "수사는 어디로 피해 있었던 것 아니시오."라고 했다.

8월 28일병술 맑음. 새벽 6시쯤에 적선 8척이 갑자기 쳐들어왔다. 여러 배들이 두려워 겁을 먹고 경상 우수사 배설은 후퇴할 생각을 하는 듯했다. 나는 동요하지 않았다. 적선이 바짝 다가오자 호각을 불고 깃발을 흔들며 뒤쫓도록 명령하자, 여러 배들이 적선을 갈두까지 추격했다가 돌아왔다. 저녁에 진영을 장도(노루섬)로 옮겼다.

8월 29일정해 맑음. 아침에 벽파진으로 건너가 진을 쳤다.

8월 30일무자 맑음. 그대로 벽파진에 머물면서 정탐꾼을 나누어 보냈다. 저녁에 배설이 적이 많이 몰려올 것을 걱정해 도망가려고 했다. 그래서 그의 관할 아래의 부하의 장수들을 불러 찾기도 했다. 나는 그의 속마음을 알고 있었지만 분명하게 드러나지 않은 것을 먼저 발설하는 것은 장수로서 도리가 아니기에 그러한 생각을 숨기고 있었다. 그때 배설이 종을 시켜 소지를 올렸다. 병이 아주 심해 몸조리를 하고 싶다는 내용이었다. 나는 육지로 올라가서 몸조리를 하라고 공문을 써서 보냈다. 배설은 우수영에서 육지로 올라갔다.

1597년 9월

명량 해전에서 승리하다

9월 1일기축 맑음. 나는 그대로 벽파진에 머물렀다.

9월 2일경인 맑음. 벽파진 위에 앉아 있는데 점세가 탐라에서 소 5마리를 싣고 와 바쳤다. 오늘 새벽에 경상 우수사 배설이 도망갔다.

9월 3일신묘 아침에는 맑다가 저녁에는 비가 내림. 밤에는 북풍이 불었다. 봉창 아래에서 머리를 웅크리고 있으니 그 심사가 어떠하겠는가.

9월 4일임진 맑지만 북풍이 크게 불어옴. 배가 고정되어 있지 않아 간신히 배들을 보전했다. 하늘이 도우셨으니 천만다행이다.

9월 5일계사 맑지만 북풍이 크게 불어옴. 각 배를 서로 보전할 수가 없었다.

9월 6일갑오 바람이 조금 가라앉음. 물결은 가라앉지 않음. 추위가 엄습해 격군과 군사들이 아주 걱정되었다.

9월 7일을미 맑음. 바람이 비로소 그쳤다. 탐망 군관 임중형이 와서 보고하기를, "적선 55척 가운데 13척이 이미 어란 앞바다에 도착했습니다. 그 목적이 우리 수군에 있는 것 같습니다." 라고 했다. 그래서 각 배들의 장수들에게 엄중하게 일러 단단히 경계하게 했다. 오후 4시에 과연 적선 13척이 진을 치고 있는 우리를 향해 왔다. 우리 배들도 닻을 올려 바다로 나가 공격하자 적선들이 배를 돌려 달아났다. 뒤쫓아 먼 바다에까지 갔지만 바람과 물결이 모두 거세고 적의 복병선이 있을 것을 염려해 끝까지 쫓지 않고 벽파진으로 돌아왔다. 이날 밤에 여러 장수들을 불러 모아 놓고, "오늘 밤에는 반드시 적의 기습이 있을 것이니, 여러 장수들은 예측한 대로 대비할 것이며 조금이라도 명령을 어긴다면 군법대로 시행할 것이다."라고 말한 뒤에 자리를 파했다. 밤 10시쯤에 과연 적선들이 탄환을 쏘며 기습했다. 우리 수군이 겁을 내는 것 같아 다시 엄명을 내리고, 내가 탄 배가 앞으로 나가며 지자포를 쏘니 바다와 산이 진동했다. 적의 무리들은 침범할 수 없다는 것을 알고 네 번이나 나왔다 물러갔다 하면서 포만 쏘아 댔다. 밤 1시가 되니 모두 도망치고 없었다. 이들은 전에 한산도에서 우리에게 패했던 자들이다.

9월 8일병신 맑음. 적선은 오지 않았다. 여러 장수들을 불러 계책을 의논했다. 우수사 김억추는 겨우 만호 정도의 수준밖에 되지 않아서 수사로 쓰일 재목은 아니다. 하지만 좌의정 김응남의 두터운 신임을 받고 있어 억지로 임명해 보냈다. 이래서 어디 조정에 쓸 만한 사람이 있다고 할 수 있겠는가. 다만 때를 만나지 못한 것을 한탄할 뿐이다.

9월 9일정유 맑음. 오늘은 중양절[75]이다. 나는 비록 상복을 입고 있는 몸이지만 여러 장수와 군사들을 먹이지 않을 수 없었다. 그래서 탐라에서 보낸 소 5마리를 녹도 만호와 안골포 만호에게 주어 장병들이 나눠 먹을 수 있게 하도록 일렀다. 저녁에 적선 2척이 어란포에서 곧바로 감보도[76]로 들어와서 우리 수군을 정탐하고 갔다. 영등포 만호 조계종이 끝까지 추격하자 적들은 당황해서 배에 실었던 잡다한 물건들을 모두 바다 속에 던

---

75) 세시 명절의 하나로 음력 9월 9일을 이르는 말. 이날 남자들은 시를 짓고 각 가정에서는 국화전을 만들어 먹고 놀았다.
76) 전남 진도군 고군면.

져 버리고 달아났다.

9월 10일무술 맑음. 적선들이 멀리 달아났다.

9월 11일기해 흐리고 비가 내릴 징후가 보임. 배 위에 혼자 앉았더니 그리운 생각에 눈물이 펑펑 흘렀다. 하늘과 땅 사이에 나 같은 사람이 어디 또 있겠는가. 아들 회는 내 마음을 알고 아주 불편해 했다.

9월 12일경자 종일 비가 내림. 봉창 아래 있었는데 도무지 마음을 걷잡을 수 없었다.

9월 13일신축 맑지만 북풍이 크게 불어옴. 배를 안정시킬 수 없었다. 꿈이 이상하다. 임진년에 대첩할 때와 거의 같았다. 무슨 징조인지를 알 수가 없다.

9월 14일임인 맑았으나 북풍이 크게 불어옴. 벽파진 건너편에서 연기가 피어오르기에 배를 보냈다. 정탐을 보낸 임준영이 돌아왔다. 육지를 정탐한 내용을 보고하기를, "적선 200여 척 중에서 55척이 이미 어란 앞바다에 들어왔습니다."라고 했다. 또, "이달 6일에 달마산으로 피란을 갔다가 왜적에게 붙잡혀 묶인 채로 적선에 실렸는데, 임진년에 포로가 된 김해 출신의 이름 모르는 한 사람을 만났습니다. 그런데 그가 왜장에게 빌어 결박을 풀어 주었고 그와 같은 배에서 지냈습니다. 왜적들이 깊이 잠든 한밤중에 그가 제 귀에 대고 왜인들이 모여 의논한 것을 소곤소곤 말했습니다. '조선 수군 10여 척이 우리 배를 추격해 쏘아 죽이고 배를 불태웠다. 매우 분하므로 반드시 보복해야겠다. 각 처의 배를 불러 모아 조선 수군을 모조리 섬멸해야 한다. 그 후에 곧바로 한강으로 올라가겠다.'라는 내용을 전했습니다."라고 했다. 그 말을 모두 믿을 수는 없지만 혹시나 그럴 수도 있으므로, 곧바로 명령선을 우수영으로 보내 피란민들이 알아듣도록 타일러 급히 육지로 올라가도록 했다.

9월 15일계묘 맑음. 밀물에 맞춰 여러 장수들을 거느리고 우수영 앞바다로 진을 옮겼다. 벽파진 뒤에는 명량 해협(울돌목)이 있는데, 적은 수의 수군으로 명량을 등지고 진을 쳐서는 안 되기 때문이다. 여러 장수들을 불러 모아 놓고 엄하게 말했다. "병법에서 이르기를 '죽고자 하면 살고, 살고자 하면 죽는다.'라고 했다. 또 '한 사람이 길목을 지키면, 천 사람이라도 두렵게 할 수 있다.'라고 했는데 이는 오늘의 우리를 두고 하는 말이다. 너희 여러 장수들이 조금이라도 명령을 어긴다면 즉시 군율로 다스리겠다." 이날 밤 신인神人이 꿈에 나타나, "이렇게 하면 크게 이기고 이렇게 하면 패하게 된다."라고 일러 주었다.

9월 16일갑진 맑음. 이른 아침에 특별 정찰군이 와서 보고하기를, "셀 수 없을 만큼 많은 적선들이 명량으로 들어와 진을 친 곳으로 향하고 있습니다."라고 했다. 즉시 여러 배에 명령을 내려 닻을 올리고 바다로 나갔더니 적선 133여 척이 우리의 배들을 둘러쌌다. 대장선 홀로 적진 속으로 들어가 포탄과 화살을 비바람같이 쏘아 대건만 여러 배들은 관망만 하고 진군하지 않아 사태를 헤아릴 수가 없었다. 여러 장수들은 적은 군사로 수많은 적과 싸워야 하는 상황임을 직감했고 살기 위해 회피할 생각만 하고 있었다. 우수사 김억추가 탄 배는 이미 물러나 아득히 먼 곳에 있었다. 나는 노를 재촉해 앞으로 돌진하면서 지자 총통과 현자 총통 등 각종 총통을 빗발치듯 쏘아 댔다. 마치 바람이 불고 천둥이 치는 것 같기도 했다. 군관들이 배 위에 빽빽이 서서 화살을 빗발치듯 쏘았다. 그러자 적의 무리들은 감히 덤벼들지 못했다. 그러나 적에게 몇 겹으로 둘러싸여 일이 앞으로 어떻게 될지 예측할 수 없었다. 배에 있는 군사들은 겁에 질려 있었다. 나는 침착하게, "적선이 비록 1,000척이라도 우리 배에는 감히 곧바로 덤벼들지 못할 것이다. 조금도 흔들리지 말고 마음과 힘을 다해 적을 쏘고 또 쏘아라."라고 했다. 여러 장수들이 먼 바다로 물러나 있었다. 나는 배를 돌려 군령을 내리고 싶었지만 적선들이 그 틈을 노려 덤벼들 수도 있기 때문에, 나아가지도 물러나지도 못하는 난처한 상황에 처해 있었다. 그래서 호각을 불게 하고 초요기를 올리게 했다. 거제 현령 안위의 배와 미조항 첨사 김응함의 배가 먼저 왔다. 나는 배 위에 서서 안위를 불러 말했다. "안위야, 군법에 죽고 싶은 것이냐. 도망가서 산다면 어디에서 살 수 있겠느냐."라고 하자 안위는 몹시 당황해 적선 속으로 돌진해 들어갔다. 또 김응함을 불러 이르기를, "너는 중군장으로서 멀리 피하고 대장을 구하지 않으니 그 죄를 어찌 면할 수 있겠느냐. 당장 처형하고 싶지만 상황이 급박하므로 우선 공을 세우게 해 주마."라고 했다. 김응함 또한 적선 속으로 돌진했다. 그때 적장이 탄 배가 휘하의 배 2척을 지휘해 한꺼번에 안위의 배에 달라붙어 서로 먼저 올라가려고 했다. 안위와 그 배의 군사들은 죽을힘을 다해 몽둥이로 치기도 하고, 긴 창으로 찌르기도 하고, 수마석 덩어리를 던지기도 했다. 배 위의 군사들은 기진맥진했고, 안위의 격군 7~8명이 물에 뛰어들어 헤엄을 치는데 거의 구하지 못할 것 같았다. 이때 나는 뱃머리를 돌려 적을 향해 빗발치듯 쏘았다. 적선 3척이 거의 뒤집힐 때 녹도 만호 송여종과 평산포 대장 정응두의 배가 줄지어 뒤쫓아 왔고, 힘을 합쳐 적을 쏘아 죽이니 살아 움직이는 적이 1명도 없었다. 항복한 왜인 준사는 안골포의 적진에서 항복한 자다. 내 배 위에 있었는데 바다를 굽어보며 이르기를, "저기 그림이 그려진 붉은 비단 옷을 입은 자가 적장 마다시입니다."라고 했다. 나는 무상(사공의 일종) 김돌손을 시켜 갈고리로 송장을 낚아 뱃머리에 올려놓게 했다. 그러자 준사가 바로 펄쩍 뛰면서, "마다시입니다."라고 말했다. 그래서 곧바로 토막을 내도록 했더니 적의 기세가 크게 꺾여 버렸다. 우리의 배들은 적이 다시는 침범하지 못할 것을 알고, 한꺼번에 북을 울리고 함성을 지르며 일제히 나아갔다. 지자 총통과 현자 총통 등을 쏘고 또 화살을 빗발처럼 쏘니 그 소리가 바다와 산을 뒤흔들었다. 우리를 에워싼 적선 30척을 쳐부수자 적선들은 달아나 버렸고 다시는 우리에게 감히 가까이 오지 못했다. 우리 수군은 전투를 했던 바다에 정박하려고 했는데, 물살이 아주 험했고 바람도 거꾸로 불었다. 수군의 세력 또한 위태로워 건너편 포구로 새벽에 진을 옮겼다. 다시 당사도로 진을 옮겨 정박하고 밤을 지냈다. 이번 싸움에서의 승리는 참으로 하늘이 내린 큰 행운이다.

9월 17일을사 맑음. 어외도[77]에 이르자 무려 300여 척의 피란선이 먼저 와 있었다. 나주 진사와 임치 첨사는 배에 격군이 없어 나오지 못한다고 했다. 나주 진사 임선, 임환, 임업 등이 와서 만났다. 우리 수군이 대첩한 것을 알고 서로 앞다투어 치하하고

77) 전남 무안군 지도면.

또 많은 식량을 가져와 군사들에게 주었다.

9월 18일병오 맑음. 그대로 어외도에서 머물렀다. 임치 첨사가 왔다. 내 배에 탔던 순천 감목관 김탁과 본영의 종 계생이 탄환에 맞아 전사했다. 박영남, 봉학, 강진 현감 이극신도 탄환에 맞았으나 중상에 이르지는 않았다.

9월 19일정미 맑음. 일찍 떠나 출항했다. 바람도 순하고 물살도 순조로워 무사히 칠산[78] 바다를 건넜다. 저녁에 법성포 선창에 이르니 흉악한 적들이 육지로 들어와 사람이 살고 있는 집과 여러 창고에 불을 질렀다. 해질 무렵에 홍농[79] 앞바다에 이르러 배를 정박시키고 잤다.

9월 20일무신 맑고 바람도 순조로움. 새벽에 출항해 곧장 위도에 이르자 많은 피란선이 정박해 있었다. 황득중과 종 금이 등을 보내 종 윤금을 찾아서 잡아오라고 했는데 과연 위도 밖에 있었다. 그래서 묶어다가 배 안에 실었다. 이광축과 이광보가 와서 만났다. 이지화 부자가 또 와서 만났다. 날이 저물어서 잤다.

---

78) 전남 영광군 낙월면.
79) 전남 영광군 홍농면.

9월 21일기유 맑음. 일찍 떠나 고군산도[80]에 이르니 호남 순찰사가 내가 왔다는 말을 듣고 배를 타고 급히 옥구로 갔다고 했다. 저녁에 강한 바람이 세차게 불었다.

9월 22일경술 맑음. 북풍이 세게 붊. 그대로 머물렀다. 나주 목사 배응경과 무장 현감 이람이 와서 만났다.

9월 23일신해 맑음. 승전한 장계 초본을 마련했다. 정희열이 와서 만났다.

9월 24일임자 맑음. 몸이 불편해 신음했다. 김홍원金弘遠이 와서 만났다.

9월 25일계축 맑음. 이날 밤에 몸이 몹시 불편하고, 식은땀이 흘러서 온 몸을 적셨다.

9월 26일갑인 맑음. 몸이 불편해 종일 나가지 않았다. 이날 밤에는 식은땀이 흘러서 온몸을 적셨다.

---

80) 전북 옥구군 미면 선유도.

9월 27일을묘 맑음. 송한, 김국, 배세춘 등이 싸움에 이긴 장계를 갖고 뱃길에 올랐다. 정제도 함께 나갔다. 그는 부찰사에게 보내는 공문을 갖고 충청 수사의 처소로 가는 길이었다. 몸이 몹시 불편해 밤새도록 신음했다.

9월 28일병진 맑음. 송한과 정제가 바람에 막혀서 되돌아왔다.

9월 29일정사 맑음. 송한 등 계본[81]과 장달을 가진 사람과 판관 정제는 바람이 순조로워서 도로 올라갔다.

81) 조선 시대에, 임금에게 큰일을 아뢸 때 제출하던 문서 양식.

1597년 10월

아들 면을 영원히 잃다

10월 1일무오 맑음. 아들 회를 보내 제 모친의 얼굴도 보고 집안 사람들의 생사를 알아보게 했다. 병조의 역자驛子[82]가 공문을 갖고 내려왔는데, "아산 고향의 한 집안이 이미 적의 습격을 받아 모두 불타고 잿더미가 되어 남은 게 없습니다."라고 쓰여 있었다.

10월 2일기미 맑음. 아들 회가 집안사람들의 생사를 알아볼 일로 배를 타고 올라갔는데 무사히 갔는지 알 수가 없다. 내 심정을 어찌 다 말하랴. 혼자 배 위에 앉아 있으니 마음속이 매우 복잡했다.

---

82) 역에서 일을 보던 사람.

10월 3일경신 맑음. 새벽에 출항해 변산을 거쳐 곧바로 법성포로 되돌아가는데 바람은 부드러워 따뜻하기가 봄날 같았다. 저물어서 법성포 선창 앞에 이르렀다.

10월 4일신유 맑음. 그대로 머물러서 잤다. 임선, 임업 등이 사로잡혔다가 적에게 빌어서 임치로 돌아왔다. 편지를 보내 소식을 전했다.

10월 5일임술 맑음. 그대로 머물면서 마을 집 아래로 내려가서 잤다.

10월 6일계해 흐리다가 비가 내림. 눈과 비가 세차게 왔다.

10월 7일갑자 바람이 고르지 않고 비가 오락가락함. 소문에 호남 안팎에는 적선이 없다고 한다.

10월 8일을축 맑고 바람이 살랑거림. 출항해 어외도에 이르러서 잠을 잤다.

10월 9일병인 맑음. 일찍 출항해 우수영[83]에 이르렀다. 성 밖에는 사람이 살고 있는 집이 하나도 없고 또 인적조차 없으니 참담하기가 끝이 없다. 저녁에 해남에서 흉악한 적들이 진을 치고 있다는 소문이 들렸다. 날이 어두워질 무렵에 김종려, 정조, 백진남 등이 와서 만났다.

10월 10일정묘 비가 뿌리고 북풍이 세게 붊. 항해할 수가 없어 그대로 머물렀다. 밤 10시쯤에 중군장 김응함이 와서 전하기를, "해남에 있던 적들이 많이 물러 간 모양입니다. 이희급의 부친이 적에게 사로잡혔다가 빌어서 살아 돌아왔습니다."라고 했다. 마음이 언짢아 앉았다가 누웠다가 하니 새벽이 되었다. 우후 이정충이 왔는데 배가 보이지 않은 것은 바깥 섬으로 달아나 있었기 때문이었다.

10월 11일무진 맑음. 새벽 2시경에 바람이 자는 것 같았다. 그래서 닻을 올려 바다 가운데에 이르러 정탐인 이순, 박담동, 박수환, 태귀생을 해남으로 보냈다. 해남은 연기가 하늘을 뒤덮었다고 하니 아마도 적의 무리들이 달아나면서 불을 질렀을 것이다. 낮에 안편도(안창도, 팔금도)에 이르니 바람도 좋고 날씨도 화창했다. 배에서 내려 육지로 올라갔다. 높은 봉우리로 올라가 적이 배를 감추어 둘 수 있는 곳을 찾아 보았다. 동쪽으로는 앞에

---

83) 전남 해남군.

섬이 있어 멀리 바라볼 수가 없었고, 북쪽으로는 나주와 영암 월출산으로 통했으며, 서쪽으로는 비금도로 통해서 눈앞이 훤하게 트여 있었다. 얼마 후에 중군장과 우치적이 올라오고 조효남, 안위, 우수가 뒤따라 올라왔다. 저물녘에 산봉우리에서 내려와 언덕에 앉아 있으니, 조계종이 와서 왜적의 정세를 말했다. 또 왜군들이 우리 수군을 몹시 두려워한다고 말했다. 이희급의 부친이 와서 알현하고, 또 자신이 사로잡혀 포로가 되었던 경위를 말하는데 아픈 마음을 견딜 수가 없었다. 저녁에는 날씨가 따뜻한 것이 마치 봄과 같으니 아지랑이가 하늘에 아른거려 비 내릴 징조가 보였다. 초저녁에 달빛이 비단결 같아서 혼자 창가에 앉아 있는데 마음이 몹시 어지러웠다. 밤 10시경에 식은땀이 온몸을 적셨다. 자정에 비가 내렸다. 이날 우수사가 군량선에 있는 사람들을 잡아다가 무릎을 몹시 때렸다고 했다. 매우 놀랄 만한 일이다.

10월 12일기사 비가 내림. 오후 1시에 맑게 개었다. 아침에 우수사가 와서 절하기에 하인의 무릎을 때린 죄를 용서했다. 가리포 첨사(이응표)와 장흥 부사(전봉) 등 여러 장수들이 와서 절하고 종일 이야기를 나누었다. 정찰선이 나흘이 지나도 오지 않으니 걱정이 된다. 아마 생각건대, 흉악한 적들이 멀리 도망갔기에 그 뒤를 쫓느라 돌아오지 않는 것이리라. 그대로 발음도에 머물렀다.

10월 13일경오 맑음. 아침에 조방장 배흥립과 경상 우후(이의득)가 와서 만났다. 얼마 후에 정찰선이 임준영을 싣고 왔다. 그 편에 적의 소식을 들었는데, "해남에 들어와 웅거했던 적들이 10일에 우리 수군이 내려오는 것을 보고, 11일에 모두 도망을 가 버렸습니다. 그런데 해남의 향리 송언봉과 신용 등이 적진으로 들어가 왜적들을 데리고 나와 지방 사람들을 많이 죽였습니다."라고 했다. 통분함을 이길 수가 없다. 곧 순천 부사 우치적, 금갑도 만호 이정표, 제포 만호 주의수, 당포 만호 안이명, 조라포 만호 정공청, 군관 임계형, 정상명, 봉좌, 태귀생, 박수환 등을 해남으로 보냈다.

저녁에 내려가 언덕에 앉아 윗자리에서 조방장 배흥립, 장흥 부사 전봉 등과 함께 이야기를 나누었다. 이날 우후 이정충이 뒤떨어진 죄를 다스렸다. 우수사의 군관 배영수가 와서, "수사의 부친이 바깥 바다에서 살아서 돌아왔습니다."라고 했다. 이날 새벽꿈에 우의정을 만나 조용히 이야기를 나누었다. 낮에 선전관 4명이 법성포에 이르렀다는 말을 들었다. 저녁에 중군 김응함이, "어떤 사람이 섬 안에 있는 산골에 깊이 숨어 소와 말을 잡아 죽입니다."라고 했다. 즉시 황득중과 오수 등을 보내 수색하게 했다. 이날 밤 달빛은 비단결 같고 잔잔한 바람도 일지 않았다. 혼자 뱃전에 앉아 있으니 마음을 건잡을 수 없었다. 이리저리 뒤척이며 앉았다 누웠다 하면서 밤새도록 잠을 이루지 못했다. 하늘을 바라보며 탄식만 할 따름이다.

10월 14일신미 맑음. 새벽 2시쯤에 꿈을 꾸었는데, 내가 말을 타고 언덕 위를 가는 데 말이 발을 헛디디어 냇물 가운데로 떨어졌으나 거꾸러지지는 않았다. 그런데 막내아들 면이 나를 끌어안고 있는 것 같은 형상을 하는 것을 보고 깨었다. 이것은 무슨 징조인지 알 수가 없다. 저녁에 배 조방장과 우후 이의득이 와서 만났다. 배 조방장의 종이 경상도로부터 와서 적의 상황을 전했다. 황득중 등은 와서 아뢰기를, "내수사의 종 강막지라는 자가 소를 많이 기르기 때문에 12마리를 끌고 갔다."라고 했다. 저녁에 어떤 사람이 천안에서 와서 집에서 온 편지를 전했다. 봉한 것 을 뜯기도 전에 뼈와 살이 먼저 떨리고 정신이 아찔하고 어지러웠다. 대충 겉봉을 뜯고 둘째 아들 열의 글씨를 보니, 겉에 '통곡慟哭'이라는 두 글자가 쓰여 있어서 면이 전사한 것을 마음속으로 알고 간담이 떨려 목 놓아 통곡하고 또 통곡했다. 하늘이 어찌 이다지도 어질지 못하는가. 간담이 타고 찢어지는 것만 같다. 내가 죽고 너가 사는 것이 올바른 이치인데, 너가 죽고 내가 살다니, 이것은 이치가 잘못된 것이다. 천지가 캄캄하고 저 태양이 빛을 잃는구나. 슬프다, 내 어린 아들아. 나를 버리고 어디로 갔느냐. 남달리 영특해 하늘이 이 세상에 너를 머물러 두지 않은 것이냐. 내가 지은 죄가 네 몸에까지 미친 것이냐. 내가 이제 세상에 살아 있은들 장차 앞으로 누구에게 의지한단 말인가. 차라리 너를 따라 죽어 지하에서 함께 지내고 함께 울리라. 하지만 네 형과 네 누이와 네 어머니가 또한 의지할 곳이 없으니, 아직 목숨은 남아 있지마는 마음은 죽고 형상만 남아 있을 따름이다. 오직 울부짖을 뿐이다. 하룻밤 지내기가 일 년처럼 길구나. 이날 밤 9시 경에 비가 내렸다.

10월 15일임신 비바람이 종일 붊. 누웠다가 앉았다가 하면서 종일 이리저리 뒤척거렸다. 여러 장수들이 와서 위문했으나, 어떻게 얼굴을 들고 맞이하겠는가. 임홍, 임중형, 박신이 왜적의 정세를 탐색하려고 작은 배를 타고, 흥양, 순천 등지의 앞바다로 나갔다.

10월 16일계유 맑음. 우수사와 미조항 첨사(김응함)를 해남으로 보냈다. 해남 현감 유형도 보냈다. 나는 내일이 막내아들의 죽음을 들은 지 나흘째가 된다. 마음 놓고 통곡할 수도 없으므로, 영 안에 있는 강막지의 집으로 갔다. 밤 10시쯤에 순천 부사 우치적, 우후 이정충, 금갑도 만호 이정표, 제포 만호 주의수 등이 해남에서 돌아왔다. 왜적 13명과 적진에게 항복해 들어갔던 송원봉 등의 머리를 베어 왔다.

10월 17일갑술 맑은 날씨인데 바람이 종일 세게 붊. 새벽에 향을 피우고 하얀 띠를 두르고 곡을 했다. 이 슬픔을 어찌 참을 수가 있겠는가. 우수사가 와서 만났다.

10월 18일을해 맑음. 바람이 잠잠해지는 것 같았다. 우수사는 배를 출항할 수가 없어서 바깥 바다에서 잤다. 강막지가 와서 알현했다. 임계형과 임준영이 들어왔다. 자정에 꿈을 꾸었다.

10월 19일병자 맑음. 새벽꿈에 고향집의 종 진이 내려왔기에 나는 죽은 아들을 생각해 통곡했다. 저녁에 조방장과 경상 우후가 와서 만났다. 백 진사가 와서 만났다. 임계형이 와서 알현했다. 김신웅의 아내 이인세와 정억부를 붙잡아 왔다. 거제 현령, 안골포 만호, 녹도 만호, 웅천 현감, 제포 만호, 조라포 만호, 당포 만호, 우우후가 와서 만났다. 적을 잡았다는 공문을 갖고 와서 바쳤다. 윤건 등의 형제가 왜적에게 붙었던 자 2명을 잡아 왔다. 저물녘에 코피를 1되 넘게 흘렸다. 밤에 앉아서 생각하니 눈물이 났다. 어찌 다 말로 할 수 있겠는가. 이제 아들은 죽은 영혼이 되었으니 이렇게 불효를 저지를 줄 어찌 알았겠는가. 마음이 슬프고 찢어지는 듯이 아프다. 비통함을 억누를 수가 없다.

10월 20일정축 맑음. 바람도 잠잠함. 이른 아침에 미조항 첨사,

해남 현감, 강진 현감이 해남현의 군량을 실어 오려고 아뢰고 돌아갔다. 안골포 만호 우수도 간다고 아뢰고 돌아갔다. 저녁 무렵에 김종려, 정수, 백진남이 와서 만났다. 윤지눌이 못된 짓을 했다고 말했다. 김종려를 소음도 등 13개 섬의 염전을 관리하고 감독하는 감자도감검으로 정해 보냈다. 본영의 언덕에서 일하는 사화의 모친이 배 안에서 죽었다고 했다. 곧 군관을 시켜 묻도록 했다. 남도포 만호와 여도 만호, 두 만호가 와서 만났다.

10월 21일무인 비가 내리다가 눈으로 변함. 바람이 몹시 추웠다. 뱃사공이 추워서 떨 것을 생각하니 걱정이 되어 마음이 안정을 찾지 못했다. 오전 8시부터 바람이 불고 눈이 펑펑 내렸다. 정상명이 와서, "무안 현감 남언상이 들어왔습니다."라고 했다. 남언상은 원래 수군에 소속된 관리인데 자신의 목숨을 보전하려는 꾀를 부려 수군에는 오지 않았다. 그는 몸을 산골에 숨긴 채 달포쯤 관망하다가 적이 물러간 뒤에야 무거운 형벌을 받을까 두려워 이제야 나타난 것이다. 하는 짓이 참으로 놀랍다. 저녁에 가리포 첨사, 배 조방장, 우후가 와서 절했다. 바람이 불고 눈이 내렸다. 장흥 부사가 와서 잤다.

10월 22일기묘 아침에는 눈이 내리다가 저녁에는 맑음. 장흥과 함께 아침 식사를 했다. 오후에 군기시 직장[84] 선기룡 등 세 사람이 임금의 분부와 의정부의 방문[85]을 갖고 왔다. 해남 현감이 적에게 붙었던 윤해, 김언경을 묶어서 올려 보냈다. 이들을 나장이 있는 곳에 단단히 가두어 두었다. 무안 현감 남언상은 가리포의 전선에 가두었다. 우수사가 황원에서 와서, "김득남이 처형되었습니다."라고 했다. 진사 백진남이 와서 만났다.

10월 23일경진 맑음. 저녁 무렵에 김종려와 정수가 와서 만났다. 배 조방장, 우후, 우수사 우후도 와서 만났다. 적량 만호와 영등포 만호가 잇따라 왔다가 저녁에야 돌아갔다. 이날 낮에 윤해와 김언경을 처형했다. 대장장이 허막동을 나주로 보내려고 밤 9시에 종을 불러 시켰더니 배가 아프다고 했다. 말의 떨어진 편자를 갈았다.

10월 24일신사 맑음. 해남에 있던 왜적의 군량 322섬을 실어 왔다. 초저녁에 선전관 하응서가 임금의 분부를 갖고 왔다. 우후 이몽구를 처형하라는 명령이었다. 그 편에 들으니 명나라 수군이 강화도에 도착했다고 한다. 밤 10시쯤에 땀을 흘렸다. 땀은 등을 적시고 새벽 1시가 되어서야 식었다. 새벽 3시에 또 선전

---

84) 관청에서 전곡이나 비품 등의 출납 실무를 맡았던 종7품 관직.
85) 어떤 일을 널리 알리기 위해 사람들이 다니는 길거리나 많이 모이는 곳에 써 붙이는 글.

관과 금오랑이 도착했다고 했다. 날이 밝은 뒤에 들어왔는데 선전관은 권길이요, 금오랑(의금부도사)은 훈련 주부 홍지수였다. 무안 현감(남언상), 목포 만호(방수경), 다경포 만호(윤승남) 등을 잡으러 여기에 온 것이라고 했다.

10월 25일임오 맑음. 몸이 몹시 불편했다. 윤연이 부안에서 왔다. 종 순화가 배를 타고 아산에서 왔고 집안 편지를 전해 받았다. 초저녁에 선전관 박희무가 임금의 분부를 전했는데, 그것은 명나라 수군의 배가 정박하기에 알맞은 곳을 골라서 장계하라는 것이었다. 양희우가 장계를 갖고 한양으로 갔다가 다시 돌아왔다. 충청 우후가 편지를 보내고 또 홍시 1접을 보내왔다.

10월 26일계미 새벽에 비가 내림. 조방장 등이 와서 만났다. 김종려, 백진남, 정수 등이 와서 만났다. 이날 밤 10시에 자는데 식은땀이 흘러서 몸을 적시었다. 방의 온돌바닥이 너무 뜨거웠기 때문이다.

10월 27일갑신 맑음. 영광 군수(전협)의 아들 전득우가 군관이 되어 알현했다. 그의 부친이 있는 곳으로 돌려보냈더니 홍시 100개를 갖고 왔다. 밤에 비가 내렸다.

10월 28일을유 맑음. 아침에 여러 가지 장계를 봉해 피은세에게 주어서 보냈다. 저녁에 강막지의 집으로 부터 지휘선으로 옮겨 탔다. 저녁에 소금밭의 서원 도걸산이 큰 사슴을 잡아서 바쳤다. 그래서 군관 들에게 주어서 나누어 먹게 했다. 이날 밤에는 잔잔한 바람도 일지 않았다.

10월 29일병술 맑음. 새벽 2시쯤에 첫 나팔을 불고 출항해 목포로 향하는데 벌써부터 비와 우박이 섞여서 내리고 동풍이 살살 불었다. 목포에 이르러 보화도(목포시 고하도)로 옮겨 정박하니, 서풍을 막을 만하고 배를 감추기에 아주 알맞았다. 그래서 뭍에 내려 섬 안을 둘러보니, 형세가 매우 좋으므로, 이곳에다가 진을 치고 집을 지을 계획을 세웠다.

10월 30일정해 맑았으나 동풍이 불고 비가 내릴 기미가 보임. 아침에 집을 지을 곳으로 내려가 앉아 있으니 여러 장수들이 와서 알현했다. 해남 현감 유형도 와서 적에게 붙었던 사람들의 소행을 전해 주었다. 아침 일찍 황득중에게 목수를 데리고 섬 북쪽의 산 밑으로 가서 집을 지을 재목을 베어 오게 했다. 저녁에 적에게 붙었던 정은부, 김신웅의 계집 등, 왜인에게 지시해 우리나라 사람을 죽인 자 2명, 선비의 집 처녀를 강간한 김애남까지 모두 목을 베어 효시했다.

1597년 11월

명나라 장수에게 축하를 받다

11월 1일무자 비가 내림. 아침에 얇은 사슴 가죽 2장이 물에 떠내려 왔기에 명나라 장수에게 보내 주기로 했다. 기이한 일이다. 오후 2시에 비는 개었으나 북풍이 몹시 불었다. 뱃사람들은 추위에 괴로워했고 나는 선실에 웅크리고 앉아 있으니 마음이 무척 불편했다. 저녁에 북풍이 세게 불어 밤새도록 배가 흔들렸으므로 안정할 수가 없었다. 땀이 나서 온몸을 적셨다.

11월 2일기축 흐렸으나 비는 내리지 않음. 일찍이 우수사의 전선이 바람에 표류되어 암초에 부딪쳤다고 한 말을 들었다. 참으로 원통하고 분하다. 병선의 군관 당언량에게 곤장 80대를 쳤다. 선창에 내려가 앉아서 다리를 놓는 일을 감독했다. 그 길로 새 집을 짓는 곳으로 올라갔다가 어두워질 때 배로 내려왔다.

11월 3일경인 맑음. 아침에 일찍 새로 집을 짓는 곳으로 올라가니 선전관 이길원이 배설을 처단할 일로 들어와 있었다. 그러나 배설은 이미 성주의 본집으로 도망가 버린 후였다. 선전관이 배설의 본집으로 가지 않고 곧장 이곳으로 왔으니 이는 배설의 사정을 봐주는 것으로 그 죄가 매우 크다고 할 수 있다. 선전관 이길원을 녹도의 배로 보냈다.

11월 4일신묘 맑음. 아침에 일찍 새로 집을 짓는 곳으로 올라갔다. 이길원이 머물렀다. 진도 군수 선의문이 와서 만났다.

11월 5일임진 맑음. 따뜻하기가 봄날과 같다. 새로 집을 짓는 곳으로 올라가서 날이 저물어서야 배로 내려왔다. 영암 군수 이종성이 밥을 30말이나 지어서 일꾼들에게 먹였다. 또, "군량 200섬, 벼 700섬을 마련했습니다."라고 했다. 이날 보성 군수와 흥양 현감으로 하여금 군량 창고를 짓는 것을 보살피게 했다.

11월 6일계사 맑음. 아침에 일찍 새로 집을 짓는 곳으로 올라가서 종일 어슬렁거리다가 해가 저무는 줄도 몰랐다. 새 집에 지붕을 이었다. 군량 창고도 지었다. 전라 우수사 우후가 나무를 베어 오기 위해 황원장으로 갔다.

11월 7일갑오 맑음. 아침에 해남 의병이 왜인의 머리 1개와 환도 1자루를 갖고 와서 바쳤다. 이종호와 당언국을 잡아왔기로 거제의 배에 가두어 두었다. 저녁에 전 홍산 현감 윤영현과 생원 최집이 보러 와서 군량에 쓸 벼 40석과 쌀 8석을 바쳤다. 며칠 동안 도움이 될 것이다. 본영의 박주생이 왜적의 머리 2개를 베어 왔다. 전 현령 김응인이 와서 만났다. 이대진의 아들 순생이 윤영현을 따라왔다. 저녁에 새 집의 마루를 다 놓았다. 여러 수사가 와서 만났다. 이날 밤 자정에 면이 죽는 꿈을 꾸고 구슬프게 울었다. 진도 군수가 돌아갔다.

11월 8일을미 맑음. 새벽 2시쯤에 꿈을 꾸었다. 물고기를 잡는 꿈이었다. 이날은 따뜻하고 바람 한 점도 없었다. 새 방의 벽에 흙을 발랐다. 이지화 부자가 와서 만났다. 마루를 만들었다.

11월 9일병신 맑음. 따뜻하기가 봄날과 같다. 우수사가 와서 만났다. 강진 현감이 현으로 돌아갔다.

11월 10일정유 눈과 비가 섞여 내림. 서북풍이 매우 세게 불어서 간신히 배를 구했다. 이정충이 와서, "장흥에 있던 적들이 달아났습니다."라고 전했다.

11월 11일무술 맑음. 바람이 조금 붊. 식사를 마친 뒤에 새 집을 짓는 곳으로 올라가니 새로 부임한 평산포 만호가 도임장[86]을 바쳤다. 그는 하동 현감 신진의 형 신훤이다. 전하는 말에 그는 이미 숭정[87]으로 승진되었다고 한다. 장흥 부사와 배 조방장이 와서 만났다. 저녁에 우후 이정충이 왔다가 초저녁에 돌아갔다.

11월 12일기해 맑음. 저녁에 영암과 나주 사람들에게 타작을 못하게 한 자들이 잡혀 왔다. 그래서 주모자를 가려 처형하고 나머지 4명은 각 배에 가두었다.

11월 13일경자 맑음.

11월 14일신축 맑음. 남해 현감 유형이 와서 윤단중의 못된 행실을 많이 전했다. "해남의 아전이 법성포로 피란을 갔다가 돌아올 때 바람을 만나서 배가 뒤집혔는데, 바다 가운데에서 만나도 구조하기는커녕 도리어 배 안에 있는 물건들을 빼앗아 갔습니다."라고 했다. 이 말을 듣고 그를 중군선에 가두었다. 김인수는 경상도 수영의 배에 가두었다. 내일은 돌아가신 아버지의 제삿날이라 밖에 나가지 않을 것이다.

---

86) 부임 명령서
87) 종1품

11월 15일임인 맑음. 따뜻한 것이 마치 봄날 같다. 식사를 마친 뒤에 새로 집을 지은 곳으로 올라갔다. 저녁 무렵에 임환과 윤영현이 와서 만났다. 늦은 밤에 송한이 한양에서 들어왔다.

11월 16일계묘 맑음. 아침에 조방장, 장흥 부사 전봉, 진중에 있는 여러 장수들이 와서 만났다. 군공마련기[88]를 살펴보았더니 거제 현령 안위가 통정대부[89]가 되고, 그 나머지도 차례로 벼슬을 받았으며 나에게는 상으로 은 20냥을 보내왔다. 명나라 장수 경리양호는 붉은 비단 1필을 보내며 전하기를, "배에서 괘홍[90]을 행하고 싶으나 멀어서 갈 수가 없습니다."라고 했다. 영의정 류성룡의 답장도 왔다.

11월 17일갑진 비가 계속 내림. 경리 양호의 차관이 초유문[91]과 면사첩[92]을 갖고 왔다.

11월 18일을사 맑음. 따뜻한 것이 봄날과 같다. 윤영현이 와서 만났다. 정한기도 왔다. 땀이 흘렀다.

---

88) 개인별 전공 조사 기록.
89) 정3품의 당상관.
90) 붉은 비단을 걸어서 승전을 치하하는 예식.
91) 적이나 적에게 붙었던 자들을 너그러운 조건으로 포용한다는 포고문.
92) 사형을 적용하지 않을 것을 보증하는 증서.

11월 19일병오 흐림. 조방장 배흥립과 장흥 부사가 와서 만났다.

11월 20일정미 비가 내리고 바람이 붊. 임준영이 와서, "완도를 정탐했으나 적들의 배는 1척도 없습니다."라고 전했다.

11월 21일무신 맑음. 송응기 등이 산에서 일할 일꾼들을 거느리고 해남에 소나무가 있는 곳으로 갔다. 이날 저녁에 순생이 와서 잤다.

11월 22일기유 흐렸다가 갬. 저녁에 김애金愛가 아산에서 돌아왔다. 그는 임금의 분부를 전하려고 왔는데 이달 10일에 아산 집에 들렀다가 편지를 갖고 온 것이다. 밤에 비와 눈이 내렸으며 바람이 세게 불었다. 장흥에 있던 적들이 20일에 달아났다는 보고가 왔다.

11월 23일경술 바람이 세고 눈이 많이 옴. 승첩한 장계를 썼다. 저녁에 얼음이 얼었다고 했다. 아산의 집으로 편지를 쓰자니 죽은 아들 생각에 눈물이 흘러 거둘 수가 없었다.

11월 24일신해 눈과 비가 내림. 서북풍이 계속 불었다.

11월 25일임자 눈이 내림.

11월 26일계축 비와 눈이 내림. 추위가 몇 배나 더 혹독해졌다.

11월 27일갑인 맑음. 장흥에서 전쟁의 승리를 보고하는 장계를 수정했다.

11월 28일을묘 맑음. 장계를 봉했다. 무안에 사는 진사 김덕수가 군량으로 쓸 벼 15섬을 가져와서 바쳤다.

11월 29일병진 맑음. 유격 마귀의 차관 왕재가 전하기를, "뱃길로 명나라의 군대가 내려옵니다."라고 했다. 전희광과 정황수가 왔다. 무안 현감도 왔다.

1597년 12월

임금의 명에 감격하다

12월 1일정사 맑음. 맑고 따뜻했다. 아침에 경상 우수사 입부 이순신이 진에 왔으나, 나는 배가 아파서 저녁에야 수사를 보고 그와 종일 이야기하며 대책을 의논했다.

12월 2일무오 맑음. 날씨가 매우 따뜻해서 마치 봄날 같았다. 영암의 향병장 류장춘이 왜적을 토벌한 일을 보고하지 않았으므로 곤장 50대를 쳤다. 홍산 현감 윤영현, 김종려, 백진남, 정수 등이 와서 만났다. 밤 10시쯤에 땀이 흘렀다. 북풍이 매우 세게 불었다.

12월 3일기미 맑음. 바람이 매우 세게 불었다. 몸이 불편했다. 경상 우수사가 와서 만났다.

12월 4일경신 맑고 몹시 추움. 저녁에 김윤명에게 곤장 40대를 쳤다. 장흥 교생 기업이 군량을 훔쳐 실은 죄로 곤장 3대를 쳤다. 거제 현령, 금갑도 만호, 천성이 배메기[93]를 끝내고 돌아왔다. 무안 현감과 전희광 등이 돌아왔다.

12월 5일신유 맑음. 아침에 공로를 세운 여러 장수들에게 상품과 직첩[94]을 나누어 주었다. 봉제가 김돌손을 데리고 함평 땅으로 갔다. 보자기를 수색하는 정응남이 점세를 데리고 새로 만드는 배를 검사하기 위해서 진도로 함께 떠났다. 해남의 독동을 처형했다. 전 익산 군수 고종후, 김억창, 광주의 박자, 무안의 나덕명도 왔다. 도원수의 군관이 임금의 분부를 전했는데, "어제 선전관 편에 들으니 통제사 이순신은 아직도 상제라 해 앞으로 나아갈 방편을 찾지 않아 여러 장수들이 민망하게 여긴다고 한다. 사사로운 정이야 비록 간절하겠지만 국가의 일이 한창 바쁘고, 또 옛사람이 말하기를 전쟁에 나아가 용맹이 없으면 효가 아니라고 했다. 전쟁에서의 용맹은 소찬[95]이나 먹어 기운이 없는 자는 이룰 수 없는 일이다. 예기에도 원칙과 방편이 있다. 꼭 원칙만 따를 수는 없는 것이니, 그대는 나의 뜻을 깊이 생각해 소

93) 곡식의 이삭을 떨어서 낟알을 거두는 일.
94) 조정에서 내리는 벼슬아치의 임명장.
95) 고기나 생선이 들어 있지 아니한 반찬.

찬 먹는 일을 그치고 권도[96]를 좇도록 하라."라고 했다. 임금의 분부로 고기반찬을 갖고 왔으니 더욱 감격스러운 일이다. 해남에서 강간과 약탈을 저지른 죄인들을 함평이 자세히 심문했다.

12월 6일임술 나덕준과 정대청의 아우 정응청이 와서 만났다.

12월 7일계해 맑음.

12월 8일갑자 맑음.

12월 9일을축 맑음. 종 목년이 들어왔다.

12월 10일병인 맑음. 조카 해, 아들 열, 진원이 윤간, 이언량과 함께 들어왔다.

12월 11일정묘 맑음. 경상 우수사와 조방장이 와서 만났다. 우수사도 와서 만났다.

12월 12일무진 맑음.

---

96) 목적 달성을 위해 그때그때의 형편에 따라 임기응변으로 일을 처리하는 방도.

12월 13일기사 눈이 내림.

12월 14일경오 맑음.

12월 15일신미 맑음.

12월 16일임신 저녁에 눈이 내림.

12월 17일계유 눈과 바람이 섞여서 몹시 추움. 조카 해와 헤어졌다.

12월 18일갑술 눈이 내림. 새벽에 해는 어제 취한 술이 깨지도 않았는데 오늘 새벽에 출항했다. 마음이 편하지가 않다.

12월 19일을해 종일 눈이 내림.

12월 20일병자 진원의 어머니와 윤간이 함께 올라갔다. 우후가 교서에 숙배했다.

12월 21일정축 눈이 내림. 아침에 홍산 윤홍산이 목포에서 보러 왔다. 저녁에 배 조방장과 경상 우수사가 와서 만났다. 그들은 몹시 취해 돌아갔다.

12월 22일무인 눈비가 섞여 내림. 함평 현감(손경지)이 들어왔다.

12월 23일기묘 눈이 세 치나 내림. 순찰사(황신)가 진영에 온다는 소식이 들려왔다.

12월 24일경진 눈이 오다가 개다가 함. 아침에 이종호를 순찰사에게 보내 문안했다. 이날 밤에 나덕명이 와서 이야기를 나누었다. 내가 싫어하는 것을 눈치 채지 못하고 계속 머무르고 있으니, 한심하다. 밤 10시에 집에 편지를 썼다.

12월 25일신사 눈이 내림. 아침에 열이 돌아갔는데 이는 제 어머니의 병 때문이었다. 저녁에 경상 우수사와 배 조방장이 와서 만났다. 오후 6시경에 순찰사가 진중에 왔으므로 함께 군사에 관한 일을 의논했다. 연해안 열아홉 고을은 수군에 소속시키기로 했다. 저녁에 방으로 들어가서 조용하게 이야기를 나누었다.

12월 26일임오 눈이 내림. 방백과 함께 방에 앉아서 조용히 군사에 관한 방책을 의논했다. 저녁에 경상 우수사 이순신과 조방장 배흥립이 보러 왔다.

12월 27일계미 눈이 내림. 아침을 먹은 뒤에 순찰사가 돌아갔다.

12월 28일갑신 맑음. 경상 우수사와 조방장 배흥립이 와서 만났다. 비로소 경상 우수사가 지니고 있던 물건이 왔다는 말을 들었다.

12월 29일을유 맑음. 김인수를 놓아 주었다. 윤□□(글자가 지워져서 알아볼 수가 없음)에게 곤장 30대를 때리고 놓아 주었다. 영암 좌수는 심문을 하고 놓아 주었다. 두우가 흰 종이와 상지[97]를 아울러 50(글자가 지워져서 알아볼 수가 없음) 갖고 왔다. 초저녁에 5명의 사람이 뱃머리에 왔다고 했다. 그래서 종을 보냈다.(글자가 지워져서 알아볼 수가 없음) 그것이 무슨 뜻인지는 알 수가 없다. 거제 현령이 망령되었음을 알 만하다.(글자가 지워져서 알아볼 수가 없음) 끓는 물에 데인 팔과 손가락을 물로 씻었다고 했다.

12월 30일병술 눈보라가 몹시 휘날림. 배 조방장이 와서 만났다. 여러 장수들도 모두 와서 보았는데 평산포 만호와 영등포 만호 정응두는 오지 않았다. 부찰사 홍이상의 군관이 편지를 갖고 왔다. 오늘 밤이 1년이 끝나는 마지막 밤이라 비통한 마음이 더욱 깊다.

---

97) 보통 품질의 종이.

戊戌

日記

1598년 1월

진을 치고 왜적을 공격하다

1월 1일정해 맑음. 늦게 눈이 잠시 내림. 경상 우수사, 조방장, 여러 장수들이 모두 와서 모였다.

1월 2일무자 맑음. 나라의 제삿날이라 공무를 보지 않았다. 진수식[1)]을 했다. 해남 현감 유형이 와서 만났다. 송대립, 송득운, 김붕만이 각 고을로 나갔다. 진도 군수 선의문이 와서 만났다.

1월 3일기축 맑음. 이언량, 송응기 등이 산□ □ □(글자를 정확하게 알아볼 수 없음)

1) 새로 만든 배를 처음으로 물에 띄울 때 하는 의식.

1월 4일경인 맑음. 무안 현감(남언상)에게 곤장을 쳤다. ㅁ수사에게 ㅁㅁ했더니 우수사 ㅁㅁㅁ가 왔다.(글자를 정확하게 알아볼 수 없음)

1월 5일 이후의 일기는 기록에 없음.

2월의 일기는 기록에 없음.

3월의 일기는 기록에 없음.

4월의 일기는 기록에 없음.

5월의 일기는 기록에 없음.

6월의 일기는 기록에 없음.

7월의 일기는 기록에 없음.

8월의 일기는 기록에 없음.

1598년 9월

명나라와 협공하다

9월 14일까지의 일기는 기록에 없음.

9월 15일정유 맑음. 명나라 도독 진린과 함께 항해를 해 나로도[2]에 이르러서야 잤다.

9월 16일무술 맑음. 나로도에 머물렀다. 도독과 함께 술을 마셨다.

9월 17일기해 맑음. 나로도에 머물렀다. 진과 함께 술을 마셨다.

2) 전남 고흥군 봉래면.

9월 18일경자 맑음. 낮 2시에 행군해 방답진[3]에 이르러 잤다.

9월 19일신축 맑음. 아침에 좌수영 앞바다에 옮겨 배를 정박하니 눈앞에 보이는 전경이 참담하다. 한밤에 달빛을 타고 하개도[4]로 배를 옮겨 대었다가 날이 채 밝기도 전에 출항했다.

9월 20일임인 맑음. 오전 8시쯤에 유도[5]에 도착하니 명나라 장수 유정이 벌써 진군했다. 바다와 육지를 통해 협공하자 적의 기세가 크게 꺾여 두려워하는 기색이 많았다. 수군이 드나들면서 대포를 쏘아 댔다.

9월 21일계묘 맑음. 아침에 진군해 화살을 쏘기도 하고 대포를 쏘기도 하면서 종일 싸웠으나 물이 매우 얕아서 진격할 수가 없었다. 남해의 적이 가벼운 배를 타고서 들어와서 정탐하려고 하는데, 허사인 등이 추격하니 왜적들은 육지로 올라가 산으로 도망갔다. 그리하여 그들이 탔던 배와 여러 가지 물건들을 도독 유정에게 바쳤다.

---

3) 전남 여천군 돌산읍 군내리.
4) 경남 남해군 남면 대정리 목도.
5) 전남 여천군 율촌면 여흥리 송도.

9월 22일갑진 맑음. 아침에 진격해 나갔다가 들어갔다가 하면서 싸웠다. 유격이 어깨에 적의 탄환을 맞았으나 중상은 아니었다. 명나라 군사 11명이 적의 탄환에 맞아 죽었다. 지세포 만호와 옥포 만호도 적의 탄환에 맞았다.

9월 23일을사 맑음. 도독이 화를 냈다. 서천 만호, 홍주 대장, 한산 대장 등에게 각각 곤장 7대를 쳤다. 금갑도 만호, 제포 만호, 회령포 만호에게도 각각 곤장 15대씩을 때렸다.

9월 24일병오 맑음. 진대강이 돌아갔다. 원수의 군관이 공문을 갖고 왔다. 충청 병사의 군관 김정현이 왔다. 남해 사람 김득유 등 다섯 사람이 와서 그 고을의 상황을 전했다.

9월 25일정미 맑음. 진대강이 도로 와서 제독 유정의 편지를 전했다. 이날 육군은 공격을 하고자 했으나 준비가 완전치 못했다. 김정현이 와서 만났다.

9월 26일무신 맑음. 육군의 기구가 갖추어지지 않았다. 저녁에 정응룡이 와서 북도의 일을 말했다.

9월 27일기유 아침에 잠시 비가 내리고 서풍이 세게 붊. 아침에 명나라 군문 형개가 글을 보내 해군이 재빨리 진군한 것을 칭찬했다. 식사를 마친 뒤에 도독 진린을 만나 조용히 이야기를 나누었다. 종일 바람이 세게 불었다. 저녁에 신호의가 와서 만나고 잤다.

9월 28일경술 맑음. 서풍이 세게 불어 크고 작은 배들이 드나들 수가 없었다.

9월 29일신해 맑음.

9월 30일임자 맑음. 오늘 저녁에 명나라 유격 왕원주, 유격 복승, 파총 이천상이 100여 척의 배를 거느리고 진영으로 왔다. 이날 밤 등불이 매우 밝아 휘황찬란했으니 적의 무리들은 아마도 간담이 매우 서늘했을 것이다.

1598년 10월

뇌물을 받고 명의 군사를 철수시키다

10월 1일계축 맑음. 도독 진린이 새벽에 제독 유정과 잠시 이야기했다.

10월 2일갑인 맑음. 오전 6시쯤에 진군했는데 우리 수군이 먼저 나가 정오까지 싸워서 적을 많이 죽였다. 사도 첨사 황세득이 적의 탄환에 맞아 전사하고 이청일도 역시 전사했다. 제포 만호 주의수, 사량 만호 김성옥, 해남 현감 유형, 진도 군수 선의문, 강진 현감 송상보가 적의 탄환에 맞았으나 죽지는 않았다.

10월 3일을묘 맑음. 도독 진린이 제독 유정의 비밀 서류에 따라 초저녁에 나가 싸워서 자정에 이르도록 격전했다. 명나라 배 사선 19척과 호선 20여 척이 불에 타니 도독이 뛰고 엎어지고 자빠지고 하는 것을 이루 말할 수 없다. 안골포 만호 우수가 적의 탄환에 맞았다.

10월 4일병진 맑음. 이른 아침에 배를 출항해 적들과 종일 싸웠다. 적들은 어찌할 줄을 모르고 허둥지둥 달아나기에 바빴다.

10월 5일정사 맑음. 서풍이 몹시 세게 불어서 배들을 간신히 구호하고 날을 보냈다.

10월 6일무오 맑았으나 서북풍이 세게 붊. 도원수 권율이 군관을 보내 편지를 전했는데 제독 유정이 달아나려 했다고 쓰여 있었다. 참으로 통분할 일이다. 나라의 일이 장차 어떻게 될 것인가.

10월 7일기미 맑음. 아침에 송한련이 군량 네 되, 조 한 되, 기름 다섯 되, 꿀 세 되를 바쳤다. 김태정은 쌀 2섬 1말을 바쳤다.

10월 8일경신 맑음.

10월 9일신유 육군이 이미 철수하였으므로 도독과 함께 배를 거느리고 해안 정자에 도착하였다.

10월 10일임술 좌수영(여수)에 도착하였다.

10월 11일계해 맑음.

10월 12일갑자 나로도에 이르렀다.

10월 13일부터의 일기는 기록에 없음.

1598년 11월

충무공이 전사하다

11월 7일까지의 일기는 기록에 없음.

11월 8일기축 도독부에 갔더니 위로연을 베풀어 종일 술을 마시다가 어두워질 무렵에야 돌아왔다. 이윽고 도독이 보자고 청하기에 갔더니, "순천 왜교의 적들이 10일경에 철수한다는 소식을 들었는데 급히 진군을 해서 돌아가는 길을 끊어야 합니다."라고 했다.

11월 9일경인 도독과 함께 행군을 해서 백서량[6]에 이르러 진을 쳤다.

---

6) 전남 여수시 남면.

11월 10일신묘 좌수영 앞바다로 가서 진을 쳤다.

11월 11일임진 유도로 가서 진을 쳤다.

11월 13일갑오 왜적의 배 10여 척이 장도에 나타났으므로 곧바로 도독과 약속하고 수군을 거느리고 추격했다. 왜선은 물러가 종일 나오지 않았다. 도독과 함께 장도로 돌아와 진을 쳤다.

11월 14일을미 왜선 2척이 강화할 목적으로 바다 가운데까지 나오자, 도독은 통역관을 시켜 조용히 왜선을 맞이했고 붉은 기와와 환도 등의 물건을 받았다. 오후 8시경에 왜장이 작은 배를 타고 도독부로 들어와서 돼지 2마리와 술통을 도독에게 바치고 갔다.

11월 15일병신 이른 아침에 도독에게 가서 잠시 이야기를 하고 돌아왔다. 왜선 2척이 강화할 목적으로 두세 번 드나들었다.

11월 16일정유 도독이 진문동을 왜적의 진으로 들여보냈더니 이윽고 왜선 3척이 말 1필과 창, 칼 등을 도독에게 바쳤다.

11월 17일무술 어제 복병장 발포 만호 소계남과 당진포 만호 조효열 등이 왜적의 중간 배 1척이 군량을 가득 싣고 남해에서 바다를 건너는 것을 한산도 앞바다까지 추격했다. 왜적은 언덕을 타고 육지로 올라가서 달아나 버렸다. 왜선과 군량은 명나라 군사에게 빼앗기고 빈손으로 와서 보고했다.

여기까지가 기록에 남아 있다. 충무공 이순신은 이틀 뒤인 11월 19일 새벽 노량 해전에서 전사했다.

참고 문헌

이은상, 1968, 『난중일기』, 현암사.

이은상, 1989, 『완역 이충무공전서』, 성문각.

이민수, 1993, 『난중일기』, 범우사.

구인환, 2004, 『난중일기』, ㈜신원문화사.

송찬섭, 2004, 『난중일기』, 서해문집

이순신 연보

1545년 **인종 원년 음력 3월 8일** 새벽 한성부 건천동(지금의 서울 중구 인현동 1가)에서 덕수 이씨 이정의 12대손, 셋째 아들로 태어남.

1552년 어머니의 고향인 충청도 아산으로 이사함.

1556년 사서삼경을 읽으며 학문에 정진함. 류성룡과 가까이 지냄.

1566년 무예를 닦기 시작함. 보성 군수 방진의 딸과 결혼함.

1567년 **2월** 맏아들 회가 태어남.

1571년 **2월** 둘째 아들 울(정유년에 열로 개명함)이 태어남.

1572년 **8월** 훈련원에서 별과[1] 무과 시험에 응시했으나 시험 도중에 말에서 떨어져 왼쪽 다리를 다치고 실격됨.

1576년 **2월** 식년 무과[2]에서 병과에 급제함.
12월 함경도 권관[3]으로 국경 수비대의 임무를 맡게 됨.

1577년 **2월** 셋째 아들 면이 태어남.

1579년 **2월** 한성으로 돌아와 훈련원의 봉사[4]가 됨.
10월 충청도 병마절도사[5]의 군관이 됨.

---

1) 나라에 경사나 특별한 일이 있을 때 임시로 보는 시험.
2) 3년마다 정기적으로 무관을 뽑기 위해 실시한 시험.
3) 변경의 수비를 맡은 작은 진보에 두었던 종9품의 수장.
4) 종8품의 벼슬로 훈련원 내의 최하위직에 속함. 이순신은 인사 관계를 주로 담당함.
5) 각 도의 육군을 지휘하는 책임을 맡은 종2품의 무관직.

1580년 **7월** 전라좌수영 관내에 있는 발포[6]에서 부대장 격인 수군만호[7]가 됨.

1582년 **1월** 군기 경차관[8] 서익의 사원(私怨)[9]으로 인해 수군만호에서 파직됨.
5월 함경도 훈련원 봉사로 다시 임용됨.

1583년 **7월** 함경도 병마절도사 이용의 군관이 됨.
10월 건원보의 권관[10]이 되어 오랑캐 두목 울지내(鬱只乃)를 사로잡음.
11월 여진족 토벌에 공을 세워 훈련원 참군[11]으로 승진됨.
11월 15일 아버지 이정이 별세. 이로 인해 벼슬을 쉼.

1584년 충청도 아산에서 아버지의 3년 상을 치름.

1585년 **1월** 사복시의 주부[12]로 임명됨.

1586년 여진족의 침략으로 인해 함경도 조산보[13]의 만호[14]가 되어 국경을 지킴.

1587년 **8월** 함경도 두만강 부근에 위치한 녹둔도[15]의 둔전관[16]을 겸임. 여진족의 기습을 받게 되어 격퇴했으나 병사 이일의 모함으로 파직되고 백의종군[17]함.

---

6) 전라도 고흥군 도화면 발포리.
7) 만호는 종4품의 벼슬로, 수군 조직은 수사 밑에 첨사와 만호라는 직책이 있었음.
8) 조사관. 조선 시대에, 지방에 파견해 임시로 일을 보게 하던 벼슬.
9) 사사로운 원한. 발포에 와서 군기를 보수하지 않았다고 상부에 보고함.
10) 조선 시대에, 변경의 각 진(鎭)에 두었던 종9품의 무관 벼슬.
11) 훈련원의 관직으로 정7품의 벼슬.
12) 사복시는 궁중의 가마, 말, 목장 등을 관장한 관청이며, 주부는 사복시에 속한 종6품의 벼슬.
13) 함경도 은덕군에 있던 보로 국경 지대에 위치해 여진족의 침입이 잦았음.
14) 조선 시대에, 각 도(道)의 여러 진(鎭)에 배치한 종4품의 무관 벼슬.
15) 함경도 선봉군 조산리에 있는 섬으로 두만강 부근에 있어 여진족의 침입이 잦았던 곳임.
16) 녹둔도의 농장을 관리하고 개척민을 보호하는 일을 하는 벼슬.
17) 장졸이 상관의 명령을 어기거나 실수를 했을 경우, 계급을 박탈하고 일개 병졸로 강등시킨 다음 평민의 옷인 흰옷을 입게 하고 나라를 위해 싸우게 함.

1588년 **6월** 충청도 아산 백암리의 자택으로 돌아와 한거[18]함.

1589년 **2월** 전라도 순찰사 이광의 조방장[19]이 됨.

11월 선전관[20]을 겸함.

12월 전라도 정읍 현감[21]에 오름.

1590년 **7월** 고사리진 병마첨 수군절제사[22]로 발령됨.

8월 만포진 첨사[23]로 승진되었으나 대간[24]들의 반대로 정읍 현감에 유임됨.

1591년 **2월** 진도 군수[25]로 임명되었으나 부임하기 전에 가리포[26] 수군 첨사로 전임 발령됨.

2월 13일 전라좌도 수군절도사[27]로 승진되고 얼마 후에 전라좌수사에 오름.

1592년 거북선 완성.

4월 13일 임진왜란이 일어남.

5월 옥포[28] 해전의 승리를 시작으로, 함포 해전과 적진포 해전에서 승

---

18) 한가하게 집에 있음.
19) 부관에 해당하는 군관의 직책.
20) 조선 시대에, 선전관청에 속한 무관 벼슬. 또는 그 벼슬아치. 품계는 정3품부터 종9품까지 있었음.
21) 지방 행정 관청의 장으로 읍장이나 면장 정도의 자리. 지방을 다스리는 수령 중에는 가장 낮은 직책으로 품계는 종5품.
22) 조선 시대에, 절도사가 관할하던 거진(巨鎭)에 둔 정3품의 벼슬.
23) 조선 후기에, 왕태자궁과 왕태자시강원, 황태자시강원에 둔 칙임관
24) 조선 시대에, 대관과 간관을 아울러 이르던 말.
25) 각 군의 우두머리로 종4품에 해당하는 지방 관직.
26) 지금의 완도.
27) 각 도의 수군을 총지휘하기 위해 두었던 정3품의 외관직 무관.
28) 경상도 거제시 이운면 옥포리.

리를 거둠. 이에 가선대부[29]로 승진됨.

6월 거북선의 활약으로 사천, 당포[30], 당항포[31], 율포[32] 해전 승리. 왼쪽 어깨에 적의 탄환을 맞아 부상당함. 기밀문서인 일본 수군 편성표를 빼앗아 옴. 자헌대부[33]로 승진됨.

7월 한산도 해전과 안골포[34] 해전에서 적선 59척을 격파했고 조선군은 4척만 불에 타는 대승을 거둠. 이에 정헌대부[35]로 승진됨. 해전에서 이억기와 수륙 작전을 펼쳐 승리를 거둠.

8월 여수를 출발해 전장으로나감.

9월 부산포 해전 승리.

1593년 웅포 해전 승리.

7월 본영을 여수에서 한산도로 옮김.

8월 3도 수군통제사[36]로 임명됨.

1594년 **3월**, 당항포 해전에서 적선 31척을 격파함.

9월 장문포[37] 해전에서 적선 2척을 격파함.

10월 영등포[38] 해전에서 육군과 연계해 바다와 육지에서 합동 작전을 실시함.

1597년 **1월** 정유재란이 일어남. 원균의 모함과 당쟁으로 인해 3도 수군통제사

---

29) 종2품 아래의 직책.
30) 경상도 통영시 산양면 삼덕리.
31) 경상도 고성군 회화면 당항리.
32) 경상도 거제시 장목면.
33) 정2품의 벼슬.
34) 경상도 창원시 웅천면 안골리.
35) 조선 시대에 둔 정2품 상(上) 문무관의 품계.
36) 경상, 전라, 충청 3도의 수군을 지휘하고 통솔하는 3남 지방의 수군 총사령관.
37) 경상도 거제시 장목면 장목리.
38) 경상도 거제시 장목면.

에서 파직됨.

2월 한성으로 압송됨.

3월 모진 고문을 받고 옥에 갇힘.

4월 투옥된 지 28일 만에 출옥해 권율 도원수의 휘하에서 백의종군함. 어머니 별세.

7월 칠천량 해전에서 원균이 이끈 3도 수군 대패. 원균 전사.

8월 3도 수군통제사로 재임명됨. 군사 120명과 전선 12척으로 전열을 정비하고 진도의 벽파진[39]으로 진을 옮김.

9월 16일 명량 해전에서 대승을 거둠. 당사도[40]로 진을 옮김.

10월 고하도에 수군 진영을 설치해 전비를 강화함.

10월 14일 셋째 아들 면이 충청도 아산에서 전사.

1598년 **2월** 수군 진영을 해남 우수영에서 고금도[41]로 옮김.

7월 명나라의 수군 도독 진린이 이끄는 수군 5,000명과 연합 함대를 결성함.

11월 노량 해협에 왜군의 함대가 출몰함.

11월 19일 새벽, 노량 해전에서 대승을 거두나 적의 총탄을 맞고 선상에서 전사. 54세의 나이로 순국. 우의정 관직을 받음. 맏아들 회도 선상에서 전사.

11월 26일 왜군이 부산포에서 완전 철수. 전쟁 종결.

1599년 **2월 11일** 충청도 아산 금성산 아래 안장.

1604년 **10월** 선무공신 1등에 녹훈[42]되고 덕풍부원군으로 추봉되었으며 좌의정에 추증[43].

---

39) 전라도 진도군 고군면 벽파리.
40) 전라도 부안군 암태면.
41) 전라도 완도군 고금도.
42) 훈공을 장부나 문서에 기록함.
43) 나라에 공로가 있는 벼슬아치가 죽은 뒤에 품계를 높여 주던 일.

1613년 영의정에 추증.

1614년 충청도 아산 음보면 어라산 아래로 이장.

1643년 충무라는 시호[44]를 받음.

1706년 충청도 아산에 현충사 건립.

1793년 **7월 1일** 영의정에 추증.

1795년 『이충무공전서(李忠武公全書)』완성. 규장각 문신 윤행임에 의해 편찬, 간행.

44) 제왕이나 재상, 유현(儒賢)이 죽은 뒤에 공덕을 칭송해 붙인 이름.

옮긴이의 말

진정한 리더, 충무공 이순신의 『난중일기亂中日記』

영화 『명량』, 『한산』, 『노량』의 흥행으로 충무공 이순신의 『난중일기』에 대한 세간의 관심이 높아졌다. 영화보다 더 영화 같은 이야기가 역사 속에 존재했음을 보여 주고 있기 때문이다. 진한 감동으로 우리의 심금을 울린 충무공 이순신은 가공의 인물이 아닌 실존 인물이다. 우리 민족은 5,000여 년이라는 기나긴 세월 동안 수없이 많은 외세의 침략을 겪었지만, 이순신과 같은 슬기로운 조상들이 있었기에 우리의 역사와 전통을 지킬 수 있었다.

바쁘게 사는 현대인들에게 고전은 고루하고 이해하기 어려운 것이며 살아가는 데 아무런 도움이 되지 않는 것으로 인식되고 있는 듯하다. 하지만 고전의 의의는 선인들의 사유를 통해 민족 문화를 계승하고 발전을 이룩해 오늘의 삶을 풍요롭게 하는 데 둘 수 있다. 고전을 통해 우리는 옛 성현들의 놀라운 삶의 지혜와 가치관을 엿볼 수 있으며 선인들이 사상과 감정을 어떠한 방법으로 표현하고 있는지를 알 수 있게 된다. 오랜 시간을 뛰어넘어 현재 우리 문학사에 남아 있는 소중한 고전들은 세상을 값지게 살아갈 수 있는 최고의 방법을 우리에게 제시하고 있다. 즉 도덕적으로 또 사회적으로 가장 탁월한 해답을 보여 주고 있는 것이다. 그러므로 우리는 고전을 통해 삶에서 맞닥뜨린 어려운 문제점들을 어떻게 풀어 나가야 할지 또한 가장 중요한 가치는 무엇인지를 깨닫게 된다.

『난중일기』는 명장 이순신이 임진왜란 중에 쓴 7년간의 일기로, 임진왜란이 일어난 다음 달인 1592년 5월 1일부터 그가 전사하기 전인 1598년 11월 17일까지의 기록이다. 일기의 친필 초고는 현재 충청남도 아산에 있는 현충사에 보관되어 있다. 본래 이 일기에는 어떤 이름도 붙어 있지 않았으나, 1795년 『이충무공전서李忠武公全書』를 편찬하면서 편찬자가 편의상 '난중일기'라는 이름을 붙여 전서 권5부터 권8에 걸쳐 이 일기를 수록했다.

『난중일기』 속 정유년 9월 15일(양력 10월 25일)의 일기 내용 중

'죽고자 하면 살고, 살고자 하면 죽는다必死則生 必生則死'는 글귀는 마음을 비우는 삶의 자세에 대해 성찰할 수 있도록 해 준다. 우리는 성웅 이순신의 후예임을 감사하게 생각하고 그의 삶과 업적을 기억해야 한다. 또 우리에게 오늘이 있도록 만들어 준 영웅의 모습을 잊지 않아야 하겠다. 더 나아가 조상의 지혜와 얼이 담긴 옛 문헌을 잘 간직해 후손들에게까지 이어 주어야 한다는 사명감을 지녀야 한다.

아무쪼록 이 고전을 통해 '온고지신溫故知新'의 진정한 의미를 되새기고 이 책이 올바른 삶의 방향을 찾는 데 조금이나마 도움이 되기를 바란다. 아울러 충무공께서 남기신 교훈을 마음속에 깊이 간직하며 살아가기를 간절히 바란다.

무하 김문정 無何 金紋廷

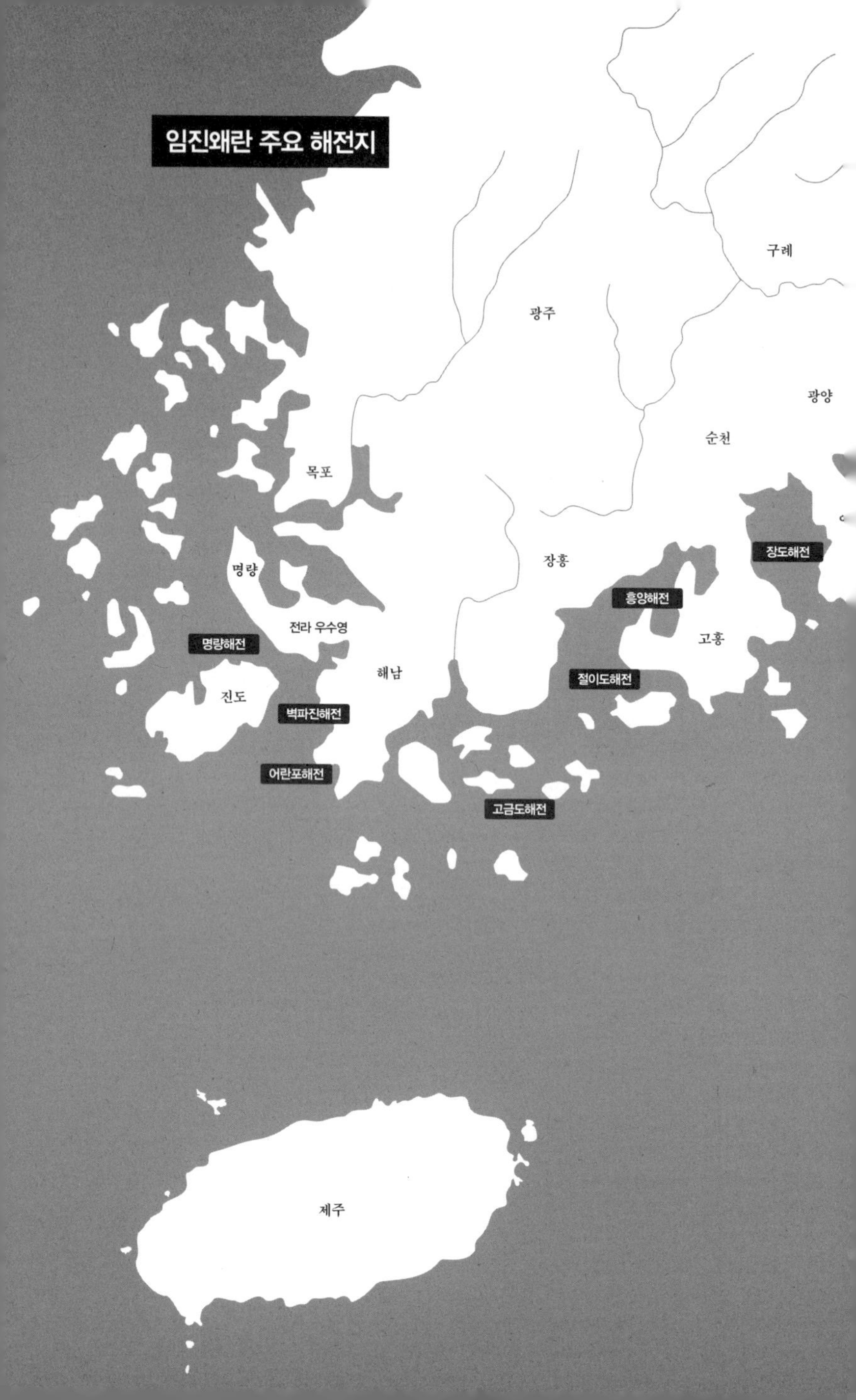

임진왜란 주요 해전지

구례
광주
광양
순천
목포
장흥
장도해전
명량
흥양해전
전라 우수영
고흥
명량해전
해남
절이도해전
진도
벽파진해전
어란포해전
고금도해전
제주

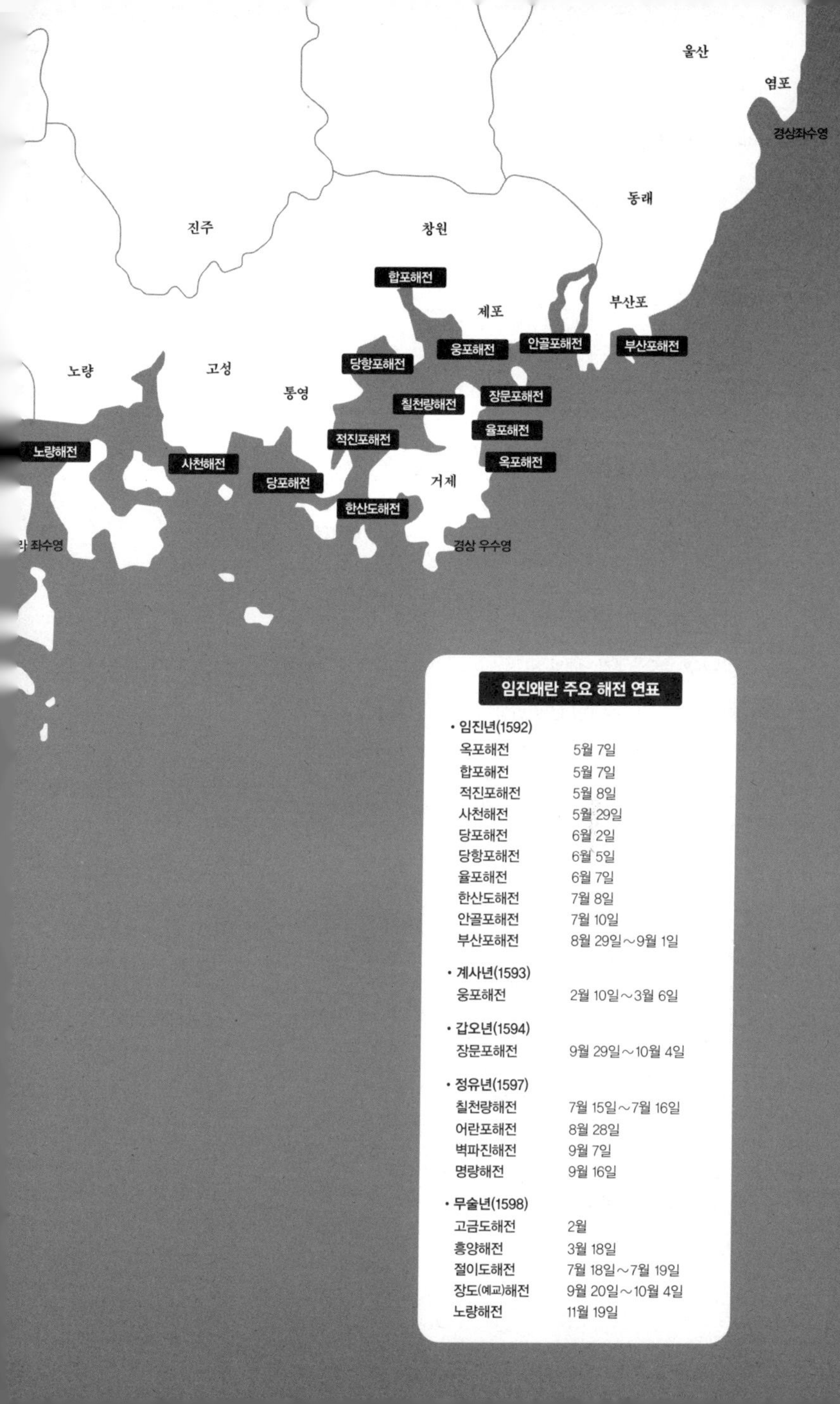

임진왜란 주요 해전 연표

• 임진년(1592)	
옥포해전	5월 7일
합포해전	5월 7일
적진포해전	5월 8일
사천해전	5월 29일
당포해전	6월 2일
당항포해전	6월 5일
율포해전	6월 7일
한산도해전	7월 8일
안골포해전	7월 10일
부산포해전	8월 29일~9월 1일
• 계사년(1593)	
웅포해전	2월 10일~3월 6일
• 갑오년(1594)	
장문포해전	9월 29일~10월 4일
• 정유년(1597)	
칠천량해전	7월 15일~7월 16일
어란포해전	8월 28일
벽파진해전	9월 7일
명량해전	9월 16일
• 무술년(1598)	
고금도해전	2월
흥양해전	3월 18일
절이도해전	7월 18일~7월 19일
장도(예교)해전	9월 20일~10월 4일
노량해전	11월 19일

옮긴이 **김문정**

인천 신송고등학교에서 한문, 국어 교사로 재직 중이다. 번역한 책으로 『논어』, 『맹자』, 『대학·중용』, 『명심보감』, 『징비록』이 있다.

난중일기

국보 76호 초판본 표지 디자인

초판 1쇄 펴낸 날 2023년 12월 20일
초판 2쇄 펴낸 날 2024년 7월 30일

지은이 이순신
옮긴이 김문정
펴낸이 장영재
펴낸곳 (주)미르북컴퍼니
자회사 더스토리
전 화 02)3141-4421
팩 스 0505-333-4428
등 록 2012년 3월 16일(제313-2012-81호)
주 소 서울시 마포구 성미산로32길 12, 2층 (우 03983)
E-mail sanhonjinju@naver.com
카 페 cafe.naver.com/mirbookcompany
S N S instagram.com/mirbooks

* (주)미르북컴퍼니는 독자 여러분의 의견에 항상 귀 기울이고 있습니다.
* 파본은 책을 구입하신 서점에서 교환해 드립니다.
* 책값은 뒤표지에 있습니다.